第二辑

风物凉都

政协六盘水市委员会文化文史与学习委员会　编

黄河出版传媒集团
阳光出版社

图书在版编目（CIP）数据

风物凉都. 第二辑 / 政协六盘水市委员会文化文史
与学习委员会编. -- 银川 : 阳光出版社, 2023.11
　　ISBN 978-7-5525-7126-4

　　Ⅰ.①风… Ⅱ.①政… Ⅲ.①散文集—中国—当代
Ⅳ.①I267

　　中国国家版本馆CIP数据核字（2023）第231769号

风物凉都 第二辑　　　政协六盘水市委员会文化文史与学习委员会 编
FENGWU LIANGDU DI-ER JI

责任编辑　王　瑞　赵维娟　杨　皎
封面设计　杨智麟
设计制作　圣立文化
责任印制　岳建宁

黄河出版传媒集团　出版发行
阳　光　出　版　社

出　版　人　薛文斌
地　　　址　宁夏银川市北京东路139号出版大厦（750001）
网　　　址　http : //www.ygchbs.com
网上书店　http : //shop129132959.taobao.com
电子信箱　yangguangchubanshe@163.com
邮购电话　0951-5014139
经　　　销　全国新华书店
印刷装订　四川金邦印务有限公司
印刷委托书号　（宁）0027897

开　　　本　710 mm×1000 mm　1/16
印　　　张　18.5
字　　　数　290千字
版　　　次　2023年11月第1版
印　　　次　2023年11月第1次印刷
书　　　号　ISBN 978-7-5525-7126-4
定　　　价　78.00元

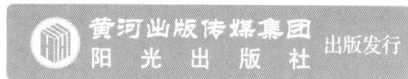

明湖公园湿地生态 / 何维江摄

梅花山景区 / 郭君海摄

乌蒙大草原景区 / 惠永摄

妥乐古银杏风景区 / 惠永摄

月照独山十里绝壁画廊 / 郭君海摄

水城国家杜鹃公园掠影 / 郭君海摄

乌蒙铁索桥 / 胡小柳摄

乌蒙万峰林 / 胡小柳摄

世界第一索道——梅花山索道 / 郭君海摄

月照神雕峰 / 郭君海摄

花戛天坑 / 聂康摄

木岗油菜花 / 何维江摄

世界第一高桥——北盘江大桥 / 聂康摄

北盘江300座大船 / 胡小柳摄

滑翔伞飞牂牁江 / 六枝特区文联提供

乌蒙光影 / 聂康摄

野鸡坪露营 / 胡小柳摄

钟山区大河堡花海 / 郭君海摄

陡箐风光 / 聂康摄

玉舍森林公园风情园 / 姚咏摄

凤池全景图 / 何维江摄

米箩半方塘夜景 / 姚咏摄

百车河夜景 / 聂康摄

平寨村风光 / 六枝特区文联提供

天门红米基地 / 胡小柳摄

九层山茶叶基地 / 六枝特区文联提供

明硐湖清晨 / 聂康摄

岱山书院 / 吴建祥摄

石文书 / 周学让摄

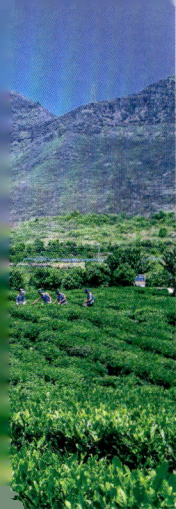

激情"六马"掠影 / 赵明摄

六枝长角苗风情 / 六枝特区文联提供

青林芦笙艺术节 / 郭君海摄

青林芦笙艺术节 / 郭君海摄

水城花戛天门布依族唢呐演奏 / 朱培源摄

天门布依古村落 / 胡小柳摄

青龙山安健先生墓地全景 / 杨荣建摄

龙天佑墓 / 张从文摄

水城区野钟黑叶猴自然保护区 / 胡小柳摄

六枝桃花山 / 付江摄

毛虫河竹竿桥 / 聂康摄

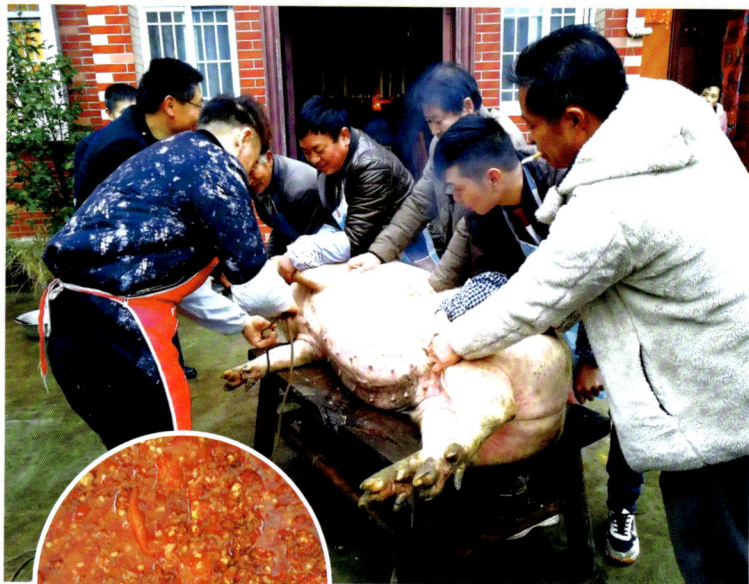

杀猪过年 / 何维江摄

布依精肉酱 / 符号摄

布依鸡稀饭 / 符号摄

郎岱古镇丝娃娃 / 曹业淑摄

布依腊肉 / 符号摄

布依染花饭 / 陆贤摄

布依族婚宴 / 符号摄

六枝岩脚三碗面长桌宴 / 符号摄

六枝郎岱油炸粑 / 杨亚非摄

六枝凹锅豆腐 / 吴建祥摄

郎岱金丝肉饼 / 蔡丽琼摄

六枝郎岱凉粉 / 曹业淑摄

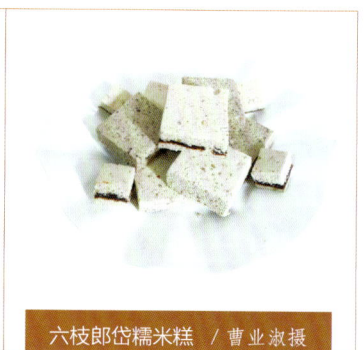
六枝郎岱糯米糕 / 曹业淑摄

六枝煮啤酒 / 六枝特区文联提供

"牛打滚" / 张涛摄

烤鸡蛋 / 符号摄

再数风物话凉都

——写在《风物凉都》（第二辑）出版之际

习近平总书记指出，中华优秀传统文化是中华民族的根和魂。自2022年12月《风物凉都》（第一辑）面世以来，社会反响热烈，得到了社会各界朋友的广泛认可。这一情势让我们深知，一个地方的集体记忆和民族的共同认知，是需要有适当的历史记录才能体现和铸造的。职是之故，作为中国凉都六盘水的政协人，应广大读者要求，继续推出《风物凉都》（第二辑），借以引导读者感受凉都，读懂凉都，品味凉都。

体例上，本辑一如前书，将搜集到的文稿按"胜景凉都""人文凉都""记忆凉都"和"饮食凉都"四个板块来布局。一方面，为读者续供凉都壮美山川河流的"饕餮大宴"，譬如绵延雄峻的盘州脊梁老黑山、奇险沧桑的野钟峡谷、九曲婉转的泥珠河。另一方面，也精心展示凉都柔美旖旎的风光，如那诗情画意的水城河、如梦似幻的滑雪场。可以想见，徜徉于夜郎故地九层山、海马古城旧址、北盘江畔龙王庙以及发启小龙潭的古老传说之中，我们不禁会喟叹昔时的穷乡僻壤之中，竟然涌现出了斑斑血泪的螳螂村"石文书"，铮铮铁骨的早期民主革命家安健，如此等等。抚掌击节于这片土地的斗转星移、沧海桑田！它或许会满足芸芸众生究竟"山川何处来"的不停追问与遐思。

掩卷之余，长思"那山、那人、那事"，让人生出一种"往事回思如细雨，旧书重读似春潮"之感，深深体悟斯土斯民勤劳、坚韧、勇毅、智慧与隐忍的品质。

本辑中，通过较为集中的篇幅，描摹隐藏在乌蒙深处的人文品质，以及民俗民风、民间娱乐、传统医药等。置身其中，仿佛进入了一个琳琅满目的民族博览园。作者们以厚重、简约的笔触，朴拙、纯真的情感，充分展现了生于斯长于斯的各民族独有的文化符号，充满了民族同胞们生存的智慧和对生活的尊重与热爱。相信这样的记录，让身处异乡的游子，抑或远方的客人，留下绵绵不绝的乡愁和不忍离去的眷念，十分有益于非物质文化遗产的保护与传承，而不至湮没于历史的尘埃之中。

重视历史、研究历史、借鉴历史是中华民族五千多年文明史的一个优良传统，政协文史工作是人民政协一项富有统战特色的经常性、基础性工作，希望这本书的出版能发挥好文史资料"存史、资政、团结、育人"的作用，为助力谱写中国式现代化幸福六盘水实践的新篇章贡献政协力量。这不仅是时代的使命召唤，也是中国凉都六盘水三百多万人民的拳拳重托。

是为序，敬贤达。

王立

2023年11月9日

目录 Contents

第一辑　胜景凉都

第二辑　记忆凉都

第三辑 人文凉都

第四辑 饮食凉都

第一辑

胜景凉都

北盘江景观廊道纪行

☆ 刘云冰

　　北盘江，融深切的峡谷、湍急的水流、平静的湖面以及典型的喀斯特岩为一体，可谓中国凉都的景观廊道，更是水城境内的峡谷奇观和民俗博物馆。那些仿佛还刻录着人欢马叫的索桥与渡口，以及凝结着血斑和汗斑的古矿遗址，为这条景观廊道增添了厚重的历史底蕴。那些散居在峡谷两岸的人家多为少数民族，他们传统的民居、古朴的习俗、奇特的风情，为这条景观廊道平添了多彩的文化元素。

序篇：千年北盘江，醉美在水城

　　蓝天、白云、碧水、古藤、老树、飞瀑、渡口、江滩、索桥、石柱、断崖、地缝……

　　千年北盘江，醉美在水城。这里所说的醉美江段，是指发耳大渡口以下和法德红军渡以上，也就是通常所说的营盘大峡谷和九归大峡谷。

　　如果再加上泥珠河峡谷和野钟大峡谷，那简直就是中国凉都最完美的江上景观廊道。遗憾的是，这两段峡谷因为缺乏水上通行条件，非专业人士或探秘者，一般人难以到达谷底。

　　位于水城县（今六盘水市水城区，下同）境内的这几段北盘江大峡谷，集自然景观与人文景观于一体，几乎可以称得上是一个峡谷博物馆。其峡谷形态完备，地质景观迷人，动植物种属珍稀。

　　蓝天、白云就不说了，哪儿都有，碧水也不稀奇，但是夹在绝壁之间的一江碧水，你找找看。

古藤、老树和飞瀑，峡谷两岸随处可见。据说，曾有黑叶猴抓着藤条由此岸荡到彼岸。岸边的野地里，独自生长着800年树龄的水清木（乌木）。乘江上飞舟，不敢抬头，怕崖上的瀑水晃痛眼睛。

这几段峡谷里渡口甚多。从上到下，依次有大渡口、高家渡口、吴老枪渡口、小渡口、红军渡口。每一个渡口都曾经有过人欢马叫须进酒的快活，每一个渡口都曾经有过风高浪急酿悲剧的惨痛。因为酿过悲剧，所以有了索桥，如今索桥已变成文物。渡口处，曾见一处处江滩，如今许多江滩已被淹没。

石柱是北盘江大峡谷一道独特的地质景观，几乎是从土地里长出来的，不过，要在九归一带才能发现。断崖到处都是，而且是壁立的，像被人用斧头劈了一下，然后又在断面上慢慢长出倒挂的藤萝来。地缝也很多，当地人叫老山沟，最著名的是乌蒙大地缝，长15公里，从牛棚梁子逶迤而来，直至营盘大峡谷深处。

从六枝毛口到水城都格，近百公里的北盘江，可谓风光处处，景色宜人。不过，人们一般都把目光投向了波平如镜、船只往来的牂牁湖一带，只有极少的探索者会到景观更为奇特的上游一带徒步观览。

位于上游水城境内的大峡谷，四五十公里的江段堪称秘境。野钟一带除了珍稀动物黑叶猴，上千米落差的崖壁上还有明清时期留下的采矿遗址，是户外观光和访古探奇的好去处。

法德红军渡旁边的善泥坡电站蓄水以后，又在九归大峡谷和营盘大峡谷之间形成一条江面长达20多公里的"双峡"风光。

至于贵州、云南交界的尼珠河峡谷，则是一段乱石穿空、瀑布成群、原始丛林密布的原生态峡谷，加之世界第一高桥——北盘江特大桥的建成，更为这段峡谷增添了历险探秘的吸引力。

北盘江有两种形态的美，一种是静态的，另一种是动态的。

静态美主要是以牂牁湖为代表的高原湖泊景观。晴好天气尤其是夕阳西下的时候，山影躺在水面上，一条江就静静地卧在峡谷里。善泥坡电站蓄水以后，水城境内也形成一处静美的江景。

动态美主要是以野钟大峡谷、九归大峡谷、营盘大峡谷为代表的峡谷奇观。从野钟的付木山往西即是最为壮美的风景。那些风景是流动的，是变化的，抬头、低头皆不同。

尤其是九归大峡谷和营盘大峡谷的"双峡"风光，更兼具静态与动态之美。静的是波平如静的江水，动的是沿途变幻的景致。千年北盘江，醉美在水城；船过"双峡"树，不必话三峡。

一、尼珠河峡谷，历险穿越探秘境

天色渐渐暗淡下来，岭脊留下一条灰黑的轮廓，峡谷两端的豁口还剩下白雾一般的天光。

没有风，只有稀疏的雨滴落下来，临近谷底，变成了雨雾，洒在脸上，痒酥酥的，似乎要透彻肌肤。

"走，睡下去可能起不来。"同行的聂康在旁边催促。真的，此时此刻，如果深睡，可能可以进入另一个世界。因为体能快要耗尽，没有食物补给，饮水倒是可以就地取用。

大约是晚上8点的样子，我们还在乱石穿空的峡谷里穿越。原计划一个小时走通的峡谷，此时还无法判断目的地有多远——迷路了。其实根本没有路，连先头部队的脚印都被雨雾洗刷了，只剩下那些不知横亘了多少万年的乱石挡在眼前。

聂康将一截水洗木扛在肩上，那是他蓦然邂逅的1万年前的等待；展凌已经体力不支，多一步冤枉路都不想走；龙张飞去探路，穿了几个缺口回来说，不通，必须从巨石上翻过去。

由于河床变窄，几吨甚至几十上百吨一块的石头淤积在这里，与两岸原始丛林为伴。风吹日晒，一个又一个的雨季带来山洪奔涌，巨石早已被洗磨得如同汉白玉一般，此刻，趴在上面就想睡。

之前，我们一共有8个人殿后，由于路径选择出现偏差，曾杰、龙江、黄河以及水城县职校的徐老师4人走在了一起。我、聂康、展凌以及平寨乡政府的龙张飞4人成了最后的小分队。我们互相搀扶，手脚并用，好不容易翻过这堆巨石，又被更多巨石挡道。

我们是在一条名叫泥珠河（又叫泥猪河）的峡谷里历险，大约于上午10点从水城县坪寨乡箐马村一个名叫下戈特的小山寨进入峡谷，然后开始了12个小时的穿越。

泥珠河上游是与水西悲歌有关的可渡河，下游与清水河汇合后流入北盘江，是云南和贵州的一条界河。河水澄澈得能看得清耳鬓厮磨的沙粒，岸上植被茂密得连风都钻不进去，原始丛林的藤萝与乔灌混生在一起，青鸟的啼鸣引得山谷久久回响。

太美了！将近30人的探秘团队，似乎都被这原生态的美景所震撼。可是，在峡谷河滩摆渡的马显军却说，现在还不是赏景的最佳季节。等到雨季来临，悬崖上挂满瀑布，峡谷里处处险滩，那才叫美。小马长期在这段河谷捕鱼，对这里的景色了如指掌。

瀑布、浅滩、清澈见底的水流，以及两岸兀自生长的植物，构成了泥珠河人迹罕至的原生态风景。这里特别推荐一种岩石景观，一种由洪积物演变而来的次生岩。

横跨云贵两省的北盘江特大桥，距江面560米，相当于200多层楼高，堪称目前世界第一高桥。桥下不远处有两尊岩石，正好构成一幅"钟馗降妖图"。我感兴趣的不是岩石构图，而是岩石的特别之处。像混凝土一样，看得清沙砾的轮廓，却又与岩体凝结为一体，是砾岩或是珊瑚灰岩？是从上游冲刷下来还是这里遭遇过地质变动？

地质专业人士汪程斌通过图片分析，第一感觉认为，像冰川砾石。灰岩区域形成类似大大小小的沉积物，比较难。可以肯定的，首先是灰岩，然后经冰川作用或者洪积物二次沉积，并受地下岩浆作用，凝结为类似混凝土一样的浅度变质次生岩。

他初步估计，这个地方是地质运动活跃区域，有火山、地质裂隙，岩浆突出，并且很可能附近会产生温泉。他还说，这条峡谷堪称地质博物馆，可能出产一些宝石、特殊矿石或化石。

如果是这样，泥珠河就太有开发价值了。

这是后话啦，还是补叙一下我们是怎么走出峡谷的。后来我想，如果不和当地机构联系，几个人独自去探险，去到没有手机信号的乱石滩，等到体能耗尽，极有可能与外界失联。

好在，我们有箐马村的干部带队。当他们发现还有七八个人掉队后，便叫村民马小德前来援助，在他的带领下，我们绕过横亘在夜色里的巨石，经云南省的地界走出了峡谷。

到达垭口上张朝荣家，已近晚上10点。从上午10点到晚上10点，足足12个小时。

这个点上的河鱼汤、土鸡汤，加上50度左右的箐马酒，简直连对岸的云南省也要醉了。

二、龙山峡谷，时光不老天难老

一株树长在浅水里，不到一百年，却那样深沉，尽日观看秋月春风。两座山兀立江湾畔，何止一万年，仍这样稳重，常年披挂朝露晚霞。

这个尚未消失的地平线，是你梦寐以求的香格里拉。在这里，最容易想到一个词——地老天荒。真的，只需一支竹排，一蓑烟雨，就可以让时光倒流。时光不老，天亦难老。

在北盘江上游，泥珠河与清水河汇在一起后，即为北盘江。沿北盘江东行过大渡口、高家渡口后，忽见一处开阔的水面。往南，曾是一条纤细的支流，当地人叫岔河。善泥坡电站蓄水以后，这里形成了一处风景独特的峡谷，因为尽头有座龙头山，且把它称为龙山峡谷。

这个能够让时光倒流，能够让人回到从前的地方，就是龙山峡谷。那一年春节，我与六盘水市委讲师团团长王鹏升来到这里，进行了一次"发现之旅"。

在水城县龙场乡箐脚村村主任黄成光的带领下，我们把车开到一个名叫大梨树的寨子里，然后开始徒步。大梨树是一个紧邻江岸的喇叭苗寨，许多年以前，寨子里的确有一株数人合围的梨树，因为年代久远，那株梨树后来枯败了，只留下这个花开如雪的地名。

黄成光就是在大梨树长大的，对这一带的地形地貌不只是熟悉，而是已经镌刻在记忆深处。他说现在形成的这座峡谷，以前只是一条小溪流，溪流的边上有很多稻田，也有玉米地。稻田边上长着仙人掌，玉米地种着黄果树。寨子里的人经常把牲口赶到溪边来放牧。

江水缓慢抬升，高峡渐成平湖。最让黄成光感到遗憾的是，江滩有无数造型奇特的石头没有抢救出来。有一次，我和他，还有龙场中学的周清老师，在江滩上转悠了大半天，被那些千奇百怪的盘江石深深吸引，但又爱莫能助。好在，我用相机"抢救"了一组被岁月刻在石壁上的天然壁画。

不过，有一件事让黄成光感到欣慰。这处江段曾有一渡口，叫作吴老枪渡口（也叫严家渡口），后因风高浪急而废弃。吴老枪渡口开通于清嘉庆年间，也就是说，在清光绪年间建成高家渡铁索桥之前，渡口就是两岸往来的必经之地。何以这么说？有黄成光花钱请人抬上来的那块石碑为据。这就是他感到欣慰的东西。

沿着龙山峡谷岸边往深处走，眼界由宽变窄。所谓岸边，原来是有一条当地人种庄稼、放牲口、走亲访友的小路的，现在小路沉入江底，村民又在紧靠崖壁的地方走出一条路来。

穿过迎风飘飞的铁芭茅，又穿过藤萝缠绕的灌木丛，再穿过树枝横斜的桐子林，就到了龙山峡谷的尽头——一处尚未消失的地平线，一处能够倒流时光的清平湾，一处可以流放心灵的栖息地。

原本将峡谷挤得逼仄的两架大山，在眼前豁然闪开，为逶迤而来的龙头山让路。龙头山起源于水城和盘县（今六盘水市盘州市，下同）交界的娘娘山，一路蜿蜒，至北盘江3公里处不再前行，并呈举头望月之势。

龙山峡谷有个"龙口"，当地人叫大硝洞，因中华人民共和国成立初期有人在此熬硝而得名。据说，洞内钟乳石发育完整，造型各异，颇具观赏价值。

我们没有进洞考察，而是沿一条金黄的溪流溯源而上。没走几步，看见几个女孩子在溪边戏水。那景观，就像到了九寨沟或者黄龙。

"如果从江上坐快艇过来，几分钟就到了。"黄成光说。作为六盘水市人大代表，他曾提交过一份建议，希望打通从营盘，经回龙桥到大梨树的乡村旅游线路，尽快开发龙山峡谷的旅游资源。

现在，这条公路已经修通，龙山峡谷的神秘面纱即将揭开。

三、九归峡谷，孤峰石柱对愁眠

在北盘江景观廊道穿行，不时会获得意想不到的惊喜。比如说，从野钟峡谷到九归峡谷，沿途那些磅礴的大山会让你觉得"江南千条水"真的算不上什么。而且，透过怒放的野花或橙红的树叶呈现在眼前的一道绝壁，会让你仿佛置身于瑞士的某个小镇。

九归峡谷是北盘江大峡谷的景观代表，那里的孤峰、断崖、石柱，独具魅力。它们虽位于同一狭小地域，却又造型各异。

我曾多次造访过九归峡谷。有时候从灌木丛中抄小道到达谷底，以仰视的角度感受峡谷的伟岸，壁立千仞，江面平阔，细碎的波光如鳞片闪耀；有时候则立在岸上俯瞰峡谷，透过林荫缝隙看游船拖着白亮的水花在峡谷深处穿行。

我的兴趣不在这里，而在于伫立江边的孤峰以及孤峰对面的断崖和离断崖不远的石柱。

这座孤峰，当地人叫作"石桅杆"，我把它称为"临江仙"，像一位临江独守的仙子或仙女，也会令人想起来自唐朝教坊的一个词牌名。实际上，远远看去，就是一个中间大两头小的纺锤。纺锤的腰部，有溶蚀甚至塌陷的迹象，多年以后，它可能不再是峰，而是柱，是一枚"定江神针"。

这是远眺，如果近看，它临江的一面较宽，是一道斧削似的断崖。断崖的底部有一条小道可以爬着经过，逼仄，低矮，仅能容身，当地人取了一个既本土又贴切的名字——"趴起过"。如今，"趴起过"已被江水淹没。

这个纺锤一样的东西，我还对它的顶部感兴趣，能不能徒手登上去？在当地村民张昌富的引导下，我如愿以偿。

"纺锤"顶部全是耙齿一样棱角锋利的石幔石扇，石幔石扇之间的缝隙里夹杂着薄薄的腐殖层，从这些珍贵的腐殖层里长出来的灌木有一人多高。还有那些开着白花的鸡骨草和红得发亮的小红绸，第一代种子不知是哪只小鸟衔落的。

"纺锤"的对面有一道断崖，离断崖稍远，又有一根拔地而起的石柱。孤峰、断崖、石柱，它们原本是不是属于同一地质构造？是不是某一次大的地质运动形成断裂、塌陷，才注定今生今世的对愁而眠？

我一直认为，乌蒙山区的喀斯特地貌一般为石灰岩地质构造，可是也不尽然。比如北盘江流域，不同地段的地质构造就不尽相同，大部分为石灰岩，而有的则趋向于白云岩，但又不如白云岩发育成熟。在九归峡谷，这样的地貌特征尤为明显。

是不是可以这样理解：由乌蒙山区往东，将逐步发育成云台山一带的白云岩喀斯特地貌？甚至，会不会直接发育成张家界那样的石英砂岩？

地质专业毕业的汪程斌说，石英砂岩分为两种，其中一种是可以称为次生的石英砂岩，就是河流湖泊沉积的石英砂，后来沉入地底形成的。石英砂岩的主要成分是二氧化硅，其肖氏硬度是7，刀子划不动。而广义的灰岩，含石灰岩、竹叶状灰岩等贵州地表最常见的岩石，主要成分是碳酸钙，其硬度则低得多。

这样说来，乌蒙山区的喀斯特地质地貌仍然处在"初级阶段"的发育状态？

四、野钟峡谷，崖上堆叠"泰山石"

说出来好笑，我至今依然搞不清乌蒙山国家地质公园的具体位置。估计你也是。

一次，从广东过来的朋友问我："乌蒙山国家地质公园在哪儿？"我说："就在你站的地方啊！"他说："鬼扯，这哪儿是公园。"我一时语塞——还真不能把每一寸土地和每一座山头都当成公园。

可是好像又不对。我们居住的地方不就是水城峰林风景区吗？108座山峰环城伫立，或密不透风，或疏能跑马，天然形成乌蒙山国家地质公园的一部分。原来，我们就躺在公园里，而且是国家级公园。

闲话少说，回到正题。

乌蒙山国家地质公园位于贵州省西部的六盘水市，面积近400平方公里，以乌蒙山顶峰及其东坡高原喀斯特地质为特色，以高原峡谷为主线，以天坑、天桥、暗河及溶洞群为主体，集喀斯特地质地貌、山原地貌、构造遗迹、古生物化石与古人类遗址为一体，构成一道道别具特色的自然景观和人文景观。

注解一下，峡谷指的是北盘江大峡谷，以水城境内的野钟段、九归段和营盘段为代表；天坑是一种塌陷后的负地表景观，位于水城县花戛乡新发村；天桥也是一种地表塌陷，只是塌陷得不够彻底，以能够当公路使用的金盆天生桥为代表；暗河很多，主要以盘县普古乡境内的水爬坡为代表；溶洞也很多，主要以徐霞客考察过的位于盘县老城的碧云洞为代表；构造遗迹指的是位于北盘江上游的归集三个屯，即马龙、妥保、棋盘，学名叫旋转构造台地；古生物化石遗址，在盘县新民乡的羊圈村，古人类遗址在盘县珠东乡（现为竹海镇）的十里坪大洞。

以上文字虽然有点资料味道，但已经明白乌蒙山国家地质公园的景区构成及所在地。

某一个天气晴好的周末，我把车直接开到乌蒙山国家地质公园的主景区——北盘江大峡谷的野钟段，停在一个名叫环保站的小院里，然后开始徒步。这是一段很不错的步道，大约3公里，穿过一处连片的原始丛林，直到一座形似马鞍的大山尽头。

的确是尽头。

眼前是一面斧削似的断崖，崖壁上依附着一株株常绿灌木，有桦香，有乌木，有野梅，无需泥土，只要水分，甚至连水分都不要，就能与山崖守望一生。

用手抓住断崖上凸起的岩石，将脚塞进石缝，才敢把头探出去眺望。笔直的崖下就是滔滔奔流的北盘江，只是此刻，江水瘦得像一条麻线，轻轻地缠绕着峡谷江岸。崖上，谁将泰山之巅的拱北石搬了过来？谁将一面平滑的巨石叠成无字丰碑？

在这里，我发现了有别于石灰岩的岩石，它的立面有分布均匀的暗褐色斑点，如同花岗岩，也像泰山石。可是，曾经就读于西安矿院的汪程斌看了一眼图片，就否定了我的判断。他说，这不是花岗岩，而是石灰岩，是地质断层和地表水径流下切共同作用的结果。用刀子划一下，能够留下痕迹的是石灰岩，留不下痕迹的才是花岗岩。可惜，我没带刀，甚至用石头敲打一下的机会都没有。

作为喀斯特峡谷景观，野钟段确实有其独特的地方，不仅河谷深陷上千米，而且有国家级保护动物黑叶猴，还有明清时期的铅锌矿采矿遗址。

作为乌蒙山国家地质公园的主景区，野钟峡谷有你看不够的喀斯特景观。

五、六车河峡谷，头枕峰峦一万重

有个名叫李商隐的古人写诗写得够伤情，比如"刘郎已恨蓬山远，更隔蓬山一万重"。意思是那个人隔得太远了，想见一面几无可能。不言情，只借用一下诗的外壳："峡谷不恨峰峦聚，头枕峰峦一万重。"

我说的峡谷，是六车河峡谷；峰峦是六车河峡谷上游的娘娘山，以及娘娘山对面那片望不到边的万壑千山。

沿北盘江支流乌都河溯源而上，跨过水城县花戛乡搓播村的石墙口，就是六车河峡谷的所在。

六车河峡谷位于水城县与盘县交界的花戛乡和普古乡之间，目测，深度不到1000米。从上游的"连心桥"起始，到下游的"友谊桥"结束，长度大约3000米。宽的地方数百米，窄的地方几十米，显得小巧、精致、古朴，有人因此认为可称贵州的张家界。我认为不可以，一是地质构造不同，张家界已经是石英砂岩，六车河还是石灰岩，而且岩壁上常见碳酸钙积淀；二是地貌景观不同，张家界多为节理性断崖式构造景观，就像被斧头劈开的样子，六车河则为叠层式断裂或塌陷景观，这种景观在金盆天生桥尤其明显，是地壳运动的结果。

因此，作为北盘江景观廊道的支线景观，乌蒙山国家地质公园的一部分，六车河峡谷的风景不在峡谷本身，而在其上游的万壑千山。有专家把这片山峰称为峰林或峰丛，统称舍烹峰林，我认为有些勉强。

简单地说，峰林和峰丛都是锥状或柱状的连片山峰，两者的区别是，峰林不在同一基座上，但发育相对完整，峰丛位于同一基座且发育不够完整。

所谓的舍烹峰林，发育并不完整，而且需要从娘娘山顶放眼望去，才能有万峰汇聚的感觉。可见，这些峰未必称得上"林"或者"丛"，很多地方还是一列一列的长条形大山，山腰上出现的凹陷形同马鞍，凸起部分似乎刚刚隆起。如果置身于娘娘山下，更找不到"丛"和"林"的感觉，只有峰回路转。

所以，叫峰峦比较恰当，高的为峰，矮的为峦，只需成片，无需有形。"峰峦如聚，波涛如怒"，已经够震撼了，何必强求峰林。

所以，六车河峡谷的地质景观，应该体现或者至少包括其上游"奔涌而来"的万重山峦。

中国南方喀斯特具有不同地域不同景的特点。在贵州境内，在乌蒙山区，喀斯特分布又有特别。仅以长江上游的三岔河和珠江上游的北盘江为例，其分水岭多为崇山峻岭，但水城县境内的杨梅、新街、龙场、顺场却无端形成一片广袤的山地丘陵，往南越过六车河峡谷以后，山峰开始慢慢隆起，正往专家所说的"峰林"或"峰丛"靠近。

再往南，到了黔西南州的兴义，那些挺拔的山峰开始显得秀气，而且已无明显基座，所以才有万峰成林的奇观。继续往南，到了广西境内，峰林更为疏朗，山体更加有形，有的柱状形或乳状形山峰，诱人想伸出手去摸一把。虽然有些越题，但这毕竟是喀斯特地质构造发育的一个过程。

曾几何时，乌蒙山区的山峦和沟壑是我们出行的最大障碍，很难理解它们的景观价值所在，实际上，换一种欣赏的目光来看，这些磅礴的大山的确都是风景。

六、高家渡口叹索桥

先解释一下"叹"字。"叹"在粤语里边有观赏和享受的意思，在普通话里边有叹服和叹息的意思。在如下的表述里，所有的意思都有可能得到体现。

春节期间，北盘江畔的高家渡铁索桥下，天天都有人来游玩，索桥已经不是原来的索桥，在紧挨它上游的边上，已经建成一座拱形的公路水泥桥，后来又建成一座直跨的公路水泥桥。

那时候，善泥坡电站还没有蓄水，高家渡一带的江滩上还可以烧烤，轿车和摩托车停得到处都是。如今，高峡出平湖，这些地方已经被淹没。

多年以前，渡口两岸是拴马、喂料、歇脚的所在。这是水城到盘县的又一处古驿道，除了马帮，皆为步行。"爬了江坡二台坡，剩点力气也不多"，说的就是这一带。

高家渡铁索桥又叫普济桥，位于水城县的新街、营盘、龙场三乡交界处。此桥建成于清光绪三十三年（1907年），距今也就百余年历史，年代不算很久远，但已经是一处受保护的文物。现在看来，其文物保护的价值，更多的在于索桥建造的工艺和难度，以及两岸的多块碑刻等。

工艺有多高？用现在的标准来看也不算很高，但在当时的条件下，已经很不错了。别的不说，光是那锁链的衔接，就显得天衣无缝。高家渡铁索桥长79.6米，宽3米，涨水季节距水面19.4米，枯水季节距水面25米。桥身由17根铁索组成。每根铁索又由287个椭圆形的锁链相扣而成。每个锁链重数十公斤，要靠马匹从山外运进来，每匹马一次只能驮运4个锁链。运进来以后，单个的锁链又是怎样扣接在一起的呢？碑记已经模糊不清，推测的结果是，在建桥工地另起炉灶，将单个的锁链环环相扣后再一一焊接。然后，用土法安装。看那伸进岩石深处的链条，可以肯定这土法好生了得。

除了索桥，两岸还有6块碑刻，这些碑刻不是立起来的石头，而是凿在崖壁上的天然石碑。其中最大一块刻有"普济桥"三个大字，内文全是普安州倡导建桥的经过，还有《普济桥规》以及纪念碑文和捐赠名录等，碑文之全前所未有，其完整度相当于一个石刻群。

同行的龙场乡箐脚村村主任黄成光和家住江边的何德青说，听老辈人讲，索桥建成以前，这个地方就很繁荣，因为是渡口。最早的时候叫康家渡，后来发生翻船事故就把渡口转让给高家。高家后来也发生一起惨烈的翻船事故，才响应政府捐资建桥。

如今，北盘江梯级开发拉开了帷幕，一座光照电站造就了上百公里的牂牁江湖面，蓄水发电以后的善泥坡电站，又形成一座20多公里长的湖泊。

为了抢救文物，有关单位曾采取措施保护索桥。自然，办法较为简单，在两岸各砌一堵石墙，大约与公路桥等高，再用卷扬机把索桥提升十几米，辅以钢绳等现代材料加固。这样的工艺，与当年不可同日而语。不知道那几块碑刻有没有抢救出来并加以保护？

无论如何，抢救性保护总比被淹没要好。只是，那座曾经承载着人欢马叫的真正索桥，只能记录在史料之中了。

七、大梨树下读"岩画"

从高家渡到大梨树不远，站在江岸高处往东看，目光所及即是。江面距离两公里许，但走路得从何家寨电站后边绕道。

大梨树不是一株树，而是一个紧邻北盘江的自然村落，五六十户人家散居在江畔的一处岩墩墩上。大梨树曾经有过两株树，应该不是很高，但却粗壮，需两人方可合围，不知何年何月，树已不复在，只留下地名。

大梨树属于箐脚村，隶属于水城县龙场乡。春节期间，新盖的平房或古朴的瓦房，门楣上均贴着红红的春联；村道上，鞭炮或烟花燃放过后的纸屑还薄薄地堆积着。

装机18万千瓦的善泥坡水电站蓄水发电以后，尾水淹至高家渡以上，大梨树门前的岔河直至龙头山一带，已形成夹岸高耸的峡谷风光。在这里出生的黄成光说，他们将依托得天独厚的资源优势发展旅游业。黄成光曾在六盘水市中心开过装潢公司，他的想法是在岔河上修建一个码头，然后开设一些简朴而具特色的农家院，让游客上岸后有吃有玩有乐，还可以承接周边的客人下河观光。

善泥坡电站蓄水以前，我去过大梨树下的江滩。在经过一道缓坡的时候，我被脚下的一处沙面滑了一下，差点儿摔倒。正好被严显祥的妻子看见。她说："把路修好就不会滑了，不晓得什么时候修成水泥路？"除了黄姓，严姓也是大梨树的大姓，不知从哪一代起就从水城严家湾搬过来定居，现在又到相对繁华的龙场街上买地基盖了平房。

像严显祥家这样在龙场街上盖平房的大梨树人不少。他们哪来的钱呢？龙场中学的周清老师说，大部分人家靠的都是土地赔款。善泥坡电站给大梨树人带来了实惠，光是被淹没土地的赔款，有的人家能拿到几十万元，其中严氏家族最多，加起来有500万元。关于土地赔款，周老师还道出了一个小小的"辩证法"来。他说，当初，黄氏家族的土地多半分在较为平缓的地方，成形，便于耕种；严氏家族的土地多半分在临江的河谷地带，偏僻，难以耕种。谁知三十年河东，三十年河西，多年以后，那些旯旮地全都兑换成红票票。

大梨树一带的北盘江，风光不是很特别，河床较宽，江水较平，尤其与岔河交汇的地方，自然形成一处开阔的江滩。不过，江滩上的岩画倒是值得慢慢品读。那些被江水冲刷了亿万年的岩石，经过时光的雕琢，留下一幅幅浑然天成的岩画。或蹲或站，位于岩石前，就会发现《原始部落》《风雪归途》《大漠驼队》《壁立千仞》等画作，甚至《楚汉传奇》这样富有文化张力的"作品"也不鲜见。有的岩画像张狂泼墨，宛如北盘江风格磅礴大气；有的岩画寥寥数笔，就像江南水乡清浅写意。可惜，善泥坡电站蓄水以后，这些岩画都被淹没在了水底。

八、沿江徒步罗那细

　　罗那细坐落在岔河对面的山梁上，属于水城县顺场乡的地界。从大梨树到罗那细，可以经过新建的一座吊桥上"之"字形的陡坡即可，但我们选择了顺北盘江而下。

　　这个季节，山寒水瘦，听不见如雷的涛声，只有江风习习。多年以前乡人走过的小道，已被深及肩头的芭茅掩埋，倒是古人在石壁上用錾子凿出来的脚窝，依然存留着泛黄的时光。在这人迹罕至的地方，这些脚窝是什么时候凿出来的呢？与我同行的布依族青年赵杨筛说："现在到处都有通村公路，这些乡间小道就废弃了。那几年，我们走路去新街去杨梅，就是这条路。很早以前还是背盐巴上盘县的驿道呢。"

　　原来，这附近就有一个渡口，叫严家渡口（也叫吴老枪渡口），从泥土里刨出来的半截石碑，碑文所记仍有"嘉庆"字样，据此可知，它比光绪三十三年建成的高家渡铁索桥的年代还要久远。那时候交通不方便，碰到宽阔的江面唯一能想的办法就是渡船，根据当时的条件，渡船大多为竹筏，比较简单，安全系数低，风浪一来就酿悲剧。也许距此不远的高家渡铁索桥建成后，严家渡口才被废弃。

　　北盘江还未形成平湖的时候，我们沿着江岸往前走，江水就在脚下温驯地流淌，一点也体会不到"月黑风浪急，掀翻渡客船"的惨景。快要到达小渡口的时候，遭遇一道齐头岩，无法通过。同行的赵杨筛说："先到罗那细整点饭吃，饿得遭不住了。"此时已是下午1点半，我们才感觉早上吃的早餐热量已经耗尽。又沿着一段"之"字形的小道往上爬，江峰裹挟着热浪一阵一阵地袭来。这一段坡道很陡，如果靠近一点，前者的屁股几乎就在后者的头顶。我们气喘吁吁地来到几户人家散居的高处，恰好遇到一位中年男子从江对岸回来，这是赵杨篩家族中的一位哥哥，布依族，名叫赵朝昌。问他有没有现成饭，整点来吃。他谦虚地说有一点点，声音极细，几乎听不清楚。随后他把我们领进一栋新修的水泥平房，用电磁炉热了几大碗肉端上来。赵朝昌说，为图方便，娃娃们年三十晚就把肉炒放好在锅里，吃到初四还有半锅。

这里叫水沟寨，与罗那细是一个村民组。山梁上的人家不像平地上一样集中，哪里有一处凹地或者缓坡，就刨平来盖房子，所以显得零散。随后，赵朝昌的妻子回来了，她拎出一提啤酒给我们喝。从顺场街上运过来的山城啤酒21元一提（9瓶），22元卖出去能赚1元。我说："喝一瓶就要卖二十几瓶才能赚回来。"赵朝昌的妻子笑着说："不要这样算账，管他钱不钱，只要肚儿圆。"一句话，体现了布依族同胞对待客人的热情和对待生活的洒脱。这一点，在后来的行程中，我有更深切的感受。

然后说起小渡口，小渡口的江上竹筏，以及后来修建的索桥和吊桥。索桥是20世纪80年代建成的，那时候乡镇还未撤并，九归乡的党委书记何兴朝因此可记一大功劳。外家住发耳的赵朝昌妻子说，全靠何书记了，让他们走亲串戚方便得多。

后来，善泥坡电站蓄水发电，小渡口一带已被淹没，原来的索桥也就不复存在。为此，善泥坡电站业主方另选址在离江面更高的岸上重新修建吊桥。吊桥建成后，两岸往来更加方便了。

九、初春夜宿石美格

下弦月挂在松枝上，清晖从松针的缝隙里洒落下来，堆积在石美格的半坡上。夜静春山空，空得能听见月光流泻的声音。

这里是石美格，一个月半弯环抱的小山村，那微微隆起的半弯台地，丰满、圆润、修长，30多户张姓、冉姓人家就居住在这个"臂弯"里。

这是天亮以后，绕到对面的山岭上回头看时发现的。原来，这就是一道完美的风景，夜宿石美格，我们住在"风景区"。

石美格，当地人称"石米给""石末给"。它紧邻山高谷深的北盘江，属于水城县顺场乡滑竹箐村。当地人的称谓是不是少数民族方言，未作考证。

从这里走出去的张警官说，石米给的海拔高度800米，属低热河谷气候，黄果、橘子、甘蔗、花生、生姜等，都能出产，但是缺水，种不出大米来。"所以，吃米要靠石头给，可是，石头哪里会给？自然就是'石没给'了。"张警官牵强附会地解释这个小地名，却被我打断了。我说，这样美的地方，应根据谐音叫作"石美格"。同行的人立马说好。

石美格的美，不仅仅局限于它月半弯的地形，还有对面那截金箍棒一样兀立的石柱，还有左边那道卧虎一样趴着的断崖，分别被村民叫作令牌山和薄刀鱼，实际上，整体看上去就是一幅"降龙伏虎图"。

石美格的美，也不仅仅局限于那些趴着的断崖和兀立的石柱，还有挺拔在江边的孤峰，以及深陡的峡谷和由峡谷构成的江景。

说一说那座孤峰。第一次看见它，是站在石美格松林的山梁上，那里有一个天然的观景平台。我到达的时候，附近村民已经挤满了观景台。遗憾的是，从这个角度俯瞰下去，那座被当地人称为石桅杆的孤峰一点也不高，甚至矮趴趴地与江对岸的大山贴在一起。

元宵节过后，我和水城县文广局的刘世全再次来到石美格，直至绕到他东面的平行处，才得以领略这座孤峰的挺拔秀美。一峰突起，傲立江边，远看如同纺锤，近看一尊大仙。与其叫作石桅杆，不如称为"临江仙"。

于是我突发奇想：能不能登顶"临江仙"呢？曾经分管过旅游工作的刘世全说，北盘江最有魅力的峡谷是野钟大峡谷和九归大峡谷，而九归大峡谷最漂亮的景点看来就在石美格。"不过，作为探险体验可以，真要爬上那座孤峰，风景就在脚下了。"

同行的张警官说："孤峰上还有梯子呢，可以去。"原来，峡谷蓄水以后，张警官就让弟弟张昌富去搭梯子，为探险者提供"私人定制"服务。当然，服务是免费的，但必须温馨提示：恐高症和高血压患者别去冒险。

于是，在向导张昌富的带领下，我们向孤峰挺进。几乎没有路，多年以前赶马驮煤油、盐巴、布匹的古驿道，早已淹没在荒草丛中；村民放牧牲口的羊肠小道，也因封山育林而还原为灌木丛。

一路前行，穿过枝叶繁茂的九把斧，路边开满鸡骨草的白花，一串一串，摇曳着初春的欢快。间或，一种名叫小红绸的植物，忽地从灌木丛中探出头来，显得无比惊喜。

借助张昌富架设的梯子，我们登上了"临江仙"的顶部。原来山顶上比较宽敞，大约有12平方米，可以建个观景亭。

终于征服了一座只有牧羊人才能登顶的孤峰，成就感油然而生。可惜，吃午饭的电话打过来了。回到张昌富家，腊肉苞谷饭的香味早已弥漫着农场小屋，胡豆煮酸菜正散发出春天的清香。不瞒各位，头天晚上在张昌良家吃的岩山鸡也很棒。

十、红军渡口话变迁

这里名叫虎跳石，江面里有几块大石，传说老虎能从石上跃过，故名。这里又称红军渡，是当年红军长征过北盘江的渡口。1935年，为掩护主力红军南渡乌江、佯攻贵阳、进入云南，由罗炳辉任团长、何长工任政委的红九军团从黔北转战乌蒙山区，后经纳雍进入水城董地，经米箩、野钟过北盘江，过江处即虎跳石。那时候没有桥，只有当地人过江用的几只小筏子，红军队伍当机立断，伐木搭桥，从虎跳石上过江而去。过江时天色尚早，江畔一个名叫龙小二的仡佬族青年为红军队伍引路至小马场，后经法德垭口宿营顺场金竹林一带。

介绍这些背景是跟后面的叙述有关。

如今，一条如练的公路从虎跳石不远处通过，使北盘江两岸的村落发生了巨大的变化。这条公路是1991年修筑的水城至盘县东线公路。这条公路的贯通，使江边的小寨子变得与众不同。这个小寨子名叫渡船寨，雅号龙艺，俗称河边，隶属顺场乡。所谓与众不同，是和周边相比，村民的文明程度大幅度提升。怎么说？房子都修到公路边来，而且多年以前就是水泥平房，一层、两层、三层不等，白亮白亮地顺着公路延伸。

年过六旬的徐帮举说，40年前，他搬来渡船寨定居时，寨子里只有15户人家，现在发展到五六十户，有布依族、仡佬族和汉族等多个民族。

1991年修筑水城至盘县东线公路时，水城县以军事化管理方式组织民兵施工，上万人分布在数十公里的战线上，创造了县乡筑路史上的奇迹。多年以后，渡船寨上的徐发奎还记得当时张挂在虎跳石畔那些振奋人心的标语："当年红军路，今朝人马欢。继承先烈志，改变穷山川。"

关于水盘东线公路，至今依然有一个名字常常被民间提起，而且富有传奇色彩，那就是杨安学。乡镇撤并以前，杨安学是法德乡的书记。根据民间传说，原本这条公路是经野钟发射由付木山跨北盘江到花戛底母，然后往南而去。这样的话，比现在要近十来公里，且工程难度相对较小，可后来怎么改走现在的路线呢？那就是杨安学的功劳了。杨安学说，前者虽然较直，但没有后者有意义，为什么？后者是红军经过的地方，而且有村人给红军带路，算是为革命作出过贡献。既是少数民族地区，也算革命老区吧，市、县领导为此专门召集会议后才把线路改过来。

对于这个传说，我在底母一带向村民求证过。他们说是的，是发射乡的刘书记讲不过法德乡的杨书记。所以，法德一带的人很感恩杨安学，至今还想为他立块碑呢。

虎跳石畔的这个小寨子，还有更大的变化，那就是善泥坡电站的兴建。电站进场开工，寨子似乎在一夜之间变成了"小香港"。小饭馆、小酒馆、罗锅店、烧烤店、台球室、歌舞厅等依次开张。

善泥坡电站给村民带来的最大好处就是土地占用后的赔款。有的人家将赔款用来买车搞运输，有的人家盖房子租给外乡人做生意。在家门口帮人治疗跌打损伤的乡村医生管毓珍说，他的生意跟电站也有关系，那些外地来的施工人员治好病以后，还把他们老家的人也介绍过来。"现在，来我这里求医问药的人越来越多，我家两口子都是残疾人，有时忙都忙不过来。"管毓珍微笑着说。

十一、水塘苗寨唱大戏

按计划，原本需要沿着江岸前行去黑风洞，那是一处明清时期开采铅锌的古矿遗址，我于1989年夏天去探访过。可是从水塘寨走出去的徐彩煌告诉我，应该去他的老家看一看，有几个在外省打工的苗族同胞来过春节，自发筹办了一台新春文艺联欢会，很不简单。于是我改变了行程。

在我的印象里，水塘寨是一个比较闭塞的小山村，多年以前的生活图景至今依然如在眼前：柴草在灶膛里哔哔剥剥地燃烧，炊烟从瓦楞间冉冉升起，雪地上，一位背柴的苗家汉子慢慢走来……

如今，一切已经改变。水泥路从寨子里穿过，新修的平房贴上了白亮的瓷砖，院坝的一角安放着接收电视信号的微型锅儿天线……就连身着盛装的苗族姑娘，裙装下端已看不见早些年的绑腿，都换成了时尚的靴子。

由渡船再南行7公里，我们来到苗族聚居的水塘寨。远远看去，菜地已经搭起了一个简易舞台，台前幕后，身着盛装的苗族姑娘们往来穿梭。尚在顺场中学读初一的杨白云，手里拿着一张歌单在练习，她说，为了这台联欢会，他们从大年初二就开始排练了，指导老师是杨龙。她手里拿着的歌单，一首是《迎宾歌》，一首是《水塘之歌》，作词、作曲都是杨龙。

随后，舞台上的芦笙舞跳起来，欢快悠扬的迎宾歌唱起来。

在现场看表演的杨兴志说，好几年没有这么热闹了。年轻人在外面打工凑豆（苗语，"挣到钱"或"搞到事"的意思），回家过年唱大戏，戒喽喋（苗语，"好得很"的意思）。

水塘寨是顺场乡的一个村，这里的苗族向来就有唱歌跳舞的习俗。那些年，大水井后边的白岩脚就是苗族青年们"跳花"的地方。青年男女，吹芦笙的吹芦笙，奏口琴的奏口琴，看上去没有南开花场热闹，但听得懂的人就说是在谈恋爱，内涵很丰富。可惜，当时经济条件差，交通不方便，影响力释放不出去。

举办这台文艺联欢会，杨龙和张学忠两个小老板功不可没，他们把办联欢会的想法一说，当时的村主任朱海飞非常高兴。在外面工作的不少人也捐了钱，纷纷表达对家乡民俗文化活动的大力支持。

杨龙是位40岁出头的苗家汉子，他带着一帮人在郑州帮建筑商搭架子，先是做苦力，后来自己做老板，七八年下来攒了一些钱；张学忠在贵阳搞劳务配送，哪个工地哪位老板需要零工，他立马开个面包车去劳务市场"采购"，把人送达后获取一定的佣金……现在，他们聚在一起摆"龙门阵"，多半都会谈到生意，而且用的量词很少是万，几乎都是十万或百万，曾经赶马驮煤的他们，这次开回来的轿车挂的分别是豫A和贵A的牌照。

从小就喜欢音乐的杨龙，从父亲那里学会拉二胡，又自己学习吹笛子，后被多才多艺的顺场民族中学校长崔永健发现，专门为他开了几堂辅导课，入门后长进较快。"在他乡打拼，有时难免孤独，这时候，就只能靠音乐陪伴自己。"话语中，仍然感受得到杨龙这类草根老板的种种艰辛。

说到这台联欢会的不简单，还在于杨龙他们不但把水塘寨的苗族青年们聚集起来排练节目，还把毕节织金的苗族代表请了过来，把黔西南州的苗族代表请了过来，把郑州的贵州苗族协会负责人也请了过来。所以，使这台乡土文艺联欢会一下子突破了地域限制。

十二、布依山寨过大年

北盘江沿岸，叫渡船寨的地方很多，营盘乡王家寨附近有一个，顺场乡法德江边也有一个，花戛乡底母村还有一个。我们借宿的这个小山寨就是底母村的渡船寨。

寨子不大，离江边步行不到两公里，住着三四十户人家，大部分是布依族。同行的赵杨筛自豪地说："怪得很，你发现没有？凡是有水又稍微平坦的地方，差不多都是我们布依族寨子。"曾经长年在外帮人染布挣钱的赵杨筛，足迹遍及六盘水黔西南交界的布依族村寨，所以他的判断带有朴素的经验主义。

在我的印象里，布依族是 个非常热情的民族。1985年和1996年，我先后两次到花戛毛虫河畔的欧场领略过。只要被一户人家当作客人，就会被主人请来陪客的人家都当作客人。所谓"一家亲，家家亲"是也。这回，我再一次领略了布依族同胞的盛情。

从水塘寨到渡船寨，步行至少要半天，但徐才峰开车送我们，没多久就到达了进村的岔道口。在一个叫抱腰岩的地方，徐才峰停下车来对我们说，修水盘东线的时候，有人从这里摔下去。站在护栏处往外看，眼前是斧劈似的断崖，滔滔奔流的北盘江，此时就像一条灰黑的布带子，被人随意扔在峡谷里。

徐才峰指着江边的一个寨子说："那就是你们要去的地方，主要是轿车开不进去，要是认识人，就让他们开摩托车上来接一下。"

我们在路边开小卖店搞啤酒批发的邓彦学家坐了一会儿，两辆摩托车就"突突突"地开了过来。前边一辆是罗齐周开的，后边一辆是王世元开的。坐上后座，又"突突突"地跑了一阵，就到了渡船寨。王世元说，这段土路有7公里，听说很快就要铺成水泥路。

赵杨筛和罗齐周是老表关系，罗齐周的母亲是赵杨筛妻子的姑妈，即江对岸付木山陆家。早些年辰，北盘江上还没有这么深的水，两岸村人往来靠的是悬挂在上空的一道溜索。有一天傍晚，赵杨筛跑到罗齐周家，借走了过溜索用的滚子（滑轮），去付木山把女朋友悄悄带出来，趁着月色溜过江来。多年以后，赵杨筛才解释："那是我们的一种风俗——'偷亲'，实际上他家里是知道的。"

晚上，我们就住在罗齐周家。不过，晚饭先在王世元家吃，后又在罗齐周家喝，在赵天文家继续喝，直到次日凌晨。

在接到我们之前，王世元刚刚从北盘江上收鱼回来。头天晚上，在江上布下一张网，第二天早上去看时，鱼被人收走了，下午再去看时，正好收获两尾野生鲢鱼。"够今晚上喝酒，也算是招呼大家过年。"王世元一边剖鱼一边说。他媳妇则将剁好的鱼块放进油锅里炸干，然后捞出来，再放回锅里煮汤。喝的是自己酿制的米酒，度数低，口感柔顺，但喝多了同样会醉人。

不一会儿，又有几个年轻人加进来，都是在外省打工，春节才回家过年的。几杯酒下肚，大家摆谈起各自在外打拼的种种经历。

在天津帮人搭架子的王世元，就不明白老板的工程为啥那么多，好像全国各地都有，哪里缺人就把他们派到哪里去，有时让他们坐汽车去南京，有时让他们坐飞机去厦门。"坐飞机去搭架子，要得。"

前几年在天津也做架子工的罗齐周，去年转到广西玉林种桉树，虽然挣钱不如搭架子，但每月也有三四千元，点工干活，不算太苦。

在海南岛租地种香蕉的邱光荣，头两年都亏钱，一年亏了20多万元。原因是台风正好从他租种的地上经过，把香蕉树吹得东倒西歪，等台风过后扶起来，其产量和质量都大打折扣。他讲起来轻松自然，好像在说别人的故事。

在江苏常州帮老板打理工厂的赵天文也算得上白领阶层，可是却差点儿把自己的命丢在异地他乡。那家生产电子元件的工厂电梯坏了，他去检修，结果载货电梯坠下来砸在他身上，造成他腰和腿上多处骨折，手术之后三个月才能下床。"今年回去要做两件事，一是动手术取钢板，二是和老板讨论工伤赔偿。"

后来，酒局换到罗齐周家，他叫来朋友继续喝。接着又到赵天文家继续喝，直到次日凌晨，才离席休息。

这哪里是在喝酒啊，简直是在分享打工族的酸甜苦辣，是在品尝布依人家的浓情美味。

十三、盘江灯影醉河阳

当我们抵达河阳的时候，太阳已经搭在西边的山崖上，正将一束一束的白光投向江面，顿时泛起耀眼的粼粼波光。随着时序推进，江上的阳光变成一片橘红，仿佛扔进一块烙铁，把江水烧得吱吱作响。稍后，夕阳更红，岸上的太阳能路灯次第闪亮。站在年前刚刚建成通车的河阳大桥上，眼前是一幅醉人的景象：半江灯影，半江夕阳。

河阳是黔西南州普安县龙吟镇北盘江村的一个组，是北盘江上游光照电站淹没区规划建设的最漂亮的一个居民点。一道浅浅的缓坡从桥尾延展过来，像一条搁浅的大船伸入江面。62户人家的平房就依次坐落在缓坡上，房前是安装了太阳能路灯的精致小街，屋后统一设置有火房和地下水道。这些房屋全是统一设计的两层平房，地基大小不等，3人以下100平方米，5人以下120平方米，6人以上130平方米。至于谁家在什么位置，那就用最原始也是最公平的办法——抓阄。

曾经多次路过这处江段的时候，我一直渴望在这个地名优雅的村子里头枕波涛而眠。现在终于如愿以偿，但枕的不是波涛，是灯影，是如钩的月色。

我们住在靠近码头的王兴志家，布依族，同样是赵杨筛的朋友。王兴志的妻子说，她老家在付木山，从小就和赵杨筛的媳妇玩得很好。

　　这里是两地三县交界，民族风情浓郁。我们抵达河阳的傍晚，正好碰到一帮年轻人骑着摩托车在河阳大桥上聚集，后来得知是一支50人组成的"偷亲"队伍。这支队伍来自水城县野钟乡的付木山，借道黔西南州的河阳去水城县花戛乡的欧场"偷亲"。何为"偷亲"？赵杨筛说，根据布依族的习俗，青年男女结婚后，女方要回娘家住三年才能到男方家居住。现在已经很少有人这么做了，但是又要尊重习俗。怎么办？男方家到女方家走完程序，就避开长辈们的注意把新娘娶走了。后来大家都默许这种做法，自然而然就形成了"偷亲"的婚俗。

　　这天，又吃北盘江的鲢鱼，不过，已经不再是野生鱼了，是从王刚宪的网箱里捞上来的。煮熟以后，就着半江灯影下酒。关于北盘江上的野鱼，已经"改行"去昆明带队打工的王兴志说，哪有那么多，不排除有人作假。

　　北盘江沿岸的村子很多，有的叫某某嘎，有的叫某某寨，听起来非常土，但颇具民族特色。像河阳这样优雅的地名不多，因而我对它比较感兴趣，并一直琢磨它可能跟江水有关。对岸的野钟乡境内也有一个河营，我怀疑是"河阴"的误读和误写，因为在贵州方言里前鼻音和后鼻音区分不是很明显。如果是这样，就可以与"河阳"对应。可是，在中国传统文化里，应该"山南水北谓之阳，山北水南谓之阴"，而河阳刚好在山北水南，河营（河阴）则在山南水北，这就解释不通，好在还有不合常理的"阳"类地名在，如明太祖朱元璋的老家凤阳，"凤阳地处淮河中游南岸，北濒淮河与蚌埠市相望"。

　　分析了这么多，却被当地人一句话给否定了。王兴志说，这里原来叫侯昌河（或猴场河），后来改名河阳，附近还有一个地方叫城阳。真是穿凿附会了。

　　因为地势独特，村落别致，如今的河阳渐渐成了一块旅游宝地。王刚宪说，过年那几天，普安和水城有很多人来游玩，小车停在桥那边，队伍少说都有1公里长。"以前，我们这里有一片水田，好几处河沙坝，经常有人过来捡石头。"回忆从前，当过兵的王刚宪表情复杂，似有些许留恋，又似有些许怅然。

　　留恋而且惋惜那些江滩的人，我的印象中还有一位——崔智长。这位家住六盘水市中心的观赏石爱好者，足迹几乎遍及整条盘江石。光照电站蓄水以前，他就到过河阳、河营以及附近的戡角田一带寻访北盘江。许多石头像婚姻一样，往往与别人擦肩而过，却被他蓦然邂逅，仅仅一见钟情便爱不释手。而且所爱颇丰，见哪个都不忍舍弃，只好找船运过来，再用塔吊吊上岸，然后装车。那时候，野钟的发射一带还是泥土路，汽车常常抛锚，运一车石头进城要好几天，真是"豆腐盘成肉价钱，石头盘成黄金价"。多年以后，崔智长还会连连感叹。

但是，更多的遗憾则是那些形态各异的盘江石还来不及与人邂逅，又被滔滔江水所淹没。

尾篇：穿行北盘江，何时才方便

在北盘江景观廊道穿行，除了上游的高家渡、中游的河阳（河营）、下游的毛口和西嘎，沿江还有不少小码头，但除非你特别指定，否则一般都不会有船只停靠，比如说付木山与渡船寨之间的小码头，可能从来没有游客从此上岸。倒是有人在此候船。谁？我和赵杨筛，以及为我们送行的赵天文和罗齐周。

从渡船寨到河阳一段，我们选择乘船。船是江对岸王仕平的，头天晚上就通过赵天文电话预约，第二天早上又电话联系。可是，当我们来到位于江边的小码头时，只有一江碧水在静静恭候。

接着有人赶来，有附近村寨的，也有花戛乌都河一带的。但他们不是旅游，是过江去付木山走亲戚。罗齐周说，以前用溜索方便，不论滚子（滑轮）在哪一边，都可以用绳子拉过来；现在用竹筏，划到对岸以后就只有等那边来人才能划过来。果然，对岸的亭子里有几个人正等着过江，而一支由6节竹竿绑成的小竹筏还静卧在这边的崖壁下。

这边有个穿迷彩服的小伙子名叫陈举高，他把竹筏从树桩上解开来，招呼人蹲上去，再慢慢划向对岸，然后又把对岸的人划过来。因为竹筏较小，超重就会下沉，所以除了撑竿的他以外，一次只能载两个人。他先把别人渡过去，最后才渡自己的妻子。

这里的江面大约50米宽，一个来回需要18~20分钟，4个来回超过1小时。我问他一次收费多少，旁边的罗齐周替他回答："都是团转人，不收费。"我问他是不是每天都在这里划船，罗齐周回答说不是，陈举高也是走亲戚的，哪个碰巧哪个划船。

大约等了3个小时，我们预约的那艘机动船响着马达开来了。"舵手"是王仕平的女儿王永美，当时还在六盘水市七中读高中。她的弟弟王永海年龄更小，先当"大副"，后接"舵手"，看上去却驾轻就熟，一问，还在水城县职中读书，因正逢寒假，便跟父亲学习驾驶机动船。

之后，我们便逆行去上游考察黑蜂洞。那是明清时期就开采的铅锌矿洞，与对岸悬崖上的藤桥洞等，形成了野钟大峡谷的古矿遗址群，具有较高的游览价值。然而遗憾的是，从上游冲来的浪渣全部淤积在逐步收窄的江面，这艘老式机动船不敢前行，试图冲了几下，险被浪渣缠住动力叶片，只好掉头返航，2个小时后抵达河阳。第二天从河阳出发，我们又联系了一艘时速20码的更小的机动船到西嘎。

一路走来，北盘江美不胜收。既可饱览峡谷风光，又能体验江上冲浪，还可品尝浓情美味，不愧为贵州喀斯特高原的自然景观廊道和人文风情走廊。但是，滞后的交通条件却令人难以释怀。直到今天，许多江段还是不便通行。

先说陆路。目前，北盘江上由东往西分布着几处观光点：毛口牂牁湖，北盘江上最开阔的地段，也是形成面积最大的湖体；西嘎凉风洞，离水黄公路最近的地方，有较为完善的旅客接待中心；河阳北盘江，充满诗情画意，尤其是千万吨夕阳砸进江面的时候，景色更加迷人；野钟大峡谷和九归大峡谷、营盘大峡谷，雄奇险峻，是北盘江上最壮美、最磅礴大气的风景。然而，这几个点尚无沿江公路贯通，也无公共交通接驳，一般游客不方便到达，即便有车一族也不能一路通达，必须返回或绕行才能去另一个地方。

再说水路。从毛口牂牁湖到营盘大峡谷，江上距离大概上百公里，目前，各类船只能到达付木山一带，连野钟大峡谷的谷底风光都无法观赏，更不要说再往上游的江段。即便如此，那些所谓的"各类船只"也不是想乘就乘，必须"私人定制"。比如说快艇，原来从西嘎到光照电站再返航到付木山再返回原点只需600元，现在光从西嘎到付木山返回原点就是1000元。其他时速在20码左右的机动船需要600元，而且要包租，要预订。

能不能像陆上公交一样定时段开通水上公交？由于客源的关系，目前仍没有可能开通。

还有一种不方便——两岸村民往来的不方便。以前，江水没有现在深，江面没有现在宽，风浪没有现在急，生活在北盘江两岸的人们，靠竹筏、溜索、吊桥等简易交通工具过江。如今，江宽、水深、浪急，原来的不少渡口已被淹没，有的地方新修了吊桥，有的地方建成公路桥梁，但有的地方仍然依靠最原始的办法渡过。

就像前面提到的付木山与渡船寨之间，当地人靠小竹筏渡河，安全隐患较大，因而他们迫切盼望修建一条公路横跨江上，或者哪怕一座吊桥也行。好在，北盘江沿江旅游公路正在分段建设，不久以后，游客以及村民们的愿望就会实现。

流淌在内心深处的湖

☆ 刘燕成

一

首先就说那水吧，它们是辽阔的，是源远流长的，是甜甜的味道。它们从窑上水库走来，从龙贵地水库走来，从大山深处走来，汇聚于此，形成一座千姿百态的湖。或是宽敞，或是狭窄，或是波光粼粼，又或是静水深流。在那钢桥之下，在那绿柳身边，在那欢乐飞翔的白鹭群中，如慈母般温暖的湖水，将天上和人间万物，揽入怀中。不管你是善美，抑或是丑恶，不管你是卑微低贱，抑或是高端华丽，在明湖的怀里，一定有一滴明心鉴志的水，会将你照耀得通透明亮，让你看到自己本来的面目。

一定是春风拂来之时了。见到缕缕柳枝，细嫩的叶芽儿如绿豆粒，粘贴在枝条上。湖畔的水草仿佛刚刚从昨晚的美梦中醒来，一片片尖尖的绿叶头顶，戴着一粒粒透亮的露珠。我突然觉得自己仿佛是见到了人间至美之物，于露珠纯明的光芒之中，我见到了那细微简朴的美丽。晨光温暖的白雾里，游鱼吐着圆圆的气泡，快活地穿梭在水草之间。我顿时无比羡慕那鱼草之情，它们没有人间那惨烈的厮杀，也没有你我之间无法打开的暗处。草永远站在那里，而鱼，想来即来，欲走即走，仿佛草的挽留永远只属于破例的举动。被阳光浸染的湖面，如一张硕大的蜡染画，燕子翻飞的剪影，当是这画中的点睛之笔，它们低浅的戏啼声，悠远而急促。那四面皆空的水中亭，它们实在太瘦小了，一抹晨雾，就将其关进了视线之外，倒是那宛若飘带的钢桥，如腾龙，一会儿由东至西，一会儿由北向南，若隐若现，飞舞于那辽阔的画面之间。

春景之中的明湖水畔，是一座正拔地而起的魅力城市，高楼如雨后春笋，疯一般猛长，街巷从水畔延伸至城市中央，这些构成了城的经脉，亦为城的面容。我在书本的介绍里读到，从当地友人的口中得知，这座城有着许多华丽的名片，如从工业角度而言的"钢铁之都""煤炭之城"，又如从气候方面而言的"凉都"，每一张名片都彰显着城的美、城的富有，以及城的独特面貌，是世居于城的人们常衔于口边的谈资。你可在此城感受到工业的飞腾发展，亦可在此城的冬季玩赏到美丽雪景。春天里，城的钢花四溅，城的绿波阵阵，城的容颜娇柔美丽。然而，倘若没有这一湖暖润的水，没有明湖的山野气息，城之美必定是枯瘦的，干硬的，缺乏灵气的。

当我行走在春晨里的明湖美景中，我很容易就想到了湖的美好，水的美好，以及这城的美好。我知道一个人的体悟，一定是浅显的、残缺的、狭隘的，但谁都不可能同时拥有与万众一致的体验和感受。在明湖洁净的身影里，我知道了春天的无比贵气，它由不得我们无端地耍赖，更由不得我们虚华地随意抛掷。春光易逝，其实内核里说的是生命的短暂。明湖之春，它的柔波里照鉴许多哲理，需用一生一世慢慢品悟。

二

再说那若龙的钢桥和湖中的岛吧，它们是明湖的袖带和纽扣，是夏日丽空之下最为柔软的景致，是第一眼望见便悄悄溜进心灵深处抹不去的牵念。当然，钢桥是人工打造的，岛也是人工打造，就连这湖，全身多处亦是人工打造的。因而，想要多美，即可有多美。

曲曲折折的钢桥如身姿娇媚的舞娘，翩翩起舞于明湖水景之中。从繁华的市井深处漫步到明湖水岸，那映入眼帘的辽阔的水域远处，飘带一般的桥，浮在水面。我实在数不清有多少段钢桥，在夏天轻轻吹来的微风之中，于粼粼波光间逐浪飘游。我们闲步在桥的两端，见到阳光之下的明湖水畔，浓绿的杨柳翻卷着悠长的发丝，幽幽地，仿佛听到密草深处有人在吟歌。青翠的水杉、香樟、苍松掩映在明湖明亮的水面。白鹭和那尖嘴的鸟，仿佛是明湖的常客，时而栖身于钢桥的护栏上，时而展翅于碧绿的夏空之中，然而它们那敏捷的双眼，时刻盯着湖中之物，泛红的白虾和肥鱼通常是它们守候的对象——猛地一个影子闪落下来，寂静的湖面顿时泛开一朵洁白的涟漪；接着又猛地一个影子跳出水面，一条鱼被衔在嘴中。在钢桥无人的那端，白鹭和叫不出名字的鸟正为分享美食激烈地争抢着，弱小者的羽毛和血落染了一地。

夏日的凉都仍然让人触摸得到暮春万花殆尽的凉意，尤其在明湖，只见得一片绿绿的景色，将那桥、那岛淹没在绿浪深处，偶尔发现几朵红的、白的、黄的野花，心生惊喜，甚至是横生出痛惜的心绪来。当然，人工栽培的花朵，将原本四季分明的时光，搅和出四季如春的美景。在明湖，亦有这样的花草，人工打造的痕迹，让人看见花瓣上仿佛滴淌的不是美丽，而是劳动者鲜艳的血汗。我一向对在温室中培育而成的景色不怀好感，唯有与山风野草共同生死的花朵，才是至美的、可爱的。在明湖小岛的瘦亭之下，我见到了久违的芦苇、蒲公英、蛤蟆草、野花椒、铃兰、地丁、雪茄、婆婆纳、琉璃草……它们细微，见风生长，有的还要待到枯秋之际方才盛开洁白的花朵。这些都不是我凭空要添愁的事与物，荒花野草自有它们的生长规律，任由其生长与消亡才是最好的爱。

倘若在心中安置一座明湖的岛，我更宁愿它野花遍布，乱蜂飞舞，瘦亭在微风中屹立，往来无白丁。当然，若能丝竹乱耳，文人骚客于亭间迎风吟唱，推杯换盏，便是最好不过的场景。倘若又于心间架起一座明湖的钢桥，我期待它是坚韧的、干净的、一生一世的，不为俗尘之间沉重的名利压垮，亦不带任何的杂念，即便桥的最主要功能是渡人，但心间之桥，亦要弱化渡的本质，强化你我之间，牵和引的佳缘，共同上路，抵达各自的彼岸。

我这样想的时候，夏日的阳光特别亮，疯了一般，泼到我面前来。远处，明湖的钢桥，明湖的岛，挤满了叫作别人的人。

三

大约是在深秋的夕阳下，或者，最迟是初冬的某个傍晚，我见到纯黄的明湖水畔，成双成对的结伴情侣，搂着，拥着，呢喃着。他们是否将心融于心呢？或者说，他们是否真正地彼此相爱相恋呢？他们之间到底隐匿着怎样的情感密码呢？有时候我会突然觉得，这润泽的湖，这静美的景，这旷远的深秋或初冬，就应横生出一场值得铭记和珍惜的爱恋来。秦观在《鹊桥仙》里写道："两情若是久长时，又岂在朝朝暮暮。"是的，爱就爱了，管他今夕何夕。

我在明湖暮秋的景色里，见到了萧条而荒芜的美。落叶枯黄带来的萧条之气，野草败萎导致的荒芜之色，甚至见到芦苇荡在瘦水两岸，秋风中不断摇晃着白色的头颅，而产生出无限愁绪。深秋的风早已将水畔周围原本肥胖的万物，刀一样割了一遍，落得一秋瘦景。如那瘦瘦的柳，如那瘦瘦的岛，如那瘦瘦的钢桥，如那瘦瘦的亭，与瘦瘦的自己，如若一人。先贤龚自珍说："落红不是无情物，化作春泥更护花。"若是万事都这样去想，这样去看，便就见到了明湖萧条的美来。其实这样的美丽，亦是丰盈的、充实的、饱满的。人们行走在明湖水畔，经年丰收的喜悦露在脸上，让人见了，无不美丽。湖畔的学子，琅琅书声，让人听了，亦无不感到青春年华的无限美好。那水畔的恋人，或是分别得太久了吧，他们紧紧地相拥，喜极而泣，无不是美到了心窝里。若是有大鹰飞过，翱翔的身影在明湖水心回旋，空旷的啼声穿越了水岸那苍茫的大山之巅，此时此刻，正是秋水共长天一色，让你忘了城的喧嚣，忘了红尘的缠绵，忘了俗世的无奈。你的内心装满了美，当然你自个儿亦是美人儿了。

于秋和冬，更容易见到真实的明湖。这一座数百亩辽阔的湖，总面积上千亩的公园内，有河流、库塘、森林，亦有村庄，它是水城河的源头，亦是乌江之源。每一条河流自有它的流向。而岸上的人们，却是有着万千流向的河流。一个人即为一条河，它终究会流到哪里去呢？属于它的海洋在哪里呢？它能够流经的区域，能够抵达的岸口，能够承载的时光，能够激荡而起的生活浪涛……这一切都是牵引和决定一个人的河流流向的关键因素。但是，细细想来，倘若没有明湖的泽润，没有这一湖秀美之色，没有这一秋冬的佳景，恐怕很难有这一城人的灵气、朝气、精神气呢。

远山巍巍，坝野莽莽，平湖碧澈。我突然忆起这样的一条源流：它从春秋时期的牂牁古国流经战国时期的夜郎属地，至秦统一中国后置天下三十六郡，它又流经这里的马郡汉阳县，及至后来的唐、宋、元、明、清以及今朝，滋润了这块古老的土地，赋予这里悠久灿烂的人文历史文化，哺育了水西、水城、六盘水等现代化的城市和乡村……

我想，明湖一定是暗含有明心鉴志之意吧。属于它的春秋和冬夏，一定是漫长、无限的，甚至有时还可理解是悲壮的。它哪里像卑微的我们呢？时光之风轻轻一吹，就老去了，就不在了。就让明湖流淌在我们此生的内心深处吧。

春风吹过矮杜鹃

☆卓　美

　　山有别，山上的花草树木也不尽一致。比如贵州第一高峰韭菜坪，紫嘟嘟的野韭菜花，成了这座山除高度以外的风景；而贵州第二高峰牛棚梁子，十万亩矮杜鹃林，成了这座大山最温情的部分。

一

　　"云彩歇气的地方"——牛棚梁子位于贵州省盘州市的乌蒙大草原。牛棚梁子主峰气势雄伟，但毫无锋利之气。主峰以西，是渐次而低的绵延不绝的山峦。这些较低矮的山峦依偎在主峰之下，让牛棚梁子平添了几分母性的慈暖。牛棚梁子除了一岁一枯荣的牧草，剩下的就是数以万计的矮杜鹃蓬了。在主峰之巅放远而望，远处重峦叠嶂，草色苍茫。在稍近一些的山峦上，一团团矮杜鹃蓬从稀疏到密密麻麻，像谁遗失的青黛色的梦，活脱脱改变了山的颜色。

　　百度介绍说，矮杜鹃生长于高山灌丛或石坡地带，产于中国云南和西藏，锡金、印度和缅甸也有分布，属于常绿矮小平卧状灌木，匍匐状或蔓延状。叶片上面为墨绿色，下面为苍白色。花呈淡红、紫红色。乌蒙大草原跟云南宣威只隔着一条河，矮杜鹃产于云南一说也不算偏差。生于高山灌丛或石坡地带，说的是矮杜鹃所处的生存环境。"常绿矮小平卧状灌木，匍匐状或蔓延状"，说的是矮杜鹃的生存姿态。矮杜鹃的叶，上面为墨绿色，下面为苍白色，我琢磨，这是不是意味着生命是墨绿的，也是苍白的。

　　近十来年，每到三月末或四月初，我都会回一趟乌蒙大草原，去看牛棚梁子十万亩怒放的矮杜鹃。花是一种流水，如果哪年没有去，"流水"淌去了，心里就欠欠的。今年我刚刚来的时候，山坡上，青黛色的矮杜鹃蓬还没有泛起淡粉的烟霞。山脚，浅黄色的草原跟隆冬时节也并无两样。天地之间，满是空旷跟寂寥。原来，花事不会固定在哪一天准时发生，花也不会固定在哪一天开得最盛，毕竟春风时急时缓，时宽时窄。但这也仅仅是时间的问题，身为一朵花，始终逃不掉绽放的命运。我看到，每一束花枝上，在纤叶之间，已经缀满一簇簇浅粉色的细花芽。每一片纤叶上，都有幽幽的春光在晃动。春风不停地吹，花的气息时有时无，清清淡淡。这种气息不仅我捕捉到了，在花蓬间吃草的两只小羊羔也察觉到了。它们把粉粉的小嘴凑到花枝上，斜斜的小鼻孔抽吧了三下。叫天子鸟尖细、充满喜悦的叫声从天空传来，拖着长长的尾音。这尖细的尾音，加持了牛棚梁子的寂寥。快了！寂寥，是一场铺天盖地的花事的前奏。

矮杜鹃花说开就开，一夜之间的事，甚至也很可能是瞬间的事。三天前我还在电话里跟朋友说，矮杜鹃还只见花芽。仅仅隔了三四天的样子，牛棚梁子就涂上浅浅的胭脂了。山峰一旦涂上胭脂，这十万亩连片的矮杜鹃花就不是用"盛开"一类的词可以形容的了。一场恢宏热烈的花事，白纸黑字根本无力渲染。

在牛棚梁子主峰看矮杜鹃，我应该是最痴的人。我随便往山上一坐，草原，近处的花山，远处绵延的左一层右一层的群山，就都是我目中、心中之物了。花山那么粉，天空那么蓝，云那么低，草色的黄那么浅。身在这样的画面里，人类真的会更加热爱这个世界。

今天，因为赶来看日出，日出一丈高的时候，我回过头，找了个稍微背风一点的地方坐了下来。晨光斜照，花山一片血红。晨风带着丝丝寒意吹过花丛，牛棚梁子呈现出了一种苍凉之美。山下的长海子湖还没有醒来，血红的晨光也没有打到湖面上。有人说，长海子湖是牛棚梁子的眼泪。我相信！不是眼泪是什么呢？

身在花山，心不由己。久远的事，跟着凉凉的晨风一起吹了过来。这寂寞开无主的矮杜鹃花不是孤立存活于世的，它是这片厚土上骨骼清奇的女子。倾城绽放，映照的是春天，是坚韧不拔的生命。

二

整个乌蒙大草原包括牛棚梁子都没有一棵原生树，我想，树应该是缺乏勇气吧。树那么喜欢天空，一门心思朝高处长。长高，就免不了招风。牛棚梁子是大风的老后家，只有一切放"矮"姿态的生命，一切有隐忍品格的生命，才有能力在山上活下来，生生不息。

这个春天，是之前所有春天的重复。但是，1958年的矮杜鹃跟2020年的矮杜鹃，各是各的。1958年的春天，走了三天的路，一群从县城来的年轻人来到了乌蒙大草原的坡上牧场。那时候的坡上牧场没有一片瓦，只有一块简陋的牌子斜靠在牛棚梁子山下的某个窝棚口。站在窝棚口，猎猎的大风从肃杀的草原深处刮来，吹散头发，撕扯衣裳。天空很蓝，是一贫如洗的那种蓝。"回家！等脚上的血泡养好我就回家！"几个女青年瘫坐在草地上，抚摸着脚底磨破的血泡，呜呜呜地哭出声来。哭声跟风声搅和在一起，给乌蒙草原平添了几分悲壮之气。场长背过身去，扯着半边衣襟挡着风，费了五根火柴点燃了叶子烟。他猛咂了两口，和颜悦色地蹲在这群年轻人的身边，口气像哄三岁的娃娃："不要哭，我带你们看小矮杜鹃花去。"绕过三道弯，一坡连一坡的矮杜鹃与28个县城来的年轻人有了交集。可是，气候太寒冷、风太大，工作环境过于艰苦，没有一样不是离开乌蒙草原的理由。一年不到，27个年轻人陆陆续续逃回了县城。长得最好看、年纪最小的姑娘因为家庭成分不好，把自己的命运放在了八级大风里。

我妈说："花能开的地方，人凭什么生活不下去？"

这个从来没有见过镰刀的大家闺秀，学会了割草、挖地、喂猪。她越用心，一些人越觉得这只不过是她回城之前的"作秀"。"27个都跑了，这第28个，还能不跑？"没有人相信，我妈能在乌蒙大草原生根开花。不知道是"成分不好"的确能让人举步维艰，还是倔强的性格作祟，一年、两年、三年……我妈真的就成了唯一留下的那朵"奇葩"。因为有文化，我妈先是在牧场做代销工作。她骑着苏联大马，从牛棚梁子取道坪地进货的样子，直到现在还有人提起。再后来，我妈学了医，在牧场兼做卫生工作。牧场的大人娃娃有个三病两痛，我妈脊背上背着我姐，胸口挎着药箱去给人家打针送药。牧场周边的村民哪家的媳妇要生娃娃，只需差人捎个信来，我妈就把我姐甩到脊背上，提着药箱一路小跑去给人家接生。把新生命平平安安接到世上，我妈成了好多女人的知心妹子。她们说，我妈是"到处走、七处开的矮杜鹃花"。

在小儿不知天命的时候，我们没有感觉到牛棚梁子是高寒之地。相反，每当春风吹过牛棚梁子，满沟满洼变成花海的时候，我们对春天、对春风充满了感激。在矮杜鹃花蓬间呼朋唤友，打闹嬉戏，成了我们最幸福的事。可是，曾经有那么几年，我们害怕春天到来，害怕春风吹过草原，吹过矮杜鹃。万物复苏，草木发芽，包括我妈的病也一样要复苏了。复苏的病魔，让原本平静的日子变得慌乱不堪。我妈变了，从青春洋溢变成了形容枯槁；我们也变了，变得沉默内向，变得异常懂事。我们懂疾病的威力，懂忧愁的滋味。再后来，等另一个春天到来的时候，即使是我妈说她活不成了，要我们好好听我爸的话，我们也仿佛没有听见一样，不为所悲，不为所动。不是看轻生死，我们那是十足的麻木，我们麻木到了花开遍野也熟视无睹的地步。花非花了，矮杜鹃香气散尽，只剩下花的躯壳在履行绽放的义务。

那段时光对于我而言，是心理上的考验。每次一见到我妈兑药水打针，我总会有意无意地躲开。我不知道，这种行为究竟是出于怎样的一种心态，是于心不忍，还是认为我妈每天坚持打针吃药是在做无用功？尽管躲开，但某些画面还是留下刀刻的印记。直到今天，我妈用牙咬住夹着药棉的镊子，扭着身子给自己打针的样子，我依然记得清清楚楚。"娃娃还没有长大，我死不掉！"我妈信誓旦旦地安慰我爸。

也许，身为矮杜鹃，早就做好了接受年均11℃苦寒的准备。在牛棚梁子，从来没有一朵矮杜鹃花是因为大风或倒春寒而凋零。跟死亡拉锯数年后，我妈从那场关乎生死的战役中胜出，从鬼门关返回了人间，就像历经冰雪肆虐的矮杜鹃重返春天一样。她当选为县妇女代表，接受了记者的专访。在一份人家从远方捎来的报纸上写着："扎根偏远山区，不怕苦不怕累，以实际行动温暖了一方山水一方人……"我妈活成了榜样。也是在矮杜鹃花盛开的三月底，我妈从县城回来了，她从黑提包里拿出来一张奖状，一朵用鲜红厚塑料布做的大红花。

那个春天，是我记忆中阳光最和煦、春风最柔的春天。

三

没有挪窝，我在牛棚梁子主峰顶上坐了两个小时。以这种方式守望，是依偎，也是慰藉。或许，也算是一种美吧，草芥尊重草芥，草芥欣赏草芥的美。

今年跟往年不同，两个小时过去了，我也该下山了，我要赶紧回到没有花开的小城去了。我妈瘫痪在床，我要去给她换纸尿裤，跟她说说矮杜鹃已经盛开的事。至于我爸，他就埋在三道弯之外。早上，我已经去跪拜过了。春风太大，他的坟还没有长草。

下到牛棚梁子山脚，我融进了草原，融进了微不足道的牧草。我以一棵牧草的心情，再次仰望了牛棚梁子。再回过头来，我一边往回走，一边回想到了我曾经走过的路。在我身背故乡行走江湖的这些年里，应该说，我还是活出了一点点血性，活出了一点点可以有资格仰望牛棚梁子的精神高度。这样想来，我觉得我做到了什么。实际上，我这才刚刚弄懂，活出一点点精神高度。人应该是怎样的一种心境，应该是怎样的一种状态，其实我也不知。

我走到云嫦口子的时候，大概是10点。突然间，我被牛棚梁子山后涌出的雾瀑布挡住了去路。云海的万顷云雾从山口一泻而出，穿过柏油路，朝着洼泥沟的深壑奔去。遗憾的是，只奔出一两百米的样子，雾瀑布就散在了大风里。我呆若木鸡，任凭那磅礴的雾瀑布势不可当地朝下奔去，然后变慢、变稀薄，继而完全断开。雾不知所终，山口只剩下风跟如梦初醒的我。

野钟峡谷印象

☆ 吴学良

从野钟码头附近到法德大桥之间的峡谷地带，是北盘江灵山秀水的汇聚地。在"山外有山，虽断而不断"的寥廓背景中，群峰在静寂里凸显高大和挺拔的同时，也在"危岩削立，巨岭横开"间推出了布满奇险和沧桑的峡谷画廊。峡谷水深之处，河流在天地之间几乎找不到流淌的痕迹；而在江滩上，它却像一条水蟒，筋疲力尽地躺着喘气。在这种或藏或露里，开阔水面岸边诸峰在相望中或断或续，呈现出各种不同形态，让人在诚服于大自然的伟力中叹为观止！

在野钟峡谷里行船，每当清风吹来时，两岸怪石移步换形，不断献趣。曾记得媒体上当年把乐山卧佛像炒得沸沸扬扬，殊不知在野钟峡谷里，仰面朝天的人头像虽说不是随处可见，但还真有那么几个非常可爱的人头峰峦在沿江两岸和远方呈现。从野钟码头延伸开来，顺水到古牛河的一段行程中，把左前方近处山峦放在天与地的寥廓背景时，眼里的山形像一个仰面朝天的人微伸着舌头，仿佛在展示"看门前花开花落，任天上云卷云舒"的闲适内涵；船再顺江而下，在视野收缩中，这个人头像下半部分又演化成一只正在扑腾的鸽子，似乎正要蹿向天空；相距一百余米之际，抛开人头像那高高的鼻子和下颚，那伸出的舌头和上唇组成的是一只眺望北盘江的神龟；船离它仅数十米后，它却像一只孔雀在孵卵，认真履行着大自然赋予的延续生命的责任……"横看成岭侧成峰，远近高低各不同"，这些幻变景象，真让人感慨不已！

从古牛河往野钟码头方向逆流而上，码头背后右面山形也是一尊人面像。它双唇紧闭，下颚瘦削，有一种仙风道骨般的神采；而从峡谷峭壁上凝视杨梅方向的远山时，它所形成的人面像具有一种古典美，恍若"天上掉下个林妹妹"。

古代美术评论家笪重光在其所著《画筌》中说："众山拱伏，主山始尊；群峰盘互，祖峰乃厚。"此段文字阐述了一个相互映衬的美学问题，不可讳言，这也是在体察自然造化之后才形成的传世妙论。野钟峡谷两岸山形在相互映衬中所形成的自然奇观，形态可谓丰富多彩。从格支乘船，往野钟码头逆流而上时，往右一看，就能望到古牛河岸边靠野钟乡一侧的群山中，高高地耸立着一个乳房似的山峰。在江水的衬托下，散发出青春诱人的处子芳香，尽显耀眼。临近野钟码头时，这样的"乳峰"还有两个。

"山之旁胁易写，正面难工；山之腰脚易成，峰头难立。主山正者客山低，主山侧者客山远。"在野钟峡谷，古人这些绘画见解有的往往会被无意间颠覆。但就"峰头难立"而言，大自然的神奇伟力，却把这里的峰头刻画得挺拔孤傲，棱角分明，犹如经过刀砍斧劈一般。这些物化过的山峰下是沟壑和流水，顶上是树与流云。水流江中，云浮山上；山外有山，树外有树。峰顶断连时，则有树色遥蔽，似连非连中，再现着一种残缺而空旷的美学境界。"石本顽，树活则灵"，这同样是一个众所周知的道理。在古牛河与野钟码头之间，你若抬头仰望普安一面的山势时，猛然间就会看到一座向前倾斜的绝壁如同战舰的破浪舰首，上面整整齐齐地排列着一些不知名的树，它们就像水兵在舰上列队，等待着检阅……没有树，这座山就会失去生机，是树赋予了它鲜活的生命力。

绝壁上的峰峦各显其形，其下两岸滩石也纷呈其态。

船行江上，快接近河营时，因水位下降才露出原形，搁于江北岸上的一尊龟形巨石正把头扭向南岸，注目着江上的行船；而朝江一面像璞板一样的双脚，翻出了掌心，仿佛正扒开身边的泥土，爬向江水。与其相距不远的象鼻山，仿佛在江边吸完水后，正卷着鼻子，等着人们欣赏它的精彩表演……

明代理学家王阳明当年贬谪贵州时，在《重修月潭寺公馆记》中对贵州山水留下了这样的认识和判断："天下之山，萃于云贵；连亘万里，际天无极。"其实，这样的大山大水既孕育了气势磅礴的写意画，也孕育了清秀雅致的画廊式小品；而后者多出现在峡谷绝壁间，多与洞口以及岩壁上的栈道相伴，并以色彩交错的壁画形式存在。野钟峡谷全长约十公里，画廊式风光主要集中在半边山的岩壁上，随处可见的小品画，数也数不清楚。这些绝壁有的呈丹霞地貌，有的呈喀斯特地貌，在交错中让人倍感可亲可爱。最典型的莫过于被当地人称作"花石头"的岩壁，上面有一缕一缕如风烟拂过似的地貌特征，初见好像有飘散的淡烟若即若离地贴着一般；而在地质学家眼里，这是"二叠纪"海洋无脊椎动物遗留在这条江廊中的活化石。

壁画上不时镶嵌洞口，这也是野钟峡谷里即走即见的自然景观。这些洞口有的靠近江底，有的嵌在山壁半腰，还有的离山顶仅咫尺之遥。靠近江底的要等水位下降以后才看得到，有的露出来后底部积有淤泥，有的却整个洞壁都被江水淘洗得干干净净的。洞中见不到鱼类的影子，想必它们也会随着水位起伏去寻找生活空间。这是一种聪明的动物，否则，庄子就不会用它来作比喻了。半壁上和离壁顶咫尺的洞口，自然不会受水位变化的影响，"天生一个仙人洞，无限风光在险峰"往往就成了它们的真实写照。

野钟峡谷里生活着多种猴类，尤以黑叶猴闻名遐迩。峡谷中半壁和离壁顶咫尺的洞口，周围都是灌木；洞可藏身，树可供攀缘，因而，不少洞穴就成了猴群的栖息之所。也正是这些猴类，才让野钟峡谷"猴子洞"颇负盛名。当年，猴子从洞中丢"石头"砸人后，人们才发现洞中有铅锌矿存在，进而得到开采，现今变成保护遗址……当然，野钟峡谷内的铅锌洞口，并不都与猴类有关，如因猎人寻找蜂巢而发现的黑蜂洞，入洞之桥由藤葛编织而成的藤桥洞，等等，都能说明这个问题。这些在绝壁上的古铅锌洞口，在此不仅仅具有小品画似的意义，它们见证的是这一方土地上的采矿史，在自然风景的基础上，也具备了文化风景的内涵。

置身野钟峡谷，给我印象最深的是，在江边叫不出名的、连绵的几座乳白色半边山体中，其中一座山顶部位镶嵌着一个竖立的桃核形穿洞，有亮光从中透出来，如一个悬着的梦幻，让人在浮想中感觉到山那边深藏着的是一个世外桃源。这样的感觉真像现实与梦幻在交替中既显得触手可及，又那样地异常遥远……

野钟峡谷多呈"V"形和"U"形状。乌都河与北盘江交汇之后，上游的野钟峡谷越来越挤，水道越来越窄，两岸山体似乎伸手可抚；抬头仰望，头顶露出一线天。此时，逆流中仰望左面高山，山顶生长着灌木丛，岩壁上挂着一些不知名的藤萝；山体腰部有一道凹进去的石槽，高约一米，长一百余米，仿佛人工开凿出来的栈道，又如一条带子系在大山的腰间。"栈道"中部，有一根石柱连接着顶端和底部，当地人把此处叫作"撑腰岩"。在民间，如果谁的腰疼了，伸不直，患者就会找一个凹进去的石坎或土坎，用香或木棍上下撑住，以这样的方式来祈求驱除病痛。这种方式在青城这样的名山亦随处可见，但绝对没有野钟峡谷里见到的这道风景自然、逼真和阳刚，也没有这样独特。

野钟峡谷不仅山形独特，而且因有植物的垂直分布，引来了探寻者的目光。

在古典美学中，"乔木不可以无藤萝"是一个很有意味的命题，它在一定程度上说明了藤和树相依相存的关系。野钟峡谷植物茂盛，民谣中说："茅草九派长，葛藤三抱粗；野钟一根藤，荡过虎跳石。"这虽然有些夸张，但也道出了峡谷中植物的生长情形。在大猴洞、藤桥洞、黑蜂洞一带，触目都是密布的藤萝，它们施展着不同的本领，或沿着石壁向上攀升，或缠着大树攀爬，以图蹿到高处享受阳光。这些藤萝粗细不同，细的到处都是，手臂粗的也不少。当年在峡谷中采矿时，人们用它编织成桥，也真可谓物尽其用了。与藤萝伴生的还有多种不同植物，如叶大如席的海芋，清秀的棕竹，生命力极强的野独活，耐旱的清香木（乌木），等等。"上帝关了一扇门，就会为你打开一扇窗。"它们在峡谷中都各自找到了自己的生长方式和生存空间。

山本静，水流则动；树根无着，却因山势而横空。

野钟峡谷在喀斯特地貌和丹霞景观中交错，峰峦在错落里或浓淡叠交，或起伏，或拔起，显示出秀丽、峻峭、壮阔等不同的美学风格。这是自然伟力创造的财富，也是上苍慷慨的赐予。以此为证，我相信每个人穿行其间感受奇山秀水、藤树含情时，心定然不会再缥缈茫然……

六枝风光三题

☆ 李万军

苗族平寨好风景

在贵州省六盘水市六枝特区西北部的牛场乡，有个苗族聚居的村寨——平寨村。

从贵阳出发，走完六镇高速、六六高速，出新场高速收费站，就踏上了到新场、牛场的县道。虽山路弯曲，但都是柏油路，没有想象中难走。相反，一路上美景如画。

车在崇山峻岭中穿行大约两个小时，就可以到达向往的目的地——平寨村。

这里峰丛成林，群山环抱，美丽的村落充满苗族文化的气息。

拦路酒是苗族迎接客人时特有的习俗，酒是自家酿造的，纯苞谷酒。将美酒倒入牛角杯中，酒香扑鼻，细细慢品，浓郁香醇，辣而不燥，口味幽香。把酒倒入牛角杯中是对客人的尊重，但客人喝酒时手不能碰杯，否则会被罚酒。

喝下了拦路酒，村民们便会将你迎进村中，给你介绍苗族的历史。

在村里，苗族同胞穿的鞋子都很特别，这种鞋由三层上好的牛皮缝制，鞋底还镶嵌着短小的铁钉，穿上去既不硌脚，又便于行走山路，好看又实用。

这种鞋还记录着苗族的历史。相传几千年前，苗族祖先为了躲避战乱，乘船从黄河流域迁居到这里，为了铭记这段历史，就将鞋子做成了船的形状。

拦路酒结束后，客人们会跟随苗族同胞的脚步，沿着宽宽的石板路步行入寨。

顺着青石小径蜿蜒而下，一棵棵知名和不知名的大树整齐地排在路的两旁，展示着生命的繁茂之美。枝叶从路的两旁延伸到中央交织着，随着微风轻拂，沙沙作响，像是在夹道欢迎远道而来的客人。

传统的苗族民居一栋紧挨一栋，散发出古朴幽深的迷人气息，石地基、木屋梁、青瓦房……每一个符号都书写着一段传奇的苗族历史。

在村里的小广场上，村民们每到晚上就会聚在一起，跳起欢快的舞蹈，唱着动人的山歌，热闹得像过节。

村民们说："我们苗族是个爱唱歌的民族，人人都是唱歌的高手。唱歌不仅可以让苗族青年男女相互倾诉相思之苦，还是化解矛盾的一种方式。"

这里的人爱吃辣，家家户户都种辣椒，在当地有"无辣不成席"的说法。他们每一道菜都离不开辣椒，比如炖乌鸡、炒腊肉等。炖乌鸡里的辣椒是整个的，红红的，夹一个放在嘴里，香辣爽口，让人垂涎欲滴。

在众多菜肴中，油炸辣椒特别诱人，用筷子夹上一个炸成金黄色的辣椒，再蘸上自制的酱，放进嘴里，轻轻一咬，香气盈满口腔。这道菜被当地人称为"手抓辣椒"，用上好的菜油、上好的辣椒、上好的酱配制而成，吃起来味道好极了。

当地人说，这油炸辣椒的做法相当讲究，火候掌握不好，炸出来的辣椒不好吃，有苦味，要等菜油冒开了，冷却到一定温度，再把选好的辣椒放进锅里，约几分钟就盛出，这样炸出来的辣椒才色好味香。

在平寨村，家家户户屋里屋外都挂着一串串红红的辣椒。在一栋栋楼房的映照下，红红的辣椒象征着苗族同胞红红火火的日子。

滑翔伞飞过牂牁江

这个春天屏着鼻息悄悄来临，阳光刚给小城洗了把脸，朋友就来电话邀约我去牂牁江飞翔。

我们从城区出发，车在六郎路上行走40余公里后，就到了牂牁江关隘——打铁关。

从打铁关眺望牂牁江，烟波深处行船点点，江畔人家在河雾中若隐若现，汽笛声声由远及近地传来。

牂牁江位于贵州省六盘水市六枝特区的崇山峻岭之中，是一条从千山万壑中奔流而过的北盘江河流。

这条急湍勇进，平日里肆无忌惮宣泄力量的大河，被光照电站大坝拦腰斩断，无处可逃的河水瞬间温柔缱绻起来，在牂牁镇境内形成了一个长约23公里、面积50多平方公里的环湖，周边的物种得以在此繁衍生息。湖面海拔725米，平静如镜，湖岸一年四季温暖如春。

我们此行的目的地是滑翔伞起飞点——海拔1400米高的九层山山腰起飞坪。这里与江面紧临，落差平缓，是理想的滑翔伞起飞之地。

车从打铁关往下盘旋，在山腰上像片飘浮的树叶，一会儿感觉撞到了山体，一会儿又感觉冲下了山崖。我们还在感受着这种惊险与刺激时，车子突然就停了下来，原来是到了起飞点的停车场。

下车跟随路标往前走，翻过一个山梁，眼前豁然开朗，一片马蹄形的开阔地嵌在斜坡里，周围有绿树掩映，还有繁花相伴。白云之下，绿色的人造草坪上铺着喜气洋洋的红地胶，泛着耀眼的光彩。

我们找到了约好的工作人员，他热情地告诉我们："你们太会选时间了，今天的风向、风力都很适合滑翔伞飞翔。"

随后，他给我们讲解飞翔的注意事项和要领，安排我们每人跟随一个教练。我迫不及待地跨进滑翔伞座袋里，身后的教练便示范着让我把自己"捆绑"结实。

此时，我心里的担忧接踵而至：伞衣会不会漏气？伞绳会不会断裂？伞带会不会脱落？……一连串的疑问让我害怕了起来，如果在半空出了事，这一生不就这样玩完了？

我想打退堂鼓了。我想，还未离地之前，还来得及后悔。一旁的朋友看穿了我的心思，打趣地说："下面是水，还有救生艇，即使掉下去，也死不了。"

朋友这么一说，我更害怕了："落入脚下的山崖，不死才怪。"

正当我要退缩之际，身后的教练感觉到了我微微颤抖的身子，他轻轻拍了拍我的肩，安慰我道："没事，放心吧，有我在。"

话音刚落，教练的身子就动了起来，就听到头顶呼呼的风声，抬头一看，头顶的伞叶在震动，我害怕得尖声大叫："我不飞了！我不飞了！"但我的喊声已被各种声音淹没。我机械似的被教练推着往下跑，到了悬崖峭壁，整个人瞬间蒙了，当身子滑入深谷的时候，我的大脑一片空白，感觉自己已经离开了世界。

渐渐地，心情缓缓平和下来，我感觉自己像支离弦的箭在空中穿行，又像只断了线的风筝在空中游荡，更像只无拘无束的鹰在空中翱翔。

这时，我慢慢地睁开眼，一会儿与凌空闪耀的老王山索道平视，感觉那是一架登入云端的天梯；一会儿又俯视脚下的福地夜郎文化展示中心，感觉帝王的宫殿再雄伟也被我踩在了脚下。极目远眺，远山如黛，在烟雾之中，一会儿清晰可辨，一会儿云蒸霞蔚。山腰之间，农户人家白墙点点，像一朵朵、一簇簇盛开的野花。

浮想联翩之间，身体有种落空感，原来是滑翔伞在慢慢下降，当落在草坪上的时候，教练叫我赶紧跑几步。随后，我看到了头顶上的伞衣像只泄了气的皮球无力地瘪了下来。

在牂牁江，春、夏、秋三个季节都可以借助滑翔伞在高空体验飞翔的刺激。此外，夏天在江上航行或岸上行走，河风驱赶着炎热，让高温不敢近身；冬天在岸边漫步或农家小憩，暖风温柔地抚摸脸庞，让人心旷神怡。如今，这里已经成了人们夏避酷暑、冬避寒凉的好地方。

去牂牁飞翔，感受的不仅仅是惊险与刺激，还可以从另一个角度看到这里人们生活美好的一面。相信未来，生活定会像飞翔的滑翔伞一样，向着更高更远的目标越飞越高、越飞越远……

又见桃花山

山多不奇，山大也不怪，但凡富有文化内涵的山，即使再小，也会变得神秘，令人崇拜和向往。

在贵州西部乌蒙山麓的六枝小城中心有座桃花山，山不大，但很霸气，站在桃花山山顶，放眼四周，小城全貌尽收眼底。在桃花山下，有一座湖，名叫桃花湖，湖水清澈透明，湖面纯洁如镜，如果不想上山，站在湖边，就能看到山上娇艳的风景。桃花山虽小，但在县城小有名气，在六枝，即使边远的乡村，村民们都知道城中有个名叫桃花山的地方。

桃花山因何得名？

相传是很久以前，桃花仙子在空中看到六枝这片美丽的地方，就降临到这片山顶。当她看到青山绿水间，鸟语啁啾，却没有花束装扮，感觉有点缺陷。她想了想，便挥手一撒，把她的灵气抛洒在四周山间，从此以后，六枝的桃花便多了起来，开得艳丽、奔放，把山清水秀的六枝装扮得更加美丽。

又传，夜郎王途经六枝，已人困马乏，就吩咐在桃花湖边小憩。当他在湖水边装扮时，不经意间从湖水中看到了倒映的桃花山。在水中晃动着的美丽的桃花山深深地吸引了他，于是他带着随从徒步攀爬到山顶，看到四周都是开得漂亮的繁花，唯独没有桃花，于是，他便吩咐随从把进贡大唐天子的桃子留下几个深埋在桃花山上，从此桃花山上便有了桃花。

当然，传说归传说，是真是假无法考证，但在桃花山山脚下，桃花湖与山壁接合部有个桃花洞，洞内有人类化石和动物化石，经有关专家鉴定，人类股骨化石为旧石器时代晚期的遗物，具有很高的历史文物考古价值。

20世纪80年代，我从乡下到六枝县城读书时，就听说了桃花山。周末时，同学们会邀约去桃花山游玩，我也跟着去了几次。那时的桃花山只有一条小道可上去，到达山顶就绕山腰一圈而回。从山脚往山顶攀爬，一级一级的石阶，有点陡，像从茂密的森林里穿过。山上飞鸟众多，叫声不绝，它们从这边跳到那边，好像不喜欢有人打破它们宁静的生活。

当时同学们说，桃花山上有99种花，只要找齐了，就会一生有好运。于是大家一上山就开始找花。有同学说不止99种，有102种，也有人说是110种，但也有同学为没找齐99种花而焦急，怕这一生好运和自己擦肩而过。

到达山顶，我们又开始找夜郎王和桃花仙子站过或坐过的地方，思绪穿越远古时代，越过小城飘摇起来。

在返回时，又有同学说，桃花山上有99种草，只要找齐了，就会一生幸福。于是，大家又开始寻草而回……这样，每次上桃花山，我们就是找花、寻草，追逐着桃花仙子和夜郎王留下的传说。

由于桃花山空气清新，周末游玩和早上晨练的人群络绎不绝，名气在不断上升，引起了当地政府的重视，开始对桃花山进行修缮，经过不断雕琢，桃花山逐渐变得"丰满""圆润"起来，凡是到六枝的客人必会上山一睹桃花山的风采。

历经风霜雪雨，桃花山稳稳地坐着，像个历史的巨人，见证着六枝这座小城不断发展变化的风风雨雨。

六（枝）六（盘水）高速和六（枝）镇（宁）高速的东站和西站，像两只牵着的巨手把小城围在中央，高铁从城中穿过，把小城引向远方。无数不规则的小巷在规划者们的精心谋划下，变成了宽阔的街道，两旁的商铺从冷清变得热闹。

在桃花山的记忆里，以前的小城没有这么大，只容得下5万左右人口。现如今，小城从一条大道到两条大道再到三条大道的拓展和延伸，一座容纳20多万人口的小城已雏形初显。小城的交通已从单一的县道、乡道向水路、高速、高铁的主体式交通转变，已形成了1~1.5小时的经济交流圈。

在世人的眼里，桃花山一直都没有变，即使外形变得更美，但她的魂仍然没有变，因为这魂深深地与六枝小城的根脉连成了一体，与小城的人们跟随新时代的步伐，见证着六枝朝着新的梦想前行。

乌蒙大地缝探秘记

☆ 胡小柳

2002年的"五一小长假"，周围人有的出省到一些著名风景名胜区旅游，有的去逛大城市，我却背着装备，带着干粮独自一人去探秘乌蒙大地缝。

乌蒙大地缝在水城县（今水城区，下同）营盘乡哈青村，特别峻险，从古到今一直没有人全程穿通过。

5月1日凌晨，我背着行装乘火车到达营盘乡，吃过早餐后，便乘车到龙潭峰脚下。龙潭峰是贵州第二高峰。

乌蒙大地缝地处北盘江峡谷与贵州第二高峰龙潭峰之间，长15公里，宽0.3~10米，深200~400米。在龙潭峰顶上可总览乌蒙大地缝的全貌，要了解地缝内的情况，得下到地缝底部，穿行这15公里。

大地缝分上、中、下三段，上段和下段曾有人穿通过，中段最壮观，也最险峻，从来没有人穿通过。我决定先穿越上段和下段，最后再穿越中段。

行程方案确定后，我就徒步向龙潭峰顶峰登去。

龙潭峰主峰海拔2865.2米。山高坡陡，山路崎岖，一路爬坡上坎，行程十分艰难。美丽的景色却使我心旷神怡，越爬越有劲，不愿停下来休息，征服了一个个山头。我一边攀登一边默默地记着，到底要登上几个山头才能到顶峰呢？

经过一个多小时的跋涉，我征服了一个又一个山头，终于到达了最高的龙潭峰顶峰。回头一看，足足登了18个山头，俗称"十八罗汉"。我就从"十八罗汉"的头顶走过，"十八罗汉"已在我的脚下了，自豪感油然而生！

我站在龙潭峰主峰顺着北面望去，乌蒙大地缝一览无余，大地缝弯弯曲曲直插北盘江，壮观无比。人们都说乌蒙大地缝是个神秘的地方。它到底有多神秘，我一定要探个究竟！现在让我先欣赏龙潭峰主峰的奇丽美景吧！

站在龙潭峰顶峰上环顾四周大地，群峰如林，万山似海，使人有一种天下风光尽收眼底的感觉。忽然抬头看天，顷刻间体验到了"快马加鞭未下鞍，惊回首，离天三尺三"的神兵天降般的英雄气概，仿佛自己就是那武林至尊，天下第一，轻功化境，来去如风的高手。横扫千里方圆，"一览众山小"的诗韵顿时飘至心间，使人诗兴、酒兴纷至，真切体验文人骚客的豪放与清雅。收拢目光，再回顾身边，仿佛有"我家住在黄土高坡"的歌声飞来，骄傲、自豪。大风从头上刮过的清爽感横灌全身。

龙潭峰顶上是数万亩的高原杜鹃花海，还有成片的国家一级保护植物珙桐、红豆杉、普陀鹅耳枥、异形玉叶金花等。国家二级保护植物西康玉兰、大叶百合等伴生其中。向北紧靠乌蒙大地缝的是十多平方公里如仙似佛的乌蒙石林。

龙潭峰顶上的高原杜鹃花很特别。杜鹃花丛全部呈圆球形状，就像园艺师精心修剪过一样。每年四五月，是杜鹃花盛开的季节，马缨杜鹃、水红杜鹃、银叶杜鹃、露珠杜鹃、锈叶杜鹃等，铺山盖岭，争奇斗艳，密密麻麻地怒放着，漫过山坡，涌向山边，将龙潭峰高原装点成了仿佛天堂才有的花园美景。

徜徉在花树间，与花亲密地接触，空气、泥土、杜鹃的气息氤氲着，让人沉醉不知归处。

珙桐是国家一级重点保护植物，是中国特产的单型属植物。它为世界著名的珍贵观赏树。每年四五月间，珙桐树盛开繁花，它的头状花序下有两枚大小不等的白色苞片，呈长圆形或卵圆形，如白绫裁成，美丽奇特，好像白鸽舒展双翅；而它的头状花序像白鸽的头，因此有"中国鸽子树"的美称。珙桐树的木质结构细密，不易变形，切削容易，是木雕的佳料。更重要的是，珙桐对研究古植物区系和系统发育均有重要的科学价值。

传说珙桐花是鸽子的化身。汉代家住万朝山下宝坪村的王昭君，为了汉朝与匈奴的和好，要与呼韩邪单于结为夫妇。就在她即将远嫁匈奴的那天早晨，她喂养的一只叫"知音"的白鸽，忽然飞到她身边与她一同远嫁。在塞外一晃三年过去了，昭君无时无刻不思念家乡的父老。一天夜里，昭君梦见家乡亲

乌蒙大地缝探秘记

人，她醒后决定写信把匈奴和睦的景象告诉乡亲。白鸽知音便带着一群小白鸽启程南飞，经过千难万险，终于飞到万朝山下。这时，知音见小白鸽们实在飞不动了，就让它们停在珙桐树上歇息，自己飞回宝坪村。当昭君知道知音带回许多小白鸽，与它一起跑到万朝山下去探望时，小白鸽不见了，只见珙桐树上开着朵朵展翅欲飞的雪白鸽子花，在向人们点头问好。知音也一头飞上珙桐树变成一朵最大最美的鸽子花。

其实，大约在几千万年前，世界上许多地区都有珙桐树，到了两三百万年前的第四世纪冰川时期，凡是来不及"逃走"的动植物，都被冰川活埋。而珙桐却奇迹般在中国幸存下来，遂被誉为"中国鸽子树"，并被国家列为一级保护植物。

营盘乡乌蒙大地缝周围的珙桐群落主要分布在花兰村冯家沟一带和哈青村乌蒙石林—老熊坪—良子上—母猪箐一带海拔2400~2700米的原始森林中。经多次实地调查统计，其中，花兰村冯家沟一带生长面积320亩，平均每亩生长密度为12株，共计3800百株；哈青村乌蒙石林—老熊坪—良子上—母猪箐一带生长面积1020亩，平均每亩生长21株，共计21420株。花兰和哈青总计25220株，是世界上珙桐最集中连片，数量最多的地方。

红豆杉也是国家一级保护植物，是冰川时期就有的高大常绿乔木。亿万年的自然变迁所剩凤毛麟角，鲜为人知。每逢冬初，是红豆杉结果的时节，一树又一树黄豆大小的透红的果实挂满了红豆杉枝头，像一朵朵红云直往上蹿，红豆绿影非常迷人。斑鸠、竹鸡、山鸡、长尾鸟、七彩鸟……各种鸟儿都群集在这儿，形成百鸟齐鸣。

红豆杉性喜潮湿、温暖，一般长在海拔700~2500米的向阳处。龙潭峰山腰和乌蒙大地缝两岸，原始森林里大量的山毛榉、甜槠、栲类等阔叶树造就了适合红豆杉生长的自然环境。

红豆杉生长极其缓慢，树轮致密到看不见纹路，木质十分坚实。一段红豆杉林比一段一样大小长短的杉木要重几十倍。红豆杉木不仅古老珍稀，而且全身都是宝。树干甚至树叶、树枝都能提炼出一种治癌良药，其价格是黄金价格的180倍。

普陀鹅耳枥，1930年由植物分类学家钟观光教授发现，1932年由林学家郑万钧教授命名为普陀鹅耳枥。当时世界仅存1株普陀鹅耳枥野生植株，位于浙江舟山普陀山风景区的佛顶山慧济寺西侧，树龄约250年，是《国家一百二十种极小种群野生植物物种名录》中现存植株最少的一个物种，有"地球独子"之称。然而我在穿越乌蒙大地缝时，却在乌蒙大地缝中段和上段发现数百株连片成林，真是世界一绝。

西康玉兰是国家二级保护植物，属于木兰科，落叶小乔木，成龄树高约8米。叶纸质，椭圆状卵形或长圆状卵形，背面密被银灰色长柔毛。花白色下垂，有浓的芳香，与叶同时开放，其树皮药用，可做厚朴的代用品，也是庭园观赏植物。

大叶百合也属国家二级保护植物，生长于海拔1400~2800米的阴湿山谷、沟旁林中。喜温凉、潮湿、多雾环境，耐寒，畏干旱、酷热，喜肥沃、疏松且富含有机质的土壤；喜荫蔽至半阴环境，忌阳光直射，光照过强或空气过干可导致叶片灼伤。大叶百合大而洁白，艳而不俗，十分高雅，配以秀丽嫩绿的大叶，是庭院中十分珍贵的观赏植物。大叶百合不仅是极好的观赏植物，而且具有很高的经济价值。其鳞茎富含淀粉和多种营养成分，可供食用。它的果实具有药用价值，民间常用其作为中药马兜铃的代用品，治咳喘病。

时至中午，我决定就在龙潭峰顶峰吃午餐，下午去观赏石林。我取出干粮，吃完午餐，稍事休息后，又徒步向石林走去。

进入石林，集"雄、奇、险、秀、幽、峻、旷"为一体的景象展现在眼前，石林以喀斯特景观为主。这里具有世界上最奇特的喀斯特地貌景观，形成历史久远、类型齐全、规模宏大、发育完整，可誉为"造型地貌的天然博物馆"。石牙、石笋、石柱、石人、石钟、峰丛、溶洞等错落有致，如佛，如仙，如将军，如武士……是典型的高原喀斯特生态系统和最丰富的立体全景图，可称"世界喀斯特的精华"。我用相机把这些无比美丽的景观全部收藏了起来。

我在石林中穿行，却忘了时辰，只觉得光线逐渐暗下来，也感觉累了，想找个地方休息一会儿。可天下起雨来了，雨越来越大，我只好依依不舍地收回眼目，在石林旁龙潭峰山腰的一块凹地上搭棚避雨。伴着啾鸣的鸟声，抬头还可以看到一枝两枝的杜鹃花从灌木丛里伸出头来，我一边搭帐篷，一边为自己打气，天色也就在不知不觉中全黑了。我躺在帐篷里，想着第二天向乌蒙大地缝进发的行程，不知不觉睡着了。

第二天一大早我就起床了。雨过天晴，空气被雨水清洗得十分干净。在龙潭峰高原上看日出十分漂亮，我用照相机抢拍了日出的美丽时刻。吃过早餐，我便整理行装向大地缝进发了。

进入上段地缝后，一路行程十分艰难，但风光无限美丽。地缝底凹凸不平，崎岖险峻，蜿蜒曲折。两崖时而如刀削斧劈，时而藤萝满挂，时而钻入山洞不见天日，时而夹沟紧闭，抬头只见一线之天；拐弯之处，时而天如弯月，时而又如满月。跋涉地缝中，移步换形，涉足成趣，鬼斧神工，妙趣天成。缝中有洞，洞中有景，景中出奇。山石相连的天生桥群变幻万千。幽深的地缝世界，可数当今天下一绝。

在大地缝上段里，我又发现了珙桐、水青树、掌叶木、普陀鹅耳枥、长瓣马铃苣苔等十余种国家保护植物。

我一边前进，一边拍照，一边测量，细心地记录下这天下一绝的美景。穿出上段地缝天色已晚，就整装宿营。

5月2日早餐后，我收拾好行装，又向大地缝下段进发了。

进入乌蒙大地缝下段底部，仰看天空，只见一条狭窄的缝隙，光从头顶上透进来，照在陡峭的崖壁上。崖壁从海拔2865.2米的龙潭峰到海拔840米的北盘江，从源头到源尾高差达2000多米。在10多公里的地缝中，两崖生长有无数株国家一级保护植物，有异形玉叶金花、铁皮石斛、黄花石斛、兔耳兰、春兰、蕙兰、桫椤、铁线蕨、独占春、乌蒙枸兰、杏黄兜兰等十余种，还有国家二级保护植物老虎芋、棕竹、九叶金盘等。另外，在大地缝中还有蛇虫密布，毒草丛生，加上地势险峻，连当地最好的猎手和采药人都不愿意进入。因此又有人把这段地缝称为"不可穿越的死亡大地缝"。为了对大地缝一探究竟，我不怕任何艰难险阻，一脚踏进了这段最危险的地缝探个究竟。

乌蒙大地缝是典型的喀斯特地貌，两崖松散的岩石随时有坍塌的危险，垂直数百米的崖壁没有缓冲地带，必须一次通过，这对我的体力是巨大的考验。在穿越探秘中随时都可能发生意外，但是我无所畏惧。这段大地缝里究竟还有什么珍稀的自然资源，隐藏着怎样的秘密？……

随着高度的下降，地缝里的光线越来越暗，我在这未知的地缝里，随时都有摔下悬崖的危险。

前面又没路了，数十米高的悬崖，我一个人钻进左边的夹缝寻找有没有通往下一个台阶的入口。

时间在一分一秒地过去，如果天黑前赶不到下个台阶，就无法穿出地缝。

经过艰难的寻找，我终于找到了勉强可以通过的一条石缝。石缝蜿蜒曲折，有时是侧身或弯腰穿过，可挡在前面的是一块通往中部的巨大岩石，再绕过岩石后，又从里面的一个洞穴穿到下游一个台阶。为了安全起见，我先在岩石上固定好安全绳，花了近1小时的时间穿石缝越岩石钻洞穴，终于安全地到了下一个台阶，之后又继续往大地缝下游探寻。

第一次进入神秘的大地缝，我对这里的一切都充满了好奇。无数的奇花异草，满崖的怪石嶙峋，无一不让我感到惊叹。

在悬崖上，我发现一棵奇特的树，果实直接长在树干上，而且越靠近根部果实结得越密越多。我不知道这是什么植物，只有拍下照片，等穿越结束后再找专家咨询请教。

走下一段悬崖，我发现了几株银合欢和成片的铁皮石斛、清香木、异形玉叶金花、桫椤、老虎芋、棕竹林，还有很多不知名的奇花异草。

铁皮石斛，国家一级保护植物，茎直立，圆柱形，长9~35厘米，粗2~4毫米，不分枝，具多节；叶二列，纸质，长圆状披针形，边缘和中肋常带淡紫色。总状花序常从落了叶的老茎上部发出，具2~3朵花；花苞片干膜质，浅白色，卵形，长5~7毫米，萼片和花瓣黄绿色，近相似，长圆状披针形，唇瓣白色，基部具一个绿色或黄色的胼胝体，卵状披针形，比萼片稍短，中部反折。蕊柱黄绿色，长约3毫米，先端两侧各具一个紫点；药帽白色，长卵状三角形，长两三毫米，顶端近锐尖并且二裂。花期3~4月。

这里海拔1000米左右，岩石半阴湿，是铁皮石斛安家的好地方。铁皮石斛的茎可入药，属补益药中的补阴药，益胃生津，滋阴清热。

异形玉叶金花，国家一级保护植物，濒危种。仅分布于广西大瑶山海拔1200米山谷土壤湿润、阳光较充足的地方。攀缘在中下层乔木树干之上，茂密的森林内或灌丛中较少见。异形玉叶金花具有药用价值，被列为国家一级保护植物。1936年首次被发现，其后再未找到。我却在乌蒙大地缝下段及北盘江流域发现了数千株。

桫椤，国家一级保护植物，别名蛇木，是桫椤科、桫椤属蕨类植物，有"蕨类植物之王"美誉。桫椤是能长成大树的蕨类植物，又称"树蕨"。桫椤的茎直立，中空，似笔筒，叶螺旋状排列于茎顶端，是已经发现唯一的木本蕨类植物，极其珍贵，堪称国宝，被众多国家列为一级保护的濒危植物，有"活化石"之称。桫椤是古老蕨类植物，可制作成工艺品和中药，还是一种很好的庭院观赏树木。

老虎芋，又称海芋，为天南星科海芋属多年生草本植物，茎粗壮，叶大纸质，阔箭形，属国家二级保护植物。其植株挺拔，叶色翠绿光亮，适应性很强。在乌蒙山大地缝里有充足的阳光处，老虎芋都生长得十分高大。我看到的叶子有两米多宽，最大的老虎芋，叶子可以长到八九米。老虎芋的汁液有麻醉作用，当地猎人用它的汁液涂抹箭头，可以麻醉猎物。

棕竹，国家二级保护植物，别名观音竹，属棕榈科、棕竹属常绿灌木。原产于中国南部和日本，中国北方多盆栽。棕竹喜温暖湿润的环境，极耐阴，株形小，生长缓慢，华南及西南部分地区可露地丛栽。棕竹株高2~3米，树干为网状纤维包被。叶掌状，叶片有不规则锯齿，叶柄扁平，细长，茎部为纤维所包；花序短于叶，佛焰苞数枚，淡黄色，被毛；花小，淡黄色，果球形。珍稀植物很多，此处就不再一一介绍了。

下午3点左右，天色突然暗下来，猛然听到轰隆隆几声雷声，哗啦啦一场特大暴雨来了。我就靠在岸边一个凹处避雨，不多时就听到上游轰隆隆的声音。声音越来越大，越来越近。我知道这是山洪来了。我处的位置两边都是绝壁，十分危险，于是急忙选择了离我头顶最近的一棵树，手抠着崖壁上的小石缝，使出所有的力气爬到这棵树上。刚爬上去，大水就到了跟前。我幸运躲过了这一劫。大雨下的时间不算长，大约半个小时，雨停了，水渐渐地退去了。我慢慢下到底部。

经过8个多小时的行进，我终于接近了地缝出口，为了赶在天黑前走出下段大地缝，休息了片刻后又出发了。又艰难地走了近两个小时，我终于安全地穿出大地缝下段，夜宿罗多村。

5月3日，我起得很早，因为这一天要去探寻乌蒙大地缝最艰险且风光最好的一段，我很兴奋。

　　在数千万年前的地壳变动中，乌蒙大地缝中段形成了今天的鬼斧神工，两岸如斧劈刀切，几乎无地插足。为了节省时间和体力，我的首选计划是用绳索从大地缝上游梅子树梁子旁较浅处滑翔，直接下到谷底进入大地缝中段。我先滑翔到谷底，但是谷底十分狭窄，大部分地段宽度不到1米，有的地段只有0.3米左右，并且蜿蜒曲折，坡度大，水流急，无法前进，我只好放弃首选方案。

　　有了前两天的经历，这次我得找一个老乡问问。我从老乡嘴里得知，该段大地缝的詹家深沟恋情桥旁的崖壁有一条相对平缓的大裂缝，也许可以开出一条通道进入中段大地缝。但从那里往上穿越，能穿得通吗？我产生了疑问。

　　老乡说，从詹家深沟恋情桥旁进入大地缝，时间、体力、物资的消耗都要翻上几倍，穿越的难度也要加大，更重要的是，没有滑翔的通道，如果发生意外，根本无法出地缝。

　　但目前只有这一条路可走，我休息了一会儿后，驱车赶到詹家深沟的恋情桥旁进入地缝，由下往上穿越。开始进入时，缝宽还有十来米，一个多小时后，我跨上近3米的一笔直台阶后，地缝越来越狭窄，前面又遇到了"拦路虎"，再也无法前进了，我只好再次放弃，遗憾而返了。

　　过了两年，也是一个五一节，我准备了手持充电电钻、膨胀螺丝、安全绳，又一个人独自出发去探秘大地缝中段。这次我决定从上往下探寻，先用安全绳速降到缝底，用电钻在崖壁上打孔装上膨胀螺丝，再挂上安全绳一步步往下移。大地缝中段底部很狭窄，有的地方只有0.3米左右宽，并且弯弯曲曲，坡度大，坡度在45~65度，底部和两壁都是光滑的岩石，水流较大，表面还长满青苔，十分滑，而且每隔10~20米就有一个口径1~2米的深潭，稍不小心就会滑落到潭里。这些水潭很深，我找到一根竹棍试探了一下，每个潭大概2~3米深，潭呈圆形，周围平滑，要是滑落到潭里，根本无法爬出来，只有丧命了。

　　经过近9个小时，我终于安全地穿越完这神秘的乌蒙大地缝中段，当日返回市区。

花戞景物记

☆ 符　号

　　最初知道花戞这个地名，是在20纪90年代初期，我在六盘水市师范学校读二年级时的暑假，到盘县（现为盘州市，下同）格所、普古同班同学家时才知道的。当时，从水城一早坐客车去格所，中途要在发耳吃一顿豆花饭，下午才能到，大概七八个小时的车程吧。到了格所，才知道水城的花戞乡与盘县的格所乡毗邻。1995年7月师范毕业，8月拿报到证时，听和我一起读师范学校的一名同乡同学说，教育局政工股的工作人员说，要把我分到水城最边远的龙场花戞中学去教书。那时，我才知道花戞是水城最边远的一个乡。

　　我第一次到花戞，应该是在2002年调到《水城报》工作之后的事了。在我的记忆中，在报社当记者时，去花戞采访过两次；在人大和政协工作期间，陪同领导到花戞调研也只不过两三次，曾经到花戞天坑一次，到过天门古村落两次，但都是行色匆匆，自然就没留下深刻的印象，也就没有留下只言片语。

　　2022年7月30—31日，我有幸参加了六盘水市诗词楹联学会组织的以"诗词文化进花戞·助力乡村振兴"为主题的采风创作活动。这次采风创作活动，安排在花戞留宿一夜，我才有相对充裕的时间走进花戞，了解花戞。采风活动中，在花戞乡党委书记朱培源、花戞乡政府副乡长邓杰、花戞乡文化站站长刘忠稳等同志的介绍、陪同和解说下，我才真正对花戞的天门古村落、花戞天坑、毛虫河竹竿桥有了一定认识和了解。

　　之后，在2022年8月25日至2022年12月5日，我加入了水城区政协组织《天门记忆》一书的写作组，先后四次深入花戞天门走访调查，并在花戞住了半个多月的时间。经过多次到花戞进行实地勘察、采风创作、走访调查等，知道花戛有很多值得让外人知道的景物，特别是天门古村落、花戛天坑、毛虫河竹竿桥，每处景物都有美丽生动的传说故事。现在，笔者用笨拙的笔，以散文的形式将相关的景物记录下来，以飨读者。

毛虫河竹竿桥

毛虫河竹竿桥位于六盘水市水城区花戛乡花水村毛虫河上。这座桥是利用河两岸两棵粗壮的火绳树作为桥墩，用钢丝绳和竹竿搭建而成的。毛虫河竹竿桥的地理位置颇为重要，它是从毛虫、欧场、补母、花水等地通往花戛的必经之路。毛虫河两岸山高谷深，河水湍急，把两岸的布依族老百姓活生生隔离开来，给他们的生活带来诸多不便。"隔河看得见，走拢要一天。"这是修建竹竿桥之前，当地两岸老百姓相互走动交往的真实生活写照。

有关毛虫河竹竿桥的来历，除有关志书史料记载外，在当地，至今还流传着一个传奇故事。据《水城县（特区）志》记载："毛虫河竹竿桥，距县城南155公里，坐落龙场区花戛乡欧场村，凌驾于北盘江支流毛虫河上，南北跨向。毛虫河奔腾于峡谷中，滩多浪激。建桥前，每年均有涉水者被激流吞没。清嘉庆初，有一陆姓布依族老人，不忍睹涉水没死者惨状，决心修桥方便行人，然地处穷乡僻壤，不易筹集建桥银钱，便想一法，先在两岸选点相对各栽一棵树（当地人称火绳树），树渐长大，用石将两树朝河面坠斜，使两树枝干对（笔者注，应为向）河中心伸（笔者注，应为生）长。经多年，待两树枝干仅距20米后，于道光年间，用竹排、葛藤绑扎成桥，悬系拉架于两树之间，故名竹竿桥。跨度近20米，宽1.5米，桥面距水面10米，作'桥墩'之两棵巨树，如两把绿色巨伞，张立于两岸。桥势朴实、清新、奇险而别致，青山、峡谷、碧水、绿树、竹桥，构成一幅山乡优美风光图，可谓当地布依族人民智慧和毅力之结晶，具有游览价值。1989年6月3日，公布为县级文物保护单位。"

从以上《水城县（特区）志》的相关记载中可以得知，因为毛虫河的阻隔，河边悲剧不断发生。河两岸的人，有的为了抄近道，就渡河而过，却葬身于滚滚江水之中；有的青年男女恋爱了，却苦于河的阻隔，只能隔河对唱着哀怨的情歌。为了解决过河这一难题，两岸的布依族老百姓没少动心思，但都以失败告终。枯水季节，有人用木头在河中栽桩搭建木桥，可每逢丰水季节，河水上涨，搭建好的木桥便被洪水冲走，所有的努力便付诸东流。

据当地传说，在清嘉庆年初，毛虫河北岸，住着一位陆姓布依族青年，他看着乡亲们受罪受苦，悲剧频频发生，心里非常难受。再加上，他的恋人也在对岸，他常常在北岸徘徊，想着南岸那位漂亮的心仪之人，但却苦于河流的阻隔，相爱却难以相遇。他经常是夜不能眠，辗转反侧，想念着心中的恋人。在有月亮的夜晚，他总是站在北岸边遥望南岸，唱着悲伤哀婉的情歌。他想，如果能在河上搭建一座长期使用的桥，该多好啊！

有一天，陆姓布依族青年像往常一样来到河边，忽然看见一条巨蟒在河边游走，身上背着密密麻麻的小蛇。那巨蟒脊背上的小蛇就像一座大桥，高高地突出水面。这令他大为惊异，吓出一身冷汗，便上气不接下气地跑回家中。当天晚上，他躺在床上，头脑里总想着那条背着无数小蛇的巨蟒，恍恍惚惚，难以入眠。待他终于沉沉入睡后，他做了个梦，梦见那条巨蟒背着密密麻麻的小蛇，忽然从皎洁的月光中游了出来。巨蟒很友好，没有伤害他的意思，并把头对着毛虫河，忽然说话了，告诉他要想在河上修建一座桥，必须种树才能成功。巨蟒说完话就突然消失了。

陆姓青年牢牢记住了巨蟒的话，第二天，便挑选了两棵火绳树，选择河面最窄的地方，在两岸正对着各种下了一棵树。他精心伺候着两棵树，等树稍长大一点后，他就用竹篾条和藤索捆绑石头，分别吊在两棵的树梢上，让两棵树倾向河面，相向而长。二三十年后的道光年间，陆姓青年已是六七十岁的老人，儿孙满堂。两棵火绳树也长成了大树，枝繁叶茂，两树枝干之间相距只有20米。老人看着火绳树粗壮的枝干，心想终于等到可以搭建桥的时机了。

在这位布依族老人的带领和指挥下，两岸的布依族百姓纷纷前来修建搭桥。他们将枝干作为桥墩，用碗口粗的龙竹作为横梁，用竹篾、藤条等编织成桥面，在河的上空架设了一座跨度近20米、宽1.5米、高16米（桥面距河底）的竹竿桥。就这样，竹竿桥搭建成功了，横跨在毛虫河上，故命名为"毛虫河竹竿桥"。

毛虫河竹竿桥搭建好后，两岸的布依族百姓通过竹竿桥自由往来，再也不受河流阻隔之苦了。特别是那些饱受爱情煎熬的布依族男女，他们终于可以自由跨桥来往，或常常聚居在桥上，唱着情歌，倾诉心中的爱意。也许是因为这座桥与爱情有关，也有人把毛虫河竹竿桥称为"爱情桥"。

搭建竹竿桥的两棵大树是榕树，当地的布依族人称之为"火绳树"。为什么？原来是在那个物资匮乏的年代，当地人将榕树树干上刮下来的，紧贴着榕树木质的那层白色树皮，搓成绳子晒干后，用来作为引火线，故称之为"火绳树"。这两棵火绳树极为神奇。左岸那棵被当地人称为公树，每年发两次叶，看上去粗枝大叶，叶呈红色，结两次果，呈黑色；右岸那棵被当地人称为母树，每年发一次叶，叶片较小，看上去小巧玲珑，叶呈白色，结一次果，呈黑色。因此，这两棵火绳树被当地人称为"夫妻树"。

毛虫河竹竿桥的桥面是用龙竹、竹篾、藤条等编织搭建而成，经风吹、日晒、雨淋，这些材料容易腐烂，行走起来存在安全隐患。因此，两三年就要重新组织人员，再用龙竹、竹篾、藤条更换一次。就这样，从竹竿桥搭建好到20世纪80年代末，毛虫河竹竿桥存在100余年，至少更换过40余次材料。

直到1989年春，六盘水市民委拨款1万余元，由花戛乡政府牵头，在两棵火绳树正后方，用混凝土和石头各砌了一堵石墙作为桥墩，用大拇指般粗的钢丝绳代替龙竹，固定在用石头砌成的桥墩上，作为横梁和护栏，用木板代替竹篾、藤条捆绑铺在钢丝绳上作为桥面，竹竿桥之上建成了钢绳木板桥，每隔3~5年，更换一次木板即可。就这样，之前的竹竿桥就变成了钢绳木板桥。

1989年3月14日，时任中共水城县委书记的陈月枢到花戛毛虫河竹竿桥，在了解竹竿桥的前世今生后，便为毛虫河竹竿桥题写了《毛虫河桥碑序》。1989年4月1日，陈月枢再次到毛虫河竹竿桥，并现场即兴作了两首诗。其一为《毛虫河竹竿桥》："花戛花水又花营，尽日春风送我行。最是毛虫河水好，竹竿桥上听歌声。"其二为《毛虫河钢绳桥》："岸边回望水迢迢，老树新枝分外姣。知否波涛昨夜话，钢绳桥伴竹竿桥。"1989年4月20日，花戛乡人民政府在竹竿桥的左岸立了《毛虫河桥碑序》及刻有陈月枢以上两首诗的石碑。1989年6月3日，水城县人民政府公布"毛虫河竹竿桥"为县级文物保护单位，并在桥的左岸立石碑一块。

另外，据当地传说，竹竿桥的左岸有一水井，村民常常到此祭拜，祈祷家人平安、五谷丰登；右岸有一小仓，禁止任何人打开。村民们都很好奇，但谁也不敢越雷池半步。直到有一天，一个村民种田累了，就坐在仓前休息，回家后突患怪病，不治而亡。村民们愤怒了，在一位老人的带领下，他们三下两下打开了神秘的仓。仓被打开后，大家都惊呆了，小仓里盘旋着两条巨大的蟒蛇。

脱贫攻坚期间，政府在离竹竿桥100余米的毛虫河上游处，建起了一座混凝土大桥，毛虫河两岸的布依族百姓相互往来，均由此桥通过。近几年，花戛乡人民政府将之前毛虫河竹竿桥的木板桥面，更换成了碗口大小的龙竹。钢绳木板桥又变成了钢绳竹竿桥。不过，不论是钢绳木板桥，还是钢绳竹竿桥，人们一直称之为"毛虫河竹竿桥"。

如今，毛虫河竹竿桥似乎完成了它的历史使命而退役了。不过，当地的百姓对竹竿桥却有许多不舍，尤其是河两岸的那些布依族青年男女，在有月亮的晚上，总爱到桥上用歌声向心上人倾诉爱慕之情。此外，每年都会有各级领导和外地游客前来观光考察，这也体现出了其文化旅游价值所在。

花戛天坑

说到六盘水市水城区花戛乡的景物，花戛天坑是一个无论如何也绕不开的话题。花戛天坑位于花嘎乡东北部的新发村，地处北盘江支流六车河峡谷北侧陡崖10公里处，距离花嘎乡政府3公里。花戛天坑是俗称，是当地人的叫法，其学名为花戛溶斗。民间俗称"天坑""仰天麻窝"或"麻窝"等。

花戛天坑坐落于崇山峻岭之中，整个天坑是一片巨型凹地，呈椭圆形漏斗状。天坑口部外延直径，东西向约520米，南北向约950米，口部面积35.49万平方米，居全国首位。天坑底部直径东西向约250米，南北向约450米。整个天坑口部大，底部小，形似一个天然的大漏斗。

花戛天坑发育于中上石炭纪碳酸岩中，是一个超巨型的洞穴顶拱塌陷溶斗，在地表形成的封闭负地形地貌形态。天坑内四周为悬崖绝壁，只有两条崎岖的道路可以通往天坑内。悬崖绝壁的顶部林木葱茏。天坑底部平坦，坑内底部灌木茂盛，野草丰美，海拔高度1225米，最大深度257米，最小深度185米，平均深度250米，面积6万平方米，号称"亚洲第一大天坑"。

天坑南侧100米处陡崖下有一个大溶洞，是天坑的泄水洞，底部有暗河通过。南侧500米即为六车河，距河流峡谷顶部陡崖仅100米，陡崖壁上有洞穴，河流水面海拔约800米。

在花戛境内，除了花戛天坑这个"仰天麻窝"外，在吴王村的鸡场老街后面还有另一个天坑，称之为"鸡场麻窝"。"仰天麻窝"与"鸡场麻窝"遥遥相对，只是"鸡场麻窝"的面积小得多，很少被人们关注罢了。说起"仰天麻窝"与"鸡场麻窝"，在当地还流传着与两者有关的极为传奇的故事。

据当地人世代相传，在很久很久以前，"仰天麻窝"与"鸡场麻窝"都蓄满了清澈的水，水面极为平静，犹如两面明镜镶嵌在崇山峻岭之间。两个麻窝的水颇为神奇，无论天有多旱或下多大的雨，它们里面的水从不减半分，也绝不会外溢，且极为清澈。两个麻窝四周均被群山环绕，林木葱茏，恍若世外桃源、人间仙境。

当地世居的人们，一直以来都对两个麻窝怀着敬畏之心及感激之情，认为两个麻窝的水里住着龙，从不轻易去打扰它们。只有遇上大旱之年，村里水井干涸枯竭了，人们才去两个麻窝取水来救济。取水的人们都怀着一颗极为虔诚的心，生怕取水时打扰了水底下住着的龙，个个都极为小心谨慎。几百年来，村民们曾碰到过几次大旱，每次都是凭借两个麻窝的水，才有幸顺利度过了大旱之年，他们对两个麻窝的救济之恩感激不尽。

后来，花戛遭遇几年连续大旱，水井水源干涸枯竭，良田好土龟裂，庄稼干死，颗粒无收。人们像往常遭遇大旱之年一样，成群结队，纷纷前往两个麻窝取水。但与往常不一样的是，这次人们去取水时，没有了之前那样虔诚的心了，有的人在麻窝取水的同时，还带着脏衣服到麻窝里去洗。

说来也奇怪，自从人们在麻窝里洗过脏衣服后，麻窝里原本清澈的水，就一天天变得浑浊起来，昔日静如处子的水面，源源不断地冒出一个个浑浊的巨大水泡，并伴随着刺耳而神秘的汩汩声。没过多久，麻窝里的水越来越浑浊，冒出的水泡越来越多越来越大，发出的汩汩声也是越来越大。两个麻窝暗流涌动，浊浪滔天。之后，人们再也不敢去取水了。

忽然有一天，在花戛乡底母村北盘江畔的渡口边，来了两位美女，一大一小。两位美女国色天香，有闭月羞花之貌、沉鱼落雁之色。正在渡口边摆渡的一位船夫被两位女子的美貌深深吸引，呆呆地望着她们，忘记了摆渡，不知所措。两位美女飘到船夫身旁，和颜悦色地说："船家，请渡我们过河，好吗？"

没想到，船家被两位美女迷住了，遂起了调戏之心。船夫色迷迷地看着两位美女，一边伸手想去拉大美女的手，一边嬉皮笑脸地说："两位美女，我可以渡你们过河，不过，你们必须得付我钱，否则……"说时迟那时快，还未待船夫说完话，小美女迅速抬手挡住了他伸出去的手，并愤怒地瞪着他，极为鄙视地看着他对大美女说："姐姐，我们走，别和他这个凡夫俗子费口舌，难道这浅浅的江水就能挡住我们的去路吗？"

小美女一说完，就伸手拉着大美女，一阵风似的飘走消失了。忽然，天地间狂风大作，两片云雾腾空翻滚起遮住了太阳。在翻滚着的两片云雾中，隐隐约约呈现出两个龙头，顿时把船夫吓倒在地，惊魂未散。瞬间，两片翻滚着云雾消散殆尽。刚才还在船夫旁边的两位美女，已经到了对面的山腰上。之后，有人还看见两位美女朝高石坎方向走去，最终走进了一个被称作"龙潭"的水塘。从此以后，两个麻窝里的水越来越浑、越来越少，最后彻底干涸，就变成了之后的"仰天麻窝"与"鸡场麻窝"。

20世纪80年代，土地承包到户后，因有的人家土地不够种，两个麻窝就被人们开垦成田地，种上了庄稼，在未开垦成土地的地方放牧。但因只有两条陡峭的崎岖小道进出"仰天麻窝"，收割庄稼极为不便不说，还很危险。到了20世纪90年代，随着外出务工的村民逐渐增多，种地的人逐渐减少，就再也没有人到"仰天麻窝"种地了。

据当地人传说，人们在"仰天麻窝"种地、放牧的那十来年，麻窝底部有一棵大梨树，枝繁叶茂。每到春天，梨树枝头开满了雪白的梨花，不久，花谢后枝头挂满了梨子。待到秋天梨子成熟，香味飘满了整个麻窝。人们在天坑种地干活，放牧牛羊，就摘梨子充饥。人们还说，梨子只能在麻窝里吃，若把梨子带出麻窝再吃的话，肚子就会疼痛难忍。没过几年，有人看见一匹白马跑到梨树旁就消失了，认为梨树下面藏有白银。因此，就不断有人偷偷到梨树下挖掘，希望能挖出白银。梨树根部被挖掘掏空后，逐渐枯萎，最终就干枯而死了。

直到20世纪90年代末法国科学考察队来到花戛天坑考察后，花戛天坑才逐渐向外界展示其神奇壮观，为了一睹其真实面目，许多旅游爱好者、探险爱好者纷纷不远千里，慕名前来参观考察。现贵州省平塘县克度镇金科村大窝凼设置有一架500米口径球面射电望远镜，也称为"中国天眼"。据传，有关这一项目的选址，当时国内的有关专家曾经到花戛天坑考察过，觉得该地的位置及地形地貌都极为合适，但因交通状况满足不了项目建设的设备运输而错过了一次极好的开发机遇。最终，该项目组只好退而求其次，选择了在平塘县克度镇金科村大窝凼建设"中国天眼"。

如今，花戛天坑就自然而然成了一个很好的天然牧场。坑中灌木郁郁葱葱，呈阶梯式，野草丰美，现在当地有一家人就在天坑养黑山羊。据在天坑养羊的人家介绍，因天坑地势险要，把羊群赶进去后，再把通往天坑的两条崎岖的道路路口堵住，就用不着怎么管理，只要按时到天坑岩脚的石头撒点盐巴即可，由羊群自个儿成长，繁衍生息。待要卖羊或者要宰杀羊时，把羊赶出来即可。

花戛天坑是一处极具旅游开发潜质的景区，为进一步开发该景区，正在建设中的安盘高速经过花戛，并在花戛天坑附近设计有一个出口。我们相信，随着安盘高速建成通车，花戛天坑以其独特的魅力，将成为水城区乃至六盘水甚至贵州省一张亮丽的旅游名片。相信在不久的将来，花戛天坑定能展现其旅游价值，我们期待这一天的到来。

天门古村落

天门古村落属于北盘江大峡谷上游水城区花戛乡的一个布依族聚居村落，地处花戛大山深处，十几代布依族人在这里生存繁衍。两三百年来，他们过的是日出而作、日落而息，男耕女织、自给自足的小农型自然经济生活，沉淀着光阴和文化的痕迹。

天门村地势西高东低，四面依山环水。西南面和西北面与吴三桂征西准备安营扎寨的吴王山相依，平均海拔800余米，气候温热；东北面和东南面北盘江、毛虫河、乌图河环绕。整个村被吴王山、鸡冠岭、木乍岩三座大山包裹着，高耸的大山和浩荡的北盘江挡住了村民外出之路，也保护着布依文化在这里汩汩流淌，一如山间清泉，光阴荏苒，岁月静好。

天门村的村名，据说是因为吴王山高耸在北盘江岸，如一道天险阻隔了这里与外界联系的通道。这里所说的吴王山，是吴三桂西征时戍守的关隘，古战壕仍清晰可见，故名吴王山。在公路没有通天门之前，生活在天门的布依族人家从陆路进出天门，都要翻越巍峨雄伟的吴王山。天门村的村民外出，要从吴王山绝壁沟缝的石梯攀越而上。天门村的村民回家，要从吴王山绝壁沟缝中的石梯小心而下。若站在吴王山下看绝壁沟缝的石梯通道，只能看见一线天空的石门，故名"天门"。

直到20世纪50年代初的一次地质考察，天门村才逐渐被外界所发现和知晓。独特的地理位置，使其至今还保存着原生态的布依族传统文化、生活习俗和民风民俗，保留着原风貌的布依吊脚楼、布依铜鼓、布依唢呐、布依刺绣、布依酒令文化等，人文气息浓厚，文化底蕴深厚。2014年，经住建部、原文化部等七部委传统古村落保护发展委员会评审，认定为第三批中国传统古村落；2019年，由国家民委经济发展司会专家组评审，认定为第三批中国少数民族特色村寨；2020年，经中国生态文化协会专家组评审，认定为"全国生态文化村"。

天门村山清水秀，民风淳朴，植被茂盛，古树成荫，层层梯田蔚为壮观。错落有致的传统吊脚楼掩映在古榕树、龙竹、枫香树林中，彰显了布依族特有的文化内涵，寨子傍着寨子，周围数百亩连片的梯田，呈五爪形依山就势沿北盘江延伸，上下回旋，阡陌蜿蜒曲折，如墨线在寰宇间浮游。

走进天门村大寨、小寨、鸭场等寨子，木质的吊脚楼美观古朴，在绿荫中错落有致，相互依存。光亮的青石板路，相互连通，弯弯曲曲，绕向各户。千年古榕树遮天蔽日，轻烟薄雾，氤氲萦绕，沁人心脾，神秘而宁静。布依语的呢喃伴着清脆的鸟鸣，在绿意葱茏中回荡，沉淀了几分静谧，人与自然的和谐之美俯拾皆是。"月午篱南道，前村半隐林。田翁独归处，荞麦露花深。"这首古代诗人储嗣宗的《村月》就是天门古村落的真实写照。在感官上，天门古村落最有特色的是错落有致、古色古香的布依木质吊脚楼，从山脚一直铺展到山顶的层层梯田，还有就是遮天蔽日的千年古榕树。

古村落吊脚楼建造年代久远，且建筑属于木质结构，经长期的风吹、日晒、雨淋，吊脚楼出现了不同程度歪斜和腐烂，存在一定安全隐患。随着政府进一步加大吊脚楼的保护工作力度，并得到布依族百姓的拥护，几年前，天门人就立下个规矩，大寨、小寨里不能拆除吊脚楼，更不得建水泥楼房。

为了改善古村落的人居环境，政府在对吊脚楼进行修缮的同时，还给村里改造了串寨石板步道，引来了自来水。并由政府在距离寨子不远的地方，建起集中圈舍养殖点，改变了过去"楼上住人、楼下关猪牛"人畜共居的不卫生习惯。现在的天门除了山清水秀、环境整洁，楼边寨角更是花香扑鼻，气息清新宜人。

"我们布依族人居住的地方都在大江大河沿岸，土地肥沃，但族人喜欢群聚而居，人多地少，建吊脚楼能够同时解决人畜的居住问题，节约出土地来种粮食。人住楼上还能防止猛兽侵害。"当地布依族村民如是说。

混凝土砖房当然坚固耐用，但是吊脚楼是古村落的根，布依族文化是古村落的魂，如何传承和保护好"根"与"魂"，需要政府部门牵头，发展旅游与保护文化并行不悖。

乡政府制订了整体景观改造和建设规划，结合花戛乡"三改三化""透风漏雨整治"等项目，按照修旧如旧的原则对吊脚楼进行修缮。如天门村店子村民组的群众已经整村采用砖混建筑，店子组拆下的木料，由政府购买并运输到陆胜文家门口。把购买的吊脚楼木料按照传统样式重建。房梁、墙壁等部位还购买了全新木料装上去。经过大半年修葺，陆胜文家消失十来年的吊脚楼原地"复活"了。陆胜文家吊脚楼，堂屋里原来供奉"天地君亲师"牌位的地方，张贴着几代国家领导人的画像。门前一副对联"宏图大展兴隆院，泰运恒昌富裕家"，横批"感谢党恩"，正是陆胜文等布依族同胞的共同心声。

天门村的副乡长黄维告诉笔者："按照目前的木材价格，全部买新木料来重建陆胜文家100多平方米的吊脚楼，大约需要20万元；但是通过购买店子组拆下的木料，将陆胜文家吊脚楼全部恢复，只花了4万元。不仅陆胜文对此千恩万谢，还在鸭场村民组恢复了一栋传统民居，为下一步的乡村旅游奠定了好基础。"

拖长江畔六十桥

☆ 何维江

拖长江西起盘州市红果镇沙坡村，东至北盘江大峡谷，境长100多公里。本文不说拖长江的蜿蜒秀美，也不说它的前生今世，单说在它身上横空架设的桥。

君不知，就在拖长江短短100多公里的河面上，静静地横跨着60座桥梁，形成一道独特的风景，令人叹为观止。是啊，在这大大小小、形形色色、林林总总的60座桥身后，隐含着几多悲壮的风风雨雨，诉说着几多动人心弦的故事，演绎着几多六盘水各个时期不同凡响的发展历程。

据相关资料统计，拖长江上的60座桥中有铁索桥4座，古石桥（包括石拱桥）16座，公路钢混桥（包括高速公路桥）23座，铁路桥17座。

仅凭这组数字，就已经让人浮想联翩、思绪万千了。拖长江畔何以有这么多桥？一句话回答：这一带是资源富集区。何资源？丰富的矿藏（以煤为主），独特的少数民族风情，多姿多彩的旅游项目，形形色色的稀有植物，堆积如山的农副产品，等等。如此多的资源怎么流通出去？以桥为媒啊！有了历朝历代的这些桥，才让天堑变通途，才让藏在深山人未知的凉都元素遍游大江南北、五湖四海。

据资料表明，拖长江沿岸储蓄着亿万吨优质煤，但百年来，由于交通不便，煤炭资源开发一直受到制约，历代政府为开发煤炭资源而大兴土木，为交通便利而修路建桥，建桥工艺也随着时代的进步、历史的演变而不断提高，桥的外形特征也随着科技的发展而发生着根本的变化。

还是让我们比较一下吧。水城区营盘乡境内的北盘江大峡谷，在1公里不到的河面上就有6座桥，其中，铁索桥1座，古石拱桥1座，水泥拱桥1座，公路钢混桥1座，高速公路桥1座，铁路桥1座。多么立体啊！这就是典型的时代发展标志，那古老摇曳的铁索桥与宏伟壮观的铁路桥、平坦笔直的高速公路桥近在咫尺，相互呼应，让人顿时浮想联翩。穿越时空，脑海里时而响起古驿道上马帮的铃声，时而响起铁索桥上苗族阿妹悠扬的山歌，时而浮现高速路上嗖嗖而过的小车，时而浮现呼啸而过的火车。是啊！要不是科技飞速发展的今天，要想在北盘江大峡谷上修路建桥是连想都不敢想的。

让我们一起去一个桥最多的地方看看吧。在盘州市盘江镇境内，月亮田矿到老屋基矿之间短短的5公里河面上，有各类桥28座，平均180米就有一座。这是典型煤矿工业区标志，在5公里拖长江畔，有国有煤矿3家，地方煤矿6家。拖长江两岸工厂林立，集市遍布，公路交织，桥多就不足为奇了。值得一提的是，这一河段古桥也多，仅石拱桥就有4座，最著名的要数盘关的回龙寺大桥，因1936年红四方面军和红二、红六军团从回龙寺大桥经过，现此桥已改名为"红军桥"，成了盘江镇的旅游景点和爱国主义教育基地。在盘州市盘江镇政府所在地，由于拖长江两边公路并行，楼房密集，为方便居民赶集和通行，1公里长的河面上共建桥6座，真有一点"小桥、流水、人家"的味道。

据考证，拖长江畔最长的桥是目前在建的水城区营盘乡境内的高速公路大桥，桥长2600余米；最短的桥是盘州市盘江镇境内的台子田古石拱桥，桥长56米。

当然，随着时代步伐的快速前行，随着中国凉都六盘水市建设的快速发展，随着拖长江畔经济圈的不断壮大，拖长江畔的桥也会越建越多，建桥的工艺也会更加科学，桥身也会更加漂亮。相信未来的桥不只起到交通作用，更可能成为一件让人眼前一亮的艺术品。

动人的高家渡

☆ 孙金贵

时至今日，我仍然觉得我如生锈的钥匙，突然插进高家渡这把秘制的锁，无论时间如何流淌，我还是感到锁芯是那么神秘，那么动人。

行走高家渡，多年前就有这个愿望了。我从小在北盘江畔生活，目睹了那段江水的汹涌和两岸山崖的险峻，但对于上游，始终是未解之谜。北盘江江水从野钟黑叶猴保护区下的"夹缝"中倾泻而来，我的未解之谜被刀削般的峭壁堵得严实、缄默。在离开故乡之前，我从未涉足北盘江的上游，任凭想象和这未解之谜渐行渐远。

直到前几日，朋友去高家渡采风，我从她朋友圈里看到几张绝美的山水照，便生出向往之情。我的确有必要去一次高家渡了。过去十多年，我都在贵阳和铜仁，也见识了许多秀美的山川，领略了不少难忘的风景，可是这流淌在故乡的北盘江，却仍未探究其中美妙。这是对不起故乡的，对不起这亘古长流的江水的。

时维五月，恰逢水城区"文蔚水城"沙龙前往高家渡采风，龙东正是新街乡党委书记。杨书记热情好客，定要带我们欣赏高家渡的绝美风光。因此，我很荣幸，如一条鱼儿，得以溯回故乡之水的上游。

在车上时，我就开始"顾名思义"了："高家渡"，那这里应多数是姓高的人户。但同行的文友却说，这里只有几户高姓人家，这渡口的历史另有故事。但他们并未详细讲解这段历史，也潜在性地吊起了我的胃口。

汽车从陡坡上蜿蜒盘旋，像一条粗大的蛇滑到谷底，我们就像骑在蟒蛇背上的看客，一边惊魂未定，一边快然自足。一江清水卧在身旁，两岸绝壁如严肃的卫士，列队迎客。两旁起伏的山峦推送着我们兜兜转转，一山放过一山拦。当我们打开车门时，竟然不知此方是何方。我在原地抬头，像陀螺一样转了几圈，才看到半山上挂着一条公路，如飘带般，在我晕车的状况下，似乎看出它的摇动之状。

在我们跨上游艇时，已是下午，太阳深避云层，没有放出一点光芒。贴近江面，热气升腾，幸有江风缓缓拂来，透进衣襟，仿佛打通自然与心灵的障壁。打通此障壁，则将尘世的繁杂抛于脑后，心灵之门欣然敞开，接纳自然的诗性和灵气。行至水中央，我们爬上游艇之顶，任凭它穿行在水波微漾的镜面。就这样随着船儿一路淌下去，仿佛也是明智之举。疲惫和晕车仿佛被我丢失了。在欢声笑语和浮想联翩中，时间和困倦也失踪了。

除了我们自身的一些说笑，遇不见一个人影。高家渡静悄悄、空荡荡的。花自芬芳水自流。高家渡的语言就是无边的寂静，山的寂静，水的寂静，两岸树木和岩洞的寂静。它甚至怀有无敌般的骄傲，端坐于此，对无边无涯的智慧守口如瓶。它也仿佛如历经沧桑的老人，看破红尘后超然物外的隐者，是对我们这些来自喧闹中的俗世者的慨叹。它不会怀疑我们无法领略它本就存有的这种语言。观千剑而后识器，观千山而后识高家渡。然而，高家渡也会顶不住寂寞的。"有朋自远方来，不亦乐乎？"突的一下，跳出一匹悬崖，仿佛平静的江水中冲出的巨柱，又突地一下，跳出一个卡口，像张开嘴巴的鳄鱼。前方总是出乎意料，像一场丛林探险的电影。置身船上，我有一丝丝恍惚，仿佛置身在冲浪的滑板上，飘摇晃荡，紧张惶恐。总有这样一种错觉，也许在此刻，也许在下一刻，水底会突地冒出一条鱼，山崖上跳出一只猴子，或者在绝壁上、崖洞中端坐一只小松鼠，可爱，呆萌，卷曲着尾巴，静静地盯着这来路不明的人类，然后箭一般飞逝而去。

对于这样的秘境，我始终认为我们不过是硬塞进去的"入侵者"，不合时宜，也不合地宜。杨书记说，这是片未经开垦的处女地，如财力不足，谋划不周，则千万别动。山水有自然之道，不可随意打扰。游艇渐行渐快，仿佛师傅也迫不及待地要引我们去绝美处。只见两岸崖顶，皆有三五人家，船声轰隆，送去熙攘人声，却迎来鸡鸣狗吠。两岸用铁索桥连接，水与桥之间相隔数百米。从上面看下来，我们变成五颜六色、仰天而望的"小人"；从下面看上

动人的高家渡

去，上面的人如穿梭天空的"大鸟"。我联想到这两家人要是联姻成亲，中间汹涌着北盘江，浩浩荡荡，那就如牛郎和织女，中间横亘了天河，深不可测。我们惊叹了"一柱擎天"，我们又诧异绝壁岩洞，但我们还是对绝壁上的"画"更生好奇。太像了，如几面宽大的白纸糊在崖壁上，自然之手则尽情挥毫。黑色的岩石如墨汁，富有层次地涂抹，浓淡相宜，立体十足。绝壁相对，数画相望，如开画展。还有一处，五个石山，如从写意的山水画里搬出来，老老实实地蹲在悬崖上。从江中的视角看去，一个比一个矮小，实则五个一样大。正如端坐堂下的学子，认真听老师论道。说到此处，杨书记便让我们转过身来，看后面的"诸佛论道"。凸起一山，似大佛，旁有六七座小山，圆滚，貌奇，蹲坐于此，俯首而听。周围诸山如雨后春笋，穿云之剑，似有守卫之状。我们屏气凝神，似乎能听到山水的交流和鸟虫的窃语。

游艇行至善泥坡水电站，鸣了几声汽笛，便折身飞速回去。它如行至末路的英雄，只能将长剑收入鞘中，前方未能征服的水域更加狭窄。我想，这如一道紧锁的崖门外，就是我成长的地方。我这把"侵略性"的钥匙，终于插入底部。

当我深以为这里的动人之处仅在于山水时，杨书记就引我们前往普济桥。桥上立有三座碑，上记三文。《古盐道碑记》上详细交代此地"古为差运要津、川盐引岸之一"。追溯此盐道的源流，是清朝光绪至宣统年间，川盐入黔，无数的商贾、马队、船只经此抵达黔西南、安顺等地。如今古驿道早已废除，但怪石嶙峋的山崖边，凹凸不平的石块上，深深刻下马蹄印和先民们背盐时打杵歇气而留下的清晰窝痕。伴着清凉的江风，我们仿佛听到嗒嗒的马蹄声和长长的喘息，这是历史深处不可磨灭的声音。

《高家渡铁索桥碑记》上记载："北盘江峡深流急，横亘水城境，阻隔两岸通行。涉流者被江水席卷，滞岸者中瘴或病或亡。渡口原有铁索引舟而渡，雨季雨水暴涨，往往覆舟吞人。"后至光绪年间，雨雹为灾，秋水涨发，暴风雨竟将引渡铁索吹折断，四十余人随船漂没。如此惨剧，不可尽数。"当地民众及来往行商，皆渴望一桥联通南北。"后经有志之士、地方百姓和四川总督丁宝桢等官员募捐及资助，工匠、民夫数千人日夜劳作，如同铁壁的大桥才"挽连两岸，人马可行"。我们走到如今新修的铁索桥下，扒开蓬蒿，看到巨石之下镌刻着先民们捐助的记录：银一两，米一石，谷一升，菜一篮……密密麻麻，却分外显眼。我仿佛看到他们正排着整齐的队伍，手提肩挑，绵延数里。目之所及，皆是峰丛耸峙和坚韧团结。耳之所听，皆是涛声阵阵与锤声和鸣。我的眼里似乎有灼热的泪花，穿越高家渡历史的隧道，滴落在百年前的铁索桥上。

"红军精神光照千秋，革命英烈永垂不朽。"这是我在《红军巧渡北盘江碑记》中读到的最后一句话。想不到啊，在这崇山峻岭、深峡绝壁间，红一方面军九军团在此侦察、周旋，掩护红军主力过江，演绎了"明修栈道、暗度陈仓"的精彩故事。如今，"虎跳石""望龙包""小渡口"成为红军巧渡北盘江的遗址。

时间陡然显出苍老的模样，夕阳也隐入山峦。老牛般的汽车拼命地把高家渡甩在身后。我抬头看向窗外，车在山中行，云在脚下飘。在我们这些不速的"入侵者"抽身离开后，动人的高家渡又回归了它的本真。

陇脚笔记

☆吴学良

从水黄高速公路郎岱收费站折入郎岱老城城郊转向东行，十几分钟以后，我们就来到了月亮河旁的陇脚乡乡政府所在地。

陇脚乡是一个能让人心灵在大自然中随意放飞的绿色家园。这个布依族乡森林覆盖率达40％，布依族同胞居住的地方"村前有河，寨后有山"，寨前河流两岸是漠漠的水田，我们来到这里的时候正是耙田待插时节，一块块水田盛满了水，在阳光的照射下，就像一块块金属板在吸收并反射着太阳赐予的光热。周围山峦上树浪起伏，在风起风落中，仿佛有琴声落珠、瀑雨飞洒，我们在城市生活中积留下来的心灵疲惫顿时荡然无存……

村寨周围是茂密的竹丛和花木。布依人与水、竹、树、花结下了不解之缘，只要有竹林的地方就必定有人家，这似乎成了定律；而这些又无不与布依人传统的生活方式、历史感情和心理特点相连，无不折射着这个以吊脚楼出名的民族传统居住习俗。农忙的晌午，走入寨中，那些男人三五成群地聚在竹木林边，在旱烟和茶水的相伴下，或谈论农活，或摆谈祖先迁居的旧事，或商量着节日活动的安排；妇女们则在旁边或轻轻耳语，或飞针走线，一件件民族服装就是在耳畔男人们的侃侃而谈中不知不觉地完成的。布依族妇女这种独特的参与方式，不知给男人们多少勇气和智慧，特别是在决定大事时，这至少也是一种对男人情绪上的慰藉。常言说："男人是山，女人是水。"水滴石穿，自古而然。

在陇脚乡体验生活时，我充分感受到这里的布依族女人就像大坝中的月亮河河水，充满着灵气。而月亮河不仅以它博大的胸怀哺育着这里的布依族同胞，而且还流淌着令人颇感兴趣的历史奥秘和传说。在史学家眼里，它一直伴随着历史上神秘消失的夜郎王国留在人们记忆深处，成为后来者追溯这个王国都邑所在地的理论根据之一。古语说："州县之设，有时而更；山川之形，千古不易。"在探索古夜郎国疆域中，除了《史记》"夜郎者，临牂牁江，江广百余步，足以行船"的文献外，人们常提的还有《史记索引》："崔浩云：地理志，夜郎又有豚水，东至南海，四会入海，此牂牁江也。"《水经注》云："郁水，即夜郎豚水也。"《华阳国志》"有竹王者兴于豚水"的记载；更有甚者，《水经注》直接云："（夜郎）县故夜郎侯国，唐蒙开以为县……温水自县西北流。"《安顺府志》也说："月亮河在（郎岱）北二十里，流到安南（今晴隆）属而入茅口河。"而从黔中大地河流流向来看，只有月亮河是西北向并流入毛口北盘江的，这势必在一定程度上增添了月亮河在考古上的佐证价值。

月亮河究竟是不是历史上的温水？这至今还没有人敢下结论。然而，月亮河之所以得名，却是因为布依族的迁入。据洪武年间迁入陇脚韦姓布依族后人说，他们先人当年于夜里来到今天的"神山"山顶，只见大山峡谷中有一塘水，在月夜中闪亮如苍宇悬挂之月，于是他们就决定在这里定居。在后来日子里，他们才发现这"塘口"其实只是一条河流上的一个点，而河流因两岸茅草太高不见了真面目。弄清这一切后，月亮河的名称就诞生了，这也为现在的陇脚增添了文化含量，但"神山"和"龙山"的存在，更为陇脚发展增添了腾飞的翅膀。

布依族是一个很相信风水之说的民族，布依古歌《赖龙》中极详细地记载了一系列风水观点。至今，民间还流行山寨和宅基既定之后，任何人不得施行"骑龙葬脉"的说法。保护后山龙脉，对布依族人来说，比保护他们自己的眼睛还重要，龙山就是在这种情形下才免遭破坏被保护下来的。在月亮河村，我们听到了这样的故事：该村左右两山是两条龙，修村公路时，村民在土中挖出了一个大圆球，据说，这石球就是左右二龙争抢的宝物。因而，他们把这"宝"收藏于寨中。现今，东面龙山上正在修建"凉都·月亮河夜郎布依风情园"，主体长廊在山顶沿着山势一字长龙般起伏1000多米，在错落有致中直接东面的"神山"。村民们说，等风情园修完后，他们就将石宝送入园中陈列。

布依族"神山"一草一木都是不能乱动的。

枫香树是布依族的神树。此处神山里有一棵枫香树要几个人才能合围，已有数百年历史。村规民约使这里很多国家稀有的珍奇树种得以保存。事实上，布依族人的这种信仰在客观上对他们居住环境的生态也起到了保护作用。

在陇脚期间，我们还来到与黑羊菁相邻的黄林坳和关刀岩。车沿山势在山道中盘旋而上，我们仿佛来到了林区的深处，我脑海中出现了诗人郭小川的《林区小唱》？

来到山顶，极目远眺，田野一片苍绿，山风劲扑，汗意全消。苍翠林间时不时地露出狼蕨叶的一片片鹅黄，仿佛油画家在原野上抹上了一笔笔色彩；山川河流，村寨屋舍在眼眸中格外亮丽，特别是布依风情园修建的贵宾楼和乡政府处招展的彩旗，更让我们心旌摇曳。猛然间，我不自觉地想起伟人的两句词："背负青天朝下看，都是人间城郭。"试想，还有什么能比这两句词更能表现眼前所见到的这一切呢？

在陇脚体验生活，耳闻目睹的一切就像是一段绵远悠长的梦，它悄悄地在我们的心田中流淌……

漫步水城河畔

☆王　华

水城河是水城人的母亲河，曾灌溉着水城坝子万亩良田，哺育着这里的人民。那时河水清澈，鱼虾成群，志书上就有"同治二年，东门步月桥下，鱼聚成堆，堵水不流"的异闻。乾隆二年（1737年）贵州总督兼巡抚张广泗到水城视察时写的《题水城》又云："图画春风一晌开，四面水色映楼台。刻来陌上城三里，自古刀兵不受灾。"这些都见证着曾经的水城河之清的情形。曾几何时，随着经济发展，母亲河承担了过重的污染负荷，渐渐变成一条臭水沟，成为人们心中的痛。所幸的是，近年来，随着水城河综合治理工程的全面开展，河水又清了，两岸又绿了，水城河越来越美了。

水城河发源于梅花山东麓，自西向东经明湖、德坞、凤凰、黄土坡、荷城、月照等地，于月照奢都寨流入三岔河，中心城区干流河长20余公里，是市中心城区唯一一条地表河流，兼具城市防洪、排涝和城市水体景观等重要功能，是名副其实的母亲河。我经常漫步的水城河畔是很美的一段。阳光下的河面波光粼粼，两岸是新建的红木栈道，漫步在干净整洁的滨水步道上，呼吸着清爽的空气，聆听着樱花、槐花、桂花和垂柳丛中传来的清脆悦耳的啾啾鸟鸣声，常常使人想起白朴《天净沙·春》里的词句："春山暖日和风，阑干楼阁帘栊，杨柳秋千院中。啼莺舞燕，小桥流水飞红。"这里不正是一幅啼莺舞燕、小桥流水般的诗意画卷吗？

走在河南岸彩色地砖铺就的路面上，一栋栋充满创意的建筑小屋映入眼帘，临河一侧绿荫下的长椅上、圆桌旁、河岸边，休闲的人们在这里聚集。这个900米长的"三线文化"创意小镇，如今已成为市民休闲娱乐的佳所，创意景观与清澈流淌的河水交相辉映，共同构成了水城河畔一幅恬适美丽的风景画。我每次经过，总会看到有人在驻足拍照，有人在慢跑，有人在凭栏观景，还有恋人相依低语，有老人含饴弄孙，有人在读书看报……

我想，因了水城河滋润的缘故，我们的城市是一座充满风韵和灵气的城市。滔滔不息的河流，让一座城市也跟着神采飞扬，生动起来。巴黎依伴着塞纳河而起源，孕育出一代代诗人、画家和音乐家；泰晤士河穿过青山绿林和葱茏草地汩汩而下，成为伦敦的母亲河；上海有苏州河，南京有秦淮河，成都有府南河……城邦沿河而兴，城市因河流而平添韵致与意境，河流与城市浑然交融，构成一幅美丽的自然画卷。城因河美，河因城名。正因为城市与河流巧妙应和，才有了令人惊羡的、萦绕着浪漫与优雅的河畔生活。凉都有幸，水城河自西向东贯穿城市人口最集中的区域，通过治理，如今水城河已逐渐变清澈，正成为一道亮丽的城市景观带。为保护好我们的母亲河，还制定出台了《六盘水市水城河保护条例》，凉都人民用实际行动诠释着"像保护眼睛一样保护生态，像对待生命一样对待环境"的大局观和长远观。

伫立河畔，一股清凉的水汽扑面而来，我想起了《诗经》里与水有关的句子："蒹葭苍苍，白露为霜。所谓伊人，在水一方"（《国风·秦风》），"溱与洧，方涣涣兮。士与女，方秉蕳兮"（《郑风·溱洧》），"泛彼柏舟，在彼中河。髧彼两髦，实维我仪"（《鄘风·柏舟》）。此刻，我的心与波光一齐律动，与晶莹和剔透合而为一。

盘州脊梁老黑山

☆何　碧

　　8600万年前的喜马拉雅造山运动，不仅造就了"世界屋脊"喜马拉雅山，也造就了"第二阶梯"云贵高原，更造就了遍布云南东北、贵州西部、四川南部和广西北部的乌蒙大山。其中的玉龙雪山、马雄山、梅花山及老黑山则是群山之"骄子"。有一首民谣唱道："老黑山，发棵芽；平彝所，开朵花；黄泥河，结个瓜；兴义府，分节杈；广西纳龙才做家。"这或许就是对老黑山的真实写照。

　　《普安直隶厅志》卷三《地理·山水》载："黑山，发脉于猗兰山至罗冲突起一峰，横开两嶂二百余里，东至土城，南至窝沿厂。每当兴云吐雾，气象万千，厅城之祖山也。山色如墨，巅有龙潭，幽深莫测，周围百余丈，真神龙所都也。"此记载虽不甚明确，但点明了黑山的基本位置、概貌、特点和得名的缘由。

　　诚然，老黑山因其古老苍劲、高峻挺拔、横亘绵延、云遮雾绕、碧树墨石、遍体黝黑而得名。它发脉于水城西部的梅花山南端，经云南宣威东部入盘州的洒基（五一）、土城（柏果）、盘关（江上）、顺场、罗冲，并逐渐提升至平彝所石脑的凤湾村后背凸起成最高峰——光山。此即《徐霞客游记》中"……天乃大霁，忽云破峰露，见西南有山甚高，土人称为黑山。云气笼罩，时露一斑，直上与天齐……回望云笼高峰……时出时没，兴云酿雨，皆其所为，虽山中雨候不齐，而众山若惟瞻马首者"。

　　关于老黑山的具体位置及范围，确切地说，它北起宣威与盘州之交的洒基，南至盘州的老厂及兴义。它正处于"阶梯"中段的前沿，具有"天界、地界、山界气候界界界分明……"的显著特征。它是滇东黔西的一大屏障，从古至今守滇护黔，通云达贵，尽职尽责，默默奉献，真不愧是"乌蒙骄子"。

无论把黑山比作"严父"，还是"慈母"，光山都是极其相称的高昂顶天的头。盘州境内有两大山系：一是牛棚梁子，一是老黑山。牛棚梁子的主峰八石山海拔2865米，曾有人称之为"盘州的屋脊"。但牛棚梁子从水城西南部入盘州的大寨、四格、松柏，经坪地、普古、羊场和保基等地很快就进入普安县境内，覆盖面积仅占盘州总面积的20%左右。而老黑山自宣威东南部入盘州境经洒基、土城、盘关、顺场、罗冲等地向南一路不断升级至大光山定位。之后，再向南走至平彝所硝洞哨（即永靖哨，徐霞客称小洞岭），转东南拐角，直达老厂普安县，又南转进入兴义至广西纳龙作结。

若以光山为顶点，则整座黑山活像端庄的弥勒或慈祥的观音。他舒张巨臂，把大半个盘州（占80%左右）拥抱在怀中。虽然其主峰光山海拔2734米，低于八石山100余米，但以其绵长的脉源、雄峻的气势、博大的胸怀以及丰富的物产等给盘州人民做出的贡献，尊之为"盘州的脊梁"确实一点也不夸张。

光山浑圆丰厚，从脚到顶植物带分布极为鲜明——乔木（野冬瓜）、针叶木（青松、香杉、华山松）、常绿灌木（青冈、栗木等）、伏地松、蕨苔和芳草等几乎呈带状依山由低向高逐级递增生长，简直是地球上植物带的缩影，地理学家的活教材。"重重叠叠花木带，柔柔软软伏地松；天坑巧布群星聚，奇石翘首显峥嵘"就是对其逼真而生动的描绘。峰巅植被，唯有草丛。风疾气冷，碳氧稀薄。最高处奇石耸天，凌云伟岸，自成石窝，可避风寒。此外，山中有金、银、铜、铁、锡、煤等宝藏，还有天麻、芍药、黄英木等珍稀物种。

光山北二十里有绿潭，方圆数十丈，百草丰茂，碧水清幽，深邃莫测。传说古时有仙女沐浴于此，故若潭中有枯枝败叶，鸟即叼走，一尘不染，洁净之极。每年端午节，游客云集，山歌悦耳，帅男倩女，情爱盎然。坐潭边草丛，如毡似毯；拿出点心，买盘羊肉，优哉品尝，惬意之至；环顾四周，葱岭合围，如居世外，大有"醉翁之意不在酒，在乎山水之间也"的无穷妙趣。潭北半里隔涧有清同治年间（1862—1874）屠氏祖先所开之"老银洞"遗址，锤声虽逝，玉韵犹存。

光山西南有凤湾村，据说为凤凰之家，可谓神奇。其南大石口东二里崇山之中有"小水井"，井口北向，全石生成。偶然干涸时可容一人侧身而下，平时不溢不枯，泉水清冽，然只可饮用而不可亵渎之，否则，冰雹雨雪，泛滥成灾。昔日民间常杀猪宰羊以祭之，祈雨求福，敬畏之至。平彝千户所城东二里翠屏山崖畔有石佛，农历每月初六、十六、二十六善男信女云集，虔诚参拜，香火缭绕，禅意氤氲。

伫立于光山绝顶，极目远眺，数百里峻岭奇峰，苍山如海，赤霞若丹，"涛"奔"浪"涌，直达云端。北边那道山梁龙腾蛇舞而来，成为分堆岔河、射墨河、嘉河与清水河、拖长江的分水岭；向西南发脉的猗兰山，经偏头崖、马鞍山、分堆、仙人坟、壁板坡、华盖山、胜境关、松毛岭、长坪、鹦哥嘴直下青龙河，蜿蜒入滇。这不仅是猗兰河与块泽河的分水岭，更是云南、贵州两省的界山，可谓"一岭界滇黔"之"锁钥"要地。胜境史迹，通京古道，滇黔公路，320国道，盘西铁路，镇胜高速……横贯中穿，"一关三站"，古今瞩目。

再俯瞰东南，江源河流，逶迤若带；山峰林海，汹涌如潮。丹霞山首冠群峰，立地擎天，仙姿神态，器宇轩昂。它是黑山之"爱子"，闻名乡邦。细观老黑山南段，虎跳狼奔，至平彝所跑马坪子及硝洞哨（古亦称永靖哨）突然下跌成南北宽半里、东西长五里的一条狭窄谷川。这里不但是明、清时平彝所的骑兵场，而且是滇黔古时穿越大黑山唯一的便捷通道。不仅元、明、清三朝六百多年的古驿道经此，民国时期的云贵公路干线也从这里通行，就是现代的320国道亦必经此地而西进东出。只有20世纪六七十年代的盘西铁路和现在的镇胜高速公路及沪昆高速铁路因水平面高差，才开凿隧道穿越老黑山腹地。这也算是现代科技的杰作吧。

硝洞哨在盘州境内构成南、北盘江上游众支流分水岭的位置是特别重要的。它北接来自光山的崇山峻岭，南达燕子岩、大石洞、上沙淤抵老牛肩头分脉。一支向西南经后山、黄毛坪、小竹箐、挑担山、扒公，转至盘州的金竹（徐霞客称碧洞）至营上的则黑落脚。另一支朝东北转入料角山、扁木箐的分水岭、娃娃口至大牛圈、小关口、平川又分脉：一支向东入大庄，下西冲，达城关的小河崛起结为盘州古城；另一支向东南经鲁番、苍龙、山岚、珠东至老厂，进入兴义；还有一条自爬山、苍龙、民主、大山、忠义，经保田、普田抵兴义下补西。这些是黑山在盘州境内的主脉，也是这一地区北盘江支流（嘉河与拖长江、朱昌河与乌都河）和南盘江支流（块泽河、平彝所河、新桥河及楼下河）的大分水岭。整条山脉上下呈"L"形，而硝洞哨恰在"L"的拐点上，整体上像一只伸出的手臂。

从拐点东北的"腕"部发一脉，经花椒山、大麦地，过峡隆起又经老大凹、沙坝地，再过峡、余家坑至平川九龙峰之白岩大山（刘氏斗银大山）为沙陀清水河与亦资孔河（五马河）的小分水岭，也是红果新城的入首主龙脉，雄奇俊秀，神气十足，刚阳威势，驻镇全城。再从"L"的"肘"部自料角山伸出一脉，经李子树、三道沟、羊肠坡、打蜂岩、白岩子、邓家坡，过龚家垭口抵蛾螂铺驻足。这既是亦资孔河与石家庄河的分水脊，也是红果的又一条入首山脉。它温柔缠绵，展劲而发。正好同白岩大山雌雄互应、刚柔相济、并驾齐驱，共同凝聚成了盘州红果这块卧虎藏龙、堆金积玉的高原宝地。还有自光山东侧下跌一脉经冈寨丫口，过峡隆起化为金星结成盘州市政大厅驻地。

另外，又从红果月亮山（红果之水口山）过峡，经干沟桥、沙坡、海铺、两河、关口、滑石、鸡场坪至松河苏座、坪地、布书墨延伸一脉，这是黑山向东北方发出的余脉。它既是拖长江与朱昌河、乌都河的分水岭，也是盘州中部隆起之核心地带。

总之，纵观老黑山之形胜，活像一条欢腾畅舞的苍龙，又似一双敞怀舒张的巨臂，将脉源贯通滇黔，直达粤桂。它是兴义的"太祖"，是盘州古城的"少祖"，是红果新城的"父母"，还是珠江上游南北盘江众支流的分水岭、发源地，更是猗兰河、清水河及盘州大洞等古人类文明的发祥地，是盘州文明的摇篮。它以刚劲的筋骨铸就了盘州的豪爽与坚实，以博大的胸怀温暖了盘州大地，以神奇的智慧造就了盘州儿女的勤劳与淳朴。它拥抱着辽阔的土地，养育着广大的人民；它以伟大的"神力"创造出古老的盘州，创建着新型的红果……我们尊它为盘州的脊梁，不仅在于它特有的山形地貌、资源宝藏，而更在于它勇士般的精神和意志、君子般的品性与气魄，以及其在盘州的政治、经济、文化、交通等方面所具有的重要地位。

的确，黑山是富丽的、神奇的。"大石口，银子万万斗。头顶绿潭山，脚踏凤居湾，哪个识得破，买通云南和四川。"这首童谣形象地道出了黑山的奥妙。它是我们的骄傲和自豪，是我们美好的生活家园和精神支柱。作为盘州的脊梁，它无愧于天地！

六百多年前，大明军师刘伯温先生曾预言："江南千条水，云贵万重山。五百年后看，云贵赛江南。"诚然，五百年来的云贵确实发展神速，而作为"滇黔锁钥"的盘州自然也在腾飞。请看：乌蒙之中，黑山脚下，高楼林立，车水马龙，霓虹锦绣……开发区、风电场、旅游线、科技园、交通枢纽、商城超市……皆如春笋，日新月异，大展风采，造福四方。火热沸腾的"小江南"正阔步向"大江南"高速迈进。

试想：五百年来的盘州已是如此，那再看五百年后的盘州又会如何呢？

泥猪河大峡谷

☆ 吉庆菊

登上"九霄云外"，穿越野鸡坪的层层雾纱，有一条略显瘦削的曲曲折折的盘山公路向前延伸着。就是这条花团锦簇、绿荫如染的盘山公路，把我们带到了世外桃源般的泥猪河大峡谷。

走进泥猪河大峡谷，首先映入眼帘的是那高耸入云的绝壁画廊。乍看去，恍如天际垂下的画幕。那色调，红、橙、黄、绿和黑、白，或深或浅，相得益彰，恰到好处地呈现出花鸟虫鱼、山川平原、星汉云河等神奇而美丽的画面，真可谓增一分则嫌多，减一分而不足了！

泥猪河大峡谷位于水城区平寨乡与宣威交界处，以河为界，呈两面高山夹峙之状。河的这边，属水城区，地势稍缓，平寨乡好几个村的村民就分布于此。河的对面是摩天绝壁，若站在谷底向上望去，想看到壁顶，头不仰到与身体呈90度，肯定不行。当我们沿着河岸上行或下行，无论绝壁还是奇石，一幅幅鬼斧神工的画面时时让人禁不住拍手叫绝。尤其是攀入绝壁间一处通往官寨的小径时，溪瀑或飞或静，随意调节着观赏者的心神；奇石似乎应运而生，或起或伏，高高低低地演绎着一次次惊喜。这下，我们总算明白为什么会有猕猴、野山羊等多种珍稀动物于此出没了。听说，若在三四月之际，还可看到万千彩蝶翩翩起舞，令人不得不联想到庄周之好梦，而自己也翩翩然了。更何况，花香一路，鸟语呢喃，燕子翩飞，不时让人有隔世之感。

九曲婉转的泥猪河大峡谷，静静地不停地流淌着无边的岁月。那是一种娴静，一种喧嚣闹市无法企及的娴静，如一位沉着稳重、有追求的女子。潮涨也好，潮落也罢，一丁点儿都不妨碍她淡定向前的脚步。当然，她也有任性的时候。若有乱石阻挡，或是遇到坎坷，她便飞泻湍急，勇猛而前，一副大江东去之气派，一路雕刻，涮去无数怪石的棱角，淘去站不住脚的冗余泥沙和野蔓，亮出一幅幅得意之作，把整个峡谷打扮得美之又美，玄之又玄。而那高高的摩天绝壁，我想，当是她千年万年奔波留下的印迹了。一幅幅精美绝伦的山水画，一定凝结着她无数的心血和汗水吧。不知人间多少雕刻大师，见之会汗颜之极；人间多少丹青能手，见后会就此搁笔。但我知道，我和我的同伴们已彻底为之折服了。

我们去的时候，天公很严肃，没有轻易放晴，仿佛不想分散我们的精力，想让我们安安心心地阅读这位藏在深闺人未识的高雅女子。是的，一定是这样的。所以，暮色时分，依依挥手之际，我还是忍不住想象了一下她在晨曦中、斜阳下、月光里的样子，那定会别有一番景象的。

九层山

☆ 甘忠勇

自古帝王爱平川，唯有夜王爱群山。

传说很久很久以前，北方山多，南方山少。汉家帝王要在北方建立都城又嫌山多，就叫绿荫秀才用赶山鞭，将北方的群山赶到南洋大海。

绿荫秀才本是富家子弟，自幼聪明好学，十三岁府试第一，官民都夸他是神童，将来肯定前途无量。不想天有不测风云，人有旦夕祸福。就在府试归来的当晚，举家举行庆祝晚宴，乐极生悲，一场大火把整个家业烧得精光，绿荫背着母亲逃出，其余亲人全部葬身火海。

家没了，钱没了，吃的和穿的也没了，绿荫只好把母亲安置在街上的一个小店里，自己上山打柴卖，勉强维持两人的生活。就这样，一个前途无量的秀才一夜间落魄成了个穷樵夫。

从柴山到街市上有好几里路，中间要翻过一块大岩石。曾有石匠把这块大岩石两边雕凿成阶梯，不管从哪边来都是上九步下九步，于是，人们就把这块大岩石叫作"十八步"。这块大岩石挺欺人的，坐轿或骑马的富人从上面过不会摔倒，可挑担或背篓的穷人每次从上面过，都要摔倒，一次也不能幸免。

话说这天绿荫打柴时意外发现一窝又嫩又鲜的鸡枞菌，一不小心就容易捏碎。绿荫摘了片阔叶，把小心翼翼采下的鸡枞菌包好，然后挑着柴担一步一步往家赶，心想，回去做点菌汤好好给母亲补一补。准知到了"十八步"一跟斗摔去，手中的鸡枞菌摔得稀巴烂。"好可恶的石头啊，你欺人太甚啦！"绿荫越想越气，到街市上借来一把大铁锤，一心要把这块专欺穷人的顽石砸碎。绿荫空肠饿肚地砸了一个多时辰，大岩石还是原封未动。他跪在地上，抬头看着苍天发誓："皇天在上，让我拼尽吃奶的力气再砸三锤。如果砸破了，谢天谢地；如果砸不破，就让我死在这里吧。"绿荫从地上站起来又抡起锤，"咚"一下，没破；"咚"又一下，没破。绿荫再一次举起锤，用尽最后的一点力气，狠狠砸下去，大岩石被砸得粉碎，中间出现一个不知什么材料做成的匣子。绿荫打开匣子一看，里边有一根鞭子，鞭子上有一块薄绢，上面写着"太上老君亲制赶山鞭，送给有缘人，用此物为民造福祉"。绿荫举着鞭子一挥，周围的群山向四面退去，中间出现一个坪坝。他急忙把鞭子揣进怀里，挑起柴担往家赶。

绿荫意外得到赶山鞭的消息不胫而走，皇帝知道后就传令要他把全国的大山赶到南洋大海。皇命不可违，绿荫接到命令后，安置好母亲，举着赶山鞭从京城附近开始往南赶山，从中原一直赶到南方。

这一天，绿荫赶山来到西南地区，晚上寄宿在一户布依农家。房东宰狗款待他，不小心把狗血洒到赶山鞭上，从此此鞭不再灵验，从北方赶来的山重重叠叠挤在我们这里。

不知过了多少年，"西南夷君长数什，夜郎最大"。夜郎王臣服四夷，疆土数千里，据有乌江、盘江水利，大力发展对外贸易，过不多几年，国力鼎盛，就计划另选地址重建都城。夜郎王祖祖辈辈居住在山区，发迹在山区，唯山独爱，一心要把都城建在深山里。有人告诉他毛口的九层山重重叠叠，峰峦叠嶂，地势险要，可攻可守，不妨去看一看，夜郎王欣然答应。

九层山在今六枝与关岭、晴隆交界处，是古时中原经黔入滇的交通要冲，北盘江经此而过，自古是兵家必争之地。夜郎王对此感兴趣也不无道理。

这天，夜郎王带着他的属下与随从来到九层山，一看到处是崇山峻岭，峰峦叠翠。山有九重，一重又一重环绕毛口坝子，的确是个好地方。夜郎王告诉属下，只要有1000个山头，就在这里建都。他带着属下登上最大最高的山峰——老母羊大坡，认认真真地数起山头来。可是数来数去，还是只有999个，夜郎王带着惋惜的心情回到旧都。

后来有人告诉夜郎王，九层山其实有1000个山头，只不过他们把自己站的那个山头数漏了。夜郎王一听，恍然大悟，原来自己犯了一个极其简单而又带普遍性的错误——骑牛去找牛，牛在臀下头。

你可能要问，夜郎王后来到底在没在九层山建都呢？至于到底建没建，我没遇到夜郎王，没有亲自听他说，所以我当然不知道。你如果一定想知道，最好还是去研究研究夜郎历史吧，它会告诉你。

凉都印象

☆罗 丹

六盘水位于贵州西部，市名由最初下辖的六枝、盘县和水城三个地方的头一个字组成。地处滇、黔两省接合部，长江、珠江上游分水岭，南、北盘江流域两岸。优越的地理环境使其具有"冬无严寒、夏无酷暑"的气候条件，加之别具一格的喀斯特地貌让六盘水山奇水秀、风景宜人，成为镶嵌在这片乌蒙大地上的一颗明珠。

中国科学院、原国家环保总局、中国气象局的有关专家，通过观测和试验，对六盘水夏季气候进行科学分析，认为这里"凉爽舒适，滋润清新"，具有唯一性，故得名"中国凉都"。

初到六盘水是千禧年10月，那是我第一次一个人离开父母，到外地求学。同宿舍的八个小姐妹互相做了自我介绍，其中一位同学家便是六盘水的，我是盘县（今盘州市）的，当时盘县隶属六盘水，有了这老乡的头衔，彼此就更加亲切熟络一些。9月入学，经过一个月的军训后，迎来了国庆长假，我家比较远，回家不方便，同宿舍的姐妹们相继离校回家，看我一人独自留校，那位六盘水的同学便盛情邀请我到她家去做客，我们一起踏上了开往六盘水的列车。这让独自在外的我第一次体会到六盘水人的热情。

火车到站已经是深夜，出站口人潮拥挤，接站的人也络绎不绝，我们乘坐在去同学家的电三轮上，同学滔滔不绝地向我介绍着对我而言陌生的这个城市，话语中流露更多的是回家的欣喜。许多年后，我每次回家，都能体会到当时那位同学回家时的感受。虽然已经是深夜，同学的家人们都在家里等待着，等待着她的到来，餐桌上丰盛的菜肴冒着热气，显然是重新温热过的，三个多小时的火车，时间并不是很长，但对于期待回家的亲人而言，温饱是最暖心的。同学的姐姐忙着给我们收拾床铺，妈妈张罗着我们就桌吃饭，爸爸则一直站在旁边看着这个离家一个月的小女儿，不停地笑着，这个几十平方米的房子里溢满了人世间最真的爱。也许这便是六盘水人对家的概念吧！

还来不及感叹人间亲情。第二天一大早，同学便迫不及待地带着我开启了七天的六盘水之旅。首先当然是吃，说到吃，水城羊肉粉堪称一绝，离小店几十米就能闻到羊肉汤锅散发出的原汤香味。点了两碗粉，煮粉的阿姨就拿起碗来盛好米粉，表面排上切得很薄的羊肉片；将碗连粉带肉倒扣在大漏勺里放入烫粉的大锅里烫两三分钟；再将烫好的羊肉粉从锅中提出来，连粉带肉倒回碗中。先在碗中加上一小勺炼制好的油，然后淋上一大勺特制的红油辣椒；再用汤勺浇上滚烫的羊肉原汤；最后撒上一把翠绿的香菜，汤鲜肉嫩的羊肉粉就端到了我俩的面前。中午，同学带我品尝了"金怪噜"的怪噜饭，其实这是一种最为普通的炒饭，五颜六色的怪噜饭里大有乾坤，十多种配菜混杂着一起下锅，不仅颜色好看，味道更是一绝，再配上一碟特制的撒有糊辣椒面的酸萝卜，一碗青菜汤，让人食欲大开。

那些年我们都只是学生，一碗粉，一碗饭，也许不是最贵的食物，但在最清贫的日子里，却是最美味的回忆。

吃过后必定是游览六盘水的景，印象最深的便是荷城花园。荷城花园位于六盘水市中心区东部人民路与钟山大道之间，南面是公园入口半圆广场。进入公园，是一片水域面积24公顷的环绕湖，一条蜿蜒的游览道把湖心岛、生态岛、鸳鸯岛、荷花塘、玉带桥、平曲桥、石拱桥、六孔桥、三孔桥、回廊、水榭亭、四角亭等景观贯穿成一个整体。屹立在城市中间，不仅成了一道美丽的风景线，还改善了这座城市的生态环境，引来鹭鸶、大雁、野鸭等鸟类在此栖息，成为六盘水市一大自然景观。北面是荷城游乐园，内设露天泳池、卡丁车、海盗船、儿童乐园、小火车、旋转木马、动感世界镜宫、激光打靶等娱乐项目，为游人提供了一个假日休闲的好去处。租一辆双人自行车，一前一后骑行在这个城市，感受清新雅致的气息，也是一段与这个城市美丽邂逅的佳话。

再到六盘水，已经是2022年的9月，因为单位诚邀"消夏文化节"的两个企业专场节目，我与单位的同事们一同来到这里，重温这个城市的风情文化。到处是"19℃凉都""爽爽的凉都"的标语，让人无不感受到这得天独厚的亚热带湿润季风气候。

　　时隔二十年，这里已经成为消夏避暑的天堂，许多国际友人慕名而来，体验着夏季19℃的气温，品尝贵州六盘水独特的美食。这里有一群人，他们用文字诉说着这个城市的故事，用手中的笔讲述着这个城市的发展，因文字而相遇，因文字而相知，他们便是六盘水钟山区文学沙龙的朋友们。

　　感恩与这个城市的遇见！感恩与这群文友的遇见！

　　既汝相知，定不负卿！

第二辑

记忆凉都

发启小龙潭传说

☆赵　庆

　　贵州省水城区发耳镇新光村发启组有一个神奇的小水潭，当地人把它叫作"小龙潭"。小龙潭有10余亩大小，坐落在莽莽群山之间，四季碧绿，深不见底。"山不在高，有仙则名；水不在深，有龙则灵。"据传，此潭有几个神奇之处：第一，无论数九寒冬还是炎热酷暑，只要人一走近水潭，一股凉意直袭全身，令人不住打战，浑身顿起鸡皮疙瘩。第二，据说此潭里的鱼从前有人用炮炸不完，用药毒不尽，用电打不绝，过一段时间又自然多了起来。第三，此潭常年碧绿，但偶尔也有变色的时候。潭水碧绿，方圆十里风调雨顺，五谷丰登，人畜兴旺；潭水呈蓝，喜事连连，人们过得开心快乐；潭水呈黑，天降大旱，万木枯萎，人畜害病，鸡犬不得安宁；潭水呈黄，暴雨必至，山洪暴发，山崩地裂，道路中断；潭水呈红，火灾频发，时运不佳，做事不顺，寨中必定死人。第四，凡是穿红衣服的女人接近此潭，必定坠入潭中溺水身亡。

　　此潭的形成，在当地流传着一个遥远而神奇的传说：古时候，发耳、鸡场、都格三个镇的地盘统称"归集"，因布依语"宾的归集"得名，译成汉语即"美丽富饶的地方"。归集大地山清水秀，原始森林众多，古木参天，树藤如蛇缠绕树干，穿行于林木之间。豹叫狼嚎，狮吼虎啸，狐奔兔跑；河鱼、水鸟众多；各色小鸟嬉戏玩耍于林木溪间；五彩缤纷的蜻蜓、蝴蝶缠绵翻飞于房前屋后。人杰地灵，山美，水美，人更美。

　　布依族是一个勤劳勇敢、热情好客、喜爱唱歌玩乐的民族。发启是一个纯布依族山寨，依山而建，依水而居。寨里有一个名叫阿贤的布依少年，长得高大健壮，腰粗膀阔，五官端正，力大如牛，武艺高强。耕田种地、打猎打鱼是他的生存之本，吹拉弹唱是他的娱乐爱好。

离发启六里之遥一个叫水塘寨的地方，有一个娇小玲珑、明眸皓齿、聪明伶俐的姑娘，名叫阿钰。她不但长得漂亮，而且歌唱得好，挑花刺绣、缝衣做饭门门皆优。

六月初六是布依风情节，这天早上，家家户户一大早就提着大公鸡、粽子和香纸到稻田边祭水口。祭完水口，吃了早饭后，各地青年男女从四面八方聚集到归集黄河（古时候发耳一带将北盘江流经都格、鸡场、发耳一段叫黄河）边唱歌玩乐。他们的玩法较多：有用竹筒做通话筒隔河对唱山歌的；有三五成群在树林中坐着对唱的；有打粑粑鸡（一种游戏）的；有吹木叶唱山歌的；有游泳玩水的。河滩上还有很多小孩子在嬉戏玩耍，五花八门，各得其乐。

事有凑巧，负责管理北盘江的蟹将，早将布依族六月初六在归集黄河边聚集玩乐的消息，告诉了南海龙王的小儿子龙三。龙三是个纨绔子弟，骄横跋扈，好色成性。他听说归集布依族女子谦逊有礼、娇羞美丽，于是慕名沿江而上，来归集寻花问柳。

龙三来到归集，摇身一变成为一个身穿锦衣、手摇玉扇，玉树临风、风流倜傥的美少年。他见到布依姑娘衣着华丽，言谈举止彬彬有礼，美丽的容颜上充满甜蜜的微笑，俊男靓女们的欢歌笑语遍布归集黄河两岸。龙三像走进了百花争艳的花园，眼前晃荡的朵朵鲜花看得他眼花缭乱，心花怒放，直吞口水。他自恃身份特殊，趾高气扬地穿行于人群之间，一双火燎燎的眼睛在姑娘们的身上飘来荡去。忽然，他眼睛一亮，直愣愣地盯着一个如花似玉的小美女看。这个小姑娘实在太漂亮了，用沉鱼落雁、闭月羞花来形容一点也不为过。她就是美若天仙的阿钰姑娘。

阿钰姑娘刚在河边洗完手转过身来，忽见这个衣冠楚楚的少年郎像棵树似的站在她的面前，两眼色眯眯地盯着她看。阿钰感觉很不自在，转身便想躲开那双如狼似虎的色眼。但是，无论她转到哪个方向，这条色狼都像鬼魅似的提前挡在她的面前。阿钰想不到这个衣冠禽兽竟敢在光天化日之下肆意妄为，气得伸出那双葱白如玉的小手，用力推开这个瘟神就走，意欲甩开这个色胆包天的淫棍。但是，她刚迈出两步，就一头碰在这条淫棍的身上。阿钰退后一步，气愤地大声吼道："好狗不挡道，好人不拦劫，你为啥要挡住我的去路？"龙三得意扬扬地说："美女，知道我是谁吗？说出来吓死你，哥是南海龙王的幺儿龙三，富甲天下，金银财宝不可计数。你嫁给我吧，我会让你住金碧辉煌的房屋，穿色彩鲜艳的锦衣，要风得风，要雨得雨，过衣来伸手、饭来张口的美好生活，行吗？"

阿钰听了，知道来者不善。她抬头凝视远山近树，伸手慢慢地梳理额头上的秀发，定了定神，稳住了惊慌失措的情绪，心想："这家伙是南海龙王的幺儿，法术和武功一定非同寻常。对他的无理要求硬拒不是上上之策，只能智取，用智慧来战胜他，这样才能化险为夷，成功脱身。"想到此，她就平心静气地对龙三说："物以类聚，鸟以群分。钱财是身外之物，生不带来，死不带去。我只喜欢能歌善舞、诚实善良的小伙子，你凭什么要我嫁给你？想娶我，就必须与我对歌。如果你对赢了，我才会心甘情愿地嫁给你；若我赢了，你就另寻佳人吧！本姑娘瞧不起才智、品德低下之人。"龙三听后暗想："北盘江一带的雨水归我南海龙宫管辖，在这个地方老子是王者，老子看上的人和物，哪能得不到手？"便嬉皮笑脸地对阿钰说："人为财死，鸟为食亡。有钱能买鬼推磨，没钱就当推磨鬼。山歌能当饭吃、能当衣穿吗？"阿钰说："山歌虽然不能当饭吃，也不能当衣穿，但唱山歌、唱酒令是我们布依族人的爱好，是我们的精神依托。人如果没有良好的精神生活，活着就是一堆行尸走肉，这样的人有再多的钱财，活在世上也毫无意义。"龙三毫不在乎地说："我相信，钱不是万能的，但没钱是万万不能的，你一定要考虑好了。"阿钰铿锵激昂地说："我们布依族人世世代代靠劳动来养活自己，我们有勤劳的双手，有聪明的头脑，喜爱丰富多彩的民歌，有良好的民风民俗。我过惯了这样的生活，活得很愉快，不想过那种衣来伸手、饭来张口的寄生日子。"龙三万万没料到人世间居然有人对钱财无动于衷，阴阳怪气地用威胁的口吻说："看来你还不知道，你们归集的雨水归我们南海龙宫管辖，可以说，你们的命运完全掌握在我的手里。没有我们南海龙宫的支持和帮助，你们再勤劳也没用，你们能够抗击旱灾和倾盆大雨的冲击吗？请你放清醒点，与我对抗没有好果子吃。"阿钰听后大笑着说："古言说得好，强中还有强中手，莫在人前乱夸口。施云布雨是你们的职责，请你不要拿这种事来威胁我，我可不吃这套。苍天有眼，善恶有报，胡作非为的人，无异于搬起石头砸自己的脚！"

龙三见这个布依姑娘软硬不吃，暗想："我原来也学过山歌，暂且先与她唱几首山歌玩吧，只要把她逗乐了，我就有办法了。再说老子输打赢要，想摆脱老子比登天还难。"想到这里，他就微笑着对阿钰说："不要斗气了，我们唱山歌玩吧。"阿钰听后暗想："这家伙掌管着我们的雨水，为了不让乡亲们受苦受难，我只好与他对唱几首山歌，对他的要求委婉拒绝，让他知难而退。"于是答应道："好啊！我看这样吧：如果对歌你赢了，我就跟你去南海；如果你输了，就永远不要找我麻烦，不要做对不起乡亲们的事。行吗？"龙三冷笑着说："唱山歌我哪里是你的对手？为了乡亲们的幸福生活，你要放明智点啊！"阿钰不想与他纠缠，清了清嗓子，放声高唱：

先前听人说，后来听人讲，说你又会说来又会讲，出口成章，张口出诗。今天有缘来相会，今生有分来相逢。你要把好歌教给我哟，不说学得像你似的能说会唱，就算学得你的一点点本领我也心满意足。

龙三听后回唱道：

在南海就听人说，来到归集又听人讲，说你貌美若仙，讲你山歌唱得特别好。今天我们有缘得相会，有意得相逢，你果然长得如花似玉，歌声甜美。我要拜你为师，跟你学唱山歌。请你别嫌弃哟，要拿我当朋友；请你不要保守哟，要把你的山歌教给我。哪怕只学到你的点点歌曲我也安心乐意，哪怕只学得你的一点点本领我的心也就踏实。

阿钰听了暗想："想不到这家伙真的会唱山歌。他生在海中，对陆地上的事物必然不怎么熟，我要用盘歌来击败他，让他输得心服口服。"于是唱道：

什么过河穿皮鞋？
什么过河横着来？
什么背上背八卦？
什么背上起青苔？

龙三唱答：

> 水牛过河穿皮鞋，
> 螃蟹过河横着来。
> 乌龟背上背八卦，
> 螺蛳背上起青苔。

阿钰再唱：

> 什么弯弯弯上天？
> 什么弯弯海中间？
> 什么弯弯街上卖？
> 什么弯弯妹面前？

龙三得意扬扬地回唱：

> 月亮弯弯弯上天，
> 虾子弯弯海中间。
> 镰刀弯弯街上卖，
> 梳子弯弯妹面前。

阿钰又唱：

> 哪样吃草不吃根？
> 哪样睡觉不翻身？
> 哪样肚里有牙齿？
> 哪样老来鼓眼睛？

龙三听了眉头紧锁，呆若木鸡，冷汗直冒，怎么思考都答不上来，只好耍赖说："你有完没完？我已经唱了三首，算是赢了，还对什么歌？你现在就跟我走。"阿钰说："三首盘歌都对不上，凭什么说你赢了？"龙三说："谁说我对不了三首盘歌？我已经对了两首，只差一首了。刚才这首不算，另外来一首。"阿钰也不多讲，解释说刚才那首的答案是：

> 镰刀吃草不吃根，
> 石板睡觉不翻身。
> 石磨肚内长牙齿，
> 花椒老来鼓眼睛。

龙三听了不知所措，故作沉默。阿钰继续唱道：

> 什么叫作黄毛岭？
> 什么叫作西眉山？
> 什么叫作石门坎？
> 什么叫作滚龙滩？

龙三听了张口结舌，半天说不出话来，根本不知道阿钰说的是什么，应当怎么对。眼看输定了，他将心一横，一不做二不休，决心来个霸王硬上弓，将生米煮成熟饭。"等她珠胎暗结，就不得不答应嫁给我。"想罢，他偷偷作法，然后对阿钰惊呼："快走，涨大水了，这里危险。"阿钰听了扭头一看，只见原本风平浪静的河面忽然巨浪滔天，浪峰从上游向她这边汹涌澎湃地冲下来，她感觉不妙，正要躲闪，却被一阵狂风卷入水中。人们见了急喊救人，但风急浪猛，谁也不敢下水相救。

身穿黑色马褂，脚踏青色凉鞋，长相特别俊美的阿贤此时刚好沿河而上，忽见狂风大作，听到人们大喊救人的惊呼声。他放眼一望，只见一个女孩在狂风巨浪中挣扎着，情况十分危急。阿贤从小在水中玩耍，水性纯熟，胆子特大，又乐于助人。他衣服都来不及脱，就跳进巨浪滔天的河中，奋力向落水女孩急追而去。巨浪时而把他高高托起，时而把他抛入深谷，但他全然不顾个人安危，在狂风巨浪中伸手抓住了女孩的左手，用力将她往岸上拖。但是，他使尽全身力气都不能把女孩拖出河一点点，两人在急流中迅速向下游翻滚而去，一会儿就被冲出去几里远。女孩先前还能用力挣扎，后来就完全不省人事了。阿贤在慌乱中看了一眼，原来这个女孩竟是他向往已久的美女阿钰。阿钰的右手好像被另一个人死死地抓着，而且这个人不怀好意，正把阿钰往深水中拖。阿贤见了怒火中烧，伸手去掰这个人的手指。但此人力量特大，那只粗壮的手掌像鹰爪似的紧扣着阿钰的纤纤玉手不放。阿贤使尽全力都掰不开，于是狠狠一拳朝那个人的头部打去。那人遭到阿贤的攻击，立即出拳与他对打。他们边打边被江水翻卷着向下游迅速翻滚而去，很快就从李家渡口被冲到了阴鸷渡口。

阴鸷渡有个陆姓老先生，此时正坐在自家的堂屋中间抄写经书，忽然听到挂在堂屋神龛旁的铜鼓发出"嗡嗡嗡"的叫声，并且叫声越来越大。他特别惊奇，正要走近看个究竟之时，忽见铜鼓竟然快速旋转着闪电般地朝大门外飞了出去，眨眼间便无影无踪了。

阿贤和那个怪人在决斗中被冲到了阴鸷渡口，再往下三四百米，就会进入水流湍急的归集河口。归集河口之下怪石林立，人一旦从这里被冲下去，必然会被暗礁撞得面目全非，定死无疑。

正在万分危急的关键时刻，忽见一只"嗡嗡嗡"地怒吼着的铜鼓飞到大河上空，居高临下朝那个怪人发起猛烈攻击。怪人遭到铜鼓袭击，不得不放开阿钰的手。阿贤趁机拖着阿钰奋力游到江边，用尽最后一分力气，把她抱到岸边空地上。

龙三与阿贤争夺阿钰之时已打得精疲力尽，此时忽遭铜鼓袭击而受了伤，只得赶紧潜入水底落荒而逃，滚回他的南海龙宫养伤去了。

阿贤奋不顾身施救于人的行为让阿钰无比感动，加之阿贤长得高大伟岸、英俊潇洒，又诚实善良，阿钰早就对他颇有好感，经此生死考验，更是深深地爱上了他。阿贤也早就被阿钰的美貌和品行打动，两人很快热恋起来，第二年就双双步入了婚姻殿堂。

再说龙三慕名前来归集寻花问柳，不但未能如愿以偿，反而被打得浑身是伤，狼狈逃窜。他气得咬牙切齿，发誓一定要将阿钰弄到手，一雪前耻。

伤好之后，心有不甘的龙三又偷偷来到归集，仍然摇身一变成了风度翩翩的少年郎，走村串寨暗中打探阿钰的下落。当他听说阿钰已经嫁给施救于她的阿贤为妻之时，气得半死，回过神来之后，恼羞成怒地对天发誓："我龙三若不把阿钰弄到手，就终生不回南海龙宫。"为了将阿钰弄到手，龙三想出四招毒计。

第一招毒计：断其所念，强行霸占。一天早晨，阿贤和阿钰到发耳垭口赶乡场。阿贤陪阿钰在街上选购针线和布匹，龙三暗暗跟在他们身后，伺机捅阿贤的冷刀。阿钰机敏异常，不经意间，发现了身后不远处的龙三，她从龙三凶狠的眼神中识破了其本来面目，于是悄悄告诉了阿贤。阿贤听后转身盯着龙三，龙三若无其事地正要走开，阿贤三步并作两步，迅速来到他的面前，左手抓住他的衣领，右手指着他的额头说："小子，老子正想找你算账，不防你胆大包天，竟敢来这里跟踪我们！真是背鼓上门——讨打。"龙三听了冷笑着说："嘿嘿，你小子破坏了老子的好事，抢了老子的美人，得了便宜还想欺负人？难道这街子是你家的不成？你来得老子就来不得？"阿贤高声说道："老子就不允许你来，怎么样？这街子是我们人类赶场搞交易的地方，不是妖魔鬼怪兴风作浪的场所。赶快给老子滚开，不然老子对你不客气！"龙三自恃法术高超，武艺高强，根本不把阿贤放在眼里，于是冷笑着说："老子今天偏要跟着你们，看你敢把老子怎么样？"阿贤听了冷笑着说："嘿嘿，好人不跟狗斗，老子才懒得理你这种癞毛狗。"龙三是南海龙王的三太子，从小娇生惯养，对人颐指气使，何时受过这等窝囊气？他顿时怒火中烧，双手紧握拳头，咬牙切齿地向阿贤走过来，挥拳便打。阿贤立即伸手拦住来拳，随即以迅雷不及掩耳之势还了他几拳。双方拳来脚往地在大街上打起来，引来许多赶场人围观。两人都是武功高手，直斗得风尘滚滚，飞沙走石，天昏地暗。时间久了，阿钰怕阿贤有闪失，便指着龙三对围观的人群高声大喊："这家伙是个妖怪，六月初六那天就是他把我拖进河水中，差点儿把我害死。你们大家不会让这个妖怪在这里兴风作浪，残害我们的族人吧？"众人听了阿钰的话，纷纷拔刀相助，一齐向龙三砍去。龙三不防有此一作，觉得自己一人难敌众手，吓得化成一股青烟溜走了。

龙三再次失利，颜面无存，恼羞成怒。仍然按原计划行事，施行第二招毒计：玩弄权术，逼其就范。

俗话说"穷不与富斗，富不与官争"。龙三利用手中权力，施展法术，使归集大地一个月滴雨不降，田地里的庄稼都枯萎了，再这样下去恐有饥荒。大家团结一致，研讨抗旱方略，所有人都确认这是龙三捣的鬼，但如何才能制止龙三这种倒行逆施的行为呢？阿钰提议说："阴鹭渡陆家寨的陆老先生博学多才，见多识广，道法高超，请他出谋划策，一定会有办法对付龙三。"众人认为可行，于是一同来到陆老先生家，请他帮助解决目前困境。陆老先生拿出经书翻了一会儿，沉思片刻后说道："今年孽龙犯境，必须建一座寺庙，烧香念经作法，把这里的情况告诉南海龙王，请他出面才能解决这个问题。再说渡口左面此山像一艘翻倒的船，导致过此渡口的木船经常翻入水中，害死多条生命，我们在此修建一座龙王庙，起到一举两得之效。"

孽龙作怪，天降大旱；地形特殊，渡船不稳。为了生存发展，归集布依族人民在灾难面前抱成一团，群策群力，有钱出钱，有力出力。他们砍树的砍树，挖地基的挖地基，背砖瓦的背砖瓦，做木工的做木工，经过短短7天时间，就在阴鹭渡陆家寨左面的小山上建起了一座高大雄伟的龙王庙。

陆老先生身披黄袍，手握利剑，带领几个弟子在龙王庙里敲锣打鼓，念经拜佛，杀鸡宰鸭祭祀南海龙王，求其降雨滋润归集大地。第二天申时，天空乌云密布，不多时就下起了久违的大雨。从此，布依族人每逢干旱，都要到阴鹭渡龙王庙求雨。

旱灾打不倒归集人，于是龙三又施展法术，让归集地区连续三天暴雨大作，山洪暴发，房屋倒塌，田地被毁，山崩地裂，道路中断。阴鹭渡陆老先生又带着手下弟子到龙王庙念经作法，宰大红公鸡祭祀南海龙王，第三天晚上，雨水就完全停止了。

龙三还是不服气，他施法术欲使归集大地村村人畜遭瘟，寨寨牛马死尽，来个鸡犬不留。布依族各地"布摩"（道士）在阴鹭渡陆老先生的指导下，在寨子边的神树下摆设神坛，敲布依神鼓（铜鼓）念经作法，用大白公鸡驱邪除恶。阵阵铜鼓的震动声把邪气全部驱除干净，人畜恢复健康，村村寨寨又回到了往日的宁静。

龙三原本以为用两条小计便能逼迫归集人向他磕头求饶，乖乖地把阿钰送给他，并且还要敲锣打鼓欢送他们回归南海——借此明目张胆地从阿贤的手里把阿钰夺走，活活气死这个不知天高地厚的布依小子。令他始料不及的是，他的恶毒阴谋次次未能得逞。事后，他再三思考，认为归集布依族人中确实有些能人贤士，这些人又非常团结，明斗和玩弄邪法是无法取胜的，只有暗袭才有可能取得成功。于是便想出了第三招毒计：以静制动，伺机出击。

一天中午，阿贤只身一人到树林里打猎。他在树林里仔细寻找猎物的踪迹，忽然发现一条粗大的爬痕从树丛中穿过。他仔细观察，推测这是一条大蟒蛇刚刚爬过留下的痕迹，于是顺着痕迹跟踪寻找，不一会儿，就找到了蟒蛇的藏身之处。阿贤轻轻扒开遮挡住视线的树叶，哇，一条差不多有水桶粗的蟒蛇正在山沟的一个水塘里洗澡。这一发现使他异常兴奋，这条大蟒蛇少说也有百把斤重，如果成功捕获，不但可吃它的肉，还可以拿它的皮来蒙制二胡和竹筒通话器，用它的胆汁来炮制药酒。

阿贤操刀在手，小心翼翼地向蟒蛇靠近，在离蟒蛇只有三丈来远的地方停住了脚步，仔细观察四周地形，发觉这个水塘三面环岩，场地十分狭窄，不利于与蟒蛇缠斗。但是，倘若蟒蛇离开水塘进入丛林，有树木遮挡，截杀它更不便，弄不好还会被它所伤。经过认真研究之后，他还刀于鞘，拿出弓箭慢慢地靠近蟒蛇，到达理想的射击位置之后便拈弓搭箭，对准蟒蛇要害处一箭射去。蟒蛇听到弓弦声响，身子摆了一下，弓箭从它身边射过，箭羽擦伤了它的躯体。蟒蛇发怒了，迅速朝树林这边爬来。阿贤立即朝它射了两箭，但都没射中要害。眼看蟒蛇就要来到自己的身边，他赶紧丢弃弓箭，拔刀在手，以迅雷不及掩耳之势朝蟒蛇砍过去。这条蟒蛇至少有百年岁月，见有人挥刀向它砍来，它急忙将身子一摇，躲过了阿贤的截杀，随即用尾巴闪电般地向阿贤击打过来。阿贤急忙闪身躲避，蛇尾将碗口粗的树拦腰打断，吓得阿贤出了一身冷汗，赶紧挥刀向蛇身砍去。受伤的蟒蛇一阵乱滚，抬头朝阿贤喷了一口毒液，阿贤急忙跳开躲过。蟒蛇又向他喷了一口毒气，阿贤赶紧用衣服蒙住自己的口鼻，挥刀又向蟒蛇砍了过去。蟒蛇再次受伤，翻滚得更加厉害，尾巴不停地朝阿贤攻击。阿贤躲让蛇尾之时，不小心吸进去一口毒气，顿觉天旋地转，差点儿栽倒在地，靠在一棵大树上利用树干支撑自己的身子。蟒蛇高抬起头，张开血盆大口向阿贤袭来。阿贤怒目圆睁，双手握紧大刀，使尽浑身力气向蛇头砍

发启小龙潭传说

去。只听"咔嚓"一声，蛇头落地，阿贤同时昏倒在地。

在阴谋几次三番遭到失败之后，龙三深知"明枪易躲，暗箭难防"之理，于是决定再次寻找机会暗算阿贤。反正阿贤为了养家糊口不得不外出劳作，百密难免一疏，只要有机可乘，他便能除掉这个可恶的家伙。为了做到知己知彼，寻找下手机会，龙三天天埋伏在阿贤家侧面不远的山坡上，咬牙忍受日晒雨淋和蚊虫叮咬，仔细观察他的起居和劳作情况。

这天午时，龙三见阿贤背上弓箭、腰系大刀进了深山老林，便偷偷地跟在阿贤身后，阿贤斩杀蟒蛇之后倒地不起，于是他蹑手蹑脚地走近阿贤。见阿贤中了蛇毒，奄奄一息，龙三顿时欣喜若狂。机不可失，时不再来，他见蟒蛇的毒液和血液混合淌了一地，于是撬开阿贤的嘴，用手指蘸了些毒液滴进阿贤的嘴里，又蹑手蹑脚地离开了此地。

阿钰在家挑花刺绣等候阿贤打猎归来，但她等到太阳落山仍然不见阿贤的身影，预感情况不妙，急忙请来寨中青年，组成几队上山寻找阿贤。大家边走边高声呼喊阿贤的名字，喊声震得山崖回音阵阵，但一直没有阿贤的回应。大家点燃火把连夜在山林里到处搜寻，直到第二天天亮之后，才找到阿贤和蟒蛇的尸体。阿钰见了哭得死去活来，几次欲拔刀自刎，都被乡亲们给拦住了。

时间如白驹过隙，转眼过了三个月。阿贤的不幸去世使阿钰终日以泪洗面，食不甘味，寝不安席，明显比原来消瘦憔悴了许多。一天夜里，阿钰在睡梦中见到阿贤，阿贤对她说："是龙三害了我，我死之后，他才有机会强占你。"阿钰听后吃了一惊，说："你不是吸入蟒蛇的毒气而死的吗？唉，放心吧，我绝对不会让他的阴谋得逞。我一个弱女子虽然无法直接替你报仇，但我一定叫他生不如死，叫他为此付出应有的代价。"说完她伸手去拉阿贤，不料阿贤渐去渐远，慢慢消失在她的面前。阿钰惊醒过来，方知是在做梦，眼泪已湿透了半边枕头。

阿钰来到阴鹭渡陆老先生家，把昨晚的梦境向陆老先生陈述了一遍，请陆老先生帮她指点迷津。他对阿钰说："人死不能复生，你不要太伤心了，要好好地活着，这样才有机会给他出口恶气，让害死他的那个坏蛋遭到应有的惩罚。"

半年之后，龙三再次来到发启寨侧面的山上，只见寨子一切归于平静，阿钰已从悲痛欲绝之中回过神来，面容恢复了往日的光彩。龙三认为时机已到，决定施行第四招毒计：动之以情，摄其心智。

傍晚时分，龙三来到阿钰家对她说："阿贤不幸中毒身亡，两个情深义重之人从此天各一方，实在令人怜悯。但是人死不能复生，你得好好活着，活得比原来更加精彩，这样阿贤在天之灵也就得到安慰了。"阿钰惊问："阿贤是我平生所爱，他死了，我成为年轻的寡妇，生不如死，怎能活得更加精彩？我看雪上加霜、落井下石才是你的本性吧？"龙三红着脸说："这是说的哪里话？别把好心当成驴肝肺。你和阿贤虽是郎才女貌，堪称绝配，但文才、武功我都在阿贤之上，论家世他更望尘莫及，相貌我也一点不比他差，而且更喜欢你，非你不娶。我能让你活得更加精彩，你就嫁给我吧，好吗？"阿钰听后强作镇静，小声说道："你说得不无道理，但是我要从一而终，怎能改嫁？"龙三说："规矩都是人定的，也是会改变的。你还年轻，守一辈子寡岂不是暴殄天物？嫁人生儿育女，让生命得到延续，让生活更加美好，岂不美哉？"阿钰听后轻声问道："你真的喜欢我？"龙三拍着胸脯说："我爱你之心天地可鉴。"阿钰面露喜色，说道："好，既然你喜欢我、爱我，就得答应我一件事。"龙三问："什么事？"阿钰说："我们布依族的规矩是男人死后，妻子必须给他守三年大孝。你若真心爱我，就等我守完三年大孝，那时我才能嫁给你为妻，行吗？"龙三听了气急败坏地说："什么臭规矩？三年时间实在太漫长了，我恨不能现在就把你娶了，哪能苦等三年？"阿钰灵机一动，说："我也不想苦等三年，但我是无计可施呀！除非……"龙三急问："除非什么？"阿钰面露难色，摇着头说："唉！算了，你不会这样做的，不说为好。"龙三是个急性子，拉住阿钰的手说："你快说嘛，究竟要怎么做才行？"阿钰慢条斯理地说："你若想在近期内娶我，就必须披麻戴孝在阿贤坟边替我守三个月的孝。男人替女人守孝，一天可抵十天。但是，我相信你不会这样做，就当此话我没说过。"龙三听了暴跳如雷，大声咆哮着："你叫老子给一个凡间小子披麻戴孝？并且一守就是三个月？笑话，老子是堂堂龙宫太子，凭什么给一个平民百姓守孝？不行，你必须立即嫁给我，我才不相信不给他守孝，他会从坟墓里跳出来耍把戏。"阿钰冷笑着说："俗话说，不依规矩，不成方圆。你不愿意守孝也没人强迫你，只要你耐心等我三年就行，三年时间不到你绝不能碰我，不然我会立即死在你的面前。想活不容易，想死就太简单了，我想死，你再有天大的本领也无法阻挡。"龙三知道阿钰是个犟脾气，她想做的事九头牛都拉不回来。想到自己发过的毒誓，如果阿钰死了，他就终生不能回南海龙宫了，只好顺从地低下头说："唉！真拿你没有办法。好吧，我听你的，就按你说的去办。"

龙三在阿贤的坟墓边搭了一个帐篷，守了三个月的孝。最后那天，阿钰提着一竹篮好酒好菜来到阿贤坟边，叫龙三和她一起给阿贤磕头供饭，烧香焚纸。磕完三个头后，阿钰忽然阴阳怪气地对龙三说："龙儿呀，你的阿贤爹爹是你害死的。你给他做了三个月的儿子，为他守了三个月的孝，现在你爹爹和你娘我都不怪罪于你了，你以后好自为之，多做善事，不然会遭报应的。"龙三听了张口结舌，半天说不出话来。他认为自己做的事只有天知、地知、自己知，绝对没有其他人知道，阿钰怎么知道阿贤是自己害死的？正在手足无措之际，他忽然听到阿钰严厉地对他说："龙儿，我去陪你爹爹了，你必须要为你娘我守三年大孝，不然你会后悔的！"阿钰说完，一头撞在阿贤的墓碑上，顷刻间就魂归故里了。

慌乱之中，龙三伸手一把抓碎了阿钰的外衣。看着身穿红色内衣的阿钰倒地身亡，龙三如梦方醒，知道上了阿钰的当，气急败坏地大吼："我要将你们碎尸万段！"说完刷地站了起来，从身上拔出金鞭就要对阿钰的尸体下毒手。就在这时，铜鼓的"嗡嗡"声忽然由远而近，瞬间就飞到了龙三的头上。龙三怒发冲冠，上次就因为遭到这只讨厌的铜鼓袭击，不但未能将阿钰抢走，反而还被其打伤。现在又是这只多管闲事的铜鼓来坏他的事，他气不打一处来，决心把这只铜鼓给毁了，出口胸中的恶气，于是挥鞭朝铜鼓猛击过去。铜鼓像长了眼睛似的闪身躲开龙三的致命一击，随即向龙三猛砸下来。

龙三和铜鼓激战在一起，打斗声越来越大，气浪冲得四周的草木东倒西歪。过了一个时辰，铜鼓多处受伤，眼看就要毁在龙三手里。正在万分危急之时，天空中忽然多了几只铜鼓，原来是老高寨赵家的铜鼓、潘家寨潘家的铜鼓和圆寨吴家的铜鼓飞来助阵。几只铜鼓将龙三围在中间轮番攻击，龙三顾头不能顾尾，防东不能挡西，顿时手忙脚乱，很快败下阵来。他几次想向归集河方向逃走都未能成功，只好一头钻进阿贤坟墓旁边的泥土里，躲避铜鼓的攻击。

山上的蚂蚁迅速聚集到阿钰的身边，搬来泥土把她的尸身与阿贤合葬在一起，让这对金童玉女在阴曹地府仍然做一对恩爱夫妻。从此，阿贤夫妻俩的坟墓旁就出现了一个无底洞。龙三多次从洞中偷偷爬出来想逃向南海，都被铜鼓打了回去，其他地方又没有去路，于是他就这样一直躲在洞里，过着暗无天日的生活。

时隔很久之后，南海龙王发现幺儿失踪了，于是沿着北盘江找到归集。南海龙王了解到他的儿子在归集干了不少坏事，现在被布依神鼓控制在发启寨边的泥巴洞里，只好到阴鹭渡找陆老先生求情。陆老先生一个人做不了主，便通知归集各地的布依族寨老到阴鹭渡龙王庙协商解决此事。陆老先生对众人说："南海龙王的儿子龙三在此犯下滔天大罪，我想各位都有不斩杀其为阿贤夫妇报仇誓不罢休的想法。但是，现在南海龙王出面要求放他儿子一马，他掌管着我们归集的雨水，斩杀他的儿子会影响我们与龙王的关系，这对我们今后的发展极为不利。各位发表一下意见，看这事应该怎么处理才最为妥当。"大渡口河边的王老首先说："'杀人偿命，欠债还钱'，是天经地义的道理，此事龙王应该秉公处理才能服众。"来自妥保的赵老说："俗话说得好，'拆房上瓦要看檐脚人''不看僧面看佛面'。既然南海龙王出面说情，龙三是不能杀了，我们当然要放他一马。但是，死罪虽免，活罪难逃，他应当为他的所作所为付出应有的代价。"大家一致认为赵老说得有道理，纷纷议论怎么叫龙三付出相应的代价。有要龙三在归集做100年苦工的，有要南海龙王拿金银财宝来交换的，有要求把龙三的武功废除的……陆老先生最后拍板说："龙三作恶多端，就算我们宽宏大量，不要他为阿贤夫妇偿命，也要掰下他的一只龙角，以示对他恶行的惩戒，多少挽回一点我们的颜面。另外，还要他在归集为我们做30年的管水使者，让他对自己的行为付出应有的代价。最后还要求龙王爷保证我们归集从此风调雨顺。"大家一致同意按陆老先生说的办，于是，陆老先生叫来南海龙王，转达了大家的意见。南海龙王听后完全同意，亲自掰下龙三的一只龙角，放在阿贤和阿钰的坟前，以示对夫妇俩的歉意。放在阿贤夫妇坟前的那只龙角，不久就变成一棵棵粗壮的竹子。后人把这种竹子叫作"龙竹"，布依族人每次办丧事都要用龙竹来做望山权杆，也是源于此。

　　龙三偷鸡不成反蚀把米，在归集老老实实地做了30年管水使者，心中有气又不敢公开发作，在回南海那天，从平时藏身的泥巴洞里一直钻到水塘寨，想从水塘寨钻出来。但他刚露出头，就看见一个妇女拿着婴儿的尿布在水塘边清洗，顿感心烦，急忙回头钻到归集河畔爬出。从此，水塘寨的水塘就干枯了，归集河畔多出了一个叫"芭蕉"的小水塘，即现在的发启小龙潭。

黄花园记

☆任 华

大用镇耳贡村和黑村之间，有个地方叫黄花园，此处很久以前不叫黄花园，而叫黄瓜园。黄花园地呈盆形，四面环山，西面的山尤为险峻，靠黄花园的一面，山崖如刀削斧劈，岩石颜色灰白，人们都叫它白岩。

相传很久以前，这块盆地的北山脚下住着一户人家，户主姓王，叫王老大，育有一子一女，一家人以种黄瓜为生。王家屋山头有一小水塘，清水盈盈，甘甜凉爽，四季清澈，不盈不缩。峭壁下就是他家的黄瓜园，整块地都种满了黄瓜，每到春夏，地里郁郁葱葱，黄花满地，倒也有一番景致。他家种的黄瓜，个大，脆嫩，吃起来清脆爽口，消暑解渴，在这一带是很有名声的。人们路过这里，总要喝点水或吃个黄瓜。于是，人们把这个地方叫黄瓜园，王老大也被人们称作"黄瓜王"。

黄瓜王家种的黄瓜，由于味甘爽口，颇受人们的喜欢。到黄瓜成熟的季节，每天傍晚，一家人就到地里去摘黄瓜，足足地摘满两大挑，晚上放在屋檐脚扯露水。第二天凌晨鸡叫时，王老大就和媳妇起床，挑起黄瓜走十几里的山路到化处街上去卖，有时要走二十多里路挑到普定城去卖。一天能卖大概二两文银，一季黄瓜大约能卖四五十两银子。慢慢地有了点积蓄，王老大就花十两银子买了匹马，后来就用马匹驮黄瓜去卖，人力上轻松了不少。几年下来，王老大就用积蓄把原来的窝棚翻修成三间的大草房，一家人的生活在当地也算得上富裕了。

这年春天，大地春回，气候转暖。王老大家也像往年一样耕地翻土，开沟垄渠，挖窝播种，一场春雨后，地里慢慢地冒出了嫩绿的芽。王老大不愧是种黄瓜的好手，在他精心的薅刨和合理施肥下，瓜苗真是见风长，没过几天，就噌噌噌地蹿出好高，转眼就该搭架子了。今年真可谓风调雨顺，远远望去，整块窝地绿油油的一片，看不到一寸泥土。在和煦的阳光照耀下，黄瓜秧花如约开放，绿色中泛着星星点点的黄。王老大看在眼里，喜在心头：今年又有一个好收成！几天后，星星点点的黄变成了一簇簇的黄色。这天王老大扛起薅刀，喜滋滋地来到瓜园里准备锄草松土，可突然间他发觉有点不对劲：这么多黄花，怎么就只有雄花，不见雌花呢？他沿着瓜地走了一圈，也没有看见一朵雌花。他沮丧地扛起薅刀回家。老婆看到他垂头丧气的样子就问："你怎么了？像晒蔫了的黄瓜秧，一点精神都没有。"王老大说："奇怪了，我们家的黄瓜开了那么多公花，就是看不见一朵母花。"老婆听了也吃了一惊："啊？"张大嘴巴半天说，"可能今年的母花要开得晚一些吧。"

第二天，王老大又到地里去转了几圈，还是没有发现一朵雌花。王老大家的黄瓜园开了一地黄花，就是没有一朵雌花的消息不胫而走。村民们都来看稀奇，有人说："黄瓜王，你家地里没有黄瓜，只见黄花，不能叫黄瓜园了，干脆叫黄花园得了。"有人附和："对，对对，叫黄花园！"从那以后，人们都管那儿叫黄花园。

王老大忧心忡忡，不知自己种的黄瓜出了啥毛病。他到别处去看人家种的黄瓜，除了这里以外，其他地方的黄瓜都有雄花，也有雌花。他只有期待自家地里的雌花是开在后期了，依然每天到地里去转。一天，他终于在地的正中间发现了一朵雌花，小瓜长得大约一寸长，被几片瓜叶从四周遮挡住了。瓜花开得硕大，比往年见到的雌花要大得多。他高兴得大叫起来："我家黄瓜结瓜了！我家黄瓜结瓜了！"家人听到后都跑来看，一家人都很激动，认为雌花真的要慢慢地开了。

转眼一旬日子过去了，还是没有看见其他的雌花，而雄花依然开得很艳。王老大绝望了：连瓜种都没有了，今年怎么过呀？这块盆地很宽，一个黄瓜的种子是不够栽的。可为了这一粒瓜种，他仍然认真地拔草，希望这个黄瓜长得大些，多结点籽好做种。这个黄瓜也真争气，长得很粗壮，有一尺多长，往年的黄瓜最长的也只有六七寸。

一天，一个外乡的白胡子老头路过这里，看到这片黄瓜地站住了脚。他在地边转了一圈，然后东瞅西瞧。王老大以为他是口渴了想找个黄瓜吃，就走出瓜园对他说："老人家，这里没有黄瓜，口干了就去我家喝点水吧，我家的水甜着呢。"

老头说："这位大哥你说谎，这里明明有黄瓜，怎说没有呢？"

王老大说："哪里有啊？今年我这黄瓜只开花，不结瓜。"

老头笑着说："说谎，那中间不就有一个？"

王老大很是诧异："你怎么知道那里有一个？"

"很简单，没有瓜，你忙活个啥！"老头不紧不慢地说，"再说这种只见公花的黄瓜，一定有一个黄瓜王。那一个黄瓜，能抵得了你这一块地的黄瓜。把你这个黄瓜卖给我吧，我能出个大价钱。"

王老大说："不卖，明年我还指望这个黄瓜做种呢。"

"种可以买嘛。再说你一个黄瓜也不够栽。"老头顿了顿说，"你这块地的黄瓜一年能卖多少钱？"

"一年就六十两银子。"王老大故意抬高价钱说。

"我出八十两银子买你这个黄瓜，你看怎么样？"老头很爽快地说。

"八十两花了，明年还是没有种子。不卖。"王老大摇摇头。

"一百两呢？"老头急了。

王老大心里一忖：一个黄瓜能值这么多钱吗？就说："你在逗我吧。不卖不卖。"

"我是认真的，再加五十两，一百五十两怎么样？"老头从怀里拿出了三大锭纹银，"这可是你三年的收入哟。"

王老大看着那三大锭纹银，眼睛都瞪大了。他可是从来没有见过这么多的银子。一个黄瓜能卖这么多钱吗？这银子是不是假的？于是他说："不卖不卖。"

老头说："这已经很多了，你好好考虑一下，明儿我还来。"

王老大回家跟老婆一说，老婆急了："你傻呀，一百五十两，要买多少种子，那可是我们家三年的收成呀！"

第二天，白胡子老头来了，见面就问："你考虑得怎么样了？"王老大心想：他今天居然来，就说明他很想要这个黄瓜，那就可以再抬一抬价。

一百五十两现银，两年就花完了，也做不了什么大事。正自思忖时，老头又说话了："那三百两怎么样？只要你答应，我马上数钱。"

王老大一听，心里吓一跳，但他故作冷静，说道："这黄瓜一年接着一年，不知要卖多少钱呢，不卖。"白胡子老头无奈地走了。王老大反而有点后悔，三百两啊，对他来说那是个不小的数目，这机会就这样放跑了。

没想到第三天，白胡子老头又来了，他直接到王老大家里，从身上取下一个叮当作响的包裹放在桌子上，坐下后对王老大说："今天来，我再加一百两，咱们话不多说，卖给我，这包银子归你，明年我给你家带一包好黄瓜种来。"说着打开了包裹，里面露出一堆白花花的银子，看上去不止四百两。王老大和家人都看傻了。王老大媳妇急忙说："卖，卖，怎么不卖。"王老大心里想：就算是个金瓜，也卖不了这点钱。于是就答应了。

老头说："那好，这包银子一共五百两，四百两是买瓜的钱，一百两是看瓜的钱。这个黄瓜从今天起要等七七四十九天才能摘，这一百两就是这四十九天看瓜的工钱。只要你们给我把瓜看好了，到时候我还有酬谢。"老头作了交代后就离开了。

王老大一家收了银子后，高兴得难以入眠，半夜了还起床来，趁着月光到地里去看那个黄瓜。

打那以后，一家人精心照看那个黄瓜，离摘黄瓜的日子越近，越是提心吊胆，生怕它被人给偷走，那几百两银子就泡汤了。还好的是，附近的村民都知道黄瓜园里没有黄瓜，也没人踏进那园里一步。而那黄瓜长在地中间，又被叶子覆盖，不易被人发现。到了第四十七天，王老大实在熬不住了，就与老婆商量："今天是第四十七天了，那黄瓜太老了，早都可以做种了，瓜叶也掉得差不多了，快遮不住黄瓜了，就差两天没事吧。干脆我们把它讨（摘）了放在家里等那老头来。"老婆也很担心，觉得他说得有理："那就讨吧，省得天天提心吊胆的。我看那个黄瓜也实在太老了，应该没有什么问题。"于是他们就把那个黄瓜摘了回来。

第四十九天下午，那白胡子老头真的来了，这回他可是骑着匹大马来的。他来到王家，进屋后，喝了口茶就问："那个黄瓜长得还好吧？"

"很好，很好，长得黄澄澄的，黄里透红。"王老大急忙说，"为了安全起见，我们把它讨回来了。"

"什么？"老头立刻站起来问，"什么时候讨的？"

"前天讨的。"王老大正说时，老婆从里屋端出黄瓜。

"可惜，可惜呀！"老头叹惜道，"这个黄瓜要今天晚上子时才能讨的呀，我们是没有这个福分喽。"

"这话怎么说，这个黄瓜已经够老的了。"

老头拿起黄瓜说："你们跟我来。"

老大夫妇跟着老头向白岩壁脚下走去，离白岩壁大约还有十丈远时，老头停了下来，说："你们看好了。"说着双手捧着黄瓜，口中念念有词，只听他"嗨"的一声中，手执黄瓜向白岩扔去，"轰"的一声响，黄瓜撞到岩壁，岩壁裂开了一道缝，那个黄瓜跳进石缝，横横地将两边的石壁撑着，下面是一条通道。只见通道里射出道道金光，耀人眼目。石缝里边是个溶洞，洞里满是金牛、金马、金猪及其他的金银珠宝，让人看花了眼。王老大回过神来，准备冲进石缝拿那些财宝，老头急忙大呼："不可！"王老大脚下一顿，心想：难道你要一个人独吞？他不理会老头的话，继续往前冲。才冲出一丈来远，忽听"嚓"的一声响，黄瓜断裂，"轰"的一声，石门合上了，金光消失，"哗哗"的一阵响声后，山顶塌方，白岩不复原样。

据老头说，那个黄瓜就是开启宝库的钥匙，只是它养的时间不足，差了两天，还不够坚硬，只能将石门打开，但支撑不了多久就会断裂。

从那以后，王家屋山头那个小水塘，一到深秋就会慢慢干涸，他家再也没有种出好黄瓜，家境也慢慢地不如从前。没几年，他家就搬走了。渐渐地，人们把那个黄瓜园淡忘了，而"黄花园"却响亮地叫了出来。

凉都地名趣谈六题

☆符　号

抢媳妇垭口

　　地处钟山区南开乡与纳雍县佐鸠嘎乡交界的凉山村，海拔均在2000米以上。这个地方因自古高寒而叫凉山。明清之前，凉山山高林密，人迹罕至，虎狼成群，是强盗土匪经常出没之地。清乾隆年间，最早在凉山居住的是从江西迁来的符姓族人和毕节迁入的付姓族人，之后，又陆续迁入了解姓、黄姓、郭姓、李姓、曹姓、付性等人家。有关"抢媳妇垭口"这个地名的由来，还得从付姓族人的故事说起。

　　到了清道光年间，居住在这里的付姓族人同辈中先后几年出生了几个力大无比的壮汉，特别是付顺卿、付顺成、付斑鸠较为出名。清光绪年间，付姓族人渐渐强盛起来，以付顺卿为首，拉拢周边几十里之内的一些年轻人结拜为兄弟，成立了一个强盗土匪团伙。春天，别人播种，他们则游手好闲；到了秋天，他们就只管邀约"弟兄"收获庄稼。但他们有个原则，就是在方圆50里之内，不巧取豪夺，欺压百姓。

　　有一年二月的一天，付顺卿的家人有意安排其雇用解姓女子及其他人，到离家约一里远的塘边大山与南面大坡之间的垭口上烧生地（当地的一种农活）。付顺卿的家人还告诉解姓女子说："今天有点冷，你要多穿点衣服，有好的、新的衣服尽管穿上。"解姓女子固然不知道其中缘由，只好按照主家吩咐穿上新衣服。随后，解姓女子及其他人就到塘边大山垭口烧生地去了。

　　解姓女子及其他人在地里铲着草皮，约一个小时后，就从东面来了五个骑着马的彪形大汉。就几分钟时间，骑着马的五个彪形大汉就来到地里，其中一个人骑的膘肥体壮的大马头上还佩戴着一朵丝质的大红花，花上系着一个大写的"喜"字，马背上负着一副漆黑光滑的马鞍，一对铜质的脚凳闪闪发光，马鞍上铺着崭新的红丝绒毯子。在场的人吓得目瞪口呆，但看到这种情景，一下就明白是怎么回事了。

说时迟，那时快。突然，那位骑着大马的大汉一下马，就三步并作两步跨到解姓女子面前，二话没说，一把拉住解姓女子抱起来掉头就走，其他四名大汉随行两旁。在场的人不敢轻举妄动，只好眼睁睁望着五名大汉带着解姓女子飞身上马，扬长而去。原来，是土匪首领付顺卿把解姓女子许配给了纳雍猪场一结拜兄弟，怕解姓女子不愿意，因此只好上演了这么一出"抢媳妇"的把戏。之后，当地人就把这个垭口称为"抢媳妇垭口"。

付顺卿作为当时的一方霸主，力大无穷，大碗那样的石头可甩至两公里远的地方。他蛮横霸道的行为，曾触怒了纳雍勺窝田坝强人张子文。张子文想除掉他，但又苦于强不过他，真是力不从心。一天，张子文得知付顺卿要去大定府办事，途中会经过勺窝田坝，于是决定除掉付顺卿。

那天下午，张子文估计付顺卿快到勺窝田坝了，就在家门口等候。当付顺卿行至张子文家门口时，天色已晚。张子文便诚心挽留付顺卿在他家安歇。之后，张子文就用事先准备好的用蜂蜜勾兑的火头酒，加上放闷烟炖熟的骟鸡肉款待付顺卿。待付顺卿喝得酩酊大醉，无还手之力时，张子文就喊来了几个瓦匠蜂拥而上，将付顺卿打翻在地，并用绳索捆绑连夜将其送到大定府，望官府处决。

三天之后，不见什么动静，张子文在家像热锅上的蚂蚁，急得不得了，害怕付顺卿出来后对他进行报复，便写了封文书，曰："凉山有个付顺卿，用的双刀有九斤。付顺卿只是个名，杀人还有付顺成。带个弟兄吴兴合，天天提个人脑壳。斑鸠是个鹞子眼，随带一千二百人。三天不杀付顺卿，就要打进大定城。"大定府接到文书后，就立即处决了付顺卿。

付顺卿被处决之后，就由其拜把弟兄吴兴合带着付顺成、付斑鸠一伙人继续在凉山一带称王称霸。那个年代，有势力的人相互倾轧，钩心斗角，都想当一方霸主。当时，南开有位势力强大的人想除掉吴兴合，就派手下的弟兄王玉成去刺杀吴兴合。王玉成以学徒的身份投靠吴兴合。吴兴合在收王玉成时，还多了份心——怕他是刺客，搜遍了他的全身，但却没发现藏在他胳肢窝下缝在衣服褛中的那把匕首。

吴兴合与王玉成日同练武、夜同榻眠。吴兴合无杀人之心，而王玉成却有取命之意。一天，他们又在练武。王玉成举起大刀向吴兴合的头部砍来，幸亏吴兴合躲闪快，才没被砍着。吴兴合生气地说："王玉成，你什么意思？"王玉成反应快，镇静地说："大哥，您放心，兄弟的刀法掌握得很准，您穿十件衣服，即使我砍破了九件，也不会砍到第十件。"

半年之后的一天，吴兴合要出门办事，与王玉成途经三岔河。在渡船上，坐在后面的王玉成刀出鞘的响声让吴兴合掉转了头。王玉成说："大哥，河上妖魔鬼怪多，用刀避避邪。"当天晚上，他们投宿吴兴合的妹妹家（其实是付顺卿的幺妹家），王玉成在院窝（大门外）洗脚时，听见漫山遍野的鬼叫声，心想吴兴合命该绝了。

同床睡觉时，王玉成假装肚子痛，时断时续地哭爹喊娘，三番五次，把个吴兴合折腾得疲惫不堪。约午夜两点钟，王玉成又是一番哭爹喊娘。见熟睡的吴兴合没反应，王玉成就把他的头发辫子拴在床头上，用裹脚布带把他的双手双脚绑在床脚上，然后取出匕首，朝他的胸口一刀猛插下去。吴兴合因疼痛惊醒，蓦地连床带人一起站了起来。王玉成见吴兴合无还手之力，就顺势将匕首往下一拉，吴兴合的肠肠肚肚就流了出来，天还没亮就死去了。之后，王玉成便提着吴兴合的头领功寻赏去了。

在当时那个土匪横行的年代，凉山那个地方抢媳妇的事件是屡见不鲜的。据说，就在民国时期，当地一符姓女子也被金盆土目抢去给其当时任号木的李姓男子为妻。

陡箐猴儿关

陡箐猴儿关是乌蒙山喀斯特地貌奇观最具代表性的地方，它的险峻乃大自然造化所致。猴儿关位于水城东部陡箐乡茨冲村，距六盘水市中心城区70里。其主峰海拔2400余米，四壁如刀削斧劈。

说起猴儿关的名称，有两种说法。第一种说法：据《水城县志稿》记载，"猴儿关，在城东七十余里茨冲东，当水城至安顺之要冲。峭壁千寻，由悬崖凿路曲折盘旋，窄处仅尺许，长十余里。未凿路时，惟猴儿能攀缘向上，故名。同治二年，粤匪拥数万众至此，伐木以塞其路，遂退"。第二种说法：在2014年，据世居猴儿关的86岁熊家济老人口述，猴儿关地形险要，坡陡路窄，好像人的咽喉，从这里通过，必须要经过"三个关口"，即"喉一关""喉二关"和"喉三关"。其中"喉二关"地形最为险要。"猴儿关"的"猴"应为咽喉的"喉"，"猴儿关"的"儿"应为"二"。"猴儿关"应为"喉二关"。猴儿关的原名"喉咙三关"就因此而得。

当地人们对"三个关口"的划分是这样的：猴儿关位于茨冲老街和陡箐的中心位置，茨冲至陡箐之间的小街丫口为第一关口；中间丫口至猴儿关为第二关口；距陡箐街上一公里的丫口至河底七十二步为第三关口。但不管是哪一种说法，都有各自的道理，都磨灭不了其作为"滇黔之咽喉，兵家之要隘"的价值、地位和作用。猴儿关是上昆明、下贵阳的必经之路。因其易守难攻，战争年代是兵家必争之地。

猴儿关是南方丝绸之路的滇黔要道，经过六盘水，抵达贵阳、昆明。纳雍至水城的古驿道经过猴儿关，往东十多公里连接贵阳至胜境关进入云南。驿道在猴儿关段呈"V"形，"V"上端的两个点是猴儿关的东、西两个险关，两个关口都是"一夫当关，万夫莫开"的地方。这一带吃的盐巴和穿的布匹，都是靠马帮踩着驿道运往各处。猴儿关两关之间路长坡陡，现在还可以找到一段一段用石板铺就的道路，看得出这些石板曾经被磨成光滑但凹凸不平的原样，而今都被深深的灌木和杂草所覆盖，成为残留着的历史印记，书写的是历史的沉重和苍凉。

据《水城县（特区）志》记载："清康熙三年（1664年）二月，吴三桂伐水西宣慰使安坤。三月，率云南十镇并2.8万人由归集入水城境，围攻阿扎屯（今盐井），久攻不克。双方两次大战猴儿关，转战于比牒（今比德）等地。五月，安坤在果勇底战败，率余部至底水阿扎屯据险死守，后屯破。吴三桂伐水西，历时3月，大量彝民被迫迁徙。"

"五岭逶迤腾细浪，乌蒙磅礴走泥丸"是当年红军长征跨越艰难险阻，最终走向胜利的真实写照。1934年4月19日，中国工农红军红一方面军红九军沿董地经陡箐乡猴儿关到茨冲，打开财主李培修、胡顺臣的粮仓，将粮食分给老百姓，处决税卡师爷犹少安。过猴儿关时，曾有老红军这样评价过这段路——"长征以来还没有走过这样艰难的道路"。

据传，当时，当地财主陈少先还杀了一头猪慰劳红军战士。为纪念红军留下的足迹，后人在公路后的崖壁上刻写了红色凹形斗大的三个字——"猴儿关"。相传在新中国成立前，国民党中央军在猴儿关还被当地财主陈少先打跑，缴获枪支数十支。也是在新中国成立前，当地人熊继川为预防土匪打击，还用石头在猴儿关山上建了一个碉堡作为防守。

新中国成立后，在共产党的领导下，1965年修建贵烟公路时，很多车和人从猴儿关最陡峭的地段掉下去，车毁人亡。修路时，人们还在猴儿关黄家垭口（现在的小街垭口）挖出两窖金砖，大的有36块，小的有8块，均上缴到当时的滥坝区。据说这些金砖是当时茨冲铁厂（现在的茨冲村活动室）炼金矿时的产品。至今，当地都还流传着与此相关的顺口溜："大坳对小坳，金银十八窖。谁人识得破，金子过秤拗（音）。"

1966年修建贵昆铁路猴儿关段隧道和桥梁时，因地质复杂，工程艰巨，无数建设者为它挥洒汗水、流淌鲜血，甚至为它献出了生命。站在贵烟公路旁，俯瞰猴儿关，雾气缭绕在山间，让本身神秘的猴儿关更为梦幻。猴儿关铭刻了历史的沧桑，写下了社会的变迁，为这片土地和它的人民默默地祈祷和祝福。

如今，在猴儿关这片最原生态的土地上的苗族妇女们，利用日出而作、日落而息的闲暇时间，将她们一切的生活印记和民风民俗作为农民画的创作源泉，成立了水城区蒙多彩民族工艺农民专业合作社，用她们的巧手画出了她们富足安康的美好生活。

青林神仙坡

农历五月初五是钟山区青林乡苗族同胞欢聚的日子。这一天，数以千计的苗族兄弟姐妹都要到青林乡海发村与纳雍县新房乡交接的一个山梁处聚集。这个山梁被当地人称为"神仙坡"或"拖着客梁子"。关于"神仙坡"或"拖着客梁子"的由来，在青林还有一个美丽动人的民间传说故事。

相传在很久以前，这个山梁子下有一个苗族寨子。这个寨子住着一家姓陈的姐妹俩，父母早已双亡，姐妹俩相互照顾，相依为命。两姐妹一天天、一年年地过着清苦贫寒的日子。姐姐因丢不下孤独年幼的小妹，所以就一直没有出嫁。

说起这陈家大姑娘，那漂亮样儿，大家都赞不绝口。她不但人长得俊俏，而且聪明能干。特别是她那刺绣的本领远近闻名。大家都夸她绣花花会开，绣草草会摇，绣鸟鸟会飞，绣水水会流。方圆百里的姐妹经常向她学刺绣艺术。人一多，花线就用得多。为买花线，她常常要翻过三个坡，涉过三条河，走几十里山路和河流，往来很是艰辛。

一天，一个名叫陶老六的四川杂货郎挑着货担经贵州安顺，过六枝，到水城，最后来到青林的苗族寨子叫卖花线。他为人既忠厚老实，又热情周到，他的花线品种又多又好，色彩又鲜又艳，价钱还便宜。因此，颇受苗家姑娘的欢迎和青睐，姑娘们都买了足够用一年的花线。

有货郎担来串寨送货上门，陈家大姐十分高兴。可令她烦恼的是，她白天要上山做活，不知货郎担哪一天到寨子来。于是她想了一个办法，与货郎约定，每年农历的五月初五这一天，在青林乡海发村与纳雍县新房乡交接的一个山梁处相遇，之后当地人就把这个山梁叫作"拖着客梁子"。

第二年农历的五月初五，货郎担陶老六果然挑着担子如约而至，陈家大姐也事前早就邀约了众多姐妹在此等候。看见陶老六满头大汗，陈家大姐和姐妹们就帮他放下担子，招呼他喝水、吃东西，然后才慢慢挑选各自喜欢的花线。一直到太阳落坡，货郎回不去了。因陈家大姐是大家绣花的老师，所以由她招呼货郎到家歇了一夜。第二天，货郎才走了。

以后年年如此，每到五月初五这一天，陶老六按时来到，每次都到陈家歇一夜，第二天才走。就这样，每年来买花线的人越来越多，"拖着客梁子"渐渐成了苗族姑娘会聚的地方。同时，到"拖着客梁子"买杂货的人也逐年增多，使得该地像赶场一样，越来越热闹。时间过了一年又一年，陶货郎老了，陈家大姐也老了。

又到了农历的五月初五，陈家大姐十分高兴，穿着自己绣制的新衣服，与往年一样带着大家一早就来到了"拖着客梁子"，等待陶货郎的到来。可她们左等右等，直等到太阳落坡，连陶货郎的影子都没见着，一个个都感到灰心失望。姑娘们唱起了《绣花歌》："苗家姑娘长得巧，从小生来会绣花。绣花花会开，绣草草会摆，绣鸟鸟会飞，引出凤凰来。绣花绣朵要针线，眼望货郎几时来？"

《绣花歌》唱了一遍又一遍，还是不见陶货郎。再一看陈家大姐，她坐在一棵大树下，脸朝着货郎来路的方向，默默地死去了。大家失声痛哭……之后，大家在寨老的安排下，把陈家大姐埋在"拖着客梁子"上。大家都说陈家大姐没有死，是成仙了。于是，大家把"拖着客梁子"改叫"成仙坡"，时间久了，人们就喊为"神仙坡"。

人们十分怀念和惋惜这位一生为寨上做了不少好事的陈家大姐，以后每逢这一天，都要到这里来纪念她。随着时代的进步和发展，尤其是近几年来党和政府民族政策的落实，民族地区经济发展活力逐步增强，人们生产条件和生活水平得到改善和提升，"神仙坡"的活动已今非昔比，它不光是一个杂货交易场所，还成了青林及周边地区各民族举行盛会的重要场所。

农历五月初五是中华民族的传统佳节端午节，这一天，周边的各民族同胞都穿着自己最心仪的服装，从老远来到"神仙坡"。前来参加盛会的有威宁、纳雍，甚至云南和河南的客人，有时多达数万人，真是人山人海，热闹非凡。

大家在这里自由买卖，交换商品，小货摊比比皆是，小食点处处都有；草坪上斗牛赛马，欢声如雷，此起彼伏；绿树丛中，草坡脚下，谈情说爱的青年男女，窃窃私语，又别有一番情趣。欢快悦耳的芦笙声、悠扬婉转的民歌声在"神仙坡"上空萦绕，真好像到了"神仙境界"，令人心旷神怡，陶醉不已，流连忘返。

水城观音山

观音山是六盘水市水城区老鹰山街道的一个村名，位于老鹰山街道东面，距市中心区30公里，东与水城区陡箐镇连接，南与老鹰街道仁活洞村毗邻，西与水城区蟠龙镇接壤，北与老鹰山街道石板河村相交。境内平均海拔1980米，最高峰2167.2米，年平均气温12.5摄氏度，有"凉都中的凉都"之美称。此地蕴藏有丰富的铁、铅、锌等矿产资源，曾是六盘水市采矿、冶炼之地。虽称为观音山村，但村内既没有形似观音的山石，又无寺庙。那为何得此名呢？

据《水城县志》矿业篇记载："城东十里许观音山，道光初开办镰铅颇旺，后因洞崩停办，忽有一美女呼卖仙桃，诳工人出洞买桃，未几洞崩，女不见，出洞者生，未出者死，始知观音显圣，由此停办。至咸丰间，修文县肖必明由道署领款接办，专烧镰铅，嗣因苗变，亦停止。近来惟猴子厂尚有商人淘荒洗镍，获利甚微。城东数十里许观音山，遍产岩矿与土矿，异其质最佳，按年烧办，铁炉约六八所，锻成熟铁，行销安顺，获利轻，重视资本多寡为率。"据《水城厅采访册》记载："观音山在城北七十里，旧出银矿，今出铁矿。"另据《水城厅采访册》记载："观音厂在城东十里，因凿银矿，山空将陷，有美女至厂前卖冬桃，众出观，山遂陷。女忽不见，众得无恙。故名。"从志书记载和观音山村村情综合分析，再结合至今流传于当地的一个民间传说故事，观音山名称的来历就恍然大悟了。

在很久很久以前的一天，天上管理天马的天官一时疏忽，天马跑出厩来。其中一匹红色、黑色和白色天马结伴而行，看到杉树大箐这个地方山在云中卧，云绕山间走，山清水秀，真是一个美丽的好住所。三匹天马不约而同向着这一美丽的住所飞来，寻找自己最理想的栖身之处。红天马落脚的地方变成了红褐色的山脉，黑天马钻到南面的群山里，山变成青灰色，白天马飞到了波光粼粼的堰塘边停了下来，山变成了银白色。从此，这地方就有了三座埋藏着铁、铅、锌和白云石矿的宝山。

当天官得知三匹天马到杉树大箐变成了三座宝山时，痛心疾首，在没什么好办法的情况下，只好派了两名武士去保护宝山。两名武士在杉树大箐看守宝山，过了一年又一年，渐渐感到枯燥乏味。一天，他们来到土地庙找土地神。因杉树大箐山寒水冷，土地神寻酒避寒，后来，便索性自己酿起酒来。他酿的酒芳香醇美。这天，两名武士来临，正好喝上了土地神酿造的美酒。自从喝上土地神酿造的美酒之后，两名武士就像被勾了魂魄似的，经常来土地庙喝酒寻欢，醉了就沉睡他几日，醒了又喝上几天，把看护宝山的任务早抛到九霄云外。

人世间祸乱不断，战火纷争。一天，一队残兵败将逃到杉树大箐，见箐林幽深，正好躲人，便钻进林中休整。这时，一阵清风飘来，送来一阵酒香。领兵的一闻到酒香，就站起来朝酒香飘来的方向一路找寻，但就凭他的肉眼凡胎怎么能看得见美酒啊！累了半天，他越发口干舌燥，看见身边潺潺流淌的溪水，便扑下身去喝了个饱。正当领兵的喝好水起身离去时，忽见溪水光芒四射。待他仔细看时，哎呀，原来溪水中有很多赤金绿玉在闪闪发光啊！

领兵的顿时激动万分，就大声呼唤大家前来打捞。看着这些宝石，众人兴高采烈。大家商定，就此安营扎寨，找矿寻宝。接下来的几年，他们采摘野果或打猎物充饥，用刀枪熔铸制造工具，在杉树大箐中开挖宝藏，积聚了不少财富。这时战火已经平息，士兵们思乡心切，但又不想离开这块宝地。于是大家商量，接家眷前来居住，并广招民夫，增加劳动力，一时间聚拢了不少人。大家砍树造屋、开石挖土，烧炉炼铁，一时间，静寂的杉树大箐呈现出一片繁忙的景象。

在土地庙终日饮酒作乐的两位守护宝山的武士，哪知道杉树大箐的事。直到一个冬日的下午，一名守护宝山的武士外出解恭，见林木被砍伐，宝矿被挖掘，便慌忙回庙告知同伴和土地神。三人忙到林子巡视，大感不妙。土地神吓得不敢再张罗酒坊，躲进庙中，闭门不出。两位武士顿时酒醒了一大半，赶紧回天禀报。

刚行至天门处，一位武士就站住说："如果据实禀告天帝，恐怕我俩都难免遭杀头之罪！"另一个武士说："不如回去将这些无法无天的凡人锤死在洞中，先解心头之恨，然后我们再封山育林，把事情瞒过去！"

于是二人怒气冲冲赶回杉林大箐，抽出随身携带的神锤。天空电闪雷鸣，风雨大作，掘宝的人们将面临一场空前绝后的灾难。此时此刻，观音菩萨正巧路过此地，心知不妙，忙施法定住两名武士手中的神锤，随后化作一美女，手提一篮鲜桃，沿洞口叫卖。洞中的挖宝人看到洞口叫卖鲜桃的美女觉着好笑：大冬天，哪儿来的鲜桃？有好奇者出洞观看，果见美女所卖的鲜桃，忙回洞中告知他人。众人便纷纷出洞想看一看。

待洞中的人出来走至安全地带，卖桃美女就突然隐身而去，消失在大家的视线中。大家正感到奇怪，突然眼前山崩地裂，天昏地暗，洞子一个接一个坍塌。众人吓得目瞪口呆，半天说不出话来。这时，有聪慧的人悟出刚才那位卖桃美女就是大慈大悲、救苦救难的观世音菩萨显灵救了大家啊！于是，人人叩头，个个称颂。从此，杉树大箐被人称为观音山。

米箩兴和

现在水城区米箩镇铜厂村的四畜底、干河、扯己、板板房和钢厂五个村民组所在的地方，当地人都习惯性称其为兴和。那么，"兴和"这个地名是怎么得来的呢？据当地人说，该地名是根据当地一个人的名字取的，这个人是一位烈士，叫肖兴和。

20世纪60年代初，在贵阳，在水城山乡，一个人民子弟兵舍身救人的感人故事广为流传。故事的主人公就是水城人肖兴和同志。

肖兴和，1938年12月出生在水城县米箩区铜厂乡的一个贫苦农民家庭。艰辛贫苦的生活使他从小就养成了吃苦耐劳、爱憎分明的品格。1956年3月，肖兴和应征入伍，成为一名光荣的人民解放军战士。刚入伍不久，肖兴和所在的连队接受任务，沿着当年红军长征的足迹，穿过原始森林，涉过湍急的河流和沼泽地，急行在海拔4000多米的高原上。虽然是6月天气，高原上却是冰天雪地，空气非常稀薄。

在行军途中，肖兴和的一只鞋走掉了，脚跟冒着鲜血，但他却顽强坚持，紧跟队伍，一步也未落下。经过五天的长途跋涉，由于气候恶劣、山高路险，加上高原缺氧，给养也一时供应不足，许多新战士感到疲惫不堪，心慌气短。肖兴和不顾自己的伤痛，为战友扛枪，背背包。最多的时候，他的肩上扛着三支步枪。

在这次行动中，肖兴和以他强健的体魄和坚定的意志经受了严峻的部队生活考验。这与他平时认真学习、苦练、严格要求自己是分不开的。在部队这座大熔炉里，肖兴和迅速成长起来，曾两次被评为所在团的"五好"标兵，多次受到首长和组织上的表扬。在部队首长和党组织的培养下，1959年肖兴和加入了中国共产党。经过四年的兵营生活，肖兴和成了一名政治素质和军事素质都过硬的革命军人。

1959年2月，肖兴和服役期满，家中年迈的父母和新婚的妻子都在倚门而望，盼着他回家团聚，可他实在舍不得离开培育他成长的部队。于是，他抛开了亲人的期待，坚决要求超期服役。部队首长见他态度坚决，言辞恳切，便同意了他的要求。

又过了一年，肖兴和超期年限又到了，家里也频频来信要他退伍，照顾家庭，可这时他所在的部队接受了参加贵阳钢厂工程建设的重要任务。肖兴和不愿放过这次为国家建设做贡献的机会，再次要求超期服役。在肖兴和多次恳求下，组织再次批准他的请求。

在贵阳钢厂工地上，肖兴和苦钻勤学，很快掌握了爆破技术，还带头组织爆破突击小组，专门负责啃硬骨头，多次胜利完成爆破任务。工地上土箕不够用，他便利用晚上休息的时间义务为工地编制土箕。在短短的两个月中，他又两次被评为"五好"标兵；他率领的排也荣获了连里"标兵排"的光荣称号。

1960年4月7日，贵钢工地上响起了"各就各位，准备放炮"的信号命令。肖兴和率领战士们熟练地点燃了大大小小200多个炮眼的导火索。不一会儿，导火索开始发出"哐哐"的叫声，带着红色的火焰向雷管燃去……完成了点火任务的肖兴和和战士们正向安全地带撤去，突然，意外的事发生了，侧面山坡上出现了8个误入险区的民工。他们丝毫不知身陷险境，正在一步一步地走向死亡！在这千钧一发的关头，只见肖兴和一跃而起，不顾一切地朝民工所在的方位奔去。待那8个民工按肖兴和的指挥迅速撤向安全区时，炸药接二连三地响了，肖兴和很快被横飞的乱石和硝烟吞没。

当天傍晚6时10分，由于伤势过重，抢救无效，肖兴和那颗爱民之心停止了跳动。肖兴和牺牲后，《贵州日报》整版登载了他的动人事迹。4月26日，中共水城县委向全县人民发出号召——学习肖兴和同志舍己救人的共产主义精神，并决定把肖兴和烈士的出生地米箩区铜厂公社新前生产队命名为"兴和生产队"。肖兴和同志牺牲后，被政府安葬在贵阳，现在其坟墓已迁到清镇烈士陵园。

1992年撤区并乡时，兴和生产队改为米箩乡兴和村，2007年并村时，虽然兴和村已并入米箩乡铜厂村，但直到现在，当地人依然把以前兴和村所包括的地方称为兴和。

扒瓦大桥

"扒瓦"一词是古彝语。

1991年7月，一场百年难遇的特大洪水无情地冲毁了下扒瓦石拱桥，引起了人们对下扒瓦桥的关注。人们在叹息它的同时，也追忆起它的可贵和价值。说到下扒瓦桥，扒瓦河是绕不过去的。有关扒瓦河和扒瓦桥的内容，没有多少历史记载可考。但它们的存在便是历史，是扒瓦桥见证了水西安氏厚重而沧桑的历史。

扒瓦河是乌江上游三岔河的一段，发源于毕节地区威宁彝族回族苗族自治县境内的香炉山、盐仓一带。《大定府志》载："乌江古名延江，源出威宁西南十五里之西海……"扒瓦河与阿勒河交汇后流入三岔河。这一地名的起源，要追溯到很久以前。

水城建制（1732年）之前即有扒瓦。据有关史籍记载："水西安氏之始祖为蜀汉（220—263年）时人济济火，因其辅佐诸葛亮南征有功而准予世袭。"济济火家族世居今云南省昆明市东川区一带，以后，其领地不断扩大，大致到隋唐时期，水西已属其领地了。"扒瓦"一名在公元640年始见于史籍，其历史可以追溯到1000多年前的唐朝时期。

"扒瓦者，乃彝族姓氏之一也。"据考，下扒瓦是济济火一个彝族氏族的部落，沿袭水西土司制度，为明清时期贵州水西地区彝族四十八土目之一，扒瓦家明清时期改土归流前被封建王朝赐姓为安，史称水西安氏的默部落慕济济的后裔。称德施氏，彝语为阿者家。又据《西南彝志》载："默部慕济济后裔第五世舍乌姆之长子第六世蒙使迁往扒瓦。"

"扒瓦"又有上"扒瓦"和下"扒瓦"之分，因为历史原因，下"扒瓦"的名声大一些，如今已是一个近200户人家的大寨子。据《贵州通志实地调查》记载："扒瓦古石桥始建于清朝乾隆年间，为石砌拱形，横跨南北，如长虹卧波，距今200余年。据传为原大定府员外郎梅百万独家捐资修建，有碑为记。可惜毁于清朝末年的一次洪灾。"明、清时，因战略和盐运需要，依靠川黔西部驿道，《贵州通志实地调查》的这一记载是可信的。

清道光二十一年（1841年）重建，仍为单拱石桥，是水城厅通往大定府（大方）之要道、盐道。重建碑记也被1991年7月3日百年不遇的洪水冲毁。"岁辛丑（1841年）夏涨奔腾扒瓦河，桥将记"（《重修扒瓦石桥记》）这一记载表明，在100多年前之夏，扒瓦河的确发生过一次大洪水，寨子中间还隐约可见一段由北向南顺坡而上的古驿道（官道），石梯已经岁月冲刷，光滑如玉。桥虽然没有当即被冲垮，但随时有垮塌的危险，当年即得到重修，足见其重要性。

扒瓦单拱石桥是水城境内规模最大、跨度最长，相对来说，也是年代较早的石拱桥。它是唯一被公布为六盘水市市级文物保护单位的桥梁。扒瓦桥为单孔大跨度石拱，桥长54.63米，宽7.5米，桥孔跨度16.63米，一般水位时，桥面距水面高度为12米。桥两侧有石桥栏。桥北面西侧立有四棱桥记碑一通。南桥埒26级，北桥埒24级。在水城境内众多清代的大小石拱桥中，扒瓦石拱桥以其规模宏大，建筑工艺水平高，系战略要冲和重要的通商孔道而驰名。

现在的扒瓦大桥是水城县（今水城区）于1991年11月在保华境内湍急的扒瓦河上建的一座雄伟的现代公路大桥。桥长47米，宽9.5米，高16.6米，大孔跨度35米，大孔之上左右各有三个对称小孔。至今，在扒瓦大桥一带还流传着水西宣慰使安坤与云南友军首领相约从阿扎屯上率兵赶赴织金会盟，意与吴三桂决一死战的故事……古老的扒瓦石桥见证了它辉煌的历史，也见证了水西安氏厚重而沧桑的历史，它留给人们的不仅仅是回忆。

水塘河畔丹霞镇寻踪

☆李　丰

家住丹霞下，门临碧水滨。

田园舒画卷，翰墨透芳馨。

　　乌都河的源头是一条美丽的小河，因河畔有一个美丽的小镇原名水塘镇，故这条美丽的小河被人们称为水塘河。千年水塘河滚滚东去，水塘小镇从南里易名水塘，再因丹霞山在其境，现改为丹霞镇。沧海桑田，水塘河畔的丹霞镇犹如乌都河里的动人涛声，有着悠久动人的历史故事，经久不息。

　　丹霞镇古称南里。南里作为盘州历史上的下一级治所之一，其管辖范围难以考究。但在民间流传有"南里九屯半"之说。要寻踪南里的历史，还得从盘州说起。

　　盘州历为滇黔要冲，素有"滇黔锁钥""黔疆屏障"之称，历史蕴藉深厚，为"贵筑之首，教尚义气，尤出他郡之上，冠盖一方之雄州"。在虞、夏朝时，属梁州辖地，商朝属鬼方辖地。春秋时期属牂牁国辖地，秦汉时属夜郎国辖地，东汉又属牂牁郡，蜀汉至西晋泰始七年（271年）属宁州兴古郡，东晋太宁三年（325年）隶属西平郡辖地。南北朝刘宋时，地置西安县，隶宁州。齐武帝永明三年（485年）改名西宁县，隶西平郡。隋朝时属牂州辖地，唐武德二年（619年）县境内设立西平州以来，已有1000余年的悠久历史和灿烂文化。唐贞观八年（634年），唐太宗改西平州为盘州。天宝十年（751年）废盘州，自号于矢部，大历二年（767年）改号齐弥部，后又复于矢部，宋干德三年（965年），宋太祖平蜀，于矢部属大理国。1256年，蒙古克宋灭大理国，于矢部置于矢万户府。元朝至元十三年（1276年）改于矢万户府，置普安路总管府，后改宣慰司，再改普安路，隶属云南行省。在八部山下撒麻铺（现刘官街道旧普安村）置普安路总管府，明初盘州为元朝云南梁王统治，作为治所之一的南里也随着盘州历史的变化而不断发展。

南里管辖范围，史料未记载。但民间传说管辖现盘南的一些乡镇，有上南里和下南里之说，上南里"南里九屯半"，下南里指"娄下河一带"。"南里九屯半"指"上伍屯、中伍屯、下伍屯、杨旗屯、郭官屯、吴官屯、顺居屯、赵官屯、薛官屯和前所半屯"。现丹霞镇的水塘是南里的政治、文化和经济发展的中心，土地肥沃，风景宜人。最先居住的有汪、李、朱、陈等姓氏的居民。1368年正月，动荡中催生的乱世英雄朱元璋在他40岁这年正式登基，成为历时276年的明朝开国之君——明太祖。江山初定的朱元璋于明洪武四年至十四年（1371—1381年），号令明军相继收复四川、贵州地方势力。明洪武十四年（1381年）十二月十一日，征南将军、颍川侯傅友德和左将军永昌侯兰玉、右将军西平侯沐英率30万大军兵分两路南征，一路从四川南下取乌撤（今云南镇雄一带），一路由湖广西进，直取普定（今安顺一带），主攻盘踞在云南的梁王把匝瓦尔密。"至普安，复攻下之，乃留兵戍守，进兵曲靖"，即夺取普安后，进兵云南。洪武十四年（1381年），明军在南宁（今曲靖）借弥漫大雾与元军血战，异常惨烈，元军大败，史称南宁"白石江大战"。然"虽有云南，亦难守也"，于是将20万将士留守地方，安居屯田，叫军屯。同时从四川、湖广等地迁徙移民，世代定居，称民屯，史称"调北征南"和"调北填南"。南里水塘作为卫城的屯兵处之一，为千户所住地，称"前所"，现水塘镇前所村。因处乌都河上游，土地肥沃，军民垦荒造田，将士亦兵亦农，繁衍生息，保家卫国。

"春雨呼童耕田地，夜灯教子读文章。""为国为家一心两用，从文从武殊途同归。"

1978年，丹霞镇前所村长房子出土了明代器物，有直径5.4厘米，桥形纽，窄边棱，内圈刻八卦纹，外圈刻10个模糊纹的八卦铜镜；有直径9.8厘米，圆纽，突边棱，内区似松鹤图案，二区锯齿纹、三区梯纹的松鹤镜；有直径11.5厘米，银链纽，凸边棱，区内铸双鱼图案的双鱼镜，现存于贵州省博物馆。这些文物的发现为研究南里历史提供了宝贵的资料。

明洪武十五年（1382年）五月，普安路改为普安府，并设军事机构普安卫。明洪武十六年（1383年），普安卫升普安军民府。洪武二十二年（1389年），府地迁雄镇山麓建城郭。今城关镇已有600余年的历史。明永乐元年（1403年）改为普安安抚司，属四川布政司。明永乐十三年（1415年），普安安抚司改为普安州，领"九里十二营"，朝廷派出的流官辖地为里，土官辖地为营，其中"九里"中设南里、北里、中左里、中右里、乐民里、正翼里"六里"外，另"三里三营"划出州外他管。余"六里九营"，其中南里作为普安州和普安卫的下一级行政区的治所之一。清康熙二十六年（1687年），普安卫并入普安州，嘉庆十四年（1809年）升为直隶州，嘉庆十六年（1811年），普安直隶州变更为普安直隶厅，先后划出中左、中右等"二里四营"，属兴义管辖外。普安直录厅辖南里（范围无考）、北里（范围无考）、乐民里（今乐民及关平、石桥、鲁番、威箐等地）、平夷里（今平关以及石脑、亦资等地）、簸箕营（今保基）、归顺营（今民主）、狗场营（今联强）、毛政营（今沙坡）、普陌营（今滑石乡）的"四里（里下设屯）五营（营下设寨）"以及亦资孔巡检司，结束历史上军民分治时代。宣统元年（1909年），普安直录厅变更为盘州厅。民国元年（1912年），唐继尧另组贵州都督府，将盘州厅划归兴义府，民国二年（1913年）11月15日，废府、厅、州，盘州厅改称盘县，属贵西道，治所在毕节，境内里、营设置改为8个区。1935年设第三行督察区，辖兴仁、兴义、安龙、盘县、贞丰、安南（1941年改名晴隆）、普安、册亨8县，形成历史上的"盘江八属"，专员公署驻兴仁，俗称兴仁专区。南里在民国二年（1913年）盘州厅改为盘县后，设立的8个区中，列为二区，辖丹西、山顶、崇文、白果、智信、江源、森林、积善、良田、民主、丹篦等乡；民国三十一年（1942年）实行新县制，撤销区公所，设水塘乡，辖10保，属亦资孔区管辖。1949年12月1日，盘县解放委员会成立，1950年4月20日，贵州省委批准，中共盘县委员会和盘县人民政府成立后，划二区管辖。二区（驻地归顺）辖归顺、水塘、普彝、响水、中山5个乡。1952年9月，行政区划调整，二区驻归顺，辖水塘、板桥、归顺3乡。1953年，实行民主建设，为第一区，驻地水塘，辖水塘、板桥、山寨、马坡、杨旗、赵官、大庄、爬山、官庄、新寨、黄泥、坪川、山岚、苍龙、铁厂、红岩、小屯17乡。1958年建立人民公社，水塘人民公社辖水塘、山岚、苍龙、板桥、马坡、赵官6个管理区。1963年2月，恢复按原区体制，水塘区辖水塘、山岚、苍龙、板桥、马坡、赵官6个人民公社。1992年3月，盘县撤区并乡建镇，水塘区撤为板桥、水塘2个镇。撤销赵官乡、板桥乡和马坡乡，并为板桥镇；撤销水塘乡、山岚乡、苍龙乡，并为水塘镇。2015年6月4日《省人民政府关于同意盘县乡镇行政区划调整的批复》（黔府函〔2015〕128号）决定：撤销水塘镇、板桥镇，因丹霞山居其境，新设置为丹霞镇。辖原水塘镇、原板桥镇板桥居委会、山寨村、李家湾村、赵官屯村、背阴箐村、梅子冲村、顺居屯村地域，镇人民政府驻水塘村。南里水塘随着行政区划的变更，逐渐成为远去的历史。但在盘州发展的历史长河中，南里犹如灿烂的奇葩，为世人所传颂。诗人王明宇有联曰："水映丹霞，霞染千层，层层添异彩；塘滋金桂，桂香四处，处处绽奇葩。"

沈阳诗人西茜诗云："雨后苍峦梦里攀，神来笔落画江山。云峰竟出千奇秀，雾起凝成万里川。"

为南里文化增添了绚丽色彩的著名旅行家、地理学家、文学家徐霞客于崇祯十一年（1638年）四月二十九至五月初九在今盘州考察时称："然是城文运，为贵筑之首，前有蒋都宪，今有王宫詹，非他卫可比。"五月初一至初三，他又到南里丹霞山与影修大师考古论世，阅览观物，品山珍，吃鸡枞，写日志。他对丹霞山和水塘河流等自然景观作了两千多字的描述：

州南三十里，有丹霞山。其山当丛峰之上，更起尖峰卓立于中。西界有山一支，西南自平彝卫屏列而北，迤逦为云南坡，而东下结为州治。西屏之中，其最高处曰睡寺山，正与丹霞东西相对。其东界有山，南自乐民所分支而北，当丹霞山南十里。西界屏列高山横出一支，东与东界连属，合并而北，天矫丛沓，西突而起者，结为丹霞山；东北耸突而去得，渐东走而为兔场营方顶之山，而又东北度为安南卫脉。其横属之支，在丹霞山南十里者，其下有洞，曰山岚洞，其门北向；水从洞中出，北流为大溪，经丹霞山之西大水塘坞中，又北过赵官屯，又东转而与南板桥之水合。由洞门溯其水入，南行洞腹者半里，其洞划然上透，中汇巨塘，深不可测。土人避寇，以舟渡水而进，其中另辟天地，可容千人。而丹霞则特拔众山之上，石峰峭立，东北惟八纳山与之齐抗。八纳以危拥为雄，此峰以峭拔擅秀。昔有玄帝宫，天启二年毁于蛮寇，四年，不昧师徽州人。复鼎建；每正二月间，四方朝者骈集，日以数百计。僧又捐资置庄田，环山之麓，岁入谷三百石。而岭间则种豆为蔬，岁可得豆三十石。以供四方。但艰于汲水；寻常汲之岭畔，往返三里，皆峻级；遇旱，则往返十里而后得焉。

五月初一日，余束装寄逆旅主人符心华寓，兰溪人。乃南抵普安北门外，东向循城行，先是驼骑议定自关岭至交水，至是余欲往丹霞，彼不能待，计程退价。余仓卒收行李，其物仍为夫盗去，穷途之中，屡遭拐窃，其何堪乎！复随溪南转，过东门，又循而抵南门，有石梁跨溪上。越其南，水从西崖向南谷，路从东坡上南岭；西眺水抵南谷，崖下壑绝，遂注洞南入。时急于丹霞，不及西下，二里，竟南上岭，从岭上行。又二里，逾岭转而西，其两旁山腋，多下坠之穴，盖其地当水洞东南，其下中空旁透，下坠处，皆透穴之通明者也。又西南一里，路右一峡下逊，有岩西南向，其上甚穹，乃下探之。东门有侧窦如结龛，门内洼下而中平，无甚奇幻。遂复上南行，又一里，逾岭脊，逐西南渐下，行坡峡间。一里，过石亭垒址，其南路分两岐：由东南者，为新、安二所，黄草坝之径；由西南者，则向丹霞而南通乐民所道也。遂从西南下。

从岭峡中平下者二里，东顾峡坑坠处，有水透崖南出，余疑为水洞所泄之水，而其势颇小，上流似不雄壮。从其西，遂西南坠坑而下……

由桥南西向盘岭，为大水塘之道，遂由桥东向溯水而入。其下峡中菁树蒙密，水伏流于下，惟见深绿一道，迤逦谷底。又东半里，内坞复开，中环为田，而水流其间。路循山南转，半里，入竹树间，有一家倚山隈结庐，下瞰壑中平畴而栖，余以为非登山道矣。忽一人出，呼余由其前，稍转而东，且导于东南登岭，乃下耕坞中去，及余跻半里，复西入樵径，其人自坞中更高呼稍东，遂得正道。其处四山回合，东北皆石山突兀，而余所登西南土山，则松阴寂历，松无挺拔之势，而偃仆盘曲，虽小亦然。遂藉松阴，以手掬所携饭抟而食，觉食淡之味更长也。既而循坡南上者半里，又入峡西上者一里，又南逾坳脊间半里。其坳两旁石峰，东西涌起，而坳中则下陷成井，灌木丛翳其间，杳不可窥。已循东峰之南，又转而东南，盘岭半里，其两旁石峰，又南北涌起，而峡中又下陷成洼。又稍转东北，路成两歧：一由北逾峡，一由东上峰。余不知所从，乃从东向而上者，其两旁石峰，复南北涌起。半里陟其间，渐南转，又半里，南向跻其坳，则两旁石峰，又东西涌起。越脊南，始见西南一峰特耸，形如天柱，而有殿宇冠其上。乃西南下洼间。半里，复南上冈脊，回望所越之脊，有小洞一规，其门南向；其西有石峰如展旗，其东冈之上，复起乱峰如涌髻，而南冈则环脊而西，遂矗然起丹霞之柱焉；其中回洼下陷，底平如镜，已辟土为田，第无滴水，不堪插莳。由冈西向跻级登峰，级缘峰西石崖，其上甚峻；已而崖间悬树密荫，无复西日之烁。直跻半里，始及山门，其门西北向，而四周笼罩山顶。时僧方种豆垅坂间，门闭莫入。久之，一徒自下至，号照尘。启门入，余遂以香积供。既而其师影修至，遂憩余阁中，而饮以茶蔬。影修又不昧之徒也。时不昧募缘安南，影修留余久驻，且言其师在，必不容余去，以余乃其师之同乡也。余谢其意，许为暂留一日。

初二日，甚晴霁。余时徙倚四面，凭窗远眺，与影修相指点。其北近山稍伏，其下为赵官屯，渐远为普安城，极远而一峰危突者，八纳也。（相去已百里）。其南稍下，而横脊拥其后，为山岚洞；极远而遥峰隐隔者，乐民所之南，与亦佐县为界者也。其西坠峡而下，为大水塘，坞中自南而北，山岚洞之水，北出南板桥者也；隔溪则巨峰排列，亦自南而北，所谓睡寺山矣；山西即亦资孔大道，而岭障不可见。其东仅为度脊，上堆盘髻之峰；稍远则骈岫丛沓，迤逦东北去，为兔场营方顶山之脉者也。山东南为归顺土司。普安龙土司之属，与粤西土司同名。越其东南，为新安二所、黄草坝诸处，与泗城接界矣。是日，余草记阁中。影修屡设茶，供以鸡枞菜、蓸浆花、藤如婆婆针线，断其叶蒂，辄有白浆溢出。花蕊每一二十茎成一丛。茎细如发，长半寸。缀花悬蒂间，花色如淡桃花。连丛采之。黄连头，皆山蔬之有风味者也。

初三日，饭后辞影修。影修送余以茶酱。粤西无酱，贵州间有之而甚渍，以盐少故。而是山始有酱食。遂下山。十里，北过赵官屯；十里，东北过南板桥；七里，抵普安演武场……

这些珍贵的记录，为南里文化增添了绚丽的色彩。

唐太宗百字格言成为南里人家的庭训。南里历为盘州文化发达地区。明洪武年间，太祖朱元璋要求普安府"凡有弟子该令入国学授业，使知君臣父子之道、礼乐教化之事，他日学成而归，可以使土俗同于中国"。明、清两代，先后有普安州儒学、社学、书院、学堂和私塾，南里鸿儒多以私塾教育为业，崇文尚武之风年盛一年。如调北征南随军入黔，征战有功、出任普安尉、世袭百户所职的李氏始祖凤台公就率子孙屯军南里，常以"耕读治家，畜牧为业。朝暮于南山，牧羊归陇下为乐"。家中正堂书唐太宗百字格言为座右铭：

耕夫碌碌，朝无隔夜之粮；蚕妇忙忙，夕少御寒之衣。身披一缕，当思来之不易；日食三餐，每念农夫之苦。寸丝千命，顿饭百鞭；无功受禄，寝食何安。交有德之朋，绝无德之友；饮清心之茶，戒过量之酒。常怀克己之心，谨闭是非之口。若依此斯言，富贵功名长久。

明朝中晚期，南里文化教育主要以家庭设馆教学为主，教学内容有文有武，教以经学，应试科举。传说道光时期的一年夏天，午后炎热，长工皆休息，或河中洗澡，或树下乘凉。唯一青年立于李氏家学之前，听着琅琅书声，神情专注。主人李价人笑问曰："你识字吗？"答曰："略知一二。"问其姓名。答曰："小人乃无名之辈。"见其谈吐不俗，李价人曰："我能出一联请你对么吗？"青年曰："敬听尊命。"李价人曰："树大枝长不宿无名鸟。"青年沉思片刻，对曰："云薄水浅难藏有角龙。"李价人即命人取衣冠与青年换之，管吃管住，热情周到，让其上学读书。南里礼贤下士之风成为佳话，乡人耕读之风日炽，讲学授业为世人称颂。"贫不离猪，富不离书"，刻苦耕读之家十之八九。

北盘江畔的龙王庙

☆ 李　懿

　　很多都格人都知道北盘江上的陶家渡口旁有个龙王庙，这个龙王庙既无庙宇，又无僧人，只是渡口上方的悬崖上一个岩洞里供奉着龙王，周围长满灌木丛。每年的六月六、十月初一等几个特殊的日子，会有不少人带上祭品到此祭拜，祈祷龙王保佑。而今，随着都格大桥的建成通车，渡口已经荒废，只成为一个文化符号烙印在都格人的记忆里。

　　发源于云南曲靖马雄山的拖长江与发源于贵州威宁梅花山的可渡河，在云贵交界三岔河交汇后叫北盘江。北盘江进入都格地界不久，在龙井村武家街的陶家弯塘拐了一个弯，使这里大漩涡套小漩涡，长年累月就形成了一个深不见底的深坑，人们称其为陶家渡口。沿江两岸的人们相互往来，要靠陶家渡口的木船摆渡。就因这个渡口，才为都格留下了一个美丽而神奇的传说。

　　很早以前，陶家渡口的船家陶五老伴去世早，留下女儿小菊与他相依为命，靠摆渡木船为生。随着时间的推移，陶五的闺女出落得如花似玉，家里、地里都成了一把好手，因而吸引了十里八乡的小伙子。不断有人上门来提亲，可均被姑娘拒绝了。

　　有一天，小菊姑娘正在地里除草，一个英俊的小伙子从河边走了过来。他来到地里，二话没说就帮着姑娘干活。不一会儿，地里的草就全部被消灭了，两个年轻人就在地头聊了起来。小伙子说他叫小白，家住在离这里不远的一条河边，爹娘已故，无房无地，靠打短工过活。两人聊得很投机。

　　从此，两人每隔两天就见一次面。小伙子每次来了都帮着姑娘干活，他不仅能吃苦，而且无论地里还是家里的活，干起来都很麻利，于是两人相互产生了爱慕之情。陶五看在眼里，乐在心里，也就默许了。

奇怪的是，说话间，小伙子都会不经意地告诉姑娘，近期的天气情况、灾难祸福，如"今天晚上有暴风雨""明天行船会出事故"等一类的信息。小菊姑娘就提醒乡亲们，开始没人信，可每次她说得都很准，大伙也就相信了。甚至，家中有红白事时，还主动前来询问。这是为什么呢？

原来，小白住的那个"水帘洞"是北盘江上游通东海龙宫的一条通道。小伙子是一条还没任职的小白龙。那天，他带着一群虾兵蟹将顺江而下，来到都格的陶家湾塘游玩，水中的小白看见在江边洗衣的小菊姑娘如花似玉，一见钟情，顿生爱慕之心。所以，他告诉小菊姑娘的天气信息很准确。

这条小白龙不仅心地善良，而且爱管不平之事。如天旱时，小白龙就会悄悄用口吸河水再喷到地里，貌似下了场小雨，可解除部分旱情。所以，自从二人相识后，这里一直风调雨顺，五谷丰登。

后来，两人便在江边的一间小房子里成了亲，村里的人都夸他们是天生的一对，陶五也乐得合不上嘴。

这年仲夏时节，小白龙说有事要回老家，实际是回龙宫点卯。三天后，小白龙回家时，北盘江洪水滔滔，狂风大作，而且天上还下着大雨，满江的洪水真有一触即决堤的态势。江水急速上涨，很快就要漫过都格小街；都格小街北面的高山上，泥沙俱下，来势汹涌，很快会冲上街面。在这危急时刻，被困百姓的呼救声响彻天宇。

小白龙站在江边的雷打石上抬头观看，只见东海龙王正在天上布雨。他心想：龙王这不是有意害这方百姓吗？心一急，他就忘记了自己的身份，当着众乡亲们的面，腾空而起，到天上找龙王讲理去了。

见到龙王后，小白龙就直接对其发出质问："大王，你作孽啊，眼见都格小街危在旦夕，很多家庭就这样家破人亡，可你还在行云布雨！"

龙王呵斥道："快回龙宫去，不用你管。"

小白龙说："可你这是在害人呀！"

"胡说，这是玉帝的旨意，再胡说要是叫玉帝知道了，是要受处罚的。"龙王边说边兴风布雨。

小白龙又问："大王，此雨何时能停？"

龙王说："这里久旱无雨，现在才下了不足三成。"

无奈之下，小白龙只能急速下到了陆地，龙王认为他回龙宫了。小白龙急着用龙爪扒、龙头拱，抓啊拱呀，终于在离都格小街不远马龙屯下的马家岩上下开凿出两条河沟，把漫到都格街上的江水和泥石流分流到了小河里，都格才化险为夷。

筋疲力竭的小白龙再次腾空，见北盘江里的部分水被分流了，但由于雨量太大，河里只是流量慢了点，仍处于危险状态。再向南看，小白龙又向北盘江下游的村庄奔去了。

江水降了，天也晴了，可小白龙不见了。大家正在猜疑之时，传来了一条消息，都格小街没被水淹，是因一条白龙开挖了那两条小河。听到此消息，大伙才知道是小白龙救了都格街上的百姓。但听说小白龙已三天没回家了，大伙都为他担心，小菊姑娘更是着急。为此，小菊便到河边焚香烧纸为其祈祷，乡亲们也随之效仿，一时北盘江边香烟缭绕。

这一活动惊扰了天宫，玉帝问清楚原因后，批评东海龙王降雨过猛，对小白龙的做法赞赏不已，故下旨任命小白龙为北盘江都格段的龙王。

这天，正在焚香烧纸的人们见天上飘来了一片白云，小白龙缓缓落到了众乡亲面前。众乡亲全部跪倒叩头，高呼"感谢尊神搭救之恩"。

小白龙对大家说："乡亲们快快请起，原来我无职无权，不能为百姓多做些好事，现在玉帝已任命我为北盘江都格段的龙王，今后我会为乡亲们尽最大力量。"说完，转身对小菊说，"爱妻，可愿随我去龙宫？"

小菊说："你到哪里我就到哪里，再也不分开了。"

小白龙说："那好。"说完背起小菊腾空而起，人们再次跪倒叩拜。眨眼间，人们看见白云间一条白龙驮着小菊姑娘，缓缓地在都格上空转了三圈，然后化作一道白光不见了。

为纪念小白龙，人们就在陶家渡口上方的悬崖上一个岩洞里供奉着龙王，人来人往，香火不断。从此，北盘江沿岸的人们过上了安居乐业的幸福生活。

此处的龙王庙里的文物早年被毁，只有那些被埋藏在历史深处的记忆永远闪光。季节转换，岁月轮回，北盘江畔龙王庙的美丽传说依旧在都格的民间广为流传。

天马山

☆赵平湘

天马山位于六盘水市钟山区德坞街道白鹤村，距离市中心3.5公里，位于凉都儿童乐园与凉都森林公园之间，属乌蒙山余脉，海拔3824.7米。此山远看像一匹站着的骏马，因此而得名。天马山上有一座古营盘残存，为天马山大营文化遗址。天马山群山环抱，绿水绕流，山峰突兀劲秀，岩隙青松争翠，石洞岩穴深浅有致，藏奇纳险，奇峰怪石卧立不等，以物传神。

在今德坞中心白鹤村南面，从前有户老药农，全家三口人，老夫妇膝下只有一个女儿，叫陆曼，年方十七，全家以采药为生。白鹤村北面有一猎户，他家也是三口人，老两口养了个儿子，全家靠打猎过日子。儿子叫张奎，已有20岁了。陆、张两家，一家在山之南，一家在山之北，都靠山吃饭，皆依山为家。他们经常携带着子女入山采药、打猎。一年四季除了倾盆大雨和冰雪封山，总是日出上山，日落归来。

有一天，突然天降大雨，张家父子和陆家父女都在山口想找个山洞来避雨。事情也真蹊跷，两家都不约而同地找到一个洞里来了，先是陆家父女找到了这个山洞，不一会儿，张家父子也走进了这个山洞。这个干燥、高大的洞府既深且广，有几片屏岩将里面隔成一个一个的小洞天。

陆、张两家的老人相见之后，如旧友重逢，说起来没完没了，原来仅一山之隔，却似海角天涯，皆恨相见太晚。这天大雨一直下到天黑，两家四人围着熊熊的火堆，烧了一只野兽当晚餐，吃得香甜腹饱。饭后，两个小男女依偎在各自父亲的身边，继续听他们聊天，山南海北，无奇不说，他俩听得入迷，眉飞色舞。春夜虽寒，却感到温暖；素不相识，却亲如一家。

　　陆曼、张奎这对勤劳、俊俏的男女，虽未经媒人的穿针引线，心灵深处早已水乳相融，互相产生了爱慕，眼送秋波，眉目传情，此时篝火把山洞照得通明如昼，照得两个小情人面似桃花、腮如芙蓉，胜似蓬莱宫中的神童仙女。两位老人见此情景，口虽不言，心中都各自暗喜，好比"哑巴吃汤圆"，心里都有数了。他们想：这天生一对小情人，他日能结成良缘，我们两家便是一家了。

　　酒逢知己千杯少，话遇投机夜不长。两位老汉谈得津津有味，两个少年男女已经打起瞌睡来了，双方正在做着奇遇的甜梦。不知不觉天已亮了，两家老少依依惜别，虽然暂分两路而去，山南海北，天各一方，但在两个青年的心灵之间，却有了一根看不见的情丝爱线。

　　暑往寒来，秋叶落了，春花又开，一眨眼，三个年头过去了。这一年，又是百草萌芽、众兽出林、山花怒放的春天来临了。正值打猎、采药的大好时机，陆、张两家都在整理修缮打猎的弓箭、枪铳和采药的刀锄、囊篓，选择个黄道吉日，开始入山了。

　　一天上午，陆曼正在山北白云深处采集药材，抬头忽见一只老虎张着血盆大口朝她凶猛扑来。"救命啊！救命啊！"陆曼吓得大声叫喊，"快来人啊！老虎要吃人哪！"事情说来也很蹊跷，这天张家父子也来到山北打猎，他们追着一只老虎从东面赶来北面。张奎心灵耳尖，一下就听出了这呼救声不是别人，正是他的情人——山北的陆曼。

　　这下可把张奎急坏了，他顺手拿起一张弓，三步并作两步，两步当作一步地往前赶，看见陆曼正被一只深黄色皮毛的老虎追得无路可逃，围着一株古松在那里打着圈圈。张奎仔细一看，那只老虎正是他们父子从东面追赶而来的那只黄老虎，它是从他们父子的枪口下逃出来的，又在这里作恶害人了。眼看陆曼就要被老虎咬伤了，张奎心急如焚，束手无策，因此时陆曼与老虎距离近，箭又不敢射，怕伤到她。他恨不得一步跨到对面高峰上，无奈自己又没有长翅膀。正在千钧一发之际，"呼啦"一声，忽从张奎身边这座山峰上跳下来一匹头上带有犄角的野马。张奎行动神速，乘着野马飞奔之势，"腾"的一下，飞到了马背上。

　　此时的野马好像知道张奎的心事，它一跃向对面高峰飞驰而去。当野马在空中飞跃的弹指间，张奎使尽全身力气和武功，扯起弓来，朝那只凶恶的老虎，"嗖"地射出一箭，只听那虎拖着一声长啸，摔下了深谷，连皮带骨粉碎在千尺岩底。

陆曼忽见老虎被箭射死，如噩梦初醒，一场惊恐化为乌有，可她心有余悸，全身是汗。忽然，她又见张奎手持弓箭，乘着飞马来到自己身边，好像又进入一个美妙的梦境，享受着爱的甜蜜。待她清醒过来，得知老虎是张奎所射时，惊喜交加，一时泣不成声。此时此刻，陆曼对张奎的感激和爱慕之情，仿佛用什么样的美好言辞也难以表达出来。她顾不得少女的羞涩，一头栽到张奎的怀抱。两人的说话、悲泣之声忽然都停止了，真是"此时无声胜有声"。

后来，人们称那匹腾空飞跃的野马为"天马"，天马飞出的那座山峰，也就被称作"天马山"了。从现在的水矿明景小区远眺天马山，还别说，真是栩栩如生的一匹天马呢。从此，天马山也就闻名遐迩了。

天马山

乌蒙仙子

☆何　碧

乌蒙仙子巧梳妆，

秀水黔山舞艳阳。

彩云摘来织壮锦，

挥毫泼墨绘珠江。

这是一首在乌蒙山区流传了很久的诗。

相传，主宰天地三界的玉皇大帝早朝后出游。他在御花园欣然看见一座高山之上有两块奇石，似人非人，非仙若仙。于是，玉帝每当政事闲暇，就常在天上花园俯视，欣赏这两块奇石，愈加喜爱。确实，这两块备受玉帝赏识的石头，诚非等闲之石：他们一刚一柔，一伟一秀，咫尺之隔，相依为伴。

又过了几千年，这两块奇石经历了风霜雨雪的磨砺，更加挺拔俊俏。他们饱纳天地之灵气、日月之精华，变成了一对少男少女。女的叫阿娥，男的叫阿螂。

他们朝夕相守，不过，他们有时也会感到寂寞清冷。因为，既成人形，必生人性。加之正当年轻气盛，活泼好玩，老守着高寒的喜马拉雅山，冰冷的万丈积雪，实在太落寞平淡。因此，他们便商量下山去玩玩。但是，去哪儿玩？往哪里走？他们一时还拿不准主意。

一想又是几千年，他们仔细盘算：东北太冷，南方过热，西南高原好！那里不高不低，不冷不热；苍山碧水，秀岭和风，且物产丰富，衣食无忧……

于是，他们即刻动身，飘然而下。到了青藏高原，便以山为马，用河做缰，快快活活地从那里出发，下"屋脊"，越金沙江，跨上云贵高原，很快到了滇、川、黔、桂的接合部。他们找到了理想之地——这里东接西联，南通北达，因而，便决定在此美丽之处潇洒潇洒。

由于那些同来的山峰、河流不能返回原处，阿蛾、阿螂便精心安排，并依其肤色和容貌等特征一一命名。如：阿螂的坐骑雄健而乌褐即名之乌蒙山，满身洁白的叫玉龙雪山，形如梅花的叫梅花山，全身黝黑而苍劲的叫老黑山，等等。阿蛾的缰绳化为江河，也都起名，并依山随岭认真布局，使之如丝若带环绕山间，如金沙江、红水河、牛栏江、南盘江和北盘江……总之，无论大小，均有名号。这样，山们、水们相互交融，构成了一幅宇宙间十分壮丽的画卷，更成为阿蛾、阿螂的生活乐园。

不过，阿蛾、阿螂并非贪玩。他们具有勤劳的天性，又聪明能干，便决定要为世间做些有益的事情。于是，他们就在黑山东麓的平洋之处选择一处风景秀丽、土肥物丰的地方作为居住之所，并建房盖屋，开荒辟地，播种五谷，饲养六畜；又在北边的八大山上开垦牧场，养羊放马；还在南边的深溪河畔栽桑种竹，养蚕造纸；又用珍珠镶嵌在附近一道如峨眉似观音的崖壁上，日月交辉，珠联璧合，光芒四射……因而称为月亮山。他们男耕女织，足食丰衣，日子过得甜甜美美。

此时的阿蛾、阿螂已并非当年懵懂的少男少女，而是一对情窦盛开、心花绽放的恋人。

他们在地里劳动，在河边荡漾，在林间追逐，在花丛嬉戏，在山巅呼唤，在原野狂欢……他们乐够了，耍累了，便坐在悬崖边休息。阿蛾叫阿螂背过身去，便自漫步到银屏口去仰卧晒太阳。其双眸微闭，杏口舒张；秀眉频展，双乳挺拔；轮廓分明，线条清晰，美艳之至。此情态成为现在石脑的"双乳岩"。阿螂并不老实，他悄悄地窥看，不料被阿蛾察觉，他赶忙缩头，可来不及了，那样子就成了而今凤湾的"偏头崖"。

他们又去八大山中一座十分秀美的山上游玩，那儿便成了娘娘山。末了，他们才到丹霞山，请佛祖证婚……日落西天，红霞飘飞，他们牵手而归，回到了温馨的家园。他们两情相悦，幸福而甜蜜，种豆栽瓜，培桃育李。不久，他们儿女成群，枝繁叶茂。他们居住的地方很快发展成一个热闹非凡的村落，并以二人的名字命名为蛾螂寨。后来，元明时期修驿道经此设邮铺，更名蛾螂铺。至今蛾螂铺还流传着村后山坳里当年阿蛾、阿螂两情相悦而化为"石羞"的故事。

话说阿蛾夫妻见儿孙兴旺，很是高兴。但蛾螂寨人多地窄，渐渐拥挤。夫妻俩便周密计划，将子孙们分家立户，安排恰当的领头人各带本支族人去水源丰富、物产充足的清水河及猗兰河等地另造家园。同时，他们还与南边的大洞人联合起来，在黑山盘水之间和谐发展，共同进化，繁衍生息。

光阴似箭，日月如梭。不觉一过又是几千年，乌蒙山地区也涌现了许多大村小寨。

一天清早，高原盟主派人邀阿螂去滇池议事。由于山高水长，路途遥远，很是艰险。尤其是途中有毒山王阻隔，十分凶残，且其对蛾螂夫妻早生忌妒。

阿螂接盟主之信，不能不去，便收拾行李，与信使同行赴会。阿蛾很担心丈夫此行的安危，但又不便劝阻。临行前，她给丈夫做了许多准备，衣、食、盘缠、刀箭及鞍马等。同时，她不停地嘱咐阿螂："路上千万小心，带上随从，快去快回……"之后，她伴夫而行，直送到数十里外的猗兰山胜境关才依依话别。阿螂泪洒成溪，阿蛾凝望着丈夫远去的彩云之南，久久伫立，默默祝愿。

时间过了三个多月，阿螂一去不返。按行程和会盟时间盘算早已超期。阿蛾日夜焦虑，派人去问盟主，却得知阿螂已离滇一月，四处打探也无音信。阿蛾心急如焚，头上的乌发瞬间变成了银丝。她茶饭不思，坐卧不宁……后来，她才知道阿螂在返回的途中被毒山王暗算，用冷箭害了。阿蛾得知，心如刀绞，失声痛哭……她痛恨毒山王可恶残忍。她很想去为夫报仇，迎魂归家，但毕竟是上了年纪的人了，显然力不从心。再说她天性善良，不想因家事而大动干戈，以免生灵涂炭。所以，她也不让孩子们去，而是把爱与恨深深地埋在心底，融化在自己浓浓的血液中。

阿蛾是坚强的，她不因丧夫之痛而沉寂，仍然带领子孙们辛勤劳动，建造美好的家园，勇敢地生活；阿蛾是仁慈的，她和亲睦邻，扶弱济贫，惩恶除凶，最终联合正义力量消灭了毒山王等恶人。

她常常出家漫游，去猗兰寨或其他村寨看到子孙们能安居乐业，非常欣慰。有时候，她独自去黄龙洞修炼，提升灵气。更多的时间是登上老黑山顶峰大光山，在象征其丈夫的耸天巨石旁坐定，凝望着那个令她肝肠寸断的地方——毒山。她目不转睛，渴望丈夫的魂魄来和她做伴，共同厮守着脚下这块曾经给他们许多快乐和幸福的土地。

也不知阿蛾又坐了多久，等了多久，她头上的银丝徐徐飘落，最终只剩下些许短发。其肤色变得黝黑泽亮，体态却愈加苍劲而刚毅。

好多年后，她的丈夫仿佛真的回来了，魂附于身，魄融于神；夫妻团圆，深情地拥抱在一起。最终二人融入老黑山，化为永恒——古老而年轻，挺拔而俊秀。

……

阿蛾、阿螂的故事已经很久了。他们亲手开创的家园——红果蛾螂铺，历代文士和豪杰层出不穷，如方廷英、邓再馨等。他们仍以坚毅的目光守望着盘州大地，仍用博大的胸怀温暖着勤劳而淳朴的人民。他们用全部的心血给黔山秀水注入了无穷的力量，孕育了厚重而灿烂的盘州文化。

阿蛾更是伟大的，母亲般的伟大！她以甘美的乳汁养育了勇敢、顽强、聪慧和善良的盘州人。其实，她所演化的黑山盘水，奉献给人们的精神食粮和物质财富，又何尝不是给盘州人的一份巨大的恩赐呢？因有了这些美德，人们便十分崇敬地尊之为乌蒙仙子。

洒志：水西士兵训练中心

☆甘忠勇

很久以前，水西地区郎岱一带有一个土司，管辖郎岱周边方圆百里的地方。为了争地盘，四邻不断对郎岱土司进行侵扰。郎岱土司深知，要确保辖区安宁，没有强大的武装力量作为后盾是不行的。因此他四处招兵买马，打造武器，发展农业和工商业，希望用富国强兵来巩固自己的地位与保护百姓的安宁。

招兵旗号一出，投军者纷至沓来，短短几个月便招了大批人马。这些投军的不是村野农夫，就是贩夫走卒，从没拿过武器，更别说行军打仗了。要使军队能征善战、无坚不摧，必须对其进行严格的军事训练，以提高他们的军事素质。而练兵必须有合适的场地，什么地方适合做练兵场呢？

土司带着他的亲信随从走遍了辖区内的山山水水。最后发现今洒志一带四周群山环绕，地处偏僻，不但隐蔽性强，而且易守难攻；中间一个平坝正适合操练军队。土司当即决定练兵场就设在这里。地址选定后，土司马上拨出银两，派出民夫，在选址处大兴土木：平整场地，搬运材料，建设兵营，构筑围墙，添置设施。还在周边关隘布置重兵进行防卫。历经九九八十一天，大功告成。

一切准备就绪，大批新兵移驻进来，进行严格有序的训练。过了些时日，练兵场名声大噪，与郎岱土司有关系的土司们陆续把他们的士兵送来"代培"，这里就成了水西地区最大的士兵训练中心。郎岱土司给这个练兵场取名为"水西士兵训练中心"，并准备把这八个字制成牌匾悬于训练场大门上。

土司叫人在练兵场上摆上长桌，铺上宣纸，研好墨，润好笔，大声宣布：

"谁能把这几个字写好，有大笔赏银。"将士们你看看我，我看看你，谁也不会写。这时从旁观人群中走出一位老者，只见他满面红光，精神矍铄，仙风道骨。他来到土司面前，对土司说："尊敬而又高贵的土司，能让我试试吗？"不等土司首肯，他自顾自地抓起案上狼毫，在宣纸上一挥而就。

他写完放下笔，看了赏银一眼，对在场的兵民笑笑，然后飘然而去，转瞬间人已无影无踪，全场一片愕然。等人们回过神来看老者所书，竟是"洒志"二字。土司虽然勉强认得，可不解其意，一脸茫然。土司就将两字拿去四处求教，可无人能解。最后他到贵阳找到了一个饱学之士。

饱学之士听明事情原委后，仔细端详"洒志"两字，接着哈哈大笑，然后手捋长髯，摇头晃脑说出一通话来："苍劲中不乏飘逸，真是好字。简直是神来之笔，妙哉！妙哉！非仙家不可为也。"

土司听得一头雾水，忙问："先生，您夸这字写得好，我不懂，不敢妄评。可我让他写的是'水西士兵训练中心'，他却写成了'洒志'，这不是在糊弄我吗？您却说是什么'神来之笔'，难道您还要戏弄我不成？""非也，非也，我哪敢戏弄您，人家的确写得好。"饱学之士指着宣纸上的"洒志"二字，慢条斯理地说，"您看，洒者，从水也；西从水，水西也。志者，士从心，兵之中心。合而解之，即'水西士兵训练中心'也，何来戏弄之说？"土司一听如梦初醒，恍然大悟，频频点头，连连致谢。他在贵阳找人将"洒志"两字制成金字匾额带回，悬于训练场辕门之上。

斗转星移，时过境迁，水西士兵训练中心早已荡然无存，但这片神秘的土地却从此留下了一个富含智慧的名字——"洒志"，还有它的副产品——"营盘"。

仙人山

☆ 王选华　甘忠勇

　　洒志红那孔附近有一座高山叫"仙人山"。此山孤峰突起，如鹤立鸡群。山顶有一高一矮两块巨石，恰似恋人相依。山下有一个"仙人庙"，庙中供奉着一高一矮两个石人。它们给后人留下了不同版本的传说。至今提到仙人山和仙人庙，洒志人还津津乐道，并扼腕叹息。

　　传说很久以前，红那孔附近有两个寨子，住着两个家族，各有一个寨主。一个寨主姓卢，生有一男，取名阿勒。阿勒自幼聪明伶俐，记忆力惊人，赶歌场中男女对唱的山歌，他过耳不忘，而且阿勒勤奋耐劳，虽是寨主公子，可上山砍柴，下田插秧，样样都是一把好手。加上人长得高大英俊，眉清目秀，自然成了姑娘们心中的白马王子。赶表会上，姑娘个个对他目送秋波，仰慕不已。可阿勒对姑娘们的眉目传情却熟视无睹，无动于衷，因为他早已有了心仪的姑娘。

　　对门寨的寨主姓武，生有一女，取名阿花。阿花姑娘自幼心灵手巧，纺纱织锦，挑花绣朵，无所不能。她绣出的花朵连蜜蜂也要去绕上几圈。她天生丽质，如花似玉，有一副好嗓子，讲起话来悦耳动听，唱起歌来赛过百灵。才貌双全的阿花成了远近小伙们的女神。可赶表时，阿花从不接受任何小伙的信物，提亲的人踩破门槛，阿花也不点头，因为她心里早已有了中意的白马王子——阿勒。

　　那是他们十四五岁时，同到邻寨一个人家做客，两人偶然相遇。在所有来宾中，这对青年一个如朗月升空，一个似芙蓉出水，真是光彩照人，其他青年在他们面前黯然失色。他们一见倾心，一个暗下决心——非此人不嫁，一个态度坚决——非此人不娶。

此后，阿勒上山打猎，阿花借口采花跟着上山；阿花下河洗衣，阿勒借口捕鱼也跟到河边。两人一日不见，如隔三秋。上山时，山上的鸟儿为他俩歌唱，山上的鲜花为他俩盛开；下河时，河边的柳枝向他俩招手，河中的鱼儿向他俩点头。这些个鸟儿、花儿、树儿、鱼儿们都祝愿这对金童玉女早结连理，琴瑟和鸣。

　　可惜在那个封建婚姻盛行的年代，有情人难成眷属。更何况卢武两家从祖辈双方就旗鼓相当，互不相让，一直明争暗斗，早已成为世仇。可封建婚姻的桎梏难以锁住两颗热恋的心，阿勒、阿花分别瞅准机会小心翼翼地试着向父母提及此事，可一开口马上遭到严词拒绝，无数次苦求也无济于事，万般无奈之下他俩决定私奔。私奔在当时来说是辱没门庭、大逆不道的事，为了维护家族名誉，维护封建礼制，私奔者被抓住必须处以极刑。可任何事都挡不住两颗追求自由的心，任何残忍的手段都吓不倒两个相爱的人。他俩在一个月黑风高之夜偷偷踏上了私奔的路。可消息走漏，刚刚上路不久，两个寨主闻讯后立即分别带着家丁护院，打着灯笼火把穷追不舍。慌忙中，阿勒、阿花跑到一堵悬崖上边，再也无路可逃。他俩心想，与其抓回去受辱而死，不如跳崖而死，生不能同床，死了同穴也心甘情愿。于是，他俩手牵着手双双跳下悬崖。第二天一早，众家丁护院遵循各自寨主"生要见人，死要见尸"的严令，遍寻崖下，但始终找寻不到。一个家丁无意间抬头一望，看到原本光秃秃的山顶上，两个青年男女相依相偎。男的很像阿勒，女的很像阿花。大家大感诧异：昨日明明看见他俩跳下悬崖，按说非死即伤，可如今怎么会出现在山顶呢？

　　众家丁护院一窝蜂似的往山上爬，想一探究竟。好不容易爬到山顶，走近前一看，却是两尊石像，一男一女。他们四目相对，含情脉脉，容貌、着装与阿勒、阿花无异。家丁护院们带着疑惑而又惶恐的心情回到寨中，告诉各自的寨主说，阿勒、阿花已经变成石人，屹立山顶，相依相偎。两个寨主也就作罢。

　　从此以后，附近寨中经常发生诡异的事，有人说是阿勒、阿花羽化成仙，到寨中来惩恶扬善。这话一传十，十传百，传遍了洒志一带。人们把立有石人的山叫作仙人山，并在山下建了一个仙人庙，庙中供奉的是一男一女两尊石像。

　　至今，仙人山上的石人岿然不动，不离不弃；山下仙人庙青烟缭绕，香火不断。庙顶上的缕缕青烟，缥缈迷茫，带给人们无尽的遐思。

黑　塘

☆ 甘忠勇

　　从前，郎岱北部与水城交界的地方，有一个寨子，寨子里有一家人，夫妇俩到了中年才有了一个儿子。虽然是穷人家，但老来得子，也视为珍宝。因孩子皮肤黑黑的，夫妻按当地习惯，用动物名给儿女取名，把宝贝儿子叫作小黑狗。

　　小黑狗刚长到七岁，父亲便一病不起，撒手而去，丢下孤儿寡母相依为命。小黑狗是个懂事的孩子，打小就会体贴父母，如今看到母亲忙了地里忙家里，累得死去活来，就主动承担起割草喂牛的任务。说来也是凑巧，黑狗家的房背后是一个大塘，绿莹莹的水深得看不见底，水塘后面有一座小山，山岩上长着一大蓬嫩草。清晨，小黑狗小心翼翼爬上山岩，一蓬草割完正好装满一篓筐。下午，小黑狗背着篓筐走到山跟前，习惯性地抬头一看，发现那蔸草又长得如初，他爬上岩又割了一筐。天天如此，倒也省了他不少工夫。有一天小黑狗突然想到，这蓬草既然这样肯长，何不把它挖回去栽在院里，倒能省许多麻烦。小黑狗带着锄头爬上大岩，动手挖草。挖着挖着，突然眼前一亮，一颗金光闪闪的珠子出现在小黑狗的面前。原来这蓬草老是割不完的秘密就在这里。小黑狗拿着珠子回到家，把这件怪事告诉母亲，母亲看着珠子若有所思了好半天才说："我曾听老辈人讲过，有一种神奇的珠子叫夜明珠，晚上会发光，特别宝贵，把它放到什么东西中，这种东西就会取之不尽，用之不竭。想必老天可怜我们母子俩，特意赐给我们的。"母亲带着儿子进了光线黯淡的里屋，珠子果然大放异彩，正是一颗夜明珠！

　　母子把夜明珠放进水缸里，水老是舀不干；把它放进米缸里，米老是舀不完；晚上把它挂在梁上，不用点灯，房间里亮堂堂的，省了不少油钱。自从得了夜明珠，母子的生活发生了天大的变化。以前小黑狗家米不够吃，母子经常饿着肚子劳动。得了宝珠后，米吃不完，不时还卖点来买些生活用品，因此有人找上门来买米，日子就这样一天天过下去。话说有一天来了一个买米的，黑狗妈妈正在忙着别的事，就叫来人自己到米缸边舀米。小小一个米缸，舀了一大口袋也没舀完，来人觉得奇怪，手伸进米缸中乱摸，在缸底摸出一颗奇怪的珠子，便偷偷揣进怀里，付了米钱扛着米袋就慌忙走了。

买米人刚走不久，小黑狗干完活回到家，一听母亲说让买米人自己舀米，很是不放心，放下农具急忙去看米缸，发现夜明珠不见了，就出门紧追。幸好买米人没跑远，小黑狗一会儿就追上了他。小黑狗向买米人索要夜明珠，可是任他反复解释，苦苦哀求，买米人就是不承认得了什么珠子。小黑狗不信，就动手搜身，而买米人百般挣扎。最后小黑狗从买米人身上搜出珠子，买米人狠命来抢，小黑狗情急之下，把珠子塞进口中，慌乱中吞进肚里，顿时觉得口干舌燥，十分想喝水，就急忙跑回家，对着水缸喝了一瓢又一瓢，母亲站在旁边干着急。眼看水缸见底了，小黑狗还是觉得渴。母亲说："儿子，实在喝不够，就到大塘里去喝吧。"小黑狗就急急忙忙往大塘边跑，母亲东一脚西一脚紧跟在后边。小黑狗家背后这个水塘，又深又宽。小黑狗风风火火跑到塘边，俯下身子大口喝着塘水。只见水面一分分、一寸寸下降，小黑狗还是狠命地喝，后来索性跳进塘中，一个劲地喝。附近村民闻讯赶来，陪着小黑狗的母亲站在塘边，无助地看着塘水越来越少，到最后一滴不剩，而小黑狗也无影无踪。据有见识的老人说，塘水被小黑狗喝干了，小黑狗变成龙钻进洞里去了。

因为这里是小黑狗变成龙的地方，而且这里曾经是个塘，后人就把这里叫作黑塘。据说，个别年辰连日暴雨，这个塘又暂时蓄满了水，有人看见一条黑龙从水面伸出头，朝原来小黑狗家方向张望。见过小黑狗相貌的人说，那张龙脸与割草郎小黑狗还有几分相像。

黑
塘

难忘的南开苗族跳花节

☆ 石光举

在这20年里，我一直都在浙江省那边打工，对贵州老家的事物，提及总是难以释怀。就拿老家的南开苗族跳花节来说吧，那就是难忘的一件事。南开苗族跳花节每年都要举行一次，据当地文化部门统计，2016年，参加人数竟然高达10万。每年农历二月十五，小花苗小伙和姑娘们都来三口塘花场谈情说爱、唱歌跳舞，跳花节吸引了不少国内游客观光采风，甚至还有美国、日本、英国、法国、俄罗斯等国外游客慕名而来。

南开苗族跳花节真正兴旺在20世纪80年代初期，那个时候经济条件自然没现在好，车辆没现在多，可那个时候的人游玩的兴致却很高。一到跳花节这天，南开花场附近的群众便步行一二十里山路从四面八方赶来，还有周边威宁、赫章、纳雍等地区的苗族同胞更是辛苦，由于走路要走整整一天，往往前一天就整装出发，在跳花节前一天到三口塘的苗族亲戚家先休息，等着第二天参加跳花节活动。

南开跳花场处于乌蒙山南麓崇山峻岭之中，距六盘水市中心区约42公里。南开苗族跳花节定于农历二月十五，传说是古代苗家南迁时突破敌人重围而分别出走的日子，具有特殊纪念意义。苗族跳花节花场旧称跳花坡，是何年何月待考证，只知清代是在离南开三口塘30多公里的月照乡凉水井，后辗转迁至离三口塘20多公里的大海坝、发那寨、新房、毛拜田等地。1952年3月，根据南开一带小花苗支系各寨子苗族人民的意愿，新政府确定跳花节在南开三口塘举行至今。

20世纪90年代，农村劳动力多数在家种地，很少出去打工，那几年的南开苗族跳花节特别热闹。每年一到跳花节，三口塘周围的菜地里、林子里、寨子头，到处都有穿着节日盛装的苗族同胞们，远远望去，就像一丛丛映山红在开放。跳花场内，苗族小伙和苗族姑娘围着花树跳起欢快的芦笙舞；跳花坡上，游客人头攒动，一片人山人海。

我那个时候已中学毕业，在南开小学里当代课教师，那一年跳花节正好是星期六，学校没上课。在跳花节头一天作文课上，我还特意布置了作业，要求每个学生以南开苗族跳花节为题写一篇作文。至于学生们怎么写的跳花节记不清了，那一年我还用我参加跳花节的真情实感，以《跳花节的天》为题写了这样一首诗：

跳花节的天好晴朗，
天空没一丝云，挂着红红的太阳。
苗家妹妹来到了跳花坡，
对着圆圆的镜子打扮梳妆。
头上扎起红红的头绳，
身上穿起五彩的衣裳，
苗家妹妹像千万朵鲜花，
在跳花坡上开放。

跳花节的天好晴朗，
天空没一丝云，挂着红红的太阳。
苗家哥哥来到了跳花坡，
把金色的芦笙轻轻地吹响。
芦笙曲吹得山欢水笑，
芦笙舞跳得花枝摇荡，
苗家哥哥像千万只凤凰，
在跳花坡上歌唱。

南开苗族跳花节通过不断对外宣传和打造，如今已成为对外宣传的一张文化名片。南开苗族跳花节得到繁荣和发展，都是与政府的关心和支持分不开的。

1987年，原水城特区人民政府曾拨款修建了花台；1988年3月，钟山区与水城县分设后，水城县人民政府曾拨款维修了南开至三口塘公路；1989年，又拨款修建了饮水工程；1990年3月，水城县人民代表大会第二届一次会议又决定把花场建设列为议案办理，并组织力量实施，制订了规划，拨款对周边山水田林进行治理，把花场建设纳入国民经济和社会发展规划。特别让人惊喜的是，贵州省原省长王朝文来水城考察闻之非常高兴，挥笔题写了"南开花场"四个大字。

南开苗族跳花节主要以小花苗支系为主，以纪念祖先和亲友聚会为目的，是贵州黔西北影响最大的苗族传统节日，参加人员分布在跳花场附近偏坡、新寨、兴发、大岩、吊水岩、大寨、小寨、海发、腰岩、发夏、双塘、发期等20多个小花苗支系寨子，遍及周边威宁、赫章、纳雍、毕节等地。

花树老人作为花场总管，负责花场的一切活动，寨老和仪仗队任其统一指挥。寨老是花场所在地的苗族自然领袖，以村寨为单位自发组建，为参与跳花节的客人提供各种义务服务；仪仗队以祈福纳祥，竞技献艺、笙舞娱人为目的。整个活动都是围绕着花树在花树老人的带领下进行，包括选花树、请花树、送花树、插花树、拜花树、收花树，自然形成了一整套约定成俗的程序。

"花背"即"小花苗"，系服饰中不可缺少的刺绣披肩。在整个夜间活动中，最具特色的要数传统的"扯花背"了。

跳花节天一黑，姑娘们便将带来的花背全部穿上，等待着相识的小伙子来扯。一个小伙子可向不同的姑娘扯若干花背，一个姑娘也可将自己所有的花背任不同的小伙子扯去，直到身上所有的花背被扯完为止。

天亮前，得到花背的小伙子必须把花背分别送还姑娘。若姑娘有意，便不会再收回花背；姑娘若收回花背，小伙子就会知趣地走开。当然，姑娘的花背再多，最终也只送出一件；小伙子得到的花背再多，最终也只能收下一件。

我家离南开花场只5公里路程，走路最多不过一个小时，非常近。我在没外出打工前那十多年里，每一年南开苗族跳花节，我都会去凑热闹。我曾经还对苗族跳花节中的民风民俗突发感想，结合党的脱贫致富奔小康政策，以《我家住在跳花坡》为题写过一首诗。

> 我家住在跳花坡，
> 跳花节日好快乐。
> 苗家妹妹，苗家哥哥，
> 百里之外来会合。
> 恋爱自由心欢畅，
> 放开嗓子唱山歌。
> 有情人儿成双对，
> 苗家妹妹，苗家哥哥，
> 百里之外来会合。
>
> 我家住在跳花坡，
> 跳花节日好快活。
> 苗家阿爸，苗家阿妈，
> 举杯同庆丰收乐。
> 碗中米饭白如玉，
> 锅里腊肉香满坡。
> 多谢党的政策好，
> 苗家阿爸，苗家阿妈，
> 举杯同庆丰收乐。

提到南开苗族跳花节，在这里不得不提及中国苗族芦笙舞蹈艺术家张文友。张文友生于1929年，逝于1974年，家住南开乡周边的青林海发村，被乡人誉称"芦笙王"。

张文友自幼习吹芦笙，功底甚厚。其表演以轻、快、准的矮桩功做基础，兼收黔东南苗族芦笙舞高桩功中大幅度登跳和京剧的扫堂腿，把乐与舞融为一体，充分发挥耐力好、动作准、自控强的优点，腾挪登跳，飞旋突转，轻捷如燕，急骤如风，也常即兴表演许多奇妙动作，自成独特风格。可以这样说，如今南开、青林一带芦笙舞跳得好、酒令唱得好的苗族男女青年，无一不是受到张文友的影响，传承了他的高难度技艺。

我的老家南开原属水城县管辖，2021年国务院正式批复：同意调整贵州省六盘水市部分行政区划，将水城北部南开、保华、青林、金盆、木果5个乡镇划归钟山区管辖。

2022年农历四月的一天，我从外地打工回来，有幸到南开三口塘亲戚家吃酒，遥想多年没光顾南开苗族跳花节，感到心里空落落的，就独自一人到花场上去游逛。曾记得20年前，从南开街上到三口塘花场是坑洼不平的泥巴路，花场上除修建有一个圆形水泥舞台，别无他物。而今，当年坑洼不平的泥巴路已变成了平坦宽阔的水泥路，花场入场路口高高耸立着朱红大门，通过群众一事一议财政奖补修建的广场可容五六万人活动，舞台、花树台、观光亭、观光步道、停车场等一应俱全。

20多年没回南开三口塘这片土地上了，看着花场四周苗家一栋栋新建的漂亮楼房，以及水泥路上来来往往的车辆，听着树林深处"布谷——布谷——"的鸟鸣声，我心里不由一阵阵激动，感到南开三口塘这地方变化太大了。南开苗族跳花节的兴起，不仅传承和弘扬了民族文化，还带动了民族文化产业发展和地方经济快速增长，更可喜的是，进一步增进了民族团结和促进了物质文明建设。应该相信，在各级政府的关心和支持下，南开苗族跳花节将会发展成为黔西北最大的民族节日集会地，成为名扬中外的民俗民风艺术旅游胜地。

九 归

☆ 胡小柳

很久很久以前，九归故乡有位忠厚老实的小伙子，可怜巴巴的，从小就死了爹妈，撇下他孤苦伶仃地讨饭度日。刚一懂事，他就给富贵人家放羊、喂猪、扫院、看门；等到十几岁时，已当一个大人用了，磨面、垫圈、赶车、耕田，什么活儿都干。因为他舍得力气，能吃重苦，脑瓜儿灵活，手脚麻利，许多富户人家都争着抢着要他干活。后来，渐渐成了方圆五六十里出名的种庄稼把式：犁起地来一根线，撒起籽来匀又远，割起麦来当头雁，扬起场来像风扇……

小伙子心眼好，为人厚道，村上村下，庄南庄北，谁一提起他，都伸出个大拇指夸一阵、赞一番。可是，年岁不饶人，小伙子已经是二十多岁的人了，还没娶上个媳妇，他着急，乡亲们也着急。

天下的事巧得很哩，离小伙子家乡不远的地方，有一个叫嫣的姑娘，命也苦得很：先埋爹爹后葬娘，跟哥哥、嫂嫂一起过着恓恓惶惶的苦日子。穷人家的姑娘死了爹娘，就像低人一肩、短人一头，一不娇，二不惯，上山一双鞋，下山一背柴，粗活、细活，茶饭、针线，样样都能来，叫人打心眼儿里喜欢。特别是她做的饭，比一个好厨师做的还好吃：提起擀杖一张纸，拿起切刀一根线，下在锅里莲花转，捞在碗里赛牡丹，吃起来真可口。懂事的姑娘，上尊哥哥嫂嫂，下爱侄儿侄女，是一个贤妹妹、贤小姑、好姑姑。左邻右舍的人，没有一个不说她是天底下难得的好姑娘。姑娘长到十七八岁，越长越秀气了，出落得像山里盛开的百合花一样惹人怜爱。财东家托的媒婆来了，说张员外家"顿顿是猴头银耳，熊掌燕窝——山珍海味"，说李员外家"件件是绫罗绸缎，羽纱缥绡——旗袍马褂"，叫姑娘点个头。姑娘气得饭不吃，茶不咽，连个脖子也不给。日头天天过，月亮夜夜落，媒婆越来越多，把姑娘家的门槛踏断了，把姑娘家的板凳坐弯了，油嘴滑舌、伶牙俐齿的媒婆说得天花乱坠，姑娘的耳朵上磨起了厚厚一层茧，也没被员外家的金山银山打动。聪明的姑娘后来听哥哥说有个穷小伙子托人提亲，一下子答应了。

穷人家的姑娘嫁穷汉，不坐轿，不骑马，大大方方地走到了小伙子家，在一间茅草棚里成了亲、安了家。小两口男耕女织，勤勤恳恳，你疼我爱，影儿不离，过着比蜜还甜的日子。村里人都说他们是天生的一对儿，是"月老"下凡亲自用红绳绳儿拴在一起的，一个个都称新娘子叫"嫣嫂"。嫣嫂，嫣嫂，又亲切，又好听，仿佛叫的人嘴里含着蜜，甜极了！她的容貌也跟名字一样甜，长得白净秀气，小巧玲珑，眼眸子是一汪泉水，嘴唇儿像两瓣桃花。听说她娘家房后的那眼青石井跟天上的瑶池相通，用那水洗澡，才会跟天上的仙女一般。老人们打趣地说："小伙子前世烧的长香多，这一世才遇了这么个好媳妇。'外强不如里壮'，有这么一个好媳妇、贤内助，小伙子一辈子有受用不尽的福气，虽说是一根藤上的两个苦瓜，可甜日子在后头哩！"

俗话说："天有难测风云，人有旦夕祸福。"那些求亲讨了个没趣的财东家们，一个个癞蛤蟆想吃天鹅肉，串通勾结，把刚刚结婚不久的新郎抓了壮丁，送到八千里外的边疆上去屯垦。

丈夫走了，嫣嫂数着比树叶还稠的苦日子熬煎苦度，天天等亲人归来。爱说的嫣嫂不说了，爱笑的嫣嫂不笑了，嘴角向下弯着，脸上罩着一层永不消失的愁云。嫣嫂啊嫣嫂，人间最苦是孤雁，你是孤雁含黄连。月儿弯弯月儿圆，月儿圆圆月儿弯，一年又一年，一去多少年，亲人啊，你怎么没有一丝丝讯息。春天飞来了燕子，嫣嫂问："燕子，燕子，你从哪儿来，你见我的亲人在哪儿？"燕子说："嫣嫂，嫣嫂，我从东方来，东方云蒸气缭，你的亲人我没有见过。"秋天飞来了大雁，嫣嫂问："大雁，大雁，你从哪儿来，你见我的亲人在哪儿？"大雁说："嫣嫂，嫣嫂，我从北方来，北方冰天雪地，你的亲人我没有见过。"嫣嫂一听，心上像扎着把刀子似的，绞痛绞痛的。清晨，她举头听喜鹊叫，喜鹊一声也不叫，扑棱棱飞走了；夜晚她眼巴巴地瞅着灯花，灯花一点也不亮。后来，她日日夜夜地守在村外北盘江崖畔上，像个石头人似的，一动也不动地盼着亲人归来。盼星星，盼月亮，望穿两眼，不见丈夫归。狂风吹着她的身子，她一动也不动；暴雨淋着她的身子，她一动也不动。日久天长，终于身瘦体弱，泪水滴尽，倒毙崖坡。

嫣嫂死了，村子里笼罩着一片凄楚悲凉的气氛——树上的黄莺不唱了；北盘江里的鱼儿不欢了；龙头山绿苍苍的，为她披上了青纱；北盘江水呜咽着，为她低声哀泣。村里人一个个都十分怀念她，天天总有人从崖坡下走过，默默地哀悼她。

第二年春天，北盘江崖畔上奇异地长出一种草来：茎茎儿油绿油绿的，又带着几分紫色，叶叶儿翠绿翠绿的，又带着几分青色，多秀气呀！亭亭玉立，就像当年嫣嫂的身姿。盛夏时节，开着一朵朵绿白色的小花，到了秋季，便结出许许多多个小果实来，说也奇怪，这小果实总是成双成对地连在一起。这草馥郁芬芳，香气袭人，像马尾形的根又肥又嫩，香气更浓。老人们说，这是嫣嫂身后化成的香草，专等亲人归来，就为其取名为"九归"。九归故乡至今还流传着一句话："龙头山高啊北盘江水长，嫣嫂的恩情永不忘。"

毛口·夜郎

☆ 卢云儒

"夜郎者，临牂牁江，江广百余步，足以行船。"自从司马迁的《史记》中有了这样的记载后，古牂牁江（今北盘江）便与古夜郎结下了不解之缘。

从2009年开始，我与遵义市政协及安顺的有关学者组成的北盘江考察小组，利用每年的"五一"和"十一"小长假，对北盘江进行了长达10年的非官方考察。考察中，我们把探寻牂牁江与古夜郎的关系作为一项重要内容，每到一处都进行了认真的采访和资料收集，从中了解到，有关古夜郎民间传说故事最多的地方，就在六枝特区的毛口。

2009年5月6日，我们来到北盘江畔的六枝特区毛口乡（现已改称牂牁镇）政府所在地，乡政府安排人把我们带到年逾古稀的卢书奎老人家里，卢老是个文化人，退休之前从事教育工作，向来重视收集整理本民族（布依族）的历史文化资料。多年来，他受乡政府委托，组织当地青少年排练的节目经常在省、市文艺调演中获奖。此外，他还把当地有关古夜郎国的传说故事进行收集整理。我们在他那里得到了"夜郎之母传说""王子坟的传说"等资料。

卢老告诉我们，由于毛口一带关于古夜郎国的民间传说较多，曾经引起过不少专家学者的兴趣。省政协原副主席王录生来毛口考察夜郎文化时，乡政府委托他作的介绍。

经过认真考察，我们了解到，毛口一带流传的夜郎传说故事大致如下。

一、老王山的传说

当地的老王山原名郎山，海拔2127米，山的中上部有一洞穴形如偃月，人称"月亮洞"。多年来，郎岱至毛口一带一直流传夜郎王多同及其王妃死后葬于月亮洞中的传说。因此，当地人就把郎山称为"老王山"。如今，存在200多年的夜郎古国早已被淹没在历史长河中，但夜郎故地的高山大泽却千古不变，老王山见证了这个古国的兴衰。因为这个传说给老王山蒙上了神秘色彩，也就有了对老王山月亮洞的两次重大探秘活动。第一次是在1988年9月，为揭开夜郎古国的千古之谜，六枝特区人民政府区长宋崇书组织，以6名消防队队员为骨干，在当地向导的带领下攀上月亮洞，发现洞中有三座土坟，登山队员们对其中较小的一座进行发掘，带回了坟内的人骨和陪葬品。第二次是在2007年7月，六盘水市把老王山月亮洞探秘作为"中国凉都·六盘水消夏文化节"的一项重要活动，邀请了中央、省、市的新闻媒体进行全程报道。

二、夜郎王建都传说

自古帝王爱平川，唯有夜王爱群山。相传，夜郎王看到牂牁寨后面的打铁关一带峰峦叠嶂，云遮雾绕，似大海波涛汹涌澎湃，很有帝王基业之气势，便打算在能数出100个山头的地方建立都城，于是站在打铁关的一个山坡上数山头，但数来数去只有99个，哪知是他脚下站的这个山头漏数了。为此，他只好按金、木、水、火、土五行建了5个城。其中金城就建在牂牁江畔的毛口，木城建在郎岱，水城建在今天的六盘水市所在地，火城建在中寨乡的火坑村，土城建在盘县（今盘州市）。

三、大文县、板亭、刑台、接官亭传说

相传郎山（老王山）脚下一个叫作"大文县"的地方，在古夜郎时期是一处重要聚落，我们到该处考察时，只见里边古树丛生，有几股泉水叮咚流淌，几处朝门和巷道的遗址尚存。至今仍在此居住的几户人家正在用竹子划成的篾条编制簸箕、筛子、斗笠等用具，我们每人买了一个做工精细的小提篮。有的人家还养了不少的牛和鹅。在与他们的交谈中得知，他们祖祖辈辈都在此居住。在大约20年前曾经有上百户，现在因下面有公路，到毛口和去郎岱都比较方便，于是很多人家就把房子建到公路边去了，这里现在只有七八家人。

在大文县附近，有一个寨子叫板亭。从板亭经牂牁寨到半坡塘街上两三公里远，传说街上建有刑台和接官亭。板亭其实就是古夜郎时期的法庭，犯人在这里受审后，首先要挨40大板，若被判处死刑，则从板亭被送往刑台行刑，此处有一棵长了刺的大皂角树，刽子手们把犯人斩首后，将其头颅割下挂到树上示众。我们到刑台考察时，果然见到庞大的皂角树桩，上面发了不少的小皂角树。

接官亭用来接待朝廷官员，凡汉朝派来的官员都在这里进行接待。在接官亭后面的山顶上，我们看到了两处烽火台遗址。我们曾经两次走访了这几个地方，第一次是牂牁寨的村民龙明辉给我们做介绍，第二次是半坡塘街上的黄玉文，两人所说的情况完全一致。

四、牂牁寨的传说

牂牁寨位于六枝特区郎岱镇到毛口乡的公路边，距毛口乡政府8公里，海拔1005米，牂牁寨古来有之，不是当今为打造旅游才命名的。现属于毛口乡（牂牁镇）半坡村的一个寨子，十几户人家中有龙姓、李姓和张姓等。龙明辉是当地一位义务的文物保护者，他熟悉当地民间传说和一些文物遗址的所在。在他的带领下，我们观看了牂牁寨后边公路坎上的女阴图腾——石婆婆。又沿着长满杂草荆棘的山路来考察"阿女寨"遗址，这里有几处过去房屋的地基，龙明辉告诉我们，传说阿女寨在以前全是女人，没有男性，是因为在古夜郎时期经过一场惨烈的战争，男人们全部战死，只剩下妇女和小孩。后来汉人军队来了，便在这块土地上繁衍生息。这就是有关史籍上所说的"汉父夷母"。

在阿女寨上边的东南方向还有一处名叫"勒岗寨"的遗址，当年六枝的民间文艺专家叶正干在此处调查时，感觉这寨名跟地势应与仡佬族有关系，于是到六枝特区仡佬族聚居地——居都村去求证。居都是个仡佬古寨，整个寨子至今保持着原汁原味、完整的仡佬语。寨老李发旺等人这样翻译："勒"是"多"，"岗"是"同"，仡佬语"勒岗"就是"多同"的意思。在当时，地处边远的居都仡佬人并不知道"多同"为何意，定不会胡编乱说，多同就是夜郎王，这是一个多么令人欣喜的答案。

五、夜郎"夏都"传说

毛口牂牁江边的海拔较低，只有600余米，盛夏时节十分炎热，为外出避暑，夜郎王多同便在今天的六枝南极山上建了"夏都"。

南极山，仡佬语为"开米格仁"，意为"蜂子朝王的地方"，位于今六枝城区北部六枝老街背后，海拔1500余米。传说当年夜郎王每到夏季，就带着家眷、奴仆、杂役、护卫浩浩荡荡来到南极山，让大军扎在山下防守，他与眷属拾级而上，入住山上的王宫，清晨看看天边红霞中喷薄而出的朝阳，傍晚吹吹山顶的凉风，确是一种惬意的享受。

往事越千年，夜郎王早已作古，他的夏都早已化为尘埃。明清时期，南极山为安顺府的名山胜景之一，谓之"南极生辉"，此地现已变成释道圣地，成了佛门弟子修身养性的净地。

此外，还有夜郎王选姬导致月亮河东水西流、夜郎之母、王子坟的传说，等等。限于篇幅，在此不再一一赘述。

从20世纪80年代起，省内外、国内外的专家学者们纷纷到毛口考察夜郎文化。很多学者到毛口考察后，撰文认为毛口一带就是古夜郎国都邑的所在地。姑不论古夜郎都邑是不是一定就在毛口，但这些关于古夜郎国的民间传说，据考察确实为整个北盘江流域所独有，并非无迹可寻。

1995年2月，贵州省人民政府委托风景名胜专家评审组来到六枝，经实地考察论证评审后，以黔府发〔1995〕10号文件正式批准贵州六枝牂牁江风景名胜区为省级第三批风景名胜区。该风景名胜区含落别的洒耳景区和岩脚的回龙溪景区。

1999年11月，在贵阳召开"99夜郎学术研讨会"，六枝特区由政协文史委牵头组织人员参会。此次会议，六枝以参会人数最多、论文最多被贵州省社会科学研究院历史研究所的熊宗仁先生喻为"六枝军团"。这次会议后，夜郎成为热门话题，六枝特区人民政府也因此加快了打造夜郎文化品牌发展地方经济的脚步。从2003年起，六枝特区加大了招商引资力度，致力于六枝夜郎文化的利用与开发。经过多年努力，毛口的郎山（老王山）脚下建起了气势恢宏的夜郎王宫和"布依十二坊"，牂牁湖畔建起了"云上牂牁"广场。老王山顶上也建起了玻璃栈道，从牂牁湖边通往月亮洞的索道正在建设中。今后去月亮洞探秘将不再艰难，截至2020年，六枝旅游、文化等部门已在波光粼粼的牂牁湖畔连续举办了多届国际滑翔伞邀请赛。此外，月亮河乡的布依神龙长廊和创世界吉尼斯记录的布依大铜鼓，已在布依生态园中巍然屹立，落别的洒耳景区、岩脚的回龙溪景区，现已成为人们休闲娱乐的好地方，每逢节假日游人总是络绎不绝。

2021年11月，六枝特区政协召开了文史工作会议，夜郎文化研究队伍呈现"一代新人换旧人"的可喜局面，又迎来了研究夜郎文化新的春天。

虫儿化香魂

☆彭湖海

很多年以前，凉都北盘江畔有个叫营盘的乡场，乡场有一村庄，村庄里有一户勤劳、善良的人家。这家人姓彭，主人彭老汉年过半百，膝下有一双儿女。对于那一双儿女，老汉不喜欢儿子傻愣愣的模样，他喜欢的是女儿，并且是打心眼儿里喜爱。女儿小时候，红扑扑的脸蛋就像村庄里漫山遍野挂着的脆桃，可爱极了。老汉喜欢叫她脆桃，时日久了，老汉叫得顺溜，索性就给女儿取名"脆桃"。脆桃打小嘴甜，说话似百灵鸟，总令人暗生欢喜。脆桃是老汉的心肝宝贝儿。脆桃从小就黏老汉。老汉是脆桃心灵的寄托。因是生在江边，打鱼是老汉日头里定要干的活儿。偶有闲暇，老汉是要进山采樵的，为的是赶乡场时品咂几口龙场乡岩头寨温出的"土茅台"。许是父女情深，老汉一刻也不愿离开脆桃。老汉入水打鱼、入山采樵时，脆桃常常围绕在老汉身旁，她婉转动听的歌恰似天籁。听着脆桃那清脆、悦耳的歌声，老汉心里的喜呀，简直比饥渴时吞下一口"土茅台"还爽三分！

脆桃长至15岁时，样貌出落得越发标致了，尤其是那一双眼睛，灵气、清澈，让人一看后就甭想忘掉啦！但老汉心里头始终有块心病，儿子傻大个儿也到谈婚论嫁之时，却难以说和一门亲事。经过几年的折腾，许是前世注定的姻缘，老汉通过媒人"磨嘴皮"，终究是给自家的儿子娶了新媳妇。新媳妇儿不但人长得惹眼，而且孝顺。"鲜花也会有插在牛粪上的呀！"村庄里的年轻人总是喜欢拿傻大个儿开涮。儿媳妇过门后，姑嫂之间有共同的话语，好若姊妹。老汉看着姑嫂和睦的样儿，先前担心她俩会磨嘴皮的念头消失了，倒是心里头有些许莫名惆怅——姑嫂在一起，老汉渔樵时，听不见百灵鸟似的歌声，心里头实在落寞。只是老汉是一个凡事想得开、看得透之人，心想脆桃长大了，岂能总和爹爹一起呢？

自打进彭家门后，嫂嫂心里头也是真心把脆桃当成自己的亲妹妹。脆桃心里有乐趣，嫂嫂乐意分享；脆桃心里有忧伤，嫂嫂情愿分忧。村里的人都说，彭家的姑嫂宛若一对亲姐妹。然而，一年后，脆桃与嫂嫂间的情谊渐渐地被一个胖嘟嘟的婴儿打破了。原来，自打嫂嫂有娃娃后，再也不能像先前那般有充裕的时间陪伴脆桃，而是要照顾宝宝。这苦了脆桃呀！每当脆桃目睹嫂嫂抱着宝宝亲热的样子，心里就没来由地发慌——她也渴望像嫂嫂一般有个大胖娃娃。怎么弄一个娃娃呢？脆桃绞尽脑汁也想不出办法。脆桃缠着嫂嫂，寻求找娃娃的秘密。嫂嫂经受不住脆桃三番五次的"折腾"，便随口说，娃娃是从北盘江水里打捞出来的。脆桃信以为真，于是便天天往北盘江边跑。脆桃暗下决心，要像嫂嫂一样从北盘江里寻一个胖娃娃。一天天过去了，脆桃还是没有像嫂嫂般寻找到一个胖娃娃。脆桃心里的痛苦，没得说啦！有一天，太阳落坡的时候，心情极度沮丧的脆桃慢悠悠地在北盘江边散步。突然，脆桃脚下的草铺里响起一阵唧唧唧的声音。脆桃循声望去，顿见一条白嫩嫩的"小可爱"来回地爬行。想来是脆桃轻慢的脚步声惊醒了熟睡的"小可爱"。"小可爱"缓慢爬动的傻样儿，惹得脆桃嘿嘿地笑个不停。脆桃欢喜的劲儿，像极了嫂嫂对宝宝亲热的模样。激动之余，脆桃悄悄地捧起这个"小可爱"，并且小心翼翼地把她放在怀里，然后唱着欢快的歌回家了。

自打有"小可爱"后，脆桃的歌声比往日更甜了。"小可爱"让脆桃体验着生命的美好。但脆桃不像嫂嫂，整天抱着娃娃四处嬉戏。她悄悄地抚养着自己的胖娃娃，暗地里想，一旦"小可爱"长大，便给爹爹送上一份意外的惊喜。因是有了"小可爱"，日子也过得像水般的快。恍惚之间，脆桃也已经快乐地度完一年的时光。在这一年的时光里，脆桃不合时宜的举动总是令嫂嫂摸不着头脑。嫂嫂决定窥破脆桃心底的秘密。机会来了，有一天，脆桃去北盘江边浣洗，嫂嫂便偷偷地拿走脆桃闺房里的钥匙。但嫂嫂打开脆桃闺房时，立刻被床铺上那个睡熟的"小可爱"吓破了胆："妈呀……妈……"那惊恐的叫喊声，顿时把村庄里的鸡呀狗呀吓得团团转。闻声而来的老汉也被眼前的一幕吓傻眼了，那条肉嘟嘟的"小可爱"正在脆桃的床上蠕动。老汉怒火中烧，立刻寻来撑船的竹竿，狠劲地挑起"小可爱"，猛地甩去，那胖嘟嘟的肉球顿时变成一汪血水。"小可爱"变成血的凄惨画面，刚好让脆桃看见了。后面发生的事，老汉全无知晓。老汉只知道自己醒来后，活蹦乱跳的女儿瞬间失去生命，去了阴间。原来，正在水边浣洗的脆桃，听见嫂嫂歇斯底里的呐喊，遂扔掉衣裳疾步回家。当她看见与自己朝夕相处的"小可爱"惨遭不测，心碎欲绝的她立刻碰墙而死。

头脑完全清醒后的老汉，每每想起挚爱的女儿离世，心里的悲痛、绝望，自是无法言说。数月后，老汉也在悲痛之中逝世。村里的人为怀念那个痴情死去的脆桃，便把她葬在景色迷人的北盘江畔，并在墓前立一块"娃娃虫脆桃之墓"的墓碑。据说，那墓前的草垛里，时时有虫鸣声，叫声凄惨，夜夜不绝，人们都说那是脆桃不死的魂。慢慢地，北盘江畔的人们便管这种虫叫娃娃虫。

虫儿化香魂

玉卯与米卯

☆伍荣腾

在坝湾乡以南的白水河西岸的群山丛中有一座高山叫"坡然"。坡然有一堵几百丈高的悬崖峭壁。远远望去，峭壁上映出一对人影，传说这两个人影是一对生死相依的情侣化成的。站在左边的是一个小伙子，站在右边的是一个姑娘。关于这对人影，说起来还有一段动人的故事哩。

相传很久以前，坡然脚下有个寨子叫坝然。寨中有个卯时生的小男孩，名叫玉卯；和他同年同月同日卯时生的一个小姑娘，名叫米卯。他俩从小就在一起玩耍，玉卯有时给米卯一只美丽的蝴蝶，米卯有时给玉卯一束鲜红的桃花。两人相亲相爱，真像一对兄妹。

日子一天天地过去，到18岁时，玉卯长得十分英俊，米卯生得如花似玉。米卯的美引得布依山寨的后生们天天上门来找她浪哨（布依语，即谈情说爱），然而她一个也不爱，因为她心里早已爱上了同她从小在一起玩耍的玉卯。

一天清晨，玉卯上山砍柴，金黄的阳光照着漫山遍野的桃花，蝴蝶在花间飞来飞去，小鸟在桃树枝上唱个不停。玉卯发现山脚下的米卯正在白水河岸上采着野菜，当他们的目光碰在一块儿的时候，两人都禁不住笑了起来，然后又不好意思地低下了头。好长时间，谁都不敢吭声。终于还是玉卯抬起头来，大胆地唱出一支山歌："山中桃花红又红，阿哥心中暖融融。自小与妹情意重，今日试妹心如何。"

玉卯唱完了山歌，胸中突突地跳，弯着身子不敢抬头。这时，米卯听到半山腰飞出的山歌，知道是玉卯的歌声，脸刷一下红到了耳根，低下了头。但她心里热乎乎的，不由得唱道："新学刺绣针刺手，初学唱歌难开口。今日小妹开口唱，心中早有玉卯哥。"

玉卯听完这支歌，心里像蜜糖一样甜。他放下柴刀，向米卯飞奔而去。到了米卯身边，两人紧紧地手拉着手，玉卯欢喜地唱道："我俩上山上到顶，我俩下岭下到坪。我俩连双连到老，莫留一个打单身。"这时米卯用更清脆的歌声回答："生不丢死不丢，除非白纸包火丢。生不离来死不离，除非蚂蟥生骨头。"

从此，两人建立了深厚的感情。

第二年春天，玉卯和米卯就要成亲了。正在这时，玉卯的父母悄悄地给他定了亲，硬让他娶一个不合心意的姑娘；同时，米卯的父母硬逼米卯嫁给一个50岁的财主。米卯宁死不愿。米卯和财主成亲的日期渐渐近了，她去找玉卯商量，两人准备逃到很远的地方去。

第二天，玉卯和米卯天刚蒙蒙亮就起程，一出寨门，就碰上财主和一群家丁来接米卯去成亲。米卯和玉卯看到这群野狗迎面走来，知道势头不妙，急忙掉头就跑。财主见米卯和一个后生逃跑了，急忙带领家丁，分成几路拼命地追。玉卯和米卯跑呀跑呀，还是跑不出他们的包围，于是急忙爬上高高的坡然山。财主为了抢得米卯来成亲，紧追不放，从山脚下四面包围起来，一直将玉卯和米卯围到半山的悬崖峭壁上。这时，他俩望着山脚、山顶都有密密麻麻的家丁，像蚂蚁般慢慢搜山。眼看就要搜到他俩身边了。米卯想：无论怎样，都不能落入财主之手。她微笑地牵着玉卯的手，从数百丈高的悬崖峭壁上跳了下去。这时，忽然狂风大作，天昏地暗，雷吼电闪，瓢泼大雨下了七天七夜。七天后，云散天晴，财主和家丁们已经被风雨刮往白水河中喂鱼去了。只见悬崖绝壁中出现一男一女的影子。人们一见就认出：左边就是玉卯，右边就是米卯。

狗跳崖上的爱情传说

☆李　波

　　狗跳崖——第一次听到这个名字的时候，我不禁因它的俗气笑出声来——在如今这个无事不附庸风雅的年代，竟然还有这般俗不可耐的名字。后来才明白，正如大智若愚、大拙是巧一样，世间之物，往往于大俗之中蕴含着大雅。这样一个俗气的地名，竟承载着一个凄美的爱情故事。

　　很久以前，蓆草坪住着一位赫赫有名的熊姓大财主。他家的千金小姐云竹，如花似玉，温柔善良，贤淑典雅。然而，这位高贵的小姐却爱上了她们家卑微的长工阿海。这引得财主勃然大怒。小姐与长工相恋，在财主眼中，这是何等丢人现眼、离经叛道的事！在这块土地上呼风唤雨的熊大财主自然不会同意。于是财主把长工赶走了，他要掐断这段孽缘。然而，真正的爱又岂是这种粗暴的手段隔得断的？长工又偷偷回到小姐家对面的山上，搭了间草棚住下。小姐的爱犬小黑成了他们传递相思的信使。时日久了，狡诈的财主还是发现了异常，他派人跟踪黑狗，找到了长工。得知真相后，财主怒不可遏，他恨透了这个让自己丢尽颜面的长工小子。这一天，熊大财主带领一帮恶奴尾随送信的黑狗来到了长工的草棚，对长工大打出手。黑狗一看，转身飞驰而去，寡不敌众的长工且战且退，不知不觉被逼到了山崖边，走投无路，坠入崖底。闻讯赶来的小姐看着山下躺着的恋人，顿时万念俱灰，纵身一跃，也跳了下去。她身边哀鸣低吠的黑狗，看着主人跳下山崖，也毫不犹豫地跳了下去。从此，当地人就给这崖取名为"狗跳崖"。据说，山顶每年开得绚烂的山花就是他们不嫌贫爱富，不计困难艰险，生死相随的真爱幻化在人世的绚丽。

　　当然，这是一个无从考证的故事。

但在竹海镇东北方确有这样一座山崖，海拔1936米，距竹海镇中心区2公里。

这是一座雄壮的山。从竹海镇远远望去，狗跳崖酷似一面在狂风中展开的旌旗。左边笔直的断面是她的旗杆，右边起伏的缓丘是她风中猎猎作响的旗面。站在竹海寺高处远看，它更像一条巨龙，龙身从林场一路蜿蜒东行，至普安县地瓜镇一带扭身西进，一路穿罗汉、越南星，行至蓆草坪身后，猛然仰起巨大的龙头，戛然而止，形成了又陡又高的悬崖，像是被人用巨斧劈过似的，笔直地杵在面前，令人望而生畏。

这样的山势，往往有很多神奇的现象和奇特的景观。植被丰厚的竹海多雾，当浓雾从蓆草坪方向沿陡坡往崖顶升腾，天就一定晴；当浓雾从石门方向过崖顶往缓坡下滚，天就一定阴。这是当地老百姓无数次验证过的，准确率高达百分之百。升腾的雾气漫过山体，黔黑的山体在飘逸变幻的雾中呈现出千奇百怪的景象，时而如百兽竞逐，时而如千鸟展翅，一会儿是万马奔腾，一会儿又成了飞龙在天……薄雾弥漫时，站在崖顶，俯瞰右侧崖底滑石板的竹林，似鸟似龟，似蟹似蛇，情态各异，形象逼真。乍看酷似一只正在爬行的螃蟹；往前三步看，像一只沉睡的龟兽；再往前一步，又似一条大青蛇盘旋山坳；往左退两步，好似一只展翅欲飞的雄鹰……其中万千变化，令人叹为观止。

在当地还流传着这样一句话："走路不看景，看景不走路。"狗跳崖崖顶三面峭壁，只身后一条狭窄的路，不由得让你两腿发软、额头冒汗、头晕目眩，赶紧蹲下身子往后缩。再加上山顶狂乱的山风，在这样的山梁上行走，一定要加倍小心。不然一个恍惚，就可能跌入绿色的汪洋。所以当地人还总结出了"扶竹而行，抱树而立"的经验，在山峰上行走时总有一只手抓住竹子，借竹子的良好弹性穿行，站立也要扶着竹子或树，以稳定身子，免得被大风刮下山崖。行至陡崖顶端，便是"举头红日近，回首万峰低"。虽然它不是泰山，但一点儿不影响你体会"会当凌绝顶，一览众山小"的境界。

站在狗跳崖崖顶，青山峭壁下的万亩竹海尽收眼底。翠竹中的村寨星星点点，在随风起伏的碧波中若隐若现。放眼环视，峰峦叠嶂，绵延不绝。兴仁的断头山和普安的剪刀山并肩望来，好似一对情人在指指点点地观景。

若是赶在春天，这里火红、淡紫、乳白、嫩黄、粉红的杜鹃竞相绽放，姹紫嫣红，好似天然的大百花园。花丛中蜂飞蝶舞，崖顶上、大路上、竹林中那些赏花的、写生的、摄影的人群或行或立、或站或坐，好不热闹。

微风拂来，竹摇三叠浪，薄雾似轻纱，若是有缘，还能在雨后初晴的夏日午后一览云海与佛光齐现的盛景。脚下亦真亦幻的云雾缭绕，远处神奇诡秘的佛光闪动，恍若置身美丽的仙境。

"狗跳崖"这么一个普通庸俗的山名竟蕴藏着这么奇幻的景象和如此凄美的爱情，我不想探究这个故事是否曾经真实存在过，因为任何故事的价值并不是它是否真实发生过，而在于它能否给人们以警示、启迪或是美好的向往。

好一个"狗跳崖"。

第三辑

人
文
凉
都

安健：我就是不做蒋介石的官

☆ 符　号

安健（1877—1929年），字舜卿，贵州省安顺府郎岱厅羊场巡检司凹乌底（今六盘水市六枝特区牛场乡兴隆村下官寨）人，是杰出的彝族女政治家、贵州宣慰使奢香夫人的后裔。先为安顺府学附生，后游学贵阳，受民主革命思想影响，不满清朝统治，抛弃科举仕途，东渡日本寻求救国救民之路。

安健在长期的民主革命斗争中，坚持孙中山的联共政策，主张与共产党亲密合作。他先后被任命为讨袁军贵州司令长官、大元帅府中将参议、川边宣抚使、大本营咨议、国民革命军第九军党代表、贵州省民政厅厅长等，为中国民主革命作出了杰出奉献。

东渡日本寻求救国之路

安健幼年和少年时期在家读私塾，后考入安顺府学为附生。安健除经常听父辈讲述奢香夫人的逸事外，三哥安翰卿还将其在中法战争中的所见所闻讲给他听。令他不可思议的是，打了胜仗，为什么还要签订不平等条约，割地赔款，丧权辱国？三哥解释不了，也只能徒增慨叹！

安健的父亲和三哥相继去世后，由其四哥安焕卿当家。安健把不想走科举之路，而想拯救国家的抱负向四哥说明后，却遭到四哥一阵痛骂，认为他这是"离经叛道"的行为，极力阻止且立即把他囚禁在窗子洞里，派家丁严加看守。安健把自己的情况说给看守听后，得到了看守的同情和支持。一个寒冬的夜晚，在看守的帮助下，他逃离了窗子洞，辗转到贵阳。

安健在贵阳结识了钟昌祚、张百麟等民主革命人士，接触了西方先进思想和新文化。这让安健认识到清政府的腐败以及外患日深的民族危机，中国社会非变革不可。否则，中华民族将无以生存。1901年，清政府与英、美等国家签订了丧权辱国的《辛丑条约》，安健与大批有志青年一样，认为：只有通过革命推翻清政府，中国才有希望，才能救中国。

1905年仲春，安健抛却了家庭对他走科举仕途的企望，东渡日本寻求救国救民之路。安健到日本，住在中国留学生聚居地神田区，结识了孙中山，深受孙中山"驱除鞑虏，恢复中华，建立民国，平均地权"的民主革命思想影响，加入了中国同盟会。

安健加入同盟会后，积极投身到革命的洪流之中。他经常以通信的方式向留在贵州的革命者们灌输革命思想，积极参加孙中山组织的推翻清政府统治的武装起义。1907年，贵州自治学社成立，安健负责贵州的联络工作，敦促负责贵州自治学社会务工作的张百麟等民主革命人士做好起义准备。

辛亥革命前，安健多次奉孙中山之命，去往黔、滇、桂等地从事革命活动，参加过钦廉之役、河口起义、广州起义等。安健与同盟会总部联系，秘密函告贵州自治学社："中国同盟会在广州失败后，将有事于长江。"武昌起义爆发，引发辛亥革命，安健积极响应并组织贵州民主革命人士进行起义。经安健与贵州民主革命者的共同努力，贵州于1911年11月4日光复。

辗转西南开展革命活动

中华民国成立，贵州光复。孙中山派安健回国到贵州开展革命工作。安健抵达上海，与贵州自治学社的负责人钟昌祚、刘荣勋会合后，从上海绕道回贵州。宪政会趁黔军援川、援鄂和贵州革命力量空虚之机，于1912年2月2日发动"二二"政变，杀死掌管贵州军政大权的五路巡防总统、贵州自治学社黄泽霖等人，贵州军政府枢密院长张百麟被迫潜逃。

"二二"政变后，宪政会为稳定局势，派贵州巡抚使戴戡到昆明请求滇军入黔协助维护政局。这一阴谋被途经云南回贵州的安健等三人探悉后，他们不辞劳苦，四处奔走，企图阻止滇军入黔，但最终未能见效。安健等三人回到贵州后，才得知革命党人已被打散。

安健回到下官寨老家，向族中佃户宣布"三年不交租"。钟昌祚、刘荣勋经坡贡、镇宁到安顺，钟昌祚在安顺被害，刘荣勋流亡，安健便通过贵州通讯处印《安健告同胞书》，揭露滇军与宪政派祸黔的罪行。1912年，孙中山在北平改组中国同盟会，建立中国国民党，安健随即加入国民党。

1914年，孙中山在日本创立中华革命党。盘踞广东的军阀龙济光是安健的亲表弟，在帮助袁世凯打败国民党的"二次革命"行动中，出力不小，被袁世凯任命为广东都督。1915年，袁世凯称帝，中华革命党在东京召开反对袁世凯复辟帝制大会，任命安健为中华革命党贵州讨袁军司令长官。安健经澳门到广州，与朱执信等积极领导西南地区的反袁活动。

孙中山派在广东的安健说服龙济光，使其加入反袁行列。没料到，龙济光还想拉拢安健为袁效力，而安健不为其所动。安健劝说龙济光无效，转而争取到龙济光的部下龙鸣阶、孔陶安二人投靠孙中山。

袁世凯死后，军阀混战，人民生活水深火热。1917年初，安健在上海与余达父等创办《斯觉报》，宣传三民主义，鞭挞军阀，文章震惊海内，引起清政府的恐惧和仇视，下令通缉捉拿安健，并派人将他老家烧毁，威逼利诱安健家人，许以官爵，等等，迫使安健放弃革命，均徒劳无功。

1917年8月，中华民国军政府成立，孙中山被推选为大元帅，安健被任命为大元帅总统府中将参议，妻子高兰珍（后改为高南针）担任其秘书。为扩大革命影响，向西陲扩展革命事业，孙中山委任安健为"川边宣抚使"。安健前往就任，组织发动西南少数民族群众支持革命事业。1923年7月，安健返回广州，任大本营咨议。

"我就是不做蒋介石的官"

十月革命胜利后，孙中山完成国民党改组，确立"联俄、联共、扶助农工"三大政策，实现国共合作，创办黄埔军校，安健竭诚拥护并积极参与。廖仲恺任广东革命军政府财政部部长，安健协助其工作期间，分文不苟，从不徇私，以济革命急需，并前往贵州，动员和挑选了安时恭、金又新、韩文焕等30多名贵州籍青年读黄埔军校，沿途差旅费用全由安健开支。同事们称赞他说："人家是干革命拿钱，而安健是拿钱干革命。"

孙中山逝世后，安健明辨是非，不受拉拢。1926年7月，国民革命军出师北伐，安健策动贵州彭汉章部队加入讨伐吴佩孚的战争。这支部队被编为北伐第九军，辖贺龙、杨其昌二师，彭汉章任军长，安健任军党代表。随着北伐军的胜利进军，全国工农革命运动迅猛发展，极大地动摇了帝国主义在中国的统治，吓坏了国民党右派。

1927年，蒋介石、汪精卫公开背叛革命，先后在上海和武汉发动"四一二"反革命政变和"七一五"反革命政变，屠杀、镇压共产党人、革命进步人士及工农群众。正在武汉的安健目睹轰轰烈烈的大革命惨遭失败，国共合作遭到破坏，只好团结在以宋庆龄、何香凝为代表的国民党左派中，与国民党右派进行斗争，而被视为"赤化分子"。

在这乌云压城的形势下，安健再三考虑，于1928年冬悄然离开武汉，这在国民党内部引起很大震动。蒋介石为掩人耳目，离间国民党左派力量，电请安健去南京出任交通部或外交部次长，均被安健严词拒绝。蒋介石见安健拒不从命，恼羞成怒，转而用快邮代电对安健进行通缉。安健记事本中有两则记载，内容均是"接蒋介石电，电复断难从命"。蒋介石软硬兼施，安健均不理睬，他说："我就是不做蒋介石的官。"

安健离开武汉，经广州、香港、河内到达昆明，借助与自己有姻娅关系的龙云支持。李燊率部将黔军二十五军军长兼贵州省主席周西成打败。5月28日，李燊率部到达贵阳组建贵州省临时政务委员会，李燊任省主席，安健任省民政厅厅长。但由于军阀相互争夺，李燊心怀异心，不听安健建议。1929年6月中旬，周西成旧部毛光翔、王家烈等联合向李燊发起反攻，迫使李燊随滇军退出贵阳，败走昆明。这次军事失败后，因未能按照自己的初衷一展抱负，安健心情十分沉重。

安健离开贵阳前，召集部属人员进行了一次谈话。他说："你们办事，不是为了安舜卿，而是为了民众，一定要为百姓办好事。"1929年8月，安健离开

安健：我就是不做蒋介石的官

贵阳到达昆明后，不幸于10月12日病逝于昆明。

青龙山座椅形的安健墓

安健逝世后，国民党云南省党部以"追悼安舜卿同志筹备会"之名，电请中央明令表彰，从优抚恤，获国民政府批准，追赠安健为陆军上将，从优一等抚恤。时任云南省主席龙云为他举行隆重葬礼，并资助其家人将安健灵柩运回故里安葬。1942年，国民政府将安健的故乡命名为"舜卿乡"。

安健的妻子高兰珍带着家人扶着他的灵柩回贵州。家人乘坐的是四人抬的轿子，安健的灵柩由16人抬运，历时一个多月，经过盘县、兴义、关岭、镇宁，才到达郎岱故里岩脚牛场，被安葬在凹乌地。安健之子安瑞琮在其散文《我的母亲》中写有这样一段话："父亲原来预定的墓地在凹乌地，当时被土匪宋马刀盘踞。父亲的棺木是必须安葬的。这时，充分显示了母亲的胆识和勇气，她毅然决定只身一人去见土匪头目宋马刀。宋马刀听了母亲的陈说，非常佩服母亲的勇气和毅力，满口答复说：'安七老太爷（因父亲排行第七，家乡人都称他为七老太爷）的坟在这里，是这里的光荣。我们一定确保他老人家的灵柩，如期顺利安葬。'母亲扶着父亲灵柩到达凹乌地时，土匪们都在路两边列队持枪，朝天鸣枪以示敬意。父亲的坟墓就这样安葬在了凹乌地。"

安健墓因年久失修，几乎成为平地。当时在六枝特区工作的作家、诗人陈月枢于1978年10月26日在牛场为安健墓写了一首诗《寻得安健墓有感》："壮怀江海志，何故卧家山？天晦千林暗，风悲一墓寒。依稀贤士泪，变幻沐猴冠。解意唯双井，幽幽望岭南。"1984年，为启发教育后代，贵州省文物部门拟拨款重修安健墓。1985年11月，经贵州省人民政府批准，在原墓地处重修安健墓，并公布为省级文物保护单位。1986年4月，安健墓修葺竣工，贵州省、六盘水市和六枝特区有关部门及相关人士参加落成典礼。

安健墓位于六枝特区牛场乡兴隆村鱼塘凹乌地，青龙山半腰座椅形的正中。墓地后两侧有两眼清泉，如青龙的双眼，从泉眼中流出的两股溪水，好似青龙吐须环绕着墓地，潺潺流入墓地正前方的一方形水塘。墓高1.6米，用青石砌筑。高过坟头的墓碑，镌刻有时任贵州省书法家协会副主席王萼华先生书写的"安健墓"三个颜体大字。

安健一生磊落坦荡，旗帜鲜明，不计名利，忧国忧民，是贵州最早致力于民主革命的著名人士，为民主革命作出杰出贡献。六盘水市人民政府赠以"怀壮志拯神州追随孙革命华夏风流千古传颂，挽狂澜砥中流讨袁镇恶彝家英杰万众钦崇"的挽联，正是安健一生的缩影和真实的写照。

龙总兵与善德营

☆廖　婷

相传，居住在旧营乡海马珠的人们会经常发现，清晨起来时，种在自家地里的麦子会无故被牲口啃食掉一大片，地上留下的尽是马踩踏的痕迹，地里还留有新鲜的马粪之类。经了解，乡亲们都说自己家的马晚上都是关在家里的，没有跑出去过。为搞清楚这奇怪的现象，经商量后，寨里抽了一批身强体壮的青年，决定夜里去田地里守候，一探究竟。到了半夜，夜深人静的时候，突然看见一匹全身纯白、膘肥体壮的大马从大树龙潭里一跃而起，悠闲地来到地里啃食麦子。当人们准备去捉住此马的时候，白马好似听到了响动，瞬间一跃又跳进了大树龙潭，一下子钻进水里不见了。

隔天，海马啃食庄稼的消息被一传十十传百地传了出去，这事也传到了龙氏土司家里，龙氏家主便派人挑选了一匹血统优良且正值发情的母马，夜间放到庄稼地里。没过多久，被拉来夜放的那匹母马果然受孕了，几个月后便生下了一匹小白马。刚出生的时候，这匹小马满身是粪，时间长了，满身马粪在它身上结成了厚厚的马屎疙瘩，而且这匹小马驹一直瘦弱不堪，年长月久，始终不见长大，样子也越来越丑，让人非常失望。曾轰动一时的海马配种一事，渐渐地就被大家淡忘了。

1644年，龙天佑出生在善德营（现旧营），自幼身体强壮的他，非常喜欢舞刀弄枪，且智慧过人。他从小就很爱干净，一天，他觉得这匹白马实在太脏了，于是，叫下人拉上白马到屯上的潭边准备把马洗干净。不承想，这匹白马在洗的过程中越来越大、越来越胖，气势非凡，神采飞扬，龙天佑越看越喜欢，故"洗马潭"也因此得名。

龙天佑看着这膘肥体壮的白马，心里别提有多高兴了，觉得这就是为自己量身定制的一样。他飞身上马，一声令下，马儿立即行步如飞。相传，此马一日所行可达千里。这便是后来乡亲们称之为"飞龙马"的依据。

相传，有一次正是收割的季节，龙家组织了大量人员下地里收割。做饭的时候，发现家里没有食盐了，母亲便吩咐龙天佑去买盐。只见龙天佑骑上他的飞龙马向云南方向奔去，一眨眼就不见了影子，那嗒嗒的马蹄声还未散去，锅里的饭还未煮熟，已见他手提盐口袋回来了。母亲问他去哪里买的盐，龙天佑回答昆明，可想而知，这马速度之快，就好像长了翅膀的飞龙。后来这匹马一直作为龙天佑的坐骑，驰骋疆场。马死后埋在簸箕营（保基乡），是为白马坟。

光阴似箭，转眼间天佑渐渐长大成人，在外已能独当一面。一天，年迈的父亲把天佑叫到跟前，决定把龙家家业和土司之位一起交给他。龙氏家族在他的治理下，发展得井井有条，经济也达到了鼎盛，辖区内百姓安居乐业，过往的客商络绎不绝，当时的善德营相当繁华，拥有72条花街，82条小巷，还有一条街是专门贩卖珠宝的。就连农户住的房子也合理地规划，一字排开，整整齐齐，来到这里的人们个个竖起大拇指，称赞善德营为善德福地。

随着经济实力的不断提升，龙天佑开始不再满足眼前的一亩三分地，通过招兵买马向外不断地扩大地盘，他的兵营一度达到12个营，其威名更是令周围的其他土司闻风丧胆，连当时的朝廷都畏惧他三分。相传在清康熙年间，有官道经善德营的石门坎，龙天佑便在此设立了"文官下轿，武官下马"的牌坊，这标志着龙天佑当时在朝廷的地位。

成年后的龙天佑娶了当时善德营另一海家土司的女儿为妻子，当时两家家底相差无几，正所谓"一山不容两虎"，虽然两家是亲家，但在直接利益的驱使下，海家和龙家终因饮水问题，爆发了大规模的家族战争，最后海家不敌龙家，败走他乡。龙天佑一再扩张势力范围，以善德营为中心不断向四周扩张领土，存留至今的旧营老马场龙家旧宅遗址，占地非常宽广，想来那时这宅子一定非常高大雄伟。

龙天佑还是个非常出色的军事家。站在旧营的营盘山山顶，你会有一种"会当凌绝顶，一览众山小"的感觉。放眼望去，周围几十里的山脉都清晰可见。相传，龙总兵曾经在这里设置了哨兵瞭望台，如今再到此山，还能随处可见残垣断壁，乱石林立。

随着军队、家族势力的不断壮大，龙天佑的威名响彻滇黔，严重影响了清政府的统治地位，为此清政府派出官员朱道台到善德营进行民间调查，看看这位占地为王的土司是否有谋反之心。其实朱道台只是一位风水官员，他来善德营深入民间了解了民情。当时善德营农民都非常拥戴这位怀揣善行的龙家土司。朱道台找不到龙天佑威胁朝廷的证据，回去后对皇上说善德营这地方风水特别好，整个地形就像一只飞凤栖息的样子。为了破坏这里的风水，朝廷派人从普安州（现盘州）修了一条官道到南京桥（现羊场乡），途经善德营。老人们说石关垭口就像一张大大的弓，石关古道就是一支箭，正对着善德营这只飞凤，龙家得知善德营的风水被破坏以后，举家迁走。当时的簸箕营离善德营最近，而且地势险要，易守难攻，有"一夫当关，万夫莫开"的地理优势，又山清水秀，龙天佑想，龙必须生存在有水的地方，才能再次腾飞，于是就把营地迁到了簸箕营（现保基乡垤腊村），留下一小部分人在善德营居住，龙秉汉（龙天佑的孙子）就留在了旧营（龙秉汉的坟在旧营乡坪田村）。善德营也因此改名为旧营，原因是这里是龙天佑曾经居住过的营。老人们还说，当时龙家搬家的时候气势相当了得，没用车拉马驮，就用人传人的方式把所有财物运到了保基乡。时隔300多年，龙天佑的故事还被居住在旧营的人们代代相传颂。

康熙十五年（1676年），图海大将军讨伐云南吴三桂，大军路过普安州，得到了龙天佑军队的大力支持。三年后，龙天佑率军归顺朝廷。随后，龙天佑出兵云南配合清政府一举消灭了吴三桂的残余势力，平定了天下。

所谓"人怕出名，猪怕壮"，当时势力如日中天的龙天佑，难免会遭到他人的妒忌，在剿灭吴三桂不久，他就在昆明白马寺遭奸人暗算而亡，享年46岁。龙天佑死后被葬于簸箕营。朝廷因龙天佑讨伐吴三桂有功，追封他为光禄大夫左都督，享正一品衔，赐名总兵爵位，故此人们称他为龙总兵。

莽将杨发贵

☆ 赵 庆

归集黄河三个屯，

十人来了九人困。

来的时候骑花马，

去的时候拄拐棍。

从前的归集（古时候，六盘水市水城区发耳、鸡场、都格三个镇的地盘统称归集）山路崎岖，气候炎热，森林茂密，瘴气遍布，民风彪悍。外地人到此为官或经商，来时意气风发，去时垂头丧气，心灰意冷。

归集三屯（指马龙屯、妥倮屯和棋盘屯）中的妥倮屯，四面悬崖，犹如一头大象傲立于北盘江西岸。屯上零星分布着一些人家，有一男孩，行事顽皮莽撞，人称杨小莽。小莽八岁时父母双亡，被舅舅家收养。他身体健壮，饭量惊人，一人吃得比三个同龄人还多。舅舅是个阴阳先生，长年在外帮人看地做法事，很少落脚家中；舅妈心狠手辣，将小莽当长工使用，脏活累活全由他干，还嫌他吃得太多。小莽十五岁时已身长八尺，力大如牛，舅妈安排他去屯下李家寨旁边挖煤供家里使用。别人都是一人挖煤，全家帮忙把煤背到高耸入云的家中；而杨小莽却自己挖煤，自己将煤背到舅舅家里。一天傍晚，杨小莽正与堂哥、堂弟一起在煤洞边用餐，不料山上岩羊弄块石头飞滚下来将他们装菜的土罐打烂了，菜汤流了一地。三人慌了神，急忙伸手抓起菜肴往嘴里送。

一天上午，杨小莽背着煤炭来到舅舅家门口。前几次他直接将块煤倒进煤坑，部分块煤被砸得粉碎，舅妈为此没少骂他。这次他看见屋檐下有一张八仙桌，便将背箩停放到桌子上，不料桌子承受不了重压，两条桌子腿"嚓"一声断成四截，背箩里的部分块煤向一边倾倒，顿时摔成了粉煤。舅妈见状张口就骂："你这个败家子，好好的桌子被你弄断了腿，好好的块煤被你砸得稀巴烂，你今天不要吃饭了！"杨小莽再次受气，顿时怒发冲冠，一下将背箩甩出老远，一掌将八仙桌打得粉碎，斩钉截铁地说："我从小给你家当牛做马，过着牛马不如的生活，此处不留人，自有留人处，我不信离了你家我会饿死。"说完，他转过身子，扬长而去。

杨小莽走到山沟里冲了个澡，将身子和衣服洗净，饥肠辘辘地来到鸡场街上。当天正好是赶场天，街上摆满了各种吃食，烤糯米粑粑、烤洋芋、烤红薯、肉汤锅，那气味实在太诱人了。他的肚子不争气地"咕噜咕噜"叫了起来，可是身上一文钱也没有，只能干吞口水。都说三分钱逼死个英雄汉，今天真是倒霉透顶，难道真要把老子逼成盗匪？他四处张望，寻找下手对象，想弄点钱来买点吃的，先把肚子填饱再说。正在此时，远处传来一阵的锣声，一队长长的官兵从东向西走来，几个人在前面鸣锣清道，他们高声大喊："官兵有紧急军务急需通过，请各位父老乡亲让一下道，无故挡路者杀无赦。"说完挥舞着皮鞭驱赶人们让道，一些老弱病残的人动作稍慢还挨顿臭骂。杨小莽见了气冲斗牛，一步跨到路中间，两手叉腰，像座山似的挡住官兵去路。凶神恶煞般的官兵见居然有人敢挡他们的道——真是活得不耐烦了。于是，几个人一同过来推他，可他居然像生了根似的纹丝不动。几个官兵抓左手，勒右手，抱左脚，抬右脚，高喊"预备起"，几人在高呼声中一起使劲，挣得脖颈青筋暴露，汗流浃背，可小莽仍然稳如泰山。大队官兵见了纷纷挺枪将小莽围在中间，旁边的乡亲们见了也不敢有所行动，连声哀叹："拐喽，这小伙子要遭殃喽，年纪轻轻的，唉……"正当人们焦虑万分之际，忽见一个背着一口大锅的健壮的着军装老者拨开人群，走到杨小莽身前，恳切地说："小伙子，我看你身手不凡，愿不愿跟我去当兵？"杨小莽此时正走投无路，赶紧回答："当兵可以，但要管饭吃，还不得逼我欺负老百姓。"老者满口答应，杨小莽立即接过老者背上的大锅背上，就这样跟着老者当兵去了。

小莽虽然饭量惊人，但体力也惊人，别人背行军锅走三五里路就累得上气不接下气，他一天背到晚却面不改色心不跳，就像背个随身旅行包一样轻松自如。火头军老者见了如获至宝，每天偷偷弄点好的给他吃，偶尔还整点小酒给他喝，他乐在其中，十分感激。一天晚上，火头军将缴获的几头肥猪杀了招待大家。杨小莽从来没好好地吃过一顿肉，当晚狼吞虎咽吃了个饱，还喝了不少白酒，谁知睡到半夜肚子一阵剧痛——要拉肚子了。他到厨房提起一根一头带着火星的木柴，边甩火星照明边向茅房方向走去，不防走偏了道，火星掉到营房炮台的火炮引线上，轰隆轰隆一阵炮响。杨小莽吓呆了，炮台所有的火炮引线都连在一起，点燃一处全都炸响，炮火向前方一阵猛轰。拐喽，这是杀头之罪，他愣了一会儿才醒悟过来，立即开溜了。

杨小莽跑啊跑，跑到天亮仍然不敢停留。忽听身后阵阵马蹄声传来，回头一望差点被吓死，一队骑兵正向他这边奔跑过来。他向四周望了一圈，只有不远处一座矮桥下可以躲藏，于是迅速跑到桥下一看，桥不够高，也不够宽，管不了那么多了，他立即一头钻了进去。官兵骑着马很快来到桥边，但无论他们怎么驱赶，战马都不再继续前行。众人感觉蹊跷，于是纷纷下马到桥下查看。只见一人上半身钻进桥下，下半身却露在外面，真是顾头不顾尾，此人不是杨小莽还会是谁？谁有他那么健壮的身躯？大伙笑得人仰马翻、泪水横流，直不起腰。笑了一阵，领头大哥对杨小莽说："小莽，武显将军叫我们来接你回军营喝茶，你快出来。"杨小莽不予回答，也不出来。大伙喊了一阵，见他不动，只好动手去拉他，但是，众人使尽九牛二虎之力却无法拉动分毫。大伙累得满头大汗，气喘吁吁，只好到旁边的空地上坐着休息。坐了一会儿，他们掏出猪腿肉，拿出酒葫芦，边吃肉边喝小酒。这可难为杨小莽了，那肉香、酒气飘进他的鼻孔里，弄得他口水横流，难受极了。忍了一阵，他实在忍不住了，心想：要死也要做个饱死鬼，不能做个饿死鬼。想至此，他立即爬了出来，冲大伙要吃要喝。大伙抬头一看，只见杨小莽浑身泥浆，两只大眼睛骨碌骨碌不停转动着，活像一头黑熊。大伙又笑得前翻后倒，乱作一团。

回到军营，将军大帐里面坐着这支军队的最高长官——武显将军。杨小莽觉得自己肯定性命不保，但他临死不惧，昂首挺胸走了进去。武显将军见杨小莽虎背熊腰，威风凛凛，不由连连点头称赞。杨小莽被搞蒙了：不是要杀头吗？这气氛怎么有点那个？武显将军微笑着向他解释："昨天晚上敌军偷偷摸到我军营房前，幸亏你及时点燃火炮将其轰得死伤过半，他们认为我军早有防备，随后便撤退了。如果不是你开炮退敌，后果不堪设想。"杨小莽听了顿时松了口气，暗想：看来这次老子是因祸得福了。武显将军又盯着杨小莽看了一阵，严肃地说："我军历来论功行赏，鉴于你这次的功绩，我准备提拔你为武义都尉，你身体这么健壮，当伙夫可惜了。"杨小莽惊得目瞪口呆。他急忙躬身谢过武显将军，正要转身离开之时，武显将军又叫住了他："把你的名字改了吧，叫杨小莽多俗气，你看改成'杨发贵'如何？"杨小莽听后惊喜万分，连连点头："这名字好，从今以后我就是权贵之人了，谢过将军。"就这样，杨小莽便改名叫杨发贵了。

清军装备优良，训练有素，很快把反叛分子围在一座大山上，但山势陡峭，易守难攻，清军攻了几次都被乱箭滚石打了回来，还死伤了不少士兵。杨发贵见了主动请缨，他身高力大，扛起一块厚重的木板挡在身前，冒着箭羽滚石硬是攻了上去，俘虏了叛乱分子头目，并派人将其押解进京审判。这一战杨发贵又立功了，武显将军见证了他的勇猛，又提拔他为武功将军。大军休整几天，便向云南中西部地区进攻，计划平息中西部地区的反叛势力。一天，前方传来噩耗：敌方头目武功显赫，武显将军和几位先锋将领战败身亡了，敌军正向这边追来。杨发贵听了犹如晴天霹雳，差点儿滚落马下。稍后，他抬起头，高声大喊："老子要杀尽你们这些叛乱分子，用你们的头颅祭奠弟兄们的在天之灵。"随即打马向前冲去。跑了一阵，只见前方一位骑匹高头大马的大汉，手握开山板斧，领着一队人马正朝这边冲来。杨发贵见了也不搭话，提刀打马向他冲去，双方随即战成一团。大刀和板斧碰到一起，发出"当当当"的碰击声。刚打了一回合，两人均愣住了："咋可能！对方的力量居然这么大？"接着两人大战了三百回合仍然不分胜负，战马累倒了，他们便从马上下来摔跤。两人在地上滚成一团，斗了一袋烟工夫，敌方头目渐渐处于下风，最后被杨发贵扭断了头颅。清军见了士气高涨，一阵猛冲，杀得敌军丢盔弃甲，狼狈逃窜。带军连连取胜后，杨发贵职务一路飙升，从武功将军升到了武显将军，成为这支军队的最高统帅。

杨小莽当了将军的消息很快传回了家乡，原先与他一同挖煤炭的两人相约去投靠他。两人来到武显将军大帐外面，他的堂哥率先走进营帐，高声大喊："小莽，小莽，咱哥俩从小一起穿开裆裤长大，一起放过牛、割过草。那年在煤洞边岩羊放石头把我们砂罐打烂了，我们用手抓菜吃，你不会忘记吧？现在哥哥来投靠你，你必须弄个大官给大哥当当。"杨发贵瞪了他一眼，厉声说道："他认错人了，给我把他带出去。"两名士卫不由分说强行把他拖了出来。堂哥垂头丧气地对表弟说："唉！人家现在当大官了，不认我们了，咱们回去吧。"表弟机警地问："你都讲了些什么？"堂哥将其说过的话重复了一遍。表弟听了说道："来都来了，不进去试试怎能甘心？我就不相信他是个六亲不认的人。"表弟走进营帐，铿锵有力地说："表哥，我找你找得好辛苦，那年我们打的那一仗你还记得吧？"杨发贵瞟了他一眼，没好气地说："我身经百战，哪记得你讲的是哪一战？"表弟振振有词："羊将军打破罐州城，汤大人跑了，一把抓住菜大人，五个五个押进城……"杨发贵听了兴奋地拍着大腿说："我记起来了，那一仗打得太激烈了，大获全胜，哎呀，既然你找到这里，说明我们有缘，你就留在我的军营任职吧。"表弟就这样留在杨发贵身边了。

那年初秋，杨发贵受令率领大军从云南昆明出发，经曲靖下兴义攻打敌军残部。黔地山路崎岖，水流湍急，阴雨绵绵，泥泞的烂路使行军十分困难。他率领大军历尽艰辛来到兴义安龙地境，乱箭滚石忽然从山上打将下来，大军顿时乱作一团，死伤了不少将士。等他整顿好人马准备迎战，山上却一片宁静，派人前往查看，居然不见一个踪影，杨发贵气得暴跳如雷，连对方人影都没见到便损失了这么多弟兄，怎能叫他不生气？可让他没想到的是，这才刚刚开始。接下来行军路上更是偷袭不断，晚上宿营还被骚扰，每前进一步都要付出沉重的代价。杨发贵食不甘味、寝不安席，但是不说对方人影，就连鬼影他都没看到一个，直气得他七窍生烟，破口大骂。骂归骂，没有一人回应。旁边师爷见了，上前一步对他说："将军，来无影去无踪，玩阴招是敌人的强项，我们不如找个宽阔之地驻扎下来，再寻找机会攻击他们。"杨发贵听了怒目圆睁，高声怒骂："放屁，死了那么多兄弟，我杨发贵却认屃了？不为他们报仇了？"师爷尴尬万分，低声道："不是不为兄弟们报仇，是等天气好转一点我们再继续前进，找他决战，这样好一些。"众将听了纷纷相劝，杨发贵这才下令在安龙县境安营扎寨。

连续下了十多天雨，天气终于好转了。杨发贵召集众将商议进军事宜，突然卫兵进来禀报："大帅，敌人来攻打营寨了。"杨发贵听了大喜："终于来与我们决战了，赶紧整顿人马迎敌，我要叫他们尝尝我的厉害。"说完披挂上马，出营迎战。只见敌人二话不说便张弓搭箭向他射来。杨发贵赶紧挥舞手中大刀将箭拨开，策马冲向敌阵，敌人见了转身就跑。杨发贵哪能让其脱逃，立即策马追击。敌人逃进山谷树林子里，杨发贵打马追进树林，师爷见状叫他别追，怕有埋伏，但是为时已晚，杨发贵和战马一起倒地不起，前去救援的将士也纷纷倒地。师爷叫停众人，张口结舌地说："前面有瘴气，大帅中毒了，赶紧扯树枝来拍打，让空气流通。"将士们每人扯一把树枝在手，蒙住口鼻，边挥舞树枝，边向杨发贵走去，将其救回军营。

杨发贵病了几天才能下床，大约一个月方才康复。由于杨发贵驻兵安龙，保住一方平安，朝廷任命他为兴义总兵。之后，朝廷知道杨发贵是一员猛将，于是将其调往河北任总兵，诰授振威将军。

格支苗寨喇叭人

☆ 胡小柳

水城区的文化多姿多彩。各民族在长期的生产劳动中，积累了各自民族特有的文化内涵，形成了独特的民风民俗。

水城区格支喇叭苗有其独特的历史渊源。在格支喇叭苗寨可以体验喇叭苗族淳朴的民族风情，听着优美动听的喇叭苗敬酒歌，品尝浓香的农家谷花酒，夜晚住在舒适的农家旅社。当你离开的时候，你还可以得到喇叭苗姑娘送给你的精致刺绣纪念品。

水城区猴场乡格支喇叭苗寨是省级文明村寨，是北盘江畔绽放的一朵艳丽的"文明花"。

猴场乡格支喇叭苗寨位于水城、六枝、普安、晴隆四县区交界处，是水城区较偏僻的一个少数民族村寨。波涛滚滚的北盘江自西向东把整个村子与水城区猴场乡隔离开来。据统计，全寨现有农户71户343人，其中，喇叭苗寨60户296人，仡佬族8户47人，人均占有耕地0.7亩。原来由于经济、文化落后，格支喇叭苗寨长期以来是一个"生产靠贷款、吃粮靠供应、生活靠救济"的"三靠"村。直到1998年，在乡分管领导的带领下，推广良种良法，年人均纯收入达1100元，部分农户发展种养业，年人均纯收入达2000元以上，成为水城率先脱贫的村。同时，格支村领导还积极组织本村青年外出打工，每年格支喇叭苗寨外出打工者汇回来的现金就达20万元。

喇叭苗是苗族的一个支系，其根源在于喇叭人的祖先是古代湘西南的苗民。

朱元璋推翻元政权建立明朝后，云南梁王巴匝剌瓦密尔不肯归附，朱元璋多次遣使招降，但均为梁王所害，只好用武力平服。明洪武十四年（1381年），命颍川侯傅友德为征南将军，率30万步骑往征云南大军（历史上叫"太祖平滇"，喇叭人叫"明洪武祖调北征南"）。在这30万大军中，就有5万是宝庆都卫胡海率领的湖广兵。这5万湖广兵由三个部分组成：第一部分是胡海原来的部属，第二部分是强征入伍的苗民，第三部分是镇压苗民起义时收编的苗军。

云南平定后，接着又相继发生各地土目的叛乱。其中，越州土目阿资的反叛对于湖广兵的留屯普安和成为今日的喇叭人具有决定性的意义。

明洪武二十一年（1388年），阿资率众攻打普安军民府，烧毁府治，抢夺财物。傅友德率兵进攻，阿资退守罐子窑普纳盘江。对岸有成子洞（今名曰大硝洞），洞广而深，可藏万人。傅友德陈兵山下，屡攻不克，无计可施，只好调湖广兵来。传说，湖广兵攻打普纳山，三年未果，每次进攻都被山上的滚石、礌木打退。后来，他们想出了个方法，用竹子扎成笆折，笆折内夹着干草，以减轻着力点。攻山时，根据笆折的大小，由几名或几十名士兵揽着走在前面，大队伍则跟在后面进攻，这样终于顺利接近了敌人的关卡。此后，双方夜战、近战，争夺得十分激烈。有一天，山上的人捉住了一个湖广号手，他们对号手很感兴趣，经常叫他吹号取乐。日子久了，彼此混熟了，号手也不受管束了，一有机会就偷偷观察山上的地形。一次偶然的机会，他发现后崖上有棵干香藤可以攀缘上山，就借吹号取乐为名，用号音告诉伙伴们说："前头陡陡岩，后头有路来，岩上有棵干香藤，吊得千千万万人。"攻山的湖广兵本来就是攀藤的能手，听到号音后，明白了其中的含义，便兵分两路，一路在正面佯攻，一路绕岩后顺着那棵干香藤攀缘而上，直捣阿资老营。阿资腹背受敌，大败而逃，人马"皆缘壁攀崖，坠死者不可胜数，生擒一千三百余人"。

攻打普纳山，可以说是整个平滇战争中最艰难，也是相持时间最久的一次战斗，最后还是由湖广兵攻下来的。

从此，人们就把揽着笆折攻山的这批湖广兵称为"揽笆折""挡笆折"，后来又转音为"哪笆折""老巴子"，最后称作"喇叭子""喇叭人"，即今天的"喇叭苗"。打下普纳山后，明统治者为了防止士兵逃亡和保证军役的继承（明代军户是"永充"的，不能改变），便用法律的形式强迫这批湖广兵留屯普安，就地"立营屯种"，还强迫他们随带家属来屯营居住，有妻的要"解妻"（就是由公家发给路费，将留屯将士的妻子从原籍起解至屯营同住），无妻的要"金妻"（就是由公家为没有妻子的留屯将士配妻），父母兄弟随来屯营居住也可以。这样，每一名湖广兵都建立了一个亦军亦农的双重性家庭，有战争的时候就去打仗，没有战争的时候就在家耕种田地。当时，这批湖广兵的屯营范围以普纳山为中心，包括了现在普安县的不石古、龙吟，晴隆县的长流、鲁打、花贡，六枝特区的双夕、长寨，水城区的猴场格支、麻地、肖坪，顺场乡的大洼、顺场、九归、法德，盘州市的格所等地，屯种重点是北盘江两岸比较肥沃的平坝、河谷和冲子。因此可以这样认为：现在居住在水城区猴场、顺场等的喇叭人，就是当年湖广兵留下来的将士们的后裔。

从现代交通看，喇叭苗族为主的格支相当封闭，村前是滔滔北盘江，村背后是绝壁千仞，没有一条公路出村，过铁索桥到最近的公路有10公里。故有人认为，格支村淳朴的民风正是这种封闭所致并得久存。对此有人提出不同见解，认为从古代交通看，格支并不封闭，格支地处古驿道的渡口，这条驿道向北经麻地、猴场到达水城，向南翻箐门口到普安，是水城至普安和晴隆的县道，以致有近年出的地图把这条古驿道误标为公路。从渡口顺江而下40公里是毛口西陵渡，它是连接滇黔古道的重要渡口。这条水路在古代（明清至民国）是通畅而繁忙的，因为盐、茶、瓷器、布匹等重要物资从西陵渡抵格支渡后可达水城及普安，而两地的土特产可经格支渡抵西陵渡，运营于滇黔古道，其中还包括猴场的土纸（至今猴场镇旁还有民间造纸作坊）。且格支到毛口还有一条江边便道，离江面约300米，这是从陆路到毛口西陵渡的重要通道，只是上游沿江无路，江对岸也无路可走。但总的来说，因水陆交通俱备，古交通并不封闭而堪称发达。其实格支村好客、整洁等文明之风，或许与这种古交通的发达有关。作为古渡口，村中不少人祖辈经商，或就地做生意，为过往客商提供食宿，还有许多村民的先辈都是船工。俗话说，和气生财，洁净招客，今天的文明之风正是当年文明之风的传承。

物质生活富了，精神文明不能丢。格支村领导一直非常注重精神文明建设。村里成立护林防火队，群防群治管理村寨，格支村治安状况良好，多年来未发生过偷盗或其他刑事案件。在抓村容村貌上，每年村委会都不定期开展

"自扫门前雪"活动，即每家每户对自家周围的环境卫生进行清扫，在房前、屋后、路旁种风景树，绿化、美化环境。现在的格支村家家户户有卫生厕所。走进格支村，纵横交错的路旁皆有冬青、杨柳等绿化树。在文化生活上，格支村通电后，安装了地面卫星接收器，电视机、收音机普及开来，丰富了村民的文化生活。村党支部、村委会还利用广播电视有目的地组织村民收看有关农业科技方面的节目，使群众能把所学的农业实用技术用于实践。

水城区境内的喇叭苗有10万余人，主要生活在猴场乡的格支村，以及顺场乡、米箩乡、蟠龙乡、杨梅乡和发耳乡等地区。现在只有猴场格支村的喇叭苗还比较完整地保留着支系语言、民族服饰和传统的风俗习惯。尤其这里的语言，人们把它喻为水城区喇叭苗独一无二的"语言"。

天门布依婚事

☆符　号

一

俗话说："男大当婚，女大当嫁"，是指男女长大成人后，就到了人生诗篇中最重要的一页——谈婚论嫁。古人把久旱逢甘霖、他乡遇故知、金榜题名时与洞房花烛夜并提，称为人生四大幸事。

现笔者主要记述20世纪50年代至90年代水城花戛乡天门村布依族的婚俗，因为这个时代当地的婚姻礼俗，既有先秦遗风，又有现代特点。先秦的婚俗已形成了"六礼"，即结婚的六道程序——纳采（请媒人提亲）、问名（请先生合八字）、纳吉（定亲）、纳徵（订婚）、请期（择结婚期程）和亲迎（接亲）。

二

天门布依族两家开亲的方式有三种：一是"割衣裳襟"，二是定娃娃亲，三是自由婚姻。所谓"割衣裳襟"，就是指要好的门当户对的两家娃娃都还在母亲腹中时，长辈们便议定，若生下来的两个娃娃性别不同，那两家就结为儿女亲家。最普遍、最常见的开亲方式是自由婚姻。

天门布依族人特别崇尚自由恋爱，未婚男女青年借助年庆节俗、赶集聚会、走亲串戚等时机，三五成群，谈天说地，唱歌对调，倾诉彼此之间的爱慕之情。当一个男子看上某一个姑娘，即可单独邀约其到幽静之处，进一步对唱山歌，表达情意，直到双方互相喜欢，互订终身。之后，男方就会把女方带回家，并放一饼火炮，以告知全寨子——男方带媳妇回家了。当天，男方家要宰杀两只鸡（一只公鸡、一只草鸡），请寨子里的老人小孩来家中贺喜，也宣示了女方是男方的未婚妻，别的男子不能再找女方谈情说爱。反之，女方亦然。此环节称为恭贺带媳妇。

恭贺带媳妇后，就是请媒人打招呼，即男方家请媒人到女方家，打探、征求女方父母的意见。一般在男方把女方带回家的第二天，男方就要请威望高且能说会道的两名男性作为媒人，带上12斤酒、4只鸡（两只公鸡、两只母鸡）和两条烟等礼信到女方所居住的寨子，并事先选择一户人家（与女方父母关系好，比如女方的叔子伯爷或亲戚朋友）作为女方的媒人。男方媒人带着礼信到女方媒人家后，就把礼信全部放在女方媒人家，由女方媒人到女方父母家征求意见。若女方父母不同意，女方媒人就将礼信全部退还给男方媒人，也不会招待男方媒人吃饭。当然，即使女方父母不同意，男女方也不会分开，待男女方成为一家人，生儿育女后，彼此再慢慢沟通，直至女方父母认可。

若女方父母同意的话，男方媒人就留在女方媒人家吃一顿饭。饭后，双方媒人带上剩下的一半礼信到女方父母家。当天晚上，女方父母家把两只鸡杀了，招待双方媒人吃一顿晚饭，男方媒人就对女方父母说："你家姑娘某某和某家小伙某某配婚了，给你们当父母的说一声。"女方父母会说："娃娃们有这个缘分，我们是高兴的、同意的。但我们有个要求，三天后，请媒人按照礼规把姑娘送回家。"男方媒人连忙答应。

接下来是请媒人道歉。男方家送女方回家之前，男方寨子里的每家每户都要给女方"打发钱"（送钱）。送女方回家时一行共6人，除两名男方媒人、男方和女方外，还要找两名未婚的男女青年。所带的礼信是糍粑24个（每个15斤左右）、酒18斤、鸡4只、烟2条，由女方父母分4个糍粑和其他礼信的一半给女方媒人，再由女方媒人将4个糍粑分给寨子上的老幼，每人都有一份（一块）。

在女方父母家吃饭时，座位按一主一客交叉坐。斟酒时，客人带来的酒倒给主人，主人家的酒倒给客人。女方父母倒酒给男方媒人时，会请男方媒人发个话："两个娃娃婚配以后，如果男方把女方抛弃了，你们怎么对待？"男方媒人就会说："若以后男方不愿意和女方过了，房子分一半给女方；若女方不愿意和男方过了，女方出一头牛。"第二天，男方媒人、男方和未婚男女回家前，女方寨子上的每家每户也都要给男方"打发钱"。

三

请媒人道歉之后，男方家就要正式到女方家提亲。男方媒人带上礼信去女方家，所带的礼信与请媒人打招呼时的一样。不同的是，这次直接把礼信带到女方父母家，由女方父母分一半给女方媒人。同样先在女方媒人家吃一顿饭，再在女方父母家吃一顿饭，并跟女方父母约定好过来定亲讨八字的日期。

男方到女方家定亲讨八字时一共8人，包括2名媒人、6名其他人员。礼信包括一头至少120斤重的猪，6只鸡（带到女方父母家后，由女方父母分两只给女方媒人），两条烟，彩礼24元、48元、64元不等。先由女方媒人家杀鸡招待一顿饭，再由女方父母家杀猪、杀鸡招待一顿饭。

在女方父母家吃饭时，座位也是非常讲究的。一般会在堂屋神龛前摆两张桌子，每桌8人，寓意满堂喜，分上下席。前往女方家的8个人，其中4人坐上席，4人坐下席，女方家还会专门找人陪坐，陪上席者一般为女方家德高望重的长辈。男方媒人坐上席，也是一主一客交叉坐。

席上，主人家先拿出自家的酒招待大家，然后再邀请客人拿出带来的酒，倒给大家尝一尝。布依族的酒席上一般都用大碗喝酒，碗里的酒必须倒满，而且专门有人负责添酒，基本上喝一口就要添一口，随时保持斟满的状态，寓意和和满满。待酒过三巡后，媒人就会当着大家的面，让陪坐的女方家长辈唤来女方父母，把彩礼钱（又称奶母钱）交给女方父母。

接着，男方媒人让陪同过来的人拿来一个装着1元2角钱的红包、一支毛笔、一瓶墨汁、一张红纸和一小壶酒（两斤），交给陪坐的女方家人。陪坐的女方家人当场安排人在一张红纸上写下女方的八字，即生庚年月日时辰，再将红纸折叠好。主人家便安排人倒满12杯酒，盛在一个箩筛里，将写有女方八字的红纸压在其中一杯酒的杯底。然后端到男方媒人面前，请媒人喝酒。媒人端起一杯酒后，若杯底没有姑娘的八字，就将酒一饮而尽，然后再继续端酒，直至杯底出现写有八字的红纸。这称为喝讨八字酒。随着社会的发展和进步，现在讨八字时，是安排一人将写有八字的纸折叠后藏在手心里，然后再端上两碗酒，走到男方媒人面前。其中酒倒得比较多的一碗，碗底下放着八字；酒倒得比较少的那一碗的碗底没有。男方媒人心知肚明，端起酒多的那一碗喝了，便讨到八字了。

酒席最后，大家都要将自己碗里的米饭添满，并夹起两片肉放在碗里，酒碗里也斟满酒，同声说"满桌盛席"后，才起身离去。当晚客人都在女方家住，第二天客人启程回家时，主人还会设拦路酒，客人客气地喝上两口后，主人便会放行。

男方媒人将女方八字带回男方家后，男方家就请算命先生根据男女双方的生庚年月日时辰、年龄和属相，再按照天干地支和五行相生相克的关系进行匹配，推算选定婚期。

婚期确定后，以前，男方家会通过赶场或走亲串戚时告知女方家，或请人带个口信给女方家。现在是男方家请媒人带着礼信到女方家告知女方父母，所带的礼信与请媒人招呼的一样。

四

天门布依族人家结婚时，新郎不参加娶亲。女方家办酒席的当天，男方家除要请5名歌郎到女方家，与女方家请的5名歌郎对酒令歌外，还要请三五十人组成接亲队伍，在天快黑时到女方家去接亲，第二天一早在发亲后搬运嫁妆。男方家请的5名歌郎包括4名男歌郎（分别称为大歌郎、二歌郎、三歌郎、四歌郎）和1名女歌郎，女方家请的5名歌郎包括2名男歌郎（分别称为大歌郎、二歌郎）和3名女歌郎。男方家请的大歌郎与女方家请的大歌郎对酒令歌，男方家请的女歌郎与女方家请的二歌郎对酒令歌，男方家请的二歌郎、三歌郎、四歌郎分别与新娘家请的3名女歌郎对酒令歌。酒令歌一直从白天对到晚上，又从晚上对到第二天天亮发亲时为止。

女方家办酒席那天，管事就要事先在女方家院坝的路口摆上一张桌子，上面放两碗米酒。当男方家请的5名歌郎到达女方家院坝路口时，女方家管事就把两碗米酒分别端给大歌郎和二歌郎。

大歌郎端起酒后，带领4名歌郎，开始唱道……

酒令歌的大体意思是：我们已经来到你们家大门口，你们摆好桌子，倒酒给我们喝。我们不敢喝。我们要留着，带进堂屋和老人们喝。

大歌郎一边唱，一边走到大门处。大门左边摆着一张桌子，上面平铺着一张床单。大歌郎拿出一个红包放在床单上，一边把床单的四个角折叠起来遮盖住红包，一边唱道……

这首酒令歌的大体意思是：这张床单是用什么布做的？是用线织成布做的。别人拿到场上卖，老人从场上买回来放在这里给我们的。我们要把它折好。

大歌郎折好床单，看见大门的门和锁后，便采取自问自答的方式唱道……

酒令歌的大体意思是：看到门，门是什么门？是用什么木做的？看到锁，锁是什么锁？是用什么做的？门是木门，是用青冈木做的。锁是铁锁，是用铁打的。

男方家大歌郎端着酒，带着4名歌郎不停地唱酒令歌，从新娘家院坝唱到堂屋中。走进堂屋后，堂屋里等着的女方家大歌郎，就安排男方家大歌郎、二歌郎坐在堂屋中桌子的上席，三歌郎、四歌郎坐在桌子的侧面，女歌郎坐在堂屋右侧的厢房里。安排好后，男方家大歌郎便唱道……

酒令歌的大体意思是：我们来到你们家后，请你们要高兴，不要不高兴。

接着，男方大歌郎一边拿出一个红包交给女方家大歌郎，一边唱道……

酒令歌的大体意思是：我们家条件不好，你们把姑娘养大不容易，没什么感谢外家。这个作为奶母钱，只有这么一点心意。

女方家大歌郎回唱道，酒令歌的大体意思是：对男方家给的奶母钱表示感谢。

女方家大歌郎接着唱道，酒令歌的大体意思是：你们从哪里来？经过些什么地方才到我们家？

男方家大歌郎回唱道，酒令歌的大体意思是：我们是从家里来，跋山涉水才到你们家。

之后，男女双方家大歌郎接着你一首我一首，你问我答，直唱到吃午饭时才停止。

五

吃完午饭后，男女双方家其他8名歌郎就去女方媒人家休息。待女方家在堂屋中重新摆好桌子，女方家就把男方家带来的酒倒出三碗，点上三炷香，拿一把叶子烟（20匹），把酒、香和烟摆放在女方家神龛前的桌子上。

男方家大歌郎就唱道，酒令歌的大体意思是：我们带酒来供你们家老人，对你们家老人孝顺。

接着，女方家大歌郎要回唱。就这样，男女双方家的大歌郎相互对唱，直唱到吃晚饭时才结束。

男女双方家大歌郎在堂屋里对唱酒令歌的同时，主人家要派人到女方媒人家请回8名歌郎唱酒令歌。男方家二歌郎、三歌郎各端一个装有一瓶酒和一块肉的筛子，一边唱，一边从堂屋走到厢房里，和女方家两名女歌郎对唱酒令歌，同样直唱到吃晚饭时才结束。

待吃完晚饭后，男女双方家的大歌郎有其他任务，一般不再对唱酒令歌了。男方家大歌郎除要管理接待男方家请来的接亲队伍外，还要接收好女方家交接的嫁妆。整个晚上，除了男方家请的女歌郎和女方家二歌郎在厢房里对唱酒令歌外，其他的歌郎都在堂屋中对唱，且各有规定的位置，分三组对唱酒令歌。相对于大歌郎来说，其他歌郎对唱酒令歌比较自由，约束不大，可以唱情、唱爱、唱生产劳作甚至是带些搞笑的小调，唱词、唱段相对自由，相互对应临场发挥，一般说一些或唱一些吉利的话或歌，逗大家开心，让围坐的人哄堂大笑。

大家对唱酒令歌快到天亮时，男方家大歌郎就到堂屋里唱道，酒令歌的大体意思是：鸡叫了，快天亮了，请主人家快起来生火做饭。鸡叫了，快天亮了，叫新娘快起床梳头打扮，做好发亲的准备。

吃了早饭，男方家大歌郎就安排接亲队伍，将主人家头天晚上点交给大歌郎的被子、床单、枕头、箱子、柜子等嫁妆，整整齐齐摆放在堂屋里。待到发亲的时候，男方家大歌郎就把嫁妆一一分发给接亲队伍带回男方家。女方家请两个男人（新娘的姐夫或妹夫）来背新娘，其中一个男人用一根大乌木烟杆抬着新娘的臀部，把新娘从闺房背到堂屋，另外一个男人再从堂屋将新娘背到寨子的岔路口，才把新娘放下来。以前新娘通过走路、骑马、坐花轿等到男方家，现在基本都是乘车到男方家。

传统的酒宴菜品，以"九盘一汤"为佳。"九"寓意"九五之尊"，象征客人尊贵。随着乡村物质生活条件的改善，菜品也随之丰富起来。肉类主要有牛肉、猪肉、鸡肉、鱼肉、鸭肉等，其他菜品有猪排炖萝卜、油炸豆腐果、白金豆米、白菜豆腐、粉丝、花生、鸡蛋、红薯等。酒水是自己家酿制的甘甜醇美的米酒。

接亲队伍到男方家后，新娘到男方家堂屋跪拜列祖列宗，与接亲队伍吃一顿饭。男方家请三歌郎铺床，待床铺好，新娘就进入新房，未婚男女青年们紧跟新郎、新娘身后进去闹洞房。

第二天，男方家请3人（两男一女）带着礼信送新娘回外家（娘家），称为回门。所带的礼信包括：一只猪前腿和一块两匹猪肋巴骨，猪腿肉给女方的父母，两匹肋巴骨给女方媒人；两副粑粑（24个），每个粑粑5斤左右，20个给女方父母，4个给女方媒人；两桶酒（24斤），女方父母和女方媒人各一桶（12斤）；火炮6饼，烟花若干。

女方家事先请了唢呐匠在寨子路口等着，当回门的4人到女方父母家寨子路口时，由唢呐匠吹奏乐曲将新娘一行迎接回娘家。吃过饭后，男方家请来的3人当天就回家。新娘在外家过夜，一般三五天后，男方家才会将新娘接回家。

六枝：夜郎故地从历史深处走来

☆ 李万军

在云贵高原之东，长江携北盘江，与一路穿峡而来的珠江，在乌蒙山与苗岭山脉的衔接地带深处，形成"三江戏万山"的奇观美景，展现出画廊铺在大地上，盆景绣在山城中的画面——这就是"画廊六枝·盆景山城"。

从高空俯瞰，六枝犹如一只雄鸡，站在崇山峻岭之中，身在桃花山脚，立于牂牁江岸，头饮黔中湖水，尾连贵安新区，正昂首向远方振翅欲飞。

沿着城中心蜿蜒的黄果树瀑布上游六枝河岸缓步前行，不经意望向拔地而起、欲与四周青翠群山媲美的一座座高楼，心中是满满的期许；站在车如流水的高速路、人潮拥挤的高铁站口进出，想起以前出行难的情景，你会不由自主地生发出对未来美好生活的憧憬。

要想更好地品味六枝，就一定要了解六枝的历史。走进"六枝记忆·三线建设产业园"，一张张生动传神的照片，一件件会说话的文物，会把你带回那个激情燃烧、热血沸腾的岁月，仿佛"千军万马战六枝，好人好马上三线"的激情岁月就在眼前。

当年，数以万计的工人、解放军官兵、工程技术人员从全国各地奔涌而来，在这"三块石头架口锅，帐篷搭在山窝窝"的穷乡僻壤，开始了自力更生、艰苦创业的奋斗生涯。他们战风雨、斗酷暑、啃馒头、喝山泉，硬是把躲藏在深深岩层之中的一块块乌金刨出来、抠出来，输送到祖国建设最需要的地方。

没有"三线建设"就没有六枝特区，没有改革开放也没有六枝特区，六枝特区是沐浴着改革开放的春风中成长起来的年轻城市。近年来，在"生态优先、绿色发展"理念的引导下，六枝特区厚植生态底色、守护绿水青山，大力实施天然林资源保护、退耕还林、石漠化综合治理等工程项目，并以城区"三线文化"为轴，辐射东、西、南三个方向，以三片带动所辖乡镇一体化发展。一时间，桃花山山脚、牂牁江岸、阿珠河边、黔中湖畔，红旗猎猎，人如潮涌，当年如火如荼的"三线建设"场面，在这片土地上再次上演。房前屋后、田间地角、山上山下，刺梨、茶叶、樱桃、核桃、车厘子、猕猴桃……一棵棵果树列成队，从河底排到山脚，再从山腰漫向山顶；养生温泉、康养休闲、民族风情体验等一个个项目从大山里冒了出来，像珍珠，似翡翠，吸引了周边县区游客慕名而来；以红色为主色调的水塘寨，以采摘体验为主的龙泉，以民族风情为主的陇戛，以传统村落为主的戛陇塘，等等，让周末度假的游人心向往之。

《史记》记载："夜郎者，临牂牁江，江广百余步，足以行船。"牂牁江景区是夜郎文化的主要发祥地，聚居着30多个民族，民族风情各异，自然风光独特。景区位于六枝西部，距六枝城区67公里，总面积57.6平方公里，以夜郎名胜、郎岱古镇等古夜郎文化和牂牁江峡谷风光为主。

一览宽宽的牂牁江，从千山万壑中奔腾而过，冲刷而成的奇岩怪石，形成了一道道独特的风景。在这里，你可以领略到牂牁古国和夜郎古国都邑的魅力。这里也是猎奇探险、攀岩、漂流、体验布依风情的胜地。在景区的木城村，家家煮酒，户户熬糖，浓郁的木城布依风情，加上热带蔗林风光，使牂牁江景区充满了神秘诱人的色彩。

在六枝东北部，距离六枝特区36公里的大山深处，是长角苗的故乡。世居该地的是一支不足5000人的古老而神秘的苗族支系。这一苗族支系的妇女用一支木质长角以及亡故祖先的头发伴之以黑麻毛线束成发簪，又被称为"长角苗"。据说发髻盘得越大则越美。这巨大的发髻只在盛装时方"登场"，平日里，女人们头上都挂着雪白的大木角。

梭戛长角苗风情景区于1998年由中国与挪威政府合作共同修建，拥有中国第一座露天生态博物馆——梭戛生态博物馆。该博物馆保存了长角苗的服饰头饰、生活用品、节日仪式用品等，全面展示了长角苗一族的文化与生活。长角苗寨依山而建，土墙茅屋，原始古朴，人们日出而作，日落而息，民风民俗保存完整，民族文化浓郁，堪称人类历史的"活化石"。

春到六枝，山城山花烂漫，醉人的不仅是自然的美景，更是当地人民幸福的生活与笑容。

古榴深处的村庄

☆李廷华

陆家寨这个村庄虽小，却有着一部千年古榕树延绵的历史。如果没有古榕树，盘州喀斯特地貌上的陆家寨不过是一个让人连名字都记不住的地方，哪还会有她千年的风情和韵致。按下时光的快门，如果可以选择的话，我宁愿留存一张张黑白底片，制作一册厚厚的时光影集，留住历史的光泽，留住沧桑的诗意，留住原本古朴的自然生态。带着这个初衷和意愿，我对这个偏安一隅的村落更是有着热烈的向往。

从久居都市的喧闹中挣脱出来，在急速颠簸的路途中，窗外的一山一水披着草木的蓑衣向我走近，我一次次张开双臂，想把梦中期盼许久的风景拥入怀中，占为己有。听朋友说，保基乡是一个天然氧吧，空气怡人，于是不经意间做了几次深呼吸。如果能盛装一点带回去，让亲人朋友共同分享，那就更好了。

山脚下的陆家寨群鸟荟萃，有的展翅蓝天，有的栖息树上，有的比翼双飞，不同方位传来的嘤嘤之声，就像一曲婉转的合唱。而现实生活里，多少面具下的假唱、撕裂、呐喊，欺骗着我们的耳朵，如噪音一般。一同旅行的人都认同，鸟是树的见证，你看光秃秃的山上，哪里会有鸟的印迹？

陆家寨以榕树闻名，有50余棵古榕树，树龄最大的1000多年，平均树龄在600年左右，可以称得上名副其实的"古榕树之乡"。居住于此的布依族人家，人树相依，庇荫纳凉，早晚歇息、村民议事都在榕树群下，正所谓是"有榕树处当凉台"；青年男女两情相悦、吐露衷肠，求得百年好合，也少不了古榕树的见证。那一对夫妻榕更是令人心驰神往，是长相厮守的象征，故许多来陆家寨旅行的人都要到这里留影纪念，为爱情、婚姻留一份历经风雨、不忘初心的底色。

古诗有云："浯山青入眼，榕树紫垂髯。"此刻，眼前的榕树枝繁叶茂，蔚然成林，仿佛诗中的意境就是为此而作。陆家寨的历史、人文、民俗，仿佛都与久远的古榕树有关，榕树根就是他们的根。千百年来，这里的古榕树没有一棵被砍伐的痕迹，他们从骨子里与古榕树心心相连。

都说树大根深，盘踞一方。不错，陆家寨最大的古榕树高20余米，树径10余米，需要十几个人牵手才能将其围住。这株千年撑开的巨伞被称为"榕树王"。他的高大和沧桑仿佛告诉了世人其所历经的千年风霜，让我特别留意的是，那盘错交织的树根如粗壮的线条紧紧缀在大地的情感深处。有根在，一棵树就能千年屹立、万世不倒，一个民族又何尝不是呢？"榕树王"俨然成为神的化身，在当地被称为神树，每年六月六，是当地群众最为隆重的节日，布依族人杀猪宰羊，敲锣打鼓，载歌载舞，在榕树下祭拜神灵。

古榕树是陆家寨亘古不变的主题。

你看榕树林里，青砖绿瓦，古木吊脚，楼阁庭院中的木雕花更是有着古典的唯美和精致。古老的榕树，古老的拱桥，古老的石板路，描绘出一个古朴的村庄，像一幅珍藏已久的古画，尽情呈现"古"和"旧"的味道。眼下进入白露，秋意渐凉，而秋韵渐浓，更是让人沉浸在怀旧的情感中。布依族人家临水而居，你看从舍大都的山上倾泻下来的那条溪水，白天是清泉，晚上似月光，如一条白色的纱巾衬托着村落的古韵。古人有"上善若水"之说，从他们选择的居所就可以看出他们的秉性和智慧。

陆家寨像一个远古的世外桃源，每一棵古榕树就像一尊佛，容颜苍老，安静平和，与世无争。陆家寨更像一幅山水田园画，整个村子上千亩的良田，给布依族人带来丰衣足食的生活。每当黎明的微风拨开晨曦的窗帘，田间地头已到处是他们忙碌的身影；晚上几乎要等到黄昏换上夜色的行装，他们才吆喝着耕牛回来。早出晚归的路上，无论男女老少，随便摘一片木叶放在嘴边，就能吹奏诗一般的音乐，给幸福的自己，也给古老而经久不衰的村庄。音乐是上苍特别的恩赐，譬如蛙声唱给稻田，譬如蟋蟀唱给黑夜，譬如喜鹊一开口，仿佛就有喜事来临。而陆家寨人的歌声正被赋予了某种恩赐。

　　说到音乐，最让人充满兴致的当然要数陆家寨人的"八音坐唱"了，那种古音古乐，带着他们民族的特色。每逢办喜事或迎宾朋，一场由二胡、月琴、笛子、木叶、勒尤、刺鼓、镲、锣组成的演奏，几乎能把你带回古老的年代。我是真的沉醉了，不然我听了一遍怎么还意犹未尽？能在此领略到这种几乎失传的音乐，也不枉到此一游。

　　听朋友介绍说，三月三的文化长桌更是陆家寨人的文化大餐——桌子接成一排，有数十米长，上面盖上红布，像一条吉祥的长龙。围坐在两边的人，不仅能享用丰盛的美酒佳肴，还能参与猜拳比赛，享受"拳王争霸"的快哉。我想那一定热闹非凡，于是对着古榕树许下一个心愿，希望明年三月三，能在此开怀畅饮，见识见识布依族的民族风情。

　　我是第一次游陆家寨，下一次到来无疑就是这里的老朋友了。

　　时间在大饱眼福的风景里悄悄溜走，当黑夜来临，群星闪耀，似乎想将陆家寨打扮得更华丽一些，可繁茂的古榕树林还是遮住了布依族人家的幽幽灯火，坚守着她长期以来的质朴。

　　我想我的前世一定与古榕树有缘，不然今天到陆家寨怎么就如此着迷，仿佛在寻找一方圣地，追寻前世遗失的一个梦。如今人在江湖，身不由己。若干年后，当似水年华渐渐老去，当我安于孤独和寂寞，我想我会骑一匹西风瘦马赶来，在古榕树下，沏一壶清茶，摆一副棋局，从此归隐山林。

海马古城旧址遗迹

☆廖　婷

　　海马古城位于今天旧营乡坪田村十二组（原埲上村二组——埲上）境内，距旧营乡人民政府所在地约2.2千米，距双凤镇约22千米，距盘州市人民政府约50千米，已有千年的历史。

　　"海"是指原海氏彝族人居住地。其城面积约100万平方米，东、西、南、北各有一道城门，每道城门都有士兵看守，并且都配有铜火铳；地形特殊，四周低，中间高，就像一只簸箕筐扣在地上，在冷兵器时代，易守难攻；城楼古朴典雅，四合庭院，既有中原的建筑特点，又有彝族文化的风格。

　　"马"是指龙天佑洗出飞龙马的深潭"洗马潭"。水从高山峡谷流下，形成一道美丽的瀑布，下面有一个碧绿的深潭，一匹"名不见经传、被人遗弃、全身敷满牛屎马粪的小马"一洗成了一匹"飞马"。因为此马会飞，骑马人姓龙，因此，人称"飞龙马"。该潭也因此名曰"洗马潭"。当地老百姓称该潭为"圣潭"，称该水为"圣水"，称该河为"圣河"。

　　城的东边是一条小河，对岸是旧营大寨，居住着龙氏彝人，他们都是阿普笃慕五子慕克克的后裔。从云南大理迁徙到盘县善德营定居，两家世代交好，隔河相望。

　　相传，龙、海两家在当时红极一时，都享有朝廷的册封，都是土司官。当时朝廷为了统治少数民族地区，实行"夷人治夷，汉人治汉"的行政制度，夷人地区实行世袭制，汉人居住区实行流官制（汉人居住区的地方官员由朝廷任命或派遣）。

　　据考证，他们是在唐末宋初来到善德营定居的。早些年在海氏古城出土了一些钱币，最早的有大定通宝（1162年），就是金朝第五位皇帝金世宗完颜雍在位时造的。

两宋时佛教文化在中国传播已中国化、世俗化、民间化，儒家文化和佛教文化相互碰撞，民间大修寺庙。这在海马古城也得到了体现。海马古城东西两面各有一座寺庙，东边的叫"祖师殿"，西边的叫"善德寺"。一个大家族有两座寺庙，印证了杜牧那首诗"南朝四百八十寺，多少楼台烟雨中"的说法。

再有就是从丧葬习俗上看，在家乡黑弄、杨家坝种地的百姓经常挖出漆器罐。人死了火化以后，用砂罐或缸缸装上骨灰，用石块镶成"骨灰盒"，再用土盖上，这就是古代彝人的火葬方式。火葬宋元时期比较盛行，到了明朝，明洪武年间，人们认为这种做法太残忍了，所以朱元璋下令民间禁止火葬。以上种种证据证明，龙海彝文化在旧营的传播已有近千年历史了。

因两大家族均是旺族，两家为证明自己的势力，经常会发生摩擦，甚至会发生一些小规模的战斗。当时龙强海弱，海氏感到安全越来越受到威胁，所以为了抵御外族的入侵和土匪的抢劫，他们便开始修围城来保护本族人的安全。他们修了三道围城：外逻城、中逻城和内逻城。内逻城在石菠蓝一带，现在还有一段残墙。于是龙、海两家长期处于对峙的局面，均相安无事。两家在这片土地上繁衍生息，过着阡陌交通、鸡犬相闻的田园生活。

此外，海氏居住地的山上洞穴很多，东边有个八角洞（曾经有人在里面讲过学，教过书，上面还留有字迹），南面有个豹子洞，西面有个马槽洞和采花洞，中部有一个银子洞。相传很久以前洞洞相连。在西面隔河相望还有两个洞，一个叫乌鸹洞，一个叫躲匪洞。

在旧城的西面有一条自西向南流淌的小河，经坪田坝子来到祭山林和小坉营的峡谷地带形成了一道美丽的瀑布。瀑布高三十多米，宽十五六米。瀑布下有一个深潭，就是当年龙天佑洗飞龙马的深潭，名曰"洗马潭"，那个瀑布就叫"洗马潭瀑布"，也有人称它"飞马瀑"。在古城的东面有一条小河，自北向南流淌，来到箐脚边形成阴洞峡谷，再流到卡坝，与自西向南流之河交汇。如今海家已搬走，古城已不复存在。曾经洗出飞马的深潭已被人们遗忘。

由于海家的搬走，龙家也逐渐走向没落，真印证了民间传言所说的"海干龙现身"。几百年沧海桑田的变化，该带走的已经带走了，留下的是一些残垣断壁，经百年的风雨沧桑，海氏人曾用过的生活器具——"千人抬不动的石碓窝"依然叙述着它的历史。

螳螂"石文书"

☆周学让

以石为书，沉淀历史文化。2015年7月14日，《六盘水日报》记者陈纪元、谢勇勇在该报《凉都故事：行走凉都村寨，品读美丽乡愁》专栏中刊登了一篇《"石文书"：螳螂"解放战争"的历史见证》，一石激起千层浪，沉寂了300多年的大山镇螳螂"石文书"背后的故事重现于世。

大山镇螳螂村的"石文书"是镌刻在石头上的卖地契约文书，以石碑形式保存于当地东王庙内，石碑高100厘米、宽30厘米、厚5厘米，原文如下：

贵遗址后明文契人，归顺营陇卒，把事王保筹人为因昭武元年间，有先祖陇四爵曾将阿的马水田山场，典当契约螳螂屯四姓人耕种，至康熙四十五年，祖递峰仍将阿的马水田周围一带山塘坡，东至山田大陆坡尖山顶下跌水岩河衣，南至大树林大石头底河衣，北至三十里大箐头大路，西至刑坎山顶直下至红土丫口，四至分明，作价次系银两捌佰整，卖与冯居五、周玉环（贤号周文盛）、冯之溪、唐文卿支发生为业，共有玛依门口田一段，后在卖明契约内于乾隆六年父陇爱因空之后，补银两壹佰零柒两与文立契，于乾隆二十四年，瑷以议定补银两壹佰伍拾两，明知钱契遗失，乘空隙两载未结。后有南里旧户长李文政，当年立契约时，郭崇机又或于此议谈息，共有原价定将四姓新旧土议处银两陆佰整，以有原出立契，杜明文还过税二十两了结，卖明文银陆两五分改征米肆石贰斗白米，早已归屯，四姓人于昭武年间，拨洲亲输辩里，自今卖明文后仕，凭买主割土分买卖与陇氏族子女至子孙，及把目人等不得异言共有契约内出场人不得争论，今恐人心不吉，立此杜卖文契永远存照。

乾隆二十六年六月二十九日，永立杜后立契人陇瑷率把事谢王保，谢尚武、谢尚必共享银两陆两，瑷母安氏画字银拾两，凭中人郭胜稳王君爵、曾纪、吴志昌、李文政、贾然、郭崇机、周帮仲共过税。

乾隆二十九年五月初一，布政司黔洲官陈代笔人罗电才。

一块斑驳的旧石碑，几百年的历史悄然而逝，尽管略显沧桑，经螳螂先辈鲜血的浸染，但它所蕴藏的精神力量却丝毫未减。短短数百字，诉尽一个村寨、四个家族的辛酸史，跨越几个世纪，始终闪耀着勤劳奋斗和勇往无畏的光芒。

说起"石文书"，首先还得从螳螂周氏的迁徙历史说起。周姓是中华民族姓氏之一，历史悠久，在宋人编修的百家姓里，周姓排在第五位。据说周姓最早出自中华人文始祖黄帝，是黄帝裔孙后稷的后代，从后稷传至周文王和周武王。武王兴兵灭商建立了周朝，一直到秦朝统一，八百余年的时间，都是武王后裔统治的天下，在此期间有黄帝的大将周昌及商朝大吏周任，又有周平王少子姬烈后裔，才改姬为周的，并以汝南（今河南商水县）、沛县（今江苏沛县）等地为居住地，才使周姓的主体支脉得以产生，并出现了郡望的县界雏形。从此周姓才有自己真正的氏族历史。

盘州螳螂的周姓支系来源，据史料推测，出自周平王少子姬烈后裔周郝王后的周姓，在秦末期由中原地区东迁到沛国。秦末农民运动爆发，这支周姓也随刘邦起兵反秦，建立了汉朝，因功获得两汉大臣之职。西晋灭亡后，周姓又渡江南下在京师（江苏南京）做官，因历史变迁和周姓分布居住地推测，元末清初，螳螂周姓就居住在江苏吴县、南京一带。后因战乱，周氏祖先随军南下，从南京珠市巷迁徙到盘州市双凤镇银汞山小山营居住，又于万历年间迁徙到普安楼下镇泥堡居住。由于匪患猖獗，民族矛盾复杂，周氏祖先相继迁往马依螳螂大屯居住，在清昭武年间至螳螂定居。定居后，周氏祖先们先从当时的土司官陇家讨租土地耕种，为了子孙们的繁衍生存，周姓与同在螳螂的唐、支、冯三姓人商议，欲向陇土司家购买螳螂槽子。

当时，螳螂槽子到处是箐林，荆棘遍布。可即便如此，要开荒种地，也得经过陇四爵老爷同意才行，因为从地域范围来说，仍属土司陇四爵老爷所有。于是，他们与陇老爷商量，每年秋收后缴纳一定数量的粮食，取得在螳螂开荒种地的权利。四姓就这样扎根下来，在年复一年日复一日的勤劳耕种中繁衍壮大。后来，陇老爷觉得每年都收租过于麻烦，索性与四姓约定，一次性付几年的租金，期满后再依此循环。

又过了几十年，陇氏土司传到陇瑷卒这一代。四姓人丁也越来越多，他们勤劳节俭，逐年积攒，手头拥有了一笔丰厚的积蓄。几经计议，四姓子孙最终决定用这笔钱买断陇家的田土，作为大伙的共同财产。清康熙四十五年（1706年），陇瑷卒和四姓人家请了证人，写清东、南、西、北四方的界限，双方具名画押，以800两银子的价格买断了现螳螂村所属的田土和荒山。至此，四姓人家正式成为这里的主人。

清乾隆六年（1741年），陇瑷卒之父陇霞见四姓的田地肥沃，粮食年年都能丰收，犯了"红眼病"。清乾隆二十四年（1759年），四姓人家又用150两银子向陇氏买了螳螂附近的一些土地，并在原契约的后面注明。两年后，村寨失火，将四姓人家与陇瑷卒签订的契约焚为灰烬。当陇家知道这一情况后，随即翻脸，不承认买卖文契，欲收回田地，并对周姓人家借口狡辩，呈空官司，被告到关岭打官司。由于陇土司有钱有势，又因社会黑暗，颠倒是非，周姓人周文盛和其子周洪举身为被告，背着行囊，跋山涉水来到关岭衙门。后因恶人相害，周洪举父子惨死于郎岱水牢之中，尸骨未还，其后裔在马依坪地寨背后半山腰上建衣冠冢，表示怀念。事后，由南里水塘旧户长郭崇机此人说明，前后共交付银两1720两，由陇司家新立契，卖给周姓代表周世潘、唐姓代表唐之良、冯姓代表冯支公、支姓代表支绍卿，永立此业。四姓人家总结教训，为了避免重蹈丢失文书、陇氏反悔的覆辙，除纸上有文契之外，又把文契约请永宁工匠刻在一块石碑上，并用银两雇用大力士，从关岭把石碑抬到马依螳螂周姓庙岭子寺庙里，埋在观音庙城隍菩萨像座下，永远留存。

"石文书"来到螳螂后，被四姓子孙安顿于城隍庙内，日日供奉，代代传承。新中国成立后，城隍庙变为集体粮仓。1964年，城隍庙在一场大火中化为灰烬，"石文书"也被波及，不仅从此过上了日晒雨淋的日子，还被拦腰摔成两截。在风雨的长久侵蚀下，少数字迹开始变得模糊。为了更好地保存"石文

螳螂「石文书」

书"，让四姓子孙永远铭记周洪举为螳螂所作的贡献，由居住在螳螂村的四姓子孙共同出资，于1999年在原址重建了城隍庙，将"石文书"用水泥拼接后移到庙内供奉，并放大尺寸制作了两块新的石碑，一录原文，一为碑序，皆立于庙内留存。如今，土司制度早已淡出历史的舞台，而"石文书"依然屹立于城隍庙内。

重建后的城隍庙已更名为东王庙，石木结构，彩瓦白墙。庙前林木滴翠，环境清幽，四季鸟语花香。从门外垂挂着的锈迹斑斑的大铁钟上，依稀可见当年四姓子弟闻钟声而上工，听信号而集聚的热闹情景。

岱山书院

☆ 雄倪嗣　倪嗣兴

郎岱过去，按清朝建署，设郎岱厅，隶属安顺府管辖，但郎岱的行政领域范围比县还大，在清朝时期的贵州八十多个县中，就文化、产物、风俗、人物而论，可谓有名之县。但郎岱早期未设学，无孔庙。

建孔庙是一件极庄重的事，所以择地也十分讲究。据老前辈言，为择地点，经多方勘察考证，立庙地点选择在岱山之中的平坦地面上，而岱山乃郎岱名山，据深识风水者所言，是郎岱最好的风水宝地，三山位靠城北，最高之山位于其中，古城墙越岭而过，城墙上筑有炮台，谓之高炮台，气势雄伟壮观，登上最高峰可以鸟瞰全城，极目远眺，环迥峰岭，名胜景观一览无余，故建孔庙于岱山实属高明。

雍正八年设郎岱厅，移安顺同知分驻，而学制阙如，无学校，学额仍属安顺府，每童子试皆附安顺。岁试、科考，郎岱生员都要到安顺府参加考试，岱人多有不便，生员往返跋涉，近者两三百里，远者五六百里不等，贫寒生员无力前往。郎岱厅府暨各界贤达、知名人士自乾隆年间曾多次联名请准厅府设置学额，常以为请。各级皆谓"同知无设学例"屡格不行。乾嘉年间，郎岱人张启龙、张廷、朱瀚章等多次联名上请，均得到同一答复。道光七年戊子，郎岱士绅张懋德、朱瀚章、张春台、米特达、张清亭、刘容之、付竹轩、朱启明、范畴武、朱小泉、何汉三、张玉亭、宋蔽臣十三人经多方商议，联名上书郎岱厅同知丁怀甫，陈请设学之意："谓国家设学，以作育人才，供国用，期治平也，苟有可造，虽蛮荒犹当许之。今谓厅无设学例，岂以厅人非国民耶？抑谓其人不可造就耶？此于国家育才望治之意相去远矣！今天子圣明，纵定有例，亦将除之，况本无定例，特当道者厌其烦难耳。公今父母斯邑，不此之图，将何以上报国家，下慰斯民。"丁怀甫闻之动容，据理上详。

道光七年，总督阮元、巡抚嵩薄、学政许乃普奏请设郎岱厅学。十三绅恐有变故，经商议，选派张燃德等三人赴诉请颁学额，不辞劳瘁至京师，斡旋礼部奏上，多方大府行走，呼吁陈词，经三月，郎岱厅奉旨允许准设学如例：安顺府文武学额二十名，今拨二名归厅学，又添设厅学，八名合为十名，移永宁学正驻郎岱，改郎岱厅学正。部议设廪十五名，三年一贡，候十年方准出贡，遇考拔之年，照例拔取，上准之。是为郎岱有学之始。郎岱厅恩准颁设学额，乃为大清同知设学之首例。十三绅倾囊创建学宫、书院、学署。

学宫（赏宫）于道光八年，十三绅与厅府会商，修建于城北岱山之下，计大成殿（明伦堂）三间，两侧廊屋各七间，大成门五间，灵星门一道，洋池一个，礼门、义路各一道，同宫墙相连接，道德坊二座，照壁一堵。崇圣宫三间，崇报、节孝、乡贤祠各三间，全部建筑设计仿府学宫款式高低大小施工。学署有正房三间，两边厢房各两间，下房五间，仪门一间，建在学宫右侧，翌年落成，计木、石、砖、瓦、工资两千余金，九成以上皆十三绅足成。张玉亭首倡，付竹轩、范畴武等力助，捐资购置田产，除供祭祀岁修外，均作书院束候膏火，岁收三百余石。

黉宫（学宫）建成次年，十三绅再次商议，虑学者无地研习，乃复议再捐资建书院，十三绅至是产几尽，亦有力难再举者，众皆勉为其难而撑持，期竟其事。阖邑各界人士大为感动，捐资者遂益踊跃，不及一年事复成，名曰"岱山书院"。以其地居岱宗峰下，黉宫左侧也，计山斗堂上下左右共十间，讲堂三间，东、西、中、前、后斋房二十五间，竹影松声，山馆及荡胸轩各三间，藏书室三间，入德之门一间，过厅一间，门斗看司及厨六间，回廊垣墙艺圃俱备，合计费两千余金。购置学庄膏火田，岁收租三十余石，连同各捐户及黉宫余租约一百石。每岁聘山长一，监院一，生徒常住数十人，弦诵之声不绝，自此郎岱学风日盛，风俗为之一变，造就了不少国家有用之才，做出了有巨大历史意义的卓越贡献。郎岱人王梦花为岱山书院学成而中举第一人。岱山书院全部配套落成，恩准设学，史称戊子设学，十三绅家产几尽，有的家徒四壁（如何汉三），有的几尽破产（如宋黻臣、朱小泉），但他们高尚的情操和仁义之举，在历史的长河中留下了传世佳话，堪称楷模，永世为人敬仰。

孔圣庙建于道光年间，位于岱山中腰开阔平地，占地面积一千多平方米，庙前坡脚有一小道，向西经黄家巷可达西街，向东行是石灰街，这一地段过去叫书院脚，因岱山之中建有书院，紧靠孔庙，书院脚因此而得名。书院脚这一地段地处孔庙坡脚，从坡脚到孔庙平坝前沿，高数米，因建孔庙需砌墙围护，故孔庙前沿坡脚筑有一道石墙（迄今还有部分残垣存在），与孔庙平坝前沿相平，石墙东西两边各有一石街路，全是石板铺成，路宽达两米，路两边有护坎石，沿路缓缓而上。左街（西面之路）因坡度不大，路面平，从下面小道到平坝，不过三十来米，由下步行向上两三步便是一道石坎，共有二十来道台阶。右街因坡度大，石坎数多，有的地方一步一道坎，共有三十多道。从下向上走，上完石坎便来到孔圣庙，庙前东西两边都立有长方体石碑一块，上书"文武官员至此下马"八个大字，字体浑厚，苍劲有力，右边石碑侧面有巨石一块，形同大鳌伏地，正当晨曦而出，谓之"灵鳌伏日"，是郎岱一景点。

孔圣庙坐北朝南，庙之东北是岱山之中的一座小山（现坡顶筑有水塔），叫后山坡，庙之西有一小山叫上坡上（岱山之中的另一山），小坡半腰过去建有观耕楼，观耕楼下有棵大树，人们都叫它"大神树"，树身有四五抱大，是当时郎岱县境鲜有之大树。庙后是岱山的中山，过去人们叫作大坡上，庙的东侧紧靠书院。孔圣庙的四周全是围墙，围墙全刷上土红色，墙身的下面用方面石筑成，高度不大。其余大部分用砖，墙之顶上是空墙头，从庙外看去很美观。

孔庙红围墙外正前面，平坝东西两边各有木牌坊一道，东边牌坊上书"德配天地"，西边牌坊上书"道贯古今"，其含义是对孔子思想、学说、道德、人格的高度赞颂。靠红围墙西侧前面，有一座小土地庙，红围墙的正前面墙上左右两边各开了一道月拱门（月之下部是长方形，上面是半圆形），左边月拱门顶上横书"义路"，右边月拱门顶上横书"礼门"。"礼门""义路"之称谓是有其意义的，孔子作《春秋》《礼记》而兴礼义，孔子是儒家的创始人，儒家思想的核心是"仁"，仁者，人之"心"，义是人的"路"，这便意味着来祭者当尊崇孔子的思想。"礼门""义路"两门前各有一石台阶，台阶上建有一边倒小瓦房，构造简单，上柱底下有石凳，从庙前坝子上石台阶有数道石坎，逢祭孔日，来祭者须经"礼门""义路"而入孔庙内。

孔圣庙红围墙内前面是一片草坪，从正面红墙脚直抵大成门前沿，草坪东西两边筑有一石街路（路宽一米左右），由"礼门""义路"而入，经石街路上数道石坎，便是大成门，大成门是一栋长五间木瓦建筑，此屋是张玉亭老人捐资所修，屋高一丈八八，九个头，六列开杆，进深五米，各柱底下有鼓形石凳一个，地基料石筑成，高出草坪一米左右。大成门东西两边各有屋子两间，东面两间为举贡官员憩所，西面两间，一间供吹鼓手和炮手用，另一间供炊事人员用，正中一间前后不设门，是进出孔庙大殿的门户，大成门之命名其意皆由此而出。在大成门的正前方，从檐前岸石到下面草坪，是一直角立体形倾斜面，斜面全用石板铺成，来祭者不能由此而上，须从草坪上，左右石街上石坎而入大成门。大成门前红墙东侧开了一道门，为进出书院用，大成门前正中草坪上有一座砖砌牌坊，三道门，门之上部呈半圆形，三门之中，中门高大，在砖牌坊前面修了一座小桥，小桥无坎，命名曰"天子桥"。

从大成门而入，便是孔庙大殿前石院坝。石院坝全是方面料石铺成，平坦整齐，院坝两边各有一列长六间、两边倒水的瓦房，构造十一个头，七个排列，每一排列有两根通底之柱，柱下是鼓形石凳，上搭抬梁，抬梁上用穿方和瓜柱架设，固定于抬梁之上，然后在多排列之间对称之柱上搭桁条、上橡皮、盖瓦。东西两列房屋未装壁干隔，全是一个通间，两列房屋当时筑有砖墙封闭，两屋靠红墙而建，后墙与红墙接触处修有通沟，下雨让流水顺沟而下。东西屋子地基对称，地基高出石院坝一尺多，地基全是料石筑岸。东西两屋之门式样相同，门的下半部是半腰板，上半部工程细致，为苍梅窗。屋内筑有神坎，神坎用方面石筑，通抵当头两端排列。东西两边之屋是供"孔门七十二贤"的地方。东边之屋供三十六贤，谓之"东鲁"；西边之屋供三十六贤，谓之"西鲁"。"孔门七十二贤"是孔子的得意弟子，其中孔子最赏识者，要数颜回、曾子、子夜。

在高院坝里，靠"西鲁"两头的红墙开了两道门。一门在"西鲁"之前，供看司进出孔庙用；另一门在"西鲁"之后，紧靠孔子大殿前沿，为进出后宫用。后宫是祭孔子祖先的所在，共五间房屋，房屋是两边倒水，呈单化字头，宫前主柱通底，柱底是鼓形石凳。后宫五间，正中一间不设窗，是两扇大门，左右两边各两间，左右两边之门装置：下半部是半腰板，上半部是苍梅窗，后宫前面是四合天井，后宫四面是砖砌围墙，围墙全刷土红色。后宫前面是阳明祠，阳明祠房屋建筑共六间，两边倒水，其中两间供看司居住和做伙房用。

红围墙内，石院坝的正北面是孔庙大殿（又名大成殿），大殿的屋基高出石院坝两米左右，地基四围全是大型方面石长岸，庙的房屋造型是四面倒水，高二丈八八，十三个头，进深五米，六个排列共五间（大殿未装壁干隔，全是一通间）。每一排列有三根通底之柱，柱下是鼓形石凳，通底之柱上架设抬梁，上用穿方和瓜柱固定于抬梁之上，然后在排列与排列之间相对之柱上搭桁条、上橡皮，盖瓦。屋脊上双龙抱顶，房屋的四角有鳌鱼对称。龙和鳌鱼工艺精湛，先是丹青手在屋脊和房屋四角绘出龙和鳌之形，后由匠人用江西景德镇之古瓷花碗碎片，用灰浆依照绘制图形贴在屋脊和房屋四角，呈其龙和鳌鱼之形，十分光彩夺目。

孔子大殿内正正北是一通抵东西两端的石砌神晃，神晃正中供奉孔子的牌位，上写"大成至圣先师"。正中左右两边的牌位是供和孔子有关的其他弟子（三千徒众），为长方形木牌，四围镶边雕花盘龙。正中孔子牌位突出高大。孔子大殿内，孔子牌位后面墙上画有一幅麒麟图，大殿顶棚用天花木板装置，殿内用三合土打地平，地面四周用古瓷花碗碎片镶出狗牙瓣图案，大殿地平中心用古瓷花碗碎片镶出一古钱币图形。逢春、秋祭孔时，大殿内用红毡铺地，供来祭者行三跪九叩礼。孔子牌位前有一神案，神案前面两足雕有双龙抱柱。大殿正中一间是两扇大门，左右两间是固定门窗，窗式样和"东鲁""西鲁"相同，下半部是半腰板，上半部是花格窗，大殿门前是一长走廊，约两米宽。大殿中门前左右檐口柱旁各有石狮子一个。

大殿走廊前是一个石台阶，台阶长八米，宽七米，高一米多。每逢祭孔时，石台阶上摆牛、羊、猪三牲祭品。石台阶两侧各有若干道石梯，是来祭者从石院坝上孔子大殿的通道。石台阶的正前面有一块完整的石板，从台阶前沿边上，倾斜着立于台下石坝上，来祭者不能从此而上，须从台阶两侧上石梯入大殿，石台阶前面各有一个铁笼子，用于祭祀时烧柴用（按旧俗祭孔时不能点烛，只能烧柴），石台前的大石院坝是当时的祭祀场所，可容两百多人。

按旧制，任何地方修建孔庙，凡由墙的正中开门（中门），正中修道，必须有人中状元，方可两为。过去，因郎岱无人中状元，故郎岱孔庙红墙未开中门，只从左右两边墙上开了两门，即"礼门""义路"二门。"天子桥"不修坎，大成门前正中搭偏石板，孔子大殿前石台阶正前面搭偏石板，不修石梯而直上，皆为此故。

抗战时期，因清查田亩设田粮处，征收公粮，把"东鲁"改修为军粮仓，"西鲁"改修为城区办公室。后来为了抗战将士供给，向收租大户征收军粮，后大成门改为地方法院刑庭。新中国成立后，农民缴纳公粮，1952年抗美援朝捐献爱国粮，粮仓不够用，由西大街到东门外，所有民仓民楼及祠堂庙宇都不够（圣庙在内）用。后因民仓分散，不好管理，经安顺专署批准，修容量为一百万斤的仓库，位于孔庙内大成门前面牌坊和天子桥一带。后统购统销，为了便于粮食保管，在东门城墙内外一带又修了大量仓库。后宫圣庙设宣传部，直至县迁往六枝云盘后，又为郎岱区开四干会用，后为郎岱镇。后镇修迁东门，圣庙由镇出面卖给私人作为住宅。现在圣庙只剩一小部分红墙，修作敬老院，包工头把后宫红墙拆了，现还留有"文武官员至此下马"长方体石碑两块，由文保会保存。

月光下的布依情诗

富饶美丽的六枝特区坝湾，布依族人民世代生息在这里。千百年来，这里的青山绿水陶冶着他们豪爽耿直的性格和深沉婉约的诗情。他们是歌的民族，劳动唱歌，喝酒唱歌，节庆唱歌，赶集唱歌，浪哨（布依语，即谈恋爱）唱歌，生活中充满歌的温馨，歌的情爱。

布依族男女青年谈情说爱时所唱的歌称为浪哨歌。在内容上，一般分为初识、试探、赞美、热恋、相会、送郎、苦情、逃婚等。这些歌在艺术方面以联想丰富、寓意深刻见长。笔者从布依情歌海洋里择取出来的几颗珠贝，它们以闪烁的艺术光环把读者卷进布依山寨神奇的夜色。

盛夏的夜晚，当银白色的月光铺泻的时候，六枝特区坝湾布依山寨传来小伙悠扬的箫声。箫音悠悠，撩拨着木楼上纺纱姑娘的情思，姑娘望着寨口月光下吹笛箫的小伙子，禁不住地唱道：

今晚阿妹我纺纱

不知为哪般

纺车总爱跳

线子老是断

不是阿妹心烦恼

是窗外箫音声声唤

搅得阿妹心思乱

身虽坐在纺车前

心早飞到哥身边

在这首歌里，姑娘听到窗外小伙的笛箫声，不知不觉就吟唱起来，给人一幅绮丽迷人的图景。或许，笃实的小伙子未能理解这景中之意，照样不停地吹奏他的笛箫。姑娘按捺不住直言相问：

冒伦（布依语，即阿哥）呀

你为何来到我寨上

笛箫吹烂几大堆

又不知为了哪一桩

这下终于云开月朗了，小伙恨不得几步上前拥抱姑娘说："我多么爱你呀。"然而，在一个历史悠久的以歌为媒的民族看来，那是一种野蛮的举动，真正的爱，只能以悠扬的歌声、艺术的魅力去拨动姑娘的心弦。诚然，爱的音符才能合拍。由此，小伙子感情的闸门冲开了，他唱道：

痴心的我呀

匆匆来到姑娘寨上

要把心里话

悄悄和你讲

可惜你不出木楼

一朵美丽的山茶花

开在那陡峭的岩树林

阿哥心想把花采

可惜岩陡难得爬

只好吹响笛箫把你唤

姑娘明白了小伙的来意，也领略到他那炽热的爱情，但又嫌这支歌直率、浅陋、突兀，缺乏婉约深沉、柔中带刚的内在之力，故而无动于衷，不出木楼。小伙子在寨口打转，随后灵机一动，放声唱道：

好只小画眉
生得真秀气
全身花羽毛
好比百褶裙
歌声也清脆
曲曲动人心
只是太可惜
关在笼子里
姑娘呀
任你再美丽
天天在家不出门
犹如画眉在笼里

至此，叙事、议论、抒情、赞美，情与景和谐地融为一体，深深地打动了姑娘的心，终于使姑娘走出了木楼。小伙子把早就准备好的分达订（布依语，即顺风耳，也称土电话）一端递给姑娘，用竹筒传情。

布依族情歌的艺术特色由此可见一斑，它以瑰丽多姿的艺术形式展示了布依人民千姿百态的生活风貌。有的情歌内容真挚感人，一些未婚男女青年为了求爱而心情不定，甚至不思茶饭，当他们获得美满的爱情硕果之后，便心满意足地安稳过日子了。还有一些布依族情歌往往用哲理告诫人们，最容易被对方所接受，如《等到花开结甜果》这样唱道：

黄果没有成熟
你不要去掰

就是掰来了

它的味道酸

　　这首歌告诉人们，爱情的种子没发芽，就不要提出成亲，一旦成了家，日子就会酸辛。诸如此类"言外之意，弦外之音"的布依族情歌使人回味无穷……

　　从布依族情歌中，我们看到了布依族人民非凡的才华——丰富的想象力、横溢的诗情、优美的语言，无论在思想内容或艺术特色上，都给人以一种积极向上的力量和艺术美的享受。这些诗情一直植根在布依族人民生活的土壤之中，作为中华民族大家庭里的一员，布依族不也是一个具有"天才"的民族吗？

腊梅花儿开

☆马美燕

　　相传，民国年间，"中国凉都"六盘水梅花山高炉村，有一个名叫腊梅的女孩，她自幼聪慧，心灵手巧。腊梅长到17岁，出落得亭亭玉立，许多青年慕名而来，只为一睹她的芳容，不少人家煞费苦心，想娶腊梅做媳妇。上门提亲的人很多，她家的门槛差点儿就被踏破了。腊梅总是以各种理由婉言拒绝，为此父母感到很为难，他们觉得女儿眼光太高，甚至有点挑剔。

　　就在腊梅19岁那年，村里来了一个经商的青年，他长得英俊潇洒，魁梧高大，且仗义豪爽，见到男女老幼都主动问好，很快赢得了大家的喜欢。小伙子姓金，名圣明，是从东北过来的，他在村里租房住下，开了一间杂铺店。小金的生意以薄利多销为主，大家都喜欢买他家的东西。小金是个有心人，来高炉的时间虽说不长，但哪户人家最困难，他比谁都清楚。高炉有一对无儿无女的老人，家里一贫如洗，老汉马如初和老伴张银花全靠野菜野果度日，几乎没到集上买过东西。一天傍晚，马如初和老伴正在家里烤土豆，忽见一个年轻人提着口袋走进来，来人正是金圣明。马老汉见状一时不知所措，为打消二老的疑虑，金圣明笑嘻嘻地自我介绍，亲切地称马老汉大伯，称呼他的老伴大娘，并和两位老人拉起了家常。临走时，他从口袋里取出盐、米面等送给老人，说是自己的一点儿心意。这真是雪中送炭呀！两个老人不仅收到了物质食粮，还收到了精神食粮。目送年轻人远去，马如初夫妇动情地哭了，随即又破涕为笑，他们饱经风霜的脸上写满了感动与幸福。虽然无儿无女，却让他们感受到了子女的关爱。

　　金圣明从马如初家出来，大踏步地往回走，没走多远，迎面走来一个肩挑水桶的少女。这个挑水的女孩正是腊梅，两人目光交错的刹那，立刻碰撞出了微妙的火花。腊梅羞涩地低下头，加快脚步往前走。金圣明愣了一会儿，急忙追上去，彬彬有礼地说："姑娘，你到哪里？我帮你把水挑回家！"说话间，他从腊梅肩上接过了扁担。腊梅从羞涩中回过神来，她谢过金圣明，走在前面带路。大约十多分钟后，他们来到了老汉马如初家门口，原来腊梅经常帮老人挑水，从她学会挑水那天起，一直坚持到现在。金圣明恍然大悟，把水挑进马如初家。马如初的老伴拉着腊梅的手说："小梅，我美丽善良的孩子，愿你找到一个如意郎君……"接着，她又对金圣明说，"孩子，你们都有一颗金子般的心，是天生的一对啊！"腊梅和圣明相视一笑，随即低下了头。

从马老汉家出来，天色已经很晚，圣明挑着空桶将腊梅送到家门口，这才返回自己的杂货铺。时间过得真快，转眼腊梅和圣明相识两个多月了。一天，圣明要去外地进货，至少要一个月才能回来。临行前，他多想见见腊梅，与她道个别，可是又觉得这样做太冒失了，怕腊梅为难，最后便恋恋不舍地离开了高炉村，向着远方出发。

就在金圣明离开没两天，村里又来了几个商贩，他们是高炉地主高奎的亲戚，奔着高奎来的。这下村里可热闹了，短短的几天时间就添了几间店铺，有杂货铺，还有当铺。村民们闻讯后纷纷到集市看热闹，结果大家乘兴而来，败兴而归——店铺里的东西太贵了，同样的物品，价格却比圣明店铺的贵几倍。更要命的是，高奎还在村里贴出告示，要求每家每户必须到本家亲戚的店里购买生活用品，违者或地租涨价，或租佃契约作废。如此一来，村民们的生活一下子蒙上了阴影，大家在惶恐不安中度日。高奎的大侄子高蒙原本是一个寻花问柳、欺男霸女的痞子，刚到高炉几天，他就盯上了貌美如花的腊梅，苦于没有机会下手。一天，腊梅和几个少女到集市上卖茶，结果被高蒙跟踪，腊梅费了很大的劲也没甩掉这条尾巴。迫于无奈，腊梅和同伴只能停住脚步，怒目圆睁地看着眼前这条恶狗。高蒙厚颜无耻地说："跑什么呢？老子看上你是你的福分，留下来陪我玩玩……"腊梅忍无可忍，怒火中烧，大声吼道："你无耻、下流……"路过的民众驻足围观，高蒙见势不妙，拔腿开溜，腊梅总算躲过了一劫。高蒙闷闷不乐，失魂落魄地回到家里，他恼羞成怒。后来，当他听闻腊梅已心有所属，意中人正是高家店铺斜对面圣明店的店主时，他奸邪地笑了，眉头一皱，计上心来。

外出进货的金圣明终于回来了，他将货物搬进店铺后，关上店门就直奔马老汉家。他放心不下二老，这次又捎带一些东西回来，迫不及待地要给他们送去。一个小时后，他从马如初家回到店铺，打开门，发现自己的店铺变得冷清了，那些老主顾从圣明店铺经过时，总是低着头匆忙离开。圣明纳闷了，他想不通自己离开这段时间，高炉究竟发生了什么。眼看到了黄昏时分，圣明店铺居然连张都没开。晚上，房主人过来了，他将事情的原委一一告知圣明。圣明听后，愤怒地一拳打在桌子上，大声说："简直是为富不仁，仗势欺人，岂有此理！"

一天，高炉集市上吵吵嚷嚷，大家挤在一起看公告，围观者大多不识字，看了半天也看不明白，忽然有个识字的年轻人叫起来："这怎么可能？圣明店铺的店主出事啦！他偷了高蒙店铺的东西，被高家当场抓获送往官府，关进了大牢……"众乡邻一片哗然，有人低声说："这年头，好人没好报……"消息很快传到了腊梅的耳朵里，她一下子蒙了，但她深信金圣明绝对不会做偷窃之事，这其中一定有什么蹊跷。她忍不住来到圣明店铺门口徘徊。看到店门紧闭，她黯然伤神，正想转身离开，不料被一个人挡住了去路，她抬头一看，正是癞皮狗高蒙。高蒙皮笑肉不笑地说："你就死心吧！姓金的已经蹲大牢了，他一时半会儿是出不来的。你若依了我，让我高兴，我带你去探监；你若不依我，休怪我无情。"高蒙边说边动手动脚，说时迟那时快，腊梅抬手就给了他一个响亮的耳光。高蒙愣住了，腊梅拔腿就跑，却被两只有力的大手抓住，腊梅定睛一看，是集市上的两个纨绔子弟——高蒙平时的死党。腊梅无力反抗，她怒视着眼前这几个恶棍，犀利的目光仿佛要刺穿对方的心脏。两个帮凶把她拉到高蒙面前，然后松开了手，此刻腊梅没有绝望，她在心里默默祈祷："惩治恶人，援助善者吧！"刹那间，天昏地暗，狂风肆虐，飞沙走石，雷声霹雳，乱石砸在高蒙及两个纨绔子弟头上，其中一个当场昏厥过去。几分钟后，雷鸣电闪消停了，太阳从云雾里探出头来，高蒙惊魂未定，昏厥的纨绔子弟也苏醒了，他从地上爬起来，用颤抖的声音诉说自己昏厥时所看到的情景："我刚才掉进了地狱，那里面全是为非作歹的坏人，我拼命地呼救，是腊梅伸手把我拉上来的……"高蒙和另一个纨绔子弟听了，一起跪倒在地上求腊梅原谅。

接着，高蒙讲述了自己如何陷害金圣明的经过。原来，高蒙来到高炉后，一方面想借助叔叔的势力敛财，另一方面想在这个地方胡作非为，继续欺男霸女。可他万万没想到，金圣明成了他生意场上的强大对手。在他眼里，金圣明是个地道的傻子，傻到做生意不赚钱，时常做赔本的买卖，甚至总把生意当慈善做。但金圣明体恤民众，虽赚钱不多，但人气和财气都很旺，在人品和人气上，他输给了金圣明。尤其是得知自己看上的女人喜欢金圣明时，嫉妒之火烧得更旺，他决定让金圣明在高炉消失。一天，他到圣明店铺邀请金圣明到高家店铺做客，说是为了谈论生意，相互学习。当晚，金圣明如邀而至，可他哪曾想到，刚进高家店铺就被人打晕，施暴者正是高蒙和他的两个帮凶。当晚，他们将金圣明五花大绑，连夜驾着马车送往官府，诬告金圣明偷窃，当场被抓获。两个纨绔子弟昧着良心说瞎话，分别做了伪证。官府懒得派人到高炉查证，仅凭一面之词就将金圣明收监了……

腊梅将三人从地上扶起，长叹一声说："你们这是何苦呢？"高蒙问："腊梅姑娘，你原谅我们了吗？"腊梅回答："知错能改，善莫大焉，你们必须去官府说明情况，把圣明店铺的主人带回来。"高蒙三人一听傻了眼："那我们岂不是自投罗网蹲大牢吗？"腊梅沉思了一会儿说："这样吧！我和你们一起去官府，保管你们没事，你们愿意吗？"三人连连点头。经过几天艰难的行程，他们终于到了官府。公堂之上，腊梅有礼有节，正气凛然，她向县官陈述了金圣明盗窃案不成立的事实：案发当天，金圣明在自家店铺听到狗叫，他急忙出去看个究竟，夜色中他看到两个黑影从高家门口闪过，等赶往高家店铺时，发现高家已经被盗，地上还有盗贼落下的财物，他正想去追盗贼，却被高家人抓住，不由分说把他当成了盗贼，当时高家还有两位客人在场，就一起把他押往官府了。直到前几天，高家在后山发现盗贼丢弃的部分财物，那些都是远方盗贼无法带走的，这才知道冤枉了金圣明。县官听后，厉声说："一派胡言，此案早就结了，人证、物证俱在。"腊梅声泪俱下地说："大人，我也有人证在，请看我身边这三个人，其中一个就是高家店铺的主人高蒙啊！"县官的小眼睛一下瞪圆了，高蒙三人连忙下跪，对县官说："腊梅姑娘所说句句属实，是我们错怪金圣明了，请大人明鉴，还他自由之身，我们好接他回去向他赔罪……"

金圣明终于回到了高炉。老百姓欢天喜地地围着金圣明问长问短，给他送来鸡蛋和茶水。一年后，有情人终成眷属，金圣明和腊梅结为夫妻。自此，高蒙等人改邪归正，行善积德，不再祸害乡邻。腊梅夫妻美名远扬，成为高炉人敬老孝亲的典范，他们宽厚仁慈的故事被传为一段佳话。

天门民间娱乐拾零

☆肖雯積

　　天门传统古村落是位于北盘江畔水城区花戛乡的一个布依族聚居村落，2014年11月被评为全国第三批传统古村落。2022年9月，我有幸参加"天门记忆——水城北盘江畔天门布依族传统古村落文化采录"课题组，撰写有关章节时，拾遗了天门村部分民间娱乐项目。笔者认为，民族传统体育是中国传统文化的重要组成部分，同时，也是中华民族历史发展的见证。民族民间传统体育不仅是人们娱乐的一种方式，同时也是各民族人民智慧的结晶。现将笔者采录情况简述如下：

　　1. 粑粑鸡。关于天门村布依族粑粑鸡的起源，有一民间传说。相传，布依族的先人在每年大年三十，都要杀鸡祭祀祖先，以示辞旧迎新。他们用鸡毛、苞谷壳制作成手拍鸡毛毽，因毽底像糍粑一样比较平整，故取名"粑粑鸡"，并将其发展成一种民俗体育活动项目。鸡毛毽可以单打，也可以双打或多打。通过不断变化接、拍方式，尽力把鸡毛毽拍到对方区域里。鸡毛毽有高低、快慢、远近、飘转等运动方式，充满乐趣。鸡毛毽的制作程序虽说简单，但挑选鸡毛、撕苞谷壳都比较讲究。手拍鸡毛毽在拍打过程中容易坏，因而换鸡毛必须是同一个方向的鸡毛，不然容易受到风速影响。鸡毛毽男女老少皆可以打，其打法与打羽毛球相似，不同的是，打羽毛球有严格规范的场地和人数，而打鸡毛毽没有这些限制，随心所欲，想怎么打就怎么打。随着手拍鸡毛毽时发出响声，鸡毛便在空中来回飞舞，这使得参与者和围观者欢呼、兴奋不已。

　　2. 打磨磨秋，又称打磨秋。打磨秋制作，比较简单，就是取一根长1.5米左右、直径15~20厘米、顶尖约10厘米的木头竖立于场地中央，作为轴心；另取一根长6米左右的木棒或龙竹，在正中间凿一个直径10厘米的圆洞，横放在立柱顶端。制作打磨秋时，力求做到磨秋两头的大小、重量基本相等。由于平衡转动时，类似推磨石；上下翘动时，又像荡秋千，故名打磨秋。这种民间体育活动，在当地青年人中比较流行，可2人同时打，也可以4人同时翘打。活动时，双手摸木棒或龙竹推着小跑几步，然后迅速骑上或匍匐于杆头，随杆旋转起伏，落地的一方可以用脚蹬地，借助蹬力使横杆两端交替旋转起伏，有一定的刺激感，参与者和围观者尖叫声、呐喊声不断。比赛规则：双方谁先叫停，即谁为输家，输家下场地后，就要给大家唱歌或喝输家酒表示心悦诚服。遗憾的是，随着天门村外出务工的年轻人越来越多，有时春节等重大节日也未返家过年，这项活动戏玩的人越来越少了。

3. 滚铁环。滚铁环大多为天门村男性表演项目。制作时，先用铁片制作一个铁环，大小不一，根据参与者身高来定。然后，手握一端"U"字形的铁钩套住铁圈向前滚跑。该项目设置类别较多，视比赛场地，设置如20米竞速、20米往返、50米障碍、4米×20米接力赛等。比赛规则：单人竞赛用时少的获胜，接力赛以总计用时少的获胜。比赛还要求铁环始终要与铁钩保持接触，在哪里断开立即停下，然后摆好铁环继续推滚，直至终点，否则判输。往返跑和接力赛跑，必须每次绕过固定桩点，否则判定未绕者为输家。障碍赛，必须绕过每个障碍点，否则，直接判为输家。

4. 跳房子。跳房子主要为天门村女性多人竞技体育项目。在学校操场或家庭院坝内画出10个方格子（50厘米×50厘米左右），分别按顺序标上数字1—10。比赛规则：先通过猜拳的方式，确定谁先跳。第一个跳者站在标号最底线后方1.5米左右处起跳，先将小石块丢进标号1的格子里，然后开始跳，逐次到标号10。跳的过程中不能双脚落地，一落地就算犯规，不能再跳，只能等下一轮。途中如果经过并排的格子或标号10时，可以双脚着地。返回时，由标号10—2依次往回跳，跳到标号2时，弯腰捡起标号1中的小石块，接着再跳回起点。同时规定，跳的过程中，如果脚越界或压在线上，算犯规，必须停跳，让下一个人跳，等轮到自己时，再从犯规的标号处继续往下跳。待标号全部跳完后，才有权利建"房子"。具体方法：背向标号，把石块投入标号1—10任何一个空格内，即该房子就属于你，其他人在跳跃时就须跳过此格，不可以落脚在你的房子里。该项目参与人数越多，越热闹。

5. 老鹰捉小鸡。这是一种多人参与的娱乐游戏，一般需要5人以上，男女可以混合参加，首先选择好一块10余平方米的场地，然后通过翻手心手背的方式，选一人当"老鹰"，一人当"母鸡"，一般是选出2名身材健壮有力的人分别扮演"老鹰"和"母鸡"，其余人员则当"小鸡"。小鸡依次牵拉着前一人的衣服在母鸡身后排成一列，老鹰站在母鸡对面。游戏规则：游戏开始时，老鹰比画着动作捉小鸡，母鸡张开双臂极力保护身后的小鸡。老鹰可以或实或虚跑动转圈去捉小鸡，小鸡则在母鸡身后左躲右闪。在整个游戏过程中，老鹰不允许推、拉母鸡，只能跑动避开母鸡；母鸡可以拦、拽、推、抱老鹰，如果老鹰抓到母鸡身后的一只或两只小鸡，即视为本次游戏结束。这种游戏主要是锻炼团队的灵活性和协调配合能力——小鸡为防止老鹰的捕捉，必须行动一致，动作要快；老鹰要想捉到小鸡，必须动作敏捷，千方百计玩一些虚的动作骗母鸡，通过快速跑动，捉住协调不一致或动作缓慢的小鸡。

天门村布依族的民间娱乐项目与其他民族有相似之处。由此，也可以看出各民族民间体育文化相互交流或影响的痕迹。这种以快乐、健身为目的的方式，对于种族繁衍生存是必要的，也是积极健康的，更是一种民族民间文化的缩影，值得大力提倡、发扬、传承下去……

天门民间传统医药

☆ 肖雯稹

　　人类除了衣食住行最基本的生存条件之外，若要赖以繁衍，医药也是不可缺少的条件之一。过去，地处大山之中，几乎与世隔绝的水城区花戛乡天门村布依族人，在长期的生产、生活实践里，不但形成了自己独特的传统医药，而且这种传统医药在当代社会生活里也得到了继承和沿袭。

　　据记载，过去天门村的布依族村民住宅普遍为二层吊脚楼，人住上层，家畜在下层。各家无卫生厕所，村寨无公厕，在房屋周边树林里大小便习以为常。猪、牛、马、羊到处放，人畜粪便随处可见，加之当地海拔较低，气温高，导致细菌繁殖，疾病流行。再加上蚊虫极多，外地人初到这里往往水土不服，故常患疟疾（俗称冷热病、瘴气、打摆子）和腹泻。当时水城民间就流传如是歌谣："花戛有个大鸭场，十人来了九人亡；神仙来到花戛乡，摆子也要打三场。""栽秧忙，病上床，秋收谷子黄，闷头摆子（恶性疟疾）似虎狼。""谷子成熟在田里，病人睡卧在家里，割稻子人病倒在田边，挑谷子人病倒在路边。"因此，人们都怕来这里。

　　至于天门村卫生医疗事业，新中国成立前可以说根本没有，而且民间迷信思想很盛，村民生病就认为是鬼神作祟，不是请"司嬢"跳神，就是请"端公"送鬼，不知有多少人因此葬送了性命。那时，天门村的流行性传染性病很多，尤其以疟疾发病率高、致亡率高。民间流传有这样的歌谣："七月扬谷花，八月稻子黄，摆子病上床，十人得病九人亡。"故而，这里几乎变成荒无人烟、满目凄凉的"边卡吊"之隅。

　　不过，那时候尽管没有官府的医疗设施，但民间对草药的研究仍不乏其人。在长期与疾病的搏斗里，天门布依族人摸索积累了不少草药方子，且疗效显著，应用范围主要是外科的接骨、牙痛、风湿、外伤以及妇科病等。特别是治伤口大流血，以及拔出肉中异物等流血，当地布依族人某些偏方真有药到病除之功效。此外，对治疗妇女不育症和风湿关节炎等病也有相当疗效。扎银针、拔火罐、刮痧以及按、捶、揉、捏等方法，治疗中常被采用。

布依族草医本着"救人为乐"的原则。一般来说，患者求医问药，按照传统习惯只要拿1~2斤酒去拜请就可以得到诊断发药了，病好后，随意送个一两元或三五元酬金即可。总之，对看病者，有钱付钱，无钱记账，甚至为孤贫者免费抓药，做到贫贱不欺，老幼不骗。无论天晴下雨，刮风下雪，或半夜三更，只要家中病人亲属带信或亲自上门请看病，问清基本情况后，郎中都会立马上门治疗，从不计较个人得失。

2022年9月，我有幸参加"天门记忆——水城北盘江畔天门布依族传统古村落文化采录"课题组，撰写有关章节时，因当地80岁以上草医及新中国成立后的赤脚医生大多已不在人世，即使健在的，或因听力等原因，无法与其交流，故经村民推荐，分别上门采访了朱树学、盛德全两位当地草药郎中。

据两位草药郎中讲述，在那个缺医少药的年代，医生这个职业非常受人尊敬，人们生病，主要靠寻找一些草药和运用当地一些土办法进行治疗，大都能立竿见影。现将两位草药郎中讲述的当地几种治疗疾病的常用药物介绍如下：

1. 旱烟膏（烟杆屎）。顾名思义，即农村村民抽叶子烟烟杆内的烟屎，呈黑色，且有一股极为难闻的味道，却能治病，时间越长效果越好。主要用于治疗下巴、耳朵根部、腋窝处、大腿根部等淋巴肿大长出的一些小肉疙瘩，当地人称为生"九子疡"或"耳抱蛋"。

除此之外，还可以治"蛇缠腰"（小水泡像小蛇一样，围绕着腰部快速生长）。用针尖蘸烟屎锥来放气，然后用红辣椒加热轻搓的方式治疗。对于脚板底痛或脚后跟痛，可以用针尖蘸烟屎扎痛处放血，然后把磨石烧烫，再将苦蒿、红活麻置于烫磨石上，用脚踩在药物上进行治疗。

烟屎味道还可以驱蚊避虫，蛇也很害怕。人们在山间地头做农活时，背上背着的小孩若睡着了，就把小孩放下睡在地边，同时在旁边放一根抽叶子烟的烟杆，什么虫子、蚂蚁、蛇等一般都不敢靠拢，大人只管放心做农活。

2. 蛇皮。蛇皮可以治白喉病。白喉常导致患者腮两边鼓红筋胀，呼吸困难，甚至会窒息死亡。其治疗可以用蛇皮、公鸡肺、过山龙等晒干，磨成粉，用空管装入，口含装药的管子对着喉咙吹气，呼吸困难症状当即消除，待将喉咙处结坨的物质吐出即可治愈。

3. 白折耳根。白折耳根可以治疗肺结核等疾病。白折耳根会开白花，具有一种特殊的气味，通常在夏季茎叶繁茂时采收，除去杂质，晒干后保存起来，配上野蜂、蜂蜜，蒸热后服用，可以治疗肺结核。因其具有良好的消炎作用，故对上呼吸道感染、支气管炎、肺炎、慢性气管炎等都有良好的治疗效果；又因其具有利尿消肿作用，对于尿路感染也有一定疗效。另外，白折耳根可做蔬菜食用，也可生食。

4. 滚山珠。被当地群众命名为"滚山珠"之籽粒，经查其植物学名为罗勒籽。村民经常将其洗净，放入闭合的双眼皮内，滚动一两分钟，就可以去除眼睛里黏附的轻薄杂质。罗勒籽还具有清理肠胃、降血脂和减肥的功效，是药食两用草本植物，全草入药，或制作成菜肴，口味极佳，具有降血糖、缓解便秘等功效。

5. 和尚头。和尚头，学名叫续断，是一种具有护肝补肾、强筋健骨、活血止血作用的中草药，喜欢生长在凉爽、湿润的地方。将其配上苦麻菜，当地郎中经常用来治疗冷寒肚子痛。挖其根，洗净烫吃，出一身冷汗后即愈。

6. 硫黄。硫黄味酸性温，有毒，能解毒杀虫止痒、补火助阳通便。主要用于治疗疥疮、体癣、湿疹等，还可以用于虚寒性哮喘、虚寒性便秘等。

7. 天麻。天麻为兰科植物，一般在立冬至次年清明前采挖；若开花后采挖，药效降低。采挖后，立即洗净，蒸透，晾干。其表面呈黄白色或黄棕色，有纵纹，气微、味甘、性平，归肝经。具有息风止痉、平抑肝阳、祛风通络等功效。天门村民常用天麻炖子鸡或黑头鸽子食用，对治疗眩晕有良好的效果。

8. 田螺。天门村水田较多，田螺品种丰富，可以食药两用。最常见是作为食材，味道鲜美。作为药用，当地村民对淋巴肿大患"九子疡"或"耳抱蛋"者，取10~20个新鲜田螺，去壳取出其尾端肉质部分，将其揉碎敷在病者患处，基本上一天之内就痊愈。

药物辨真伪，方书通古今。在漫长的历史岁月里，天门村布依族群众就是凭着这样一种朴素意识，不断地探索医药之道，在抵御疾病困苦的同时，也为子孙后代留下了一笔医学财富。

第四辑

饮食凉都

舌尖上的天门

☆ 符 号

染花饭

染花饭，顾名思义，就是用植物花的汁液将糯米染色后做出来的饭，是天门布依族过清明节必备的一道美食。布依族过清明节为什么要吃染花饭，现已无从考证，但据乾隆年间史料《南笼府志·地理志》记载："其俗每岁三月初……食花糯米饭……"每年农历三月初，是清明节的前后几天，这正好印证了天门布依族在清明节食染花饭的习俗。

清明节是天门布依族的传统节日，要给祖先扫墓和祭祀社神。说到天门布依族染花饭的来历，在水城一带曾流传着两个民间传说故事。

传说故事一：很久以前的一个初春，有一个布依族小伙到山上砍柴。不知为什么，他突然感觉头昏眼花，口干舌燥，手脚发抖，四肢无力，全身直冒虚汗。不一会儿，小伙便昏倒在山沟里的小水塘边。在迷迷糊糊中，他仿佛看到小水塘边长着许多树，树上开着密密麻麻的白色花朵，花香扑鼻，沁人心脾。突然一阵大风吹过，花朵被吹落飘进小水塘。没过多久，小水塘里的水全变成了金黄色，且有一股蜂蜜的香味。微微有些清醒的小伙，随手捧起水塘里的水，接连喝了三捧后，便坐在水塘边休息。不一会儿，小伙头不昏眼不花了，手脚也不发抖了，身心也舒畅了，便接着砍柴。砍好柴后，小伙随手取了几束开有很多白花的树枝，与柴捆在一起，扛回了家。

回到家中，小伙随手将树枝挂在伙房的板壁上，下面正好是妻子泡着糯米的大木盆。第二天凌晨，妻子起来淘米时，发现树枝掉进了大木盆里，且泡着糯米的水及糯米呈现出浅浅的金黄色。妻子把树枝捡出来，但米中仍留存着不少花，她不管三七二十一，就把米放在木甑子里蒸上了。饭蒸熟以后，飘出了一阵阵特殊的香气。妻子揭开木甑子盖一看，顿时惊呆了——白糯米饭变成了黄糯米饭，而且气味也清香得多。她不由自主地随手挑起一筷子糯米饭放进嘴里，感觉质感软糯、味道香醇，吃起来回味无穷，和平时的纯白糯米饭完全不一样。一家人吃过后，个个赞不绝口。

之后，这户人家在逢年过节时，便用这种花泡糯米蒸糯米饭。这事一传十、十传百，之后，布依族人都知道了花可以做糯米饭的染料。后来，人们为了纪念这位发现花可以染饭的布依族小伙，逢年过节特别是到清明节，家家户户都要做染花饭来祭供他和自己的祖先。布依族做染花饭的习俗，就代代相传并沿袭至今。

传说故事二：很久以前，有一布依族人家的三姊妹同嫁到一个寨子里，她们都很勤劳，也很善良，在寨子里深受爱戴和呵护。有一年的农历三月初三，外公外婆想来看看外孙，刚走到村口时，便看到外孙们在村口的大榕树下嬉戏，发现外公外婆来了后，外孙们一拥而上围住外公外婆。外公外婆把从家里带来的山果分给外孙们吃后，三家的孩子都争着要外公外婆先到自己家里去。外公外婆看见聪明伶俐的外孙们非常高兴，便对他们说："你们各自回家去，把自家做得最好吃的糯米食物带来这里，谁家的味道最好，我们就先到谁家。"不一会儿，大女儿家的外孙拿来了炸油团，二女儿家的拿来了糍粑，三女儿家的拿来了染花饭。外公外婆尝过三家的食物后，最喜欢吃的是三女儿家金黄剔透、味道清香的染花饭，于是先到三女儿家做客。从那以后，待到农历三月初三，布依族家家户户都要做染花饭招待亲戚朋友。

笔者采访天门村布依族同胞王永发、赵申云时，他们告诉笔者，只知道做染花饭的花是木本植物，能染饭、能吃、能治病，但不知道其学名，当地都称其为染饭花。他们还说，染花饭在布依语里叫作"皓艳"，即"黄色糯米饭"。一位年纪比较大的布依族同胞带笔者到他家房屋的后坎看了染饭花，笔者拍照后上网搜索一番，才得知染饭花就是密蒙花。

每年农历二三月间，也就是清明节之前，染饭花在天门布依族寨子的房前屋后，或向阳的山坡、河边的山里林间盛开，到处弥漫着一股若有若无的甜甜

舌尖上的天门

的蜂蜜香味。当染饭花盛开，满树是白花花的花瓣和黄澄澄的花蕊时，布依族家家户户就会提着竹篮在各自的房前屋后，或者相约到山坡、河边的林间，采摘染饭花的花蕊，带回家风干后保存备用。

清明节或三月三、六月六等节日及亲朋好友来访时，当天一大早，便取出风干但仍香气扑鼻的染饭花，放在烧开的山泉水中浸泡一两个小时，直到水变成金黄色，把花渣滤净捞出，将自己种的糯米放入金黄色的水中浸泡两个小时。待糯米上色后，倒在箐箕里过滤控干水分，再和核桃仁、花生米一起放到木甑子里蒸熟，就成了金黄色的染花饭。染花饭黄灿灿的，晶莹透亮，浓郁的花香味满屋飘溢。热吃、凉吃均可，味道甘甜。天门布依族人上坟时，也会用竹篮装上染花饭，同时带上猪舌、香肠、鸡蛋和米酒等到坟前祭祀。祭祀过祖先后，才能享用这些美食。

笔者也曾经品尝过两次布依族染花饭，的确美味。希望以后还有机会再品尝，但不知这个愿望能否实现。

鸡稀饭

鸡稀饭是布依族的一道特色美食。逢年过节，或是宾客来访，布依族人家都要煮鸡稀饭。

关于鸡稀饭的来历，在水城一带有这样一个民间传说。很久以前，天庭仙女王丽君外出游玩，偶然看见凡间布依族男女老少穿着盛装，欢庆六月六。王丽君便一同参与欢庆，没想到就这样看中了一名布依族小伙，并与对方两情相悦，私订终身。六月六活动结束后，布依族小伙便将王丽君带回家中。亲朋好友得知布依族小伙带仙女王丽君回家后，纷纷前来祝贺，小伙的爹妈宰杀了家中仅有的一只公鸡，用鸡肉和大米一起煮成稀饭来招待亲朋好友。没想到的是，这样做出来的稀饭芳香可口，亲朋好友吃了后赞不绝口。

2022年9月7日中午，我们采访组一行四人，在花戛乡文化站站长刘忠稳的联系安排下，在天门村卫生室食堂品尝了一次地道的天门布依鸡稀饭。当时，笔者特地记录了鸡稀饭的制作工艺及流程。

刘忠稳站长请来布依族村民王永发和赵申云掌勺。他俩分工合作，杀鸡切肉，准备佐料。王永发将鸡清除内脏后，清洗干净。然后将控干水分的鸡放在砧板上，将鸡砍剁成块状。然后，将砂仁秆切成两三寸长，将生姜拍碎，将朝天辣（布依族人称为白辣椒）切成块状，将大蒜瓣切成薄片待用。

接着，将锅烧到七成热，把鸡油放进锅里熬出油，再把鸡肉全部放入铁锅内，加上食盐，大火爆炒约三分钟后，加入适量的苞谷酒翻炒十几分钟将鸡肉炒至五成熟。随后，把鸡肉倒在事先准备好的一口大锑锅内，加入适量清水（煮熟鸡肉后，剩下的鸡汤用来煮稀饭）和事先准备好的砂仁秆、生姜、朝天辣、大蒜及食盐，还有鸡肠、鸡肝、鸡腰、鸡心和鸡胗，盖上锅盖。待鸡肉快要煮熟时，把缸钵中凝固的鸡血划成块状放进锅里一起煮，过不了三五分钟，鸡肉就煮熟了。赵申云从大锑锅内捞出煮熟的鸡肉，撮了三小碗天门红米放入鸡汤中煮，二十来分钟后，鸡稀饭就煮好了。

除了鸡肉外，天门布依族人家吃鸡稀饭最好的配菜，是把切好的新鲜西红柿片放在锑缸钵的底部，再用天门布依精肉酱覆盖西红柿片，放在木甑子中蒸。若没有新鲜的西红柿，就用猪油将切成块状的朝天辣和精肉酱炒熟。

天门布依鸡稀饭不但味道鲜美、口感极佳，而且还营养丰富，有极好的健康滋补作用，特别是对正在康复的病人或产后身体虚弱的妇女，颇为明显。

精肉酱·骨头酱

精肉酱，是天门当地的一道特色美食。在水城区境内，不同的乡镇对它有不同的称谓，如发耳镇、米箩镇称其为精肉渣或酱辣，花戛乡天门村称其为精肉酱。关于水城布依族精肉酱的来历，有两种传说。

第一种传说：很久以前，兵荒马乱，民不聊生，朝廷四处抓兵。有一三口之家，孩子刚满三岁，男人就被朝廷抓去征战沙场，女人不敢告诉年幼的孩子，只对孩子说："你阿爸去了很远很远的地方，过不了几天，就会给你带回很多好吃的。"孩子不懂事，信以为真，就这样，母子俩相依为命。一晃到了年关，家里有一头不到百斤重的架子猪，女人决定把它杀了过年。杀猪的那天，天真的孩子未见阿爸回来，就对阿妈说："阿妈，我们家杀年猪了，阿爸怎么还不见回来？我要把最好的精肉留给阿爸。"听了孩子的话，女人边哭边把精肉剁碎，并与辣椒面、花椒和盐搅拌在一起，装进一个土坛子里放在床脚藏起来，留给男人吃。

一晃两年时间过去了，朝廷的军队打退了入侵之敌，男人凯旋，五岁的孩子高兴地投进阿爸的怀抱说："阿爸，我们家杀年猪时，给你留下了最好的精肉。"男人看了看孩子想：两年过去了，还能留下什么最好的精肉？孩子兴冲冲地跑到床边，弯腰从床脚把那个蒙满灰尘的土坛子抱出来打开，一阵扑鼻的香辣味迎面而来。女人从坛子里舀出满满一碗最好的精肉，加了一点新鲜西红柿片，放在甑子里蒸。随着蒸汽的升腾，满屋飘香，微风吹来，香味遍及满寨。寨里的男女老少闻香而来，一起品尝了这道储存了两年的佳肴，都赞不绝口。从此，这道菜就一年一年地延续下来，成为当地一道绝品美食！

第二种传说：以前，社会动荡，战争频繁，家家户户的男丁都被抓去当兵。有一布依族人家男丁被抓去当兵后，留在家里的只有老人和妇女。老人时常挂念被抓去当兵的儿子，特别是逢年过节的时候，思念儿子的心情更强烈，希望儿子能早日平安归来。于是，每年杀过年猪后，老人都要把最好的精肉剁碎，并与辣椒面、花椒和盐搅拌在一起，装进一个土坛子里藏起来，留给当兵的儿子回家吃。

盼星星，盼月亮，三年后的某一天，远在外面当兵的儿子终于回来了。父母喜出望外地对儿子说："三年来，我们每年杀年猪，都留有一坛猪肉给你。"父母说着就走到堂屋板壁的墙旮旯处，从三坛猪肉里，按顺序每坛舀出一大碗放在木甑子里蒸。待蒸熟后，满屋飘香，儿子尝过后，觉得味道都极佳。此后，这道菜就成为了布依族人家的一道风情美食。

天门布依精肉酱的主要食材是去皮五花肉及猪身上最好的瘦肉，佐料有自家酿的苞谷酒、中细的干辣椒面、食盐和花椒粒。宰杀好年猪后，割下部分五花肉并剔出的最好瘦肉，一般瘦肉和肥肉比例为9：1。这些肉千万不能用水洗。将挑选出来的肉先切成薄片，再砍剁成肉末。然后把肉末放在一口平底锑锅或铝锅中，倒入自家酿的苞谷酒一起揉搓搅拌，直至出浆后，放入当年制作的中细干辣椒面和花椒粒。其中，肉末和辣椒面的比例为10：1，辣椒面和花椒的比例为10：1。将揉搓搅拌出浆的肉末充分与辣椒面、花椒翻拌融合后，装入事先准备好的土坛子里，不要装得太满，要留有一定的空隙，压紧压实后覆盖上薄薄的一层猪油。

接下来便将坛口密封。先用稻草裹紧扎成一个与坛口大小相当，上部稍大，底部稍小，两面平整的坛塞（俗称坛绉绉）。用坛塞塞紧坛口后，拿10层白纸蘸水粘贴覆盖在坛塞外部，再用湿草木灰糊在白纸上封紧后，将坛子置放于阴凉干燥的木房墙角处即可。现在也有一部分人家用的是玻璃坛子，密封要方便一些，但味道没有用土坛子做出来的好。

天门布依族人口多的人家，一般要做80斤左右精肉酱；人口少的人家，至少也要做30斤。精肉酱存储时间长，可以放个十来年，要存储半年以上才能食用。

精肉酱的吃法很多，可以蒸、炒、煮，还可以拌面条、米粉等。将西红柿切成片，覆盖上精肉酱一起蒸熟，就是一道绝美佳肴；单独蒸精肉酱，也是一道菜。用精肉酱炒新鲜辣椒、苞谷米、毛豆米、豌豆米、花豆米、洋瓜和干巴菜等，都非常可口。在开水里放入精肉酱煮荷包蛋、米粉，也味道极佳。精肉酱以鲜、辣、香、醇著称，素有"一家食用，十里闻香"之美誉！

在那个缺吃少穿，物资贫乏的年代，也许是受做精肉酱的启发，天门布依族人家杀年猪时，除了要做精肉酱外，还要充分利用猪骨头做骨头酱。做法比做精肉酱费力得多，但若做得好，其味道比精肉酱还要好。具体做法是将猪排骨、大骨、肩胛骨、脊椎骨等上面的肉剔下来，不要全部剔完，要留一小部分肉。这些骨头也不能用水洗。先用砍刀砍成块状，再放在石碓里面舂。把骨头舂碎后，再用砍刀剁细，细到用大拇指和食指捏搓没有硌手的感觉最好。

接下来，所有的工序、配料的比例和密封坛口的方法与做精肉酱一样，这里就不一一赘述了。现在的生活条件好，再加上寨子里石碓也朽烂没人用了，所以天门布依族人家就很少做骨头酱了。

鸡八块

说到布依族佳肴，鸡八块是无论如何也绕不过去的一道。布依族每逢婚丧嫁娶、节日庆典，必杀鸡接待宾客，并将鸡身上的不同部位切成不同块状来招待宾客，赋予其深刻的寓意。"鸡八块"指鸡身上的八个主要部位，即鸡头、鸡大腿、鸡小腿、鸡卦、鸡爪、鸡翅、鸡肝、鸡胗。天门布依鸡八块的制作特别讲究，从杀鸡到砍鸡，到待客都有很多讲究。

当客人进家以后，主人随即选出自家饲养的一只羽毛最漂亮、个头最大的红公鸡，当着客人的面宰杀，表示对客人的尊敬，并当着客人的面把鸡烫洗干净，将其砍剁成块状，鸡八块必须完好无损。然后，将鸡八块和其他鸡肉一起放入铁锅或铜锅里，加入冷水盖上锅盖炖煮，待鸡肉炖煮到八成熟时，揭开锅盖，加入适量生姜片、花椒粒、砂仁秆、盐等佐料后继续炖煮，十来分钟就炖煮好了。先将其他鸡肉舀出来，把鸡八块留在锅里，盖上锅盖便于保温，待饭菜酒上齐后就开吃。

吃天门布依鸡八块时还有一定规矩和礼仪。所有的人入席时按一主一客的位置交叉着坐，主主人和主客人坐在上席，次客人与次主人坐下席，其他主、客分坐两侧。只要是参加的客人，每人都有鸡八块中的一份，若人多就多摆几桌，多杀几只鸡。酒席途中，主人家斟酒两次后，才把留在锅里的鸡八块按一定顺序在大盘子中摆放成八个部分，端到主主人和主客人之间。主主人将一只左鸡卦拈给主客人，之后再给自己拈一只右鸡卦。随后，端鸡八块的人依次从主主人和主客人的两侧，按照客人辈分或亲疏、年龄大小敬给他们。

天门布依鸡八块中，两只鸡卦由主主人和主客人各吃一只，主主人吃右鸡卦，主客人吃左鸡卦。中国传统礼仪文化中以"左"为贵，这样做表示尊敬客人。两只鸡大腿由主人、客人各吃一只，意为亲朋好友之间往来要靠脚力走路，希望常来常往，延续并加深感情；两只鸡小腿由主人、客人各吃一只，意为无贫富贵贱之分，主客平等，友好往来；两只鸡爪由主人、客人各吃一只，意为亲人间要多走动，希望亲人间团结和睦；两只鸡翅由主人、客人各吃一只，意为主客互祝发展飞速、发家致富、事业有成；鸡肝给客人吃，意为待客待友真心实意，彼此以心换心；鸡胗给客人吃，意为待客情深意切，往来久长久远。

天门布依鸡八块的制作、吃法、敬法，在展现布依族独特的美食文化和民俗习性的同时，也充分体现了布依族人民热情好客、纯朴善良、重情重义、团结和谐的高尚品质。

米　酒

布依族日常生活中，酒是招待宾客必不可少的东西。每到节日期间，亲朋好友相互串门的时候，主人总免不了用酒来表达对客人的欢迎与祝福。不管来客酒量如何，只要客至，都以酒为先，名为"迎客酒"，有"来到布依族人家先喝三碗酒"的说法。

据2009年册亨县政协编印的《布依族百年实录》记载，早在远古时期，居住在南北盘江流域的布依族先民就向汉族学习酿造酒的技艺，上山采来百草根做成土酒药（酒曲），利用天然的泉水将米酿成米酒，用来驱风祛寒、避邪除疫，庆祝丰收。北盘江流域常年云雾缭绕，其亚热带季风气候、微酸性土壤、优良水质等自然地理条件，有利于各种农作物和草药的生长，为酿制醇香的布依族米酒提供了极佳的条件。

天门布依族米酒可称得上"酒中酒"，是先将米做成甜酒后，再将甜酒酿造（烤）成米酒。每年秋收结束后，天门布依族人家就开始制作土酒药。土酒药的原料分母料和子料两类。所谓母料，是将小麦麸、对角莲、巴地香、巴岩香、辣椒、胡椒、血藤、山药、芭蕉、丝麻、饭豆和黄豆12种植物分别晒干，碾成粉末待用。所谓子料，是将在山野间采集的野山菊、金刚果、四块瓦、五加皮、千斤拔、葛根藤、香樟果、野甜果、黄泡秆、牛藤等12种植物按比例兑水，熬制成汤状。

取适当母料与子料，母料中小麦麸、巴地香、巴岩香用量按10∶1∶2的比例。将母料与子料搅拌均匀，揉成比鸡蛋稍小的球状小面团。然后在箩筐内围先铺上一层稻草和凤尾草，将做好的小面团放入箩筐中，再铺盖上一层凤尾草和稻草，将箩筐放在吊脚楼的阴凉处，待发酵21～49天后即成。之后，将一个个生长有白色酒曲霉菌的小面团取出放在簸箕里面晾晒干，就成了布依族酿造酒所需的土酒药。一般情况下，土酒药的保质期为五年，前三年药效最好，出酒率最高。

小寒节气，天门布依族人家开始做米酒，包含选料浸泡、蒸煮摊晾、入曲培菌、封装发酵、蒸馏窖藏五道传统工序。

第一道工序：选料浸泡。选用天门当地人自己种植的粳米或糯米做原料，用清水淘洗净，放在大木缸里浸泡3～4小时。

第二道工序：蒸煮摊晾。将浸泡后的米用筲箕沥干，放入大木甑子中加热蒸熟，称为"蒸酒饭"。然后把蒸熟的米饭铺散在大簸箕里，捣散晾至冷却。

第三道工序：入药培菌。俗话说"冷酒热豆豉"，待米饭冷却至10℃左右，撒上土酒药。土酒药和米饭的比例是做甜酒成败的关键，土酒药少了，甜味不够，土酒药多了，甜味会慢慢地变成辣味。将土酒药与米饭按照1∶50的比例搅拌在一起，适当加点水搅拌均匀，然后放进大缸里压紧、压平，并在中间刨一个小窝，再将缸口盖严封实。俗话说"三天甜酒，七天豆豉"，第三天检查米饭是否发热，如果热而软和，就说明发酵成功了，同时有酒酿子从大缸里溢满淌出来。此时的酒称为米甜酒，是布依族妇女自食和招待女客的佳酿。

第四道工序：封装发酵。将制作好的米甜酒和渗出的酒酿子装到陶罐或窖池里，密封继续发酵，最短四个月，有的密封长达两年。总之，密封时间越长，酿出的酒就越醇香。

第五道工序：蒸馏窖藏。米甜酒密封继续发酵至少四个月后，把清泉水倒入陶罐或窖池里，浸泡个十来天，就可以蒸馏酿造米酒了。把适量发酵浸泡好的米甜酒、酒酿子一并倒入放置有一大木甑桶的一口大铁锅（称为"底锅"）里，再安放在地面的火灶上。大木甑桶内安装有一带小沟稍微倾斜的木条（称为"酒沟"），穿过大木甑桶腰部的一个小孔，与大木甑桶外部一竹子做的斜面酒槽连通；酒沟上放有一个木盘（称为"酒盘"），木盘凹处有一小孔。将另一口大铁锅平放在大木甑桶上端，用湿毛巾将木桶与铁锅之间的缝隙密封塞紧。在铁锅中盛装冷水，水的温度最好控制在30℃以内。一切准备就绪后，用木柴烧燃灶火，加热煮酒。随着火力的加大，酒蒸汽上升遇到装着冷水的铁锅，迅速冷却液化，便顺着铁锅的外部边沿向下汇集到铁锅的底端，流到酒盘，从酒盘的小孔进入酒沟，再由与酒沟连通的酒槽流淌到木甑桶外准备好的酒坛中。一般情况下，以换铁锅水的次数，将烤出的酒分别叫头锅酒、二锅酒、三锅酒和尾酒，可酿制10～65度之间不同度数的米酒。所谓头锅酒，就是指第一次装在铁锅中的冷水蒸馏出的烈酒，也称为"头酒"。以此类推，就有二锅酒、三锅酒的说法。所谓尾酒，就是指最后一次装在铁锅中的冷水蒸馏出的清淡酒。将头酒和尾酒进行勾兑，就会变成大家喜欢喝的18～45度、醇香可口、补肾健胃的米酒。勾兑好的酒可即时饮用，亦可装坛密封贮藏。

天门布依族人家每年至少要酿制一次米酒。100斤米可以酿制出八九十斤20～22度的米酒，一般人家每年要酿造300多斤米酒。布依族米酒品质纯正、清凉可口、回味悠长，长期饮用，具有防寒解暑、降压降脂、明目醒脑、舒筋活血和延年益寿的功效，是理想的饮用保健品。

天门布依族米酒传统酿造技艺是布依族先民农耕文化实践活动的产物，也是布依族人世代传承的精神财富，促使了布依族人善饮、乐饮，进而形成了与之相适应的丰富多样的酒礼、酒俗、酒令等民风民俗。凡是风调雨顺丰收的年份，都要酿造米酒，杀猪熰腊肉，到次年农历正月间，就邀请亲朋好友到家里来欢庆丰年，喝酒唱歌，称为"丰收酒"。在进布依族村寨必经之路上，由主人家备酒恭候于路中，客人来了，主人家先以酒歌劝酒，表示主人对客人的欢迎，然后客人饮酒"过关"，称为"拦路酒"。当客人来到家中，主人就要杀鸡备酒招待客人，此时的鸡头又称为"凤凰头"。入席后，主人向客人双手奉上"凤凰头"，客人接过后，先饮酒一杯，再把"凤凰头"依次对着其他人，表示大家共同举杯，一饮而尽，称为"鸡头酒"。布依族世代依山傍水，聚族而居，一般是十几户或几十户为一寨，也有上百户甚至几百户的。同一村寨以家为单位轮流邀请外来客人喝酒，称为"转转酒"。

布依族的酒歌有迎客歌、敬酒歌、婚庆歌、节庆歌、丧礼酒歌等。如唱敬酒歌，先由主人端起一碗酒，向客人们边敬边唱。开场歌的内容大都是些客气语句，如主人家的酒肉明明摆了满桌，主人却谦逊地唱道："昨晚灯花爆，今早喜鹊叫，都说要有客，贵客真来到……本想杀头猪，猪崽瘦壳壳；田里去捉鸭，鸭被鹰叼啄；棚里去捉鸡，鸡被野猫拖；塘里去捞鱼，鱼被水獭捉……贵客到我家，实在简慢多。"主人唱完，敬每个客人喝一口酒。客人们也一一举起斟满米酒的碗来唱歌答谢，内容多为感谢主人家的殷勤，祝寨邻平安、庄稼丰收、牛马成群等，如："喝酒唱酒歌，你唱我来和；祝愿主人家，岁岁好生活……祝愿寨邻里，和睦享安乐；祝愿牛马壮，祝愿羊满坡……主人真殷勤，让我坐上席，敬我猪腰肝，敬我鸡脑壳……多谢呀多谢，主人麻烦多，我们转回去，定把美名说。"一人唱一首，唱完后，大家各饮一口酒，要是谁不会唱，就"罚"饮三杯。

腊 肉

天门布依族人家的腊肉，与其他的腊肉比较，有三点独特之处：猪是用煮熟的猪食喂养；腌制猪肉所用的佐料除盐巴外，还有八角面、花椒面、茴香面等；用来熘猪肉的木柴也很讲究，且熘的时间长，一年四季都挂在柴火坑上熘着，直到吃完为止。

杀过年猪之后，除了做精肉酱和骨头酱，剩下的猪肉，布依族人家就将其熘成腊肉。在天门，“熘”是用柴火烟熏的意思。

除了留下做精肉酱的五花肉外，主人家把四匹肋巴骨分成两半，用盐巴、八角面、花椒面、茴香面等佐料腌制起来。腌肉时特别要注意，用盐要恰到好处。盐巴多了，太咸，难吃；盐巴少了，到了来年的五六月间，腊肉就会霉烂、腐臭、生蛆。

一切活儿干完，主人家也做好了杀年猪饭。这时，主人家就安排一个孩子到左邻右舍，请对方全家人来吃杀年猪饭。吃杀年猪饭时，要先供祖宗后再吃。杀年猪饭结束，邻里走后，主人家便忙开了。晚上除了要做精肉酱、血豆腐、香肠、血肠等外，还要切板油熬猪油、切猪肝、剁猪肺，将炒熟的猪肝和剁好的猪肺回锅与油渣混入锅内搅拌，最后一起装进一个大土坛子里，和装猪油的坛子一起，放在阴凉通风的室内储藏。

过两天后，腌过的猪肉就可以挂上柴火坑。短块的猪肉挂在坑架中间，长块的猪肉挂在坑架周围，猪头从颈部砍开平铺在坑架上，大肠、小肠搭在坑架上面，猪肚挂在坑架边。待两个小时过后，腌肉水滴干了，就可以开始生柴火熘肉。千万不能用有苦味、辣味和香味的柴火熘肉。比如，用苦楝子和白杨树等柴火熘出的肉有苦味，用山辣子树等柴火熘出的肉有辣味，用香椿树等柴火熘出的肉有香味，用核桃树和漆树等柴火熘出的肉是黑色的。苦味、辣味的肉难吃，香味的肉不能久藏，到了来年的三四月间，气温升高，腊肉就会腐烂生蛆。此外，也不能用桦香树、白杨树等柴火熘肉，否则肉会边熘边烂。

天门布依族人家用来熘肉的木柴为岩青冈树、水青冈树、黄松、青松和花椒树等。先用带有针叶的黄松、青松等柴火，大火熘一两天，待猪肉上色后，再用岩青冈树、水青冈树等柴火，小火熰个七八天，待水分基本干了，将猪肉换位。把挂在坑架中间的换在坑架周围，把坑架周围的换在坑架中间，用岩青冈树或水青冈树疙蔸（树蔸），文火熰三四天。一般来说，猪肉皮呈黄色且干硬，肉块刀头皮皱缩，说明猪肉已经干透且熰好，就可以下柴火坑了。但天门布依族人家的腊肉是一直挂在柴火坑上熰着的，直到吃完为止。

待逢年过节，或请人帮忙做活，或有客人来时，布依族人家都会随手从柴火坑上取下腊肉，用火烧过猪皮后，用热水、薄刀和破碗片刮洗干净，再用薄刀砍成几截，每截五六寸长。腊肉既可以煮来吃，也可以蒸来吃。若是煮，腊肉放到砂锅里煮几十分钟，煮熟后的腊肉香味飘满小屋。再从砂锅里拈出腊肉放在砧板上，切成厚薄均匀的片，即可食用。若是蒸，就把腊肉洗净，切成片，整齐有序地码放在大缸钵或盘子里，再拿到木甑子或蒸锅里面蒸二三十分钟，端出来后即可食用。

很幸运，笔者在天门采访期间，在一户布依族人家吃到了蒸腊肉。每一片都是红濡濡、透亮的，放到嘴里，酥软无比，满口流油，那个香啊，真是过瘾！

糍　粑

糍粑，也称糯米粑。布依族人家日常生活中离不开稻谷。逢年过节、婚丧嫁娶、走亲访友都要以稻谷或糯米做成的糍粑作为礼物，过大年、庄稼收割完后及办红白事也都要打糍粑。特别是结婚时的男方家，要将糍粑作为礼品送给女方家，若女方家族大、亲戚多的话，男方家要打两三百斤糍粑才够分。布依族中有"无糯不成礼"的说法，除打糍粑外，还在清明节用糯米做染花饭，在六月六用糯米做粽子，老人生病，至亲要送糯米饭慰问，妇女坐月子，亲戚女眷要送糯米、鸡蛋贺喜。可见，布依族是一个极为喜欢糯米食品的民族。

天门布依族糍粑是用当地产的糯米制作而成。家家户户都要种植糯稻，收获的糯稻放在碓窝里舂过，糯米就与谷壳自然分离。再舀出来，经过簸箕簸扬，去掉谷壳，簸箕里就只剩下白白净净的糯米了。随着时代的发展、社会的进步，石碓逐渐被淘汰，只有一些还没有电气化设备的偏远地区仍旧在使用石碓。

要做糍粑时，先把糯米放在木桶或大锅里，用水泡两三个小时。把泡好的糯米从木桶或大锅里捞出来，放在筲箕中沥干后，再放到木甑子中加热，蒸到糯米能被捣烂为止。把蒸好的糯米放进粑粑盆，用粑粑槌捣碎。粑粑盆是用极为坚硬的木墩子凿成的长方形木盆，粑粑槌是用坚硬的树木制作而成。打粑粑时，一人用瓢或直接用手侍弄粑粑盆里的糯米，一人双手抡起粑粑槌使劲捶打。侍弄糯米的人同时将粘连在粑粑槌上的糯米弄下来。两人相互配合换着打，直至糯米被捣碎成泥状，紧紧地粘在一起为止。

捶打捣碎好后，根据需要，用手捏成大小不同的圆形糯米糍粑。将捏好的糍粑平放在大簸箕里，里面事先铺垫一层薄薄的米面，以防刚捏好的糍粑粘在簸箕上不易取下。有一句俗语"猫儿抓糍粑，脱不了爪爪"，说的就是糍粑黏性特别强。刚捏好的糍粑，蘸上白糖、红糖或者黄豆粉即可食用，但大多是放在簸箕里晾晒干后保存，等想吃的时候就可以拿来吃了。

凉都美食拾零

☆李万军

岩脚三碗面

都说"南粉北面",但南方很多人对面条也情有独钟,有"一天不吃面,心里不自在"之说。我家乡的岩脚面就很叫人口馋。

夏天,灌了浆的小麦收了汗,就可以脱粒了,人们冒着火辣辣的太阳开始割麦,麦香从田野一路漫到家里,爬上大人眉梢,浸到孩子心里。经过晒麦、脱粒、磨面,白晃晃的面粉如雪棉,似云朵。

在水里兑上一定比例的食盐、食用碱,泼在"云朵"里,洒在"雪棉"中,两只巧手来回揉搓,直到揉成细细的颗粒。把黄澄澄的面粒放入压面机,经滚筒挤压,面刀裁剪,变成缕缕金光闪闪的面条。将其放在阴凉处晾干,切成筷子般长,放入滚烫的水里煮食。

六枝特区岩脚面历史悠久,是贵州为数不多获得"贵州老字号"的地方名优特色产品。其流传下来的做法和配方家家都掌握。因当地盛产小麦,泉水矿物质丰富,所以只要买来一台压面机,户户都会做面,面条生意红火。

岩脚人做面条不仅仅是卖,还自己吃,也常用三碗面招待客人。他们先把汤调好,当然是味道鲜美的骨头汤,再把佐料配好,如辣椒酱、番茄酱、葱花、肉末、蒜泥、鸡丁……放什么,放多少,根据自己的喜好而定,随后三碗面便陆续端上桌。

第一碗是汤拌面,暖胃,把胃口打开。小半碗面条加上适量熬好的汤肴,客人根据各自所需加入佐料,拌好后,挑上一筷头送进嘴里,软香丝滑,让你来不及细嚼，就迫不及待地呼噜一口吞光，嗞嗞地再喝上几口汤，你的胃口随即便会打开，让你期待第二碗的光临。

第二碗是干拌面，填胃，把胃部充满。也是小半碗面，没有加汤，客人根据所需放入佐料，搅拌均匀，各种酱料的香味黏附在柔软的面条上，面条带着香味滑入胃中，填充胃部，满足味蕾，让人大快朵颐。有些客人到此会放下碗筷——别急，还有第三碗。

第三碗是苦荞面，消食，把血脂清除。苦荞面与麦面的做法大致相同，不同的是，苦荞面在揉的同时加入了蔬菜汁，使灰黄微翠的苦荞面绿得光彩照人，放在碗里，一团团荞面像叠放的碧玉。荞面味微苦，口感略粗，但苦尽甘来，有降血脂、促进新陈代谢的作用，所以吃了前两碗，别忘第三碗，第三碗是为前两碗消脂的。

岩脚三碗面是岩脚人日常美好生活的体现，是岩脚人热情好客的象征，如果你到岩脚，就要品品三碗面，品味岩脚人幸福美好的人生。

六枝山城煮啤酒

在贵州西部乌蒙山腹地的群山之中，有一座小城在大山中蜿蜒穿行，小城有花、有山、有水装扮，还有漂亮的民居，如天上遗落的明珠，在大山中繁星点点。

小城是中国唯一的县级特区——六枝特区，这里除了神秘的夜郎文化、箐苗文化、布依文化外，还有很多数不完、道不尽、看不够的记忆。

六枝特区的月亮河红米、牛场辣椒、落别樱桃、九层山茶叶远近闻名，山城煮啤酒更是小城的一大特色，口感让人赞不绝口。

无论是酷暑，还是寒冬，这里的煮啤酒备受人们青睐。

开车从水城或者贵阳出发，都要经过六六或六镇高速公路，到了六枝东站或西站，你只要打听这里的煮啤酒，人们就会开玩笑说："六枝的煮啤酒随处都有，夏天喝了能除暑，冬天喝了能驱寒。"

当然，你还可以坐高铁，到六枝站下车，坐上公交，很快就能到达喝煮啤酒的地方。

夜幕降临，山城六枝便会披上灿烂星光，夜市像睡醒了的火龙开始活跃起来，无论是新广场、休闲广场，还是东苑小区，烙锅、烤鱼、焖虾、炸蟹都非常火爆，但更多的人都是奔着煮啤酒而来。

无论你到了哪个夜市摊点，老板都会热情地把你让进里屋，麻利地给你找座位。如果你直接点了煮啤酒，老板会热情地说句："好的，您稍等！"如果你没有点、忘记点或不知道怎么点煮啤酒，老板会笑着礼貌地问："先生，来点煮啤酒吗？我们这儿的煮啤酒喝了能解乏、去暑、驱寒。"

点了煮啤酒，老板就开始忙活，把一个锑锅放在火炉上，娴熟地把等待着的一瓶瓶啤酒打开，哗哗地倒入锅内，十瓶啤酒倒完，就占了锅容量的三分之二，气泡弥漫在酒上，与沉沉的酒难舍难分。

老板打开煤气灶，小心翼翼地调至中火，让蓝色的火苗直顶锅底，不一会儿，灶上的啤酒开始冒起热气，像河里起雾，又像天边起云，渐渐地，酒花往酒内浸润，慢慢融入酒中。

老板很会掌握火候，四五分钟后，便往啤酒中加上备好的枸杞、红枣、冰糖、生姜、橘子皮、当归，随后调到小火，让啤酒煮沸即可。

煮好后，老板会把整锅啤酒端到桌上，客人们不会等酒冷再用，而是急急地把早已准备好的碗或玻璃杯舀满，然后把酒放在嘴边，轻轻试试，先喝一小口适应一下，最后干脆把杯或碗底抬高，一股脑儿地把酒倒进嘴里。

煮啤酒是六枝特区这个山城独有的特色，当地人说，啤酒经过高温会让酒精挥发，那么多中药、补品熬进酒中，对人有滋补功效。

六枝是个温泉之城、高铁新城，如果有机会来六枝，不妨喝一喝煮啤酒，定会让你终生难忘。

人间有味是椿香

春天，万物吐绿，各种野菜闪亮登场，把春天的餐桌装扮得富有春意。其中，最让我喜爱的是一种清香味美的"树上蔬菜"——香椿（也称"椿菜"）。

清明前后，沉睡一冬的椿芽开始冒头了。稚嫩的叶芽好似害羞一般紧紧抱在一起，像一个个紧握的小拳头。

谷雨时节，椿芽开始舒展开来，娇羞的脸庞紫红紫红的，像刚睡醒的样子，天真无邪地悄悄左右偷望，无比好奇地暗暗四下打探。

渐渐地，椿芽变宽变高，一片片叶芽像人的手掌一样竖立着直指天空。再过几天，叶片就向四周散开，像一把把倒立着的小雨伞。

这个时候的椿芽特别细嫩好吃，吸引着人们去采摘。

采摘香椿的过程十分快意。

山上的香椿有些长在岩缝里，有些长在悬崖边，采摘并不容易。我通常用树枝当作拉钩，把枝丫拉近再摘。每摘一朵香椿，心里便涌上一阵喜悦。

香椿历来都让人喜爱，据考证，其在文字里的记载可以追溯到夏商时期。当时香椿还不叫香椿，在《夏书》里面它叫"杶"，在《左传》中它叫"櫄"，在《山海经》中它叫"橁"……如此多样化的名字，足见香椿深入人们生活的时间之久远。

为何人们如此钟爱香椿呢？其一，中医认为香椿具有食疗作用。香椿含有大量的膳食纤维以及钾、钙、镁等多种微量元素，不仅具有清热解毒、健胃理气的功效，而且还有醒脾、开胃的作用。其二，椿树有着深远的文化含义。在古时，香椿树常常被视为长寿的象征。庄子在《逍遥游》中写道："上古有大椿者，以八千岁为春……""大椿"指的就是椿树，吃香椿可寓意健康长寿。

小时候，我们看到大人们摘来香椿后，要先放在开水里烫一下，说是烫过才能吃。后来才知道那叫作焯水。这样做一方面可以去除香椿里少许的亚硝酸盐，另一方面还能避免褐变反应。焯水时，椿叶会由红变绿，那是因为香椿中的亚硝酸盐被去除，所以变色。

香椿焯水后，既可蘸辣椒水素吃，其味非常鲜美，也可与鸡蛋、猪大肠等一起炒着吃，味道极为清香。

素吃，能全面吸收微量元素。吃前，先做好蘸水，辣椒面、豆腐乳一样都不能少。夹一筷椿芽放入蘸水里，看红红的辣椒爬上绿绿的香椿，色、香、味完美融合。放入嘴中品尝，脆脆的口感、清香的味道配上火爆的辣椒，令人欲罢不能。

炒吃，炒鸡蛋、炒猪大肠皆可。炒鸡蛋时，香椿里的谷氨酸与鸡蛋中的核苷酸混合可产生味觉增益效应，十分美味；炒猪大肠时，肥肠与香椿的香味融合，美味无比。

据记载，历代文人对香椿也多有赞美，如元好问的"溪童相对采椿芽，指拟阳坡说种瓜"，清代李渔在《闲情偶寄》中也曾赞道："菜能芬人齿颊者，香椿头是也。"仅仅读一读这些话，就令人齿颊生香，心神向往，可见香椿魅力之大。

烧洋芋

洋芋又名马铃薯、土豆，有些地方叫山药蛋。

儿时，我们放牛去山上，最美好的事情就是烧洋芋，每个同伴都会带上一些洋芋，大家捡来干柴，凑在一起烧洋芋。

那时，洋芋很金贵，各人放在一边烧，烧熟了，就各吃各的，当然也可以交换着吃，看看谁的洋芋烤得好，谁家洋芋吃起来香。

我们带去的洋芋，有些是乌黑的，像乌金，叫乌洋芋；有些是黄色的，像金蛋，叫黄心洋芋；有些是白色的，像鸡蛋，叫白心洋芋。但不管什么颜色的洋芋，只要烧得好，都很糯。

我原以为烧洋芋是个简单的活儿，但如果烧不好，也不好吃，还需讲究一些技巧。

我们不会烧的，柴火一燃，就急忙把洋芋丢进火里，趁着大火烧，生怕火势被别人占了。这种猛火烧洋芋，表面烧糊了，里面却没有烧熟，扒出来一吹，皮紧紧贴在肉上，用指甲剥皮，全是指甲印，像盖了一层泥瓦似的。这种不熟的洋芋，吃起来水渣渣的，不好吃。在这样的火势下，如果要烧熟，会连肉都烧焦，到时候只有锅巴没有肉了。

有经验的同伴，烧洋芋不急不躁，他会等柴火烧尽，把洋芋放在火星子里焐着，再在火星子上放些干柴慢慢燃着，火势不要太猛，让温和的火气透过火灰传给洋芋。过半小时左右把洋芋扒出来，皮子松松的，轻轻揭开，粉粉的肉团冒着热气，吃在嘴里面面的，热气和香气滑进胃里，让胃舒舒服服，暖暖的。

那个年月，还没有发明洋芋蘸辣椒面，就这样直接吃，清香味十足。

如今在县城，大街小巷里，也不时看到有人用炭火或闷罐（大油桶改造的）烤洋芋，远远地就有洋芋的香味扑鼻而来，循味而去，大的三块钱或五块钱一个，小的一块钱一个，买上一个再蘸上辣椒面，可吃起来总感觉是闻着香，吃着不面，还是没有火星子焐熟的好吃。

我很喜欢吃火星子焐熟的洋芋，不喜欢吃炭火或闷罐烤的洋芋，怎么办呢？

有年冬天，家里买了个正方形的桌式取暖器，开着桌面的火取暖，感觉有点浪费，就买来一个小铁架搭在上面，把洋芋洗净抹干，放在铁架上，再找个锅反扣在洋芋上，把火开到三档，间隔十来分钟翻一次，一时间，洋芋的香气溢了出来，满屋皆香，禁不住满口生津。此时，拿起洋芋用指甲刮刮，用手拍拍，用巴吹吹，撕开金色的外壳，吃着粉白的肉质，味道一点也不比火星子焐的差。

现在我对电火炉烤洋芋吃上了瘾，似乎找到了儿时火烧洋芋的味道，每隔三两天不烤一次，就感觉心里欠欠的，像丢失了快乐的童年。

牛场辣椒宴

无辣不成席，有辣才有味。

在贵州省六枝特区牛场苗族彝族乡，有一种招待宾朋的宴席，叫辣椒宴。红红的辣椒点缀在菜肴里，镶嵌在碗碟中，闪耀着绚丽的光彩，像刚升的朝阳，似将落的晚霞。

牛场辣椒有着悠久的历史，几乎村村寨寨、家家户户都种辣椒，其不仅色泽鲜艳、体大肉厚，而且香辣可口、营养丰富，成为国家农产品地理标志保护产品。

秋收时节，红红绿绿的辣椒挂满枝头，红的像灯笼、像火焰，绿的像牛角、像裙子。村民们把辣椒采摘到家里，把一个个红红的辣椒编成一串串，挂在屋檐下，吊在房梁上，把一个个绿绿的辣椒摊在院坝里，装在簸箕中，整个房前屋后红绿相间，像一幅美丽动人的山村水彩画。

把辣椒收回家后，村民们会选一些红红的、没有晒过的新辣椒去蒂洗净，放在木盆里，加入适量的生姜、蒜瓣、食盐、冰糖，剁碎，用密闭的容器贮藏做成酸辣椒，半个月左右打开，香味、酸味、辣味直往鼻孔钻。酸辣椒生食、炒菜皆可，或与切成片的腊肉、三线肉一起蒸，其味酸酸辣辣，香香甜甜。

晒干的绿色辣椒称为阴辣椒，其萎缩的身躯像干豆棒，貌虽丑，但味鲜美。炸来吃或者煨汤喝，是难得的去腻佐料。

把晒干的红辣椒舂成辣椒面，或经柴火焐透后舂成糊辣椒面，炒菜时或做辣椒水时放入一点点，一粒粒辣椒像一颗颗火星子，会点燃你的食欲。

此外，村民们还将干辣椒炕脆舂细如面，佐以食盐、味精、芝麻、花椒等做成烙锅辣椒，在各地乡间市场很受欢迎。还把辣椒面与菜油、鸡肉、猪肉等配伍炒成油辣椒，经超市卖到千家万户。

辣椒宴菜不多，都是地地道道的农家菜。

一锅汤，爽胃。煨一锅乡间土鸡，把些许阴辣椒放入锅里，炖出来的鸡肉微辣、汤鲜不腻，吃上锅里的一个阴辣椒，喝上一口鸡汤，让你从口爽到胃。

一碟辣椒，开胃。把一个个红红的辣椒，用70℃左右的菜油炸成金黄，捞出来滤干装在碟子里，夹起一个蘸上郎岱酱，轻轻放在嘴里一嚼，香、辣迅速从舌头跑到胃里，刺激你的味蕾，增加你的食欲。

一碗菜，清胃。菜是自己栽的青菜、白菜、萝卜，豆是自己种的花豆、肉豆，还有自己腌的酸菜，自己煨的豆汤，全是乡间美味。

一盘肉，饱胃。肉是山间田园里的草喂的猪，味道地道而纯正，把熏成的腊肉或新鲜肉切成片，加入干辣椒面或鲜辣椒，炒熟后，吃上一片香辣满口，再吃一片，满口生津。

牛场辣椒宴，不仅是牛场人招待宾朋的宴席，也是牛场乡农家生活的日常，更是牛场人红红火火的生活。

烤鸡蛋

对于鸡蛋的形状、大小，大家并不陌生，有关鸡蛋的吃法，大家也非常熟悉。

但我这里说的烤鸡蛋，不是单纯地把鸡蛋放火上烤，而是还要往鸡蛋里加入各种佐料，待烤熟后再用吸管吸，那种香味令人无法形容，这种烤鸡蛋你吃过吗？

开始听朋友说六枝夜市有种烤鸡蛋非常好吃的时候，我有点蒙，因为我是土生土长的六枝人，对六枝的烧烤非常熟悉，却从未听说过烤鸡蛋。

但看到朋友说得信誓旦旦的样子，就不由得我不信了。于是，在一个周末的下午，趁夜市摊点还不算忙的时候，我随便找了一家探个究竟。

我进店时，老板娘忙碌着在门口摆烧烤摊，她头也不抬地问："吃哪样？"

我答："烤鸡蛋。"

怕她不懂，我又补充了句："是用吸管吸的那种。"

老板娘笑着说："好的，要几个？"

我答："四个。"

老板娘招呼我坐下后，就开始忙着烤鸡蛋。

只见她从里屋提出来一只蜂窝煤炉，用火钳从一个摆在门边的灰箱里扒开炭灰，再夹起一个个炭火放在蜂窝煤炉内，随后又从一个塑料袋内夹出几块干炭放在炭火上，就把蜂窝煤炉提到门口，连上已备好的小吹风机接口，一压开关，吹风机"呼呼呼"地往火炉里吹，炭火上的干炭嗞嗞炸响，随即冒出了束束蓝色的火焰。

这边准备得差不多了，老板娘便闪身走进工作区，我好奇地跟了进去。

老板娘迅速地从蛋箱里取出四个鸡蛋放在柜台上，随后从墙上取下一个奇特的铁器——像个高脚的啤酒杯，腿长杯口小，腿上还长有一颗上下可移动的小弹珠。

老板娘一手用杯口套住鸡蛋最小的一头，另一手上下移动小弹珠敲打杯底，只轻轻两下，移开酒杯时，蛋壳随即就脱了下来。我看到蛋清浮在蛋黄上，晶莹透亮；蛋黄沉在底部，像刚冒头的月亮露出的半张脸。

每敲开一个蛋壳，老板娘都要倒出少许蛋清，见我一脸疑问，她解释说："不倒出点蛋清，一会儿加热时会溢出来。"

接着，她又把去了盖的鸡蛋放在一个没有脚的铁架上，铁架是十二个鸡蛋大小的孔相连，每个孔正好能套住一个鸡蛋稳稳"站"着。

我仔细一看，铁架中央有根筷子般粗的钢筋呈马蹄形状焊在两边作为把手。

老板娘提起装着鸡蛋的铁架放在火炉上，不一会儿，就有丝丝热气从蛋清里冒出来，不时还会发出"咕噜、咕噜"的响声，认真一瞧，有蛋黄在跳动，像小孩拍打着手，又似蛋黄在吐着粗气。老板娘见状，拿来一根竹筷伸到鸡蛋底部，左右不停地搅动，我看到蛋清和蛋黄混在了一起，黄白相间，有点像煮熟了的小米稀饭。

这时，她从火炉上把装有鸡蛋的铁架提到工作间，往里加入少许猪油和备好的葱花、辣椒面、折耳根和西红柿末等，之后，又提到火炉上加热搅拌均匀。

老板娘把烤好的鸡蛋插上吸管端上桌的时候，我还有点不敢相信，但看到鸡蛋张着嘴吐着诱人的香味，随即把我从梦境拉回了现实。

闻着鸡蛋里散发的香味，我迫不及待地吸上一口，嫩嫩的鸡蛋和各种佐料的味道混在一起，香味一下在嘴里弥漫开来，让人吸了一口还想再吸一口……

在贵州六枝特区，你只要注意观察，会发现烤鸡蛋就是夜市摊上一个特色招牌。这道美食不仅延长了养鸡产业链，还对当地乡村振兴起到了促进作用。

一锅烙天下，满城皆飘香

☆ 赵平湘

　　水城老城，是一座雍正十一年（1733年）建设厅治的小城，至今已有近300年的历史。

　　老水城四周群峰环绕，水城河自西向东注入三岔河。春夏多雨，河水暴涨时如同沧海，城池漂立其中，故取名"水城"。横看，巷道交错，城池如荷叶漂浮在水面，故又称荷城。城内七小山似北斗星，衬荷叶映美景，昔称"荷盘戏珠"。

　　"环山无靥水无波，四望城浮一叶荷。除却酒杯忙不得，夕阳亭上听秧歌。"这是水城厅通判陈昌言有感而发，即兴而作的关注百姓农耕生活的诗歌。诗中既有景物，又有情怀，不难想象，这些历史对一个人的影响与渗透。如诗如画的水城鲁家河湾，书香味犹存的肖家碾子，河水清清，柳絮飘飞……这些老城昔日田园般的画境，让人依恋，令人怀想……

　　每一座现代化城市都有着一处老城区，每一处老城区都是城市厚重历史文化的沉淀，漫步其间，细细地去端详她古朴沧桑的容颜，可以感受这个城市的灵魂所在。而每一座城市都有自己独特的饮食文化，那是这座城市的烙印。被称为中国西部一绝的"水城烙锅"，始于清代，至今有300多年的历史了。随着时代的发展，起初使用的瓦片逐渐改良成砂烙锅，现在又出现了带边的平底铁烙锅。

　　在物质文明高度发达的今天，人们不再为缺衣少穿而犯愁。用当下最流行的说法就是"哥吃的不是烙锅，而是快乐"，吃水城烙锅可以说"一半是美食，一半是快乐"。独自一人也可，三五成群也行，请客办事也妥。朋友联欢，家庭聚会，故人交流，情侣约会，知己互诉，红颜探访……在凉都，既节约资金又最有气氛的事情莫过于去老城吃烙锅了——不但可以感受一下那烫手的油星，品尝一下那油香扑鼻的味道，还能够把忧愁、烦恼、不快都一股脑儿地忘记。拿起那小小的铁铲一切一翻一拌，拾起那短短的筷子一夹二蘸三品，这就是人生最大的乐趣了。人生一世，我们所追求的快乐与幸福，不就在这方寸的烙锅之中吗？

20世纪80年代以前，老城和场坝临街的一些小铺面里，有人在纳雍炉上罩上一口黑色砂锅，倒点菜油在锅中，从稻草箱里把那些被焐臭的方块豆腐一块一块地挑到砂锅上，用竹筷夹上溜块布，不停地往臭豆腐上抹油，臭豆腐在火力和油的作用下，散发出一股诱人的奇香。每逢赶场天，不论天晴或下雨，那些好酒的人每每用土碗打上二两酒，就着砂锅边烙豆腐边蘸辣椒面，边吃边饮，瞧他们的神情当是非常满足。酒足饭饱之后，抹抹嘴，或许他们还会带上几块，回家去给家里人品尝呢。

20世纪80年代中期以后，这种传统的烙锅被彻底地改革变新，这是从水城老城开始的。首先是鼓砂锅变成了平底的铁烙锅；其次是所烙的内容已从单一的臭豆腐变成了烙碱豆腐、洋芋片、魔芋片、黄粑、耳块粑，90年代以后又增添了鱼、牛肉、猪肉、蔬菜……这时的水城烙锅，似乎只要是吃的，没有什么不能烙。一切食物都可以下锅。菜油在铁锅里冒烟时，便可下菜。一般土豆为先，其他随意。再叫上一打啤酒，几个朋友便可吹着热气喝着啤酒大侃特侃了。

在六盘水市中心区，烙锅店一般晚上才开。但若是到了老城，白天也可以随便找到烙锅店，那就是出了名的"老城烙锅摊摊"。这里烙锅的特点是"天点灯，风扫地"，随地撑一把大伞，伞下摆一桌子和几张板凳，一小煤炉上放着烙锅，便成了此地独有的"烙锅摊摊"。经过这里，总会看到男女老少坐在锅边，一边流着汗一边把土豆片或臭豆腐放进嘴里吃得津津有味。

夜幕下的水城，华灯初上。临街的、背街的烙锅店都纷纷敞开了大门。水城人的夜生活开始了——一个电话，相约同学、好友或恋人，呼朋引伴，三五成群，驱车直奔相约地点，就可享受到人间美味。特别是冬天，一群知己围着温暖的火炉，细细品尝着各种自己喜欢的食物，那种快乐与幸福只有置身于其中才知道，别人是无法体会的。吃着香辣爽口的土豆片，嚼着味道奇香的牛肉，叉着油大不腻的洋芋粑，饮着自己钟爱的酒水，瞅着自己心爱的人儿，听着自己喜欢的音乐……油烟飘飘，繁星点点，情意绵绵，诗意浓浓，边吃边聊，那情趣真是"起舞弄清影，何似在人间"！

在六盘水生活了数十载，凉都就像一个逐渐长大的美丽小女孩，而老城则定格了这个小女孩成长岁月中最淳朴安静的年华。肖家碾子、观音阁、老城百货大楼……幽静的深巷，可口的小吃，对于老水城而言，这片区域永远有无可替代的归属感，纵使外面的世界脚步匆匆，这里永远能找到属于自己的一个宁静港湾。

一碗浓浓的乡愁

☆ 胡馨元

曾几何时，水城羊肉粉成了凉都的名小吃之一，也成了一道能让人们去回味的美食。甚至一想到水城羊肉粉，就会想到19℃的凉都。特别是身处异乡的时候，这种念想会更深刻，更让人难忘，想起，就会情不自禁地流出口水来。

所以，每次外出回来，下火车后的第一件事情，就是去找一家熟悉的羊肉粉馆，吃上一小碗加肉的。这也成了我人生的乐事之一。

当你带着满身的疲惫坐在羊肉粉馆里等着时，只闻着羊肉粉独特的香味，就已经不觉累了，像是有了回家的感觉，是如此的亲切。老板娘会微笑着询问我："你又出远门了吧？都好多天没看见你过来吃粉了。今天好冷啊，是不是快要下雪了？"我也会笑着对她说："我又想吃你家的羊肉粉了。这不，一下火车就赶了过来，吃一碗解解馋。在外地，可是吃不到这种美味的哦。今天好像已经是大雪，这雪怕是要下了。"有了这简单的问候，也有了些简单的幸福。

稍等片刻，一碗热气腾腾的羊肉粉就煮好了，羊肉就铺在粉上，一片一片的，被切成不同的形状，有的像叶子，有的像小花，吃在嘴里也不觉得有羊肉的膻味，特制的油辣椒里有炸脆了的大蒜，我对它是情有独钟，每次吃粉的时候总觉得没吃够，大概是物以稀为贵吧。其次就是漂在汤里的香菜，俗称芫荽，翠绿的样子，更添几分生机，它成了水城羊肉粉里必不可少的佐料，也是这羊肉粉里一种特殊的味道，如果没有放芫荽，就不好吃了。于是，它们成了绝配。也有些外地人不喜欢芫荽的味道，竟然说不好吃，我也是可以理解的，因为我在外地的时候，也会觉得当地的有些佐料不怎么好吃，大概是没有习惯

一碗浓浓的乡愁

那种味道。若是你喜欢吃芫荽，也可以让老板给你多加上一点，这不用加钱。有些粉馆里还配有酸菜、泡菜或泡萝卜等，每家都不一样，各取所需吧。

我经常光顾的这家羊肉粉馆已经营了二十余年，那股我喜欢的味道从未改变过，就连店面的位置也一直没换过。每天早上是有酸菜的，由于生意颇好，下午就只有泡菜了。我是一个离不开酸菜的凉都人，每次我都会早早地去吃，因为我觉得加了酸菜的羊肉粉会更好吃，也可能是因为酸菜可以解油腻，它让羊肉粉变得更清香了。

软软的米粉躺在浓汤里，伴着花椒、辣椒和芫荽入口后，微麻留香，再喝上一口汤，那感觉真好，会让你的胃口大开，让你在寒冷的冬天里感到不太冷。

听老板娘说，如今，她家的羊肉粉馆已经有许多分店了。生意如此之好，与其选材有很大的关系。她说不好的羊肉他们是不用的，菜油也是上好的，包括辣椒、花椒等。她还说："咱们做餐饮的，做的是问心无愧，是要摸着良心去做的。"我想，也只有用上好的原材料，才能做出如此好吃的羊肉粉来，当然这也是因为她是用心去煮的原因吧。

当然，在外地的时候也常常会看见水城羊肉粉的影子，其做法也是大同小异，比如威宁的羊肉粉里会放鱼香菜（又名薄荷），遵义的羊肉粉里会放有大蒜苗，虽说味道都还可以，但我独爱我们水城的羊肉粉，因为我在其他地方总是吃不出凉都的味道，吃不出水城的味道，吃不出家乡的味道？

只有用我们凉都的水，才能做得出这家乡的味道，原汁原味的，那一碗水城羊肉粉的味道。

也许，这就是所谓的"一方水土养一方人"吧！谁不说自己的家乡好？！谁可以忘记家乡的味道……

在郎岱古镇邂逅丝娃娃

☆ 曹业淑

在郎岱古镇，品尝当地特色美食是生活的另一种打开方式。而与丝娃娃的邂逅，则是一种必然。毕竟，作为贵州名小吃之一的丝娃娃，扎根于古色古香的历史小镇，那才是人文与美食的交融。

漫步在古镇幽静的街巷中，择一间小店而坐，店内长桌上，一眼望去，令人眼花缭乱的菜品，足以俘虏你的味蕾，诱惑你停下匆忙的脚步，尽情享受舌尖上的盛宴。

桌上的精美小碟中，盛着细如银丝、色泽诱人、五颜六色的胡萝卜、莴笋、土豆等蔬菜丝，以及切成小段的绿豆芽、折耳根、大头菜、细粉丝等，细细数来，有十几种菜品，这就是包丝娃娃的配料。

何谓"丝娃娃"？如此可爱的名字，怎能忍心送入口中呢？那请老板上一份圆形的面皮或方形的卷皮，来亲身体验一次吧！

先挑出一块面皮摊在手掌中，用勺子舀少许油辣椒均匀抹在面皮上，还可抹上番茄酱、青辣椒酱，别有一番风味。再用筷子夹起适量的不同品种的蔬菜丝放于面皮上，这时，可别忘记加上金黄的酥豆或花生，然后将形似婴儿被子的面皮下部往上折叠，左右两边向中间交叠，此时看上去极像婴儿褓褓，这应该就是"丝娃娃"名字的由来吧。最后，将一勺事先调制好的辣椒蘸水从褓褓顶部畅快地淋入，亲手制作的美食就大功告成了。

急切的男士可将包好淋透的整个丝娃娃送入口中，大口咀嚼；矜持的女士则分两口优雅地品尝。美食入口鲜脆可口，酸辣鲜香，各种蔬菜的清香立刻渗入五脏六腑，鲜爽惬意，格外过瘾。

当然，作为一个地地道道的六枝人，大街小巷随处可见的丝娃娃，我是深谙其制作之道的。如喜吃方形的卷皮，无须费工夫，菜市场便可采购，但喜吃面皮得亲自动手烙，只是各家面皮的劲道程度，以及番茄酱和青辣椒酱的制作工艺迥异，调配蘸水的秘诀不同，口味也就千差万别。就如我在郎岱古镇品尝的一品街丝娃娃，据老板透露，制作面皮所需的面粉揉捏时长和发酵时间均有讲究，烙出的面皮才不易破裂，劲道绵长，入口有弹性。西红柿和青辣椒都得选择个大、饱满、鲜亮的，熬制所用的水必须是干净卫生的山泉水，用大火加热至沸腾后，小火再精心慢熬，勺子搅动，时刻不离人，防止煳锅。另外，除了准备各类蔬菜丝，黄豆腐丁、莲藕丁等都要用油清炒好后上桌，这是她家的独特做法。而且，油辣椒的香辣爽口也是精髓，六枝人对辣味的迷恋是执着的，只有声名远扬的牛场辣椒才能彻底征服他们。最关键是辣椒蘸水的调配，按比例调配好的酱油醋汤中，加入一定量的蒜水、姜末、盐、鸡精、葱花、香油等，还可撒些细碎的折耳根，或对青菜有喜好的，一并加入，合口味则可。

时至今日，偶想起与郎岱古镇丝娃娃的美好邂逅，仍喜了我的心，暖了我的胃，正如岱山书院旁矗立的高大牌坊书写的"味道"二字遒劲有力，将古镇丝娃娃特有的鲜脆香辣深深地刻入我心间，令我久久回味，欲罢不能。

郎岱凉粉

☆ 曹业淑

恰逢五一小长假，我遂与几位文友相约到郎岱古镇品尝特色美食。一日之晨，我们五人驱车来到古镇小街，开启美食之旅。

初夏的古镇，微风习习，晨间的阳光柔柔地洒在青石板路、古城墙、红檐黛瓦上，迎祥广场、岱山书院披上金色的华裳，啾啾鸣叫的鸟儿唤醒百草园惺忪的睡眼，迎接热闹喧嚣的一天。

穿梭于具有地域特色名字的杀猪巷、石灰街、石板街，追寻着凹锅豆腐、米糕、海螺酥、郎岱凉粉、金丝肉饼、油炸粑的印迹，一路寻来，千年枸酱的浓香氤氲着这座有着两百多年文化积淀的历史小镇。厚重的历史文化底蕴赋予了郎岱美食无与伦比的天然味道。

行走在古镇的大街小巷，映入眼帘最多的是各式各样的郎岱凉粉店铺，装修风格有传统的、有时尚的，散布在小镇的各个角落。无论在哪里，外地游客慕名而来，都能准确地找到位置，叫上几碗凉粉，惬意地一品美味。

我素爱凉粉，尤其正值初夏，来碗凉粉配冰粉，必能大快朵颐。于是，品尝不同小吃店的凉粉成为快乐之举，从久负盛名的传统老店到时尚潮流的休闲小店，逐一品尝，独钟爱一品街正宗且独特的郎岱凉粉。

一品街是杀猪巷中一家时尚的休闲小吃店，店内整体装修风格年轻潮流，安静清爽。虽是休闲小吃店，但从玻璃门上硕大的"郎岱凉粉"四字可知，店内主营的正是郎岱凉粉。

老板是一位三十岁出头的健谈爽朗的女人。我们刚一进门，她便热情地迎上来招呼我们就座。听说我们是特意来品尝凉粉的，她立刻麻利地张罗起来。不一会儿，几碗凉粉便摆在我们眼前。淡褐色的醋汤里，呈条状的凉粉静伏其中，上面点缀着翠绿的葱花、金黄的酥豆、淡粉色的酸萝卜粒，色泽养眼，清爽可口，好似精心打扮待嫁的新娘，羞答答的模样让人忍不住拿起手机从不同角度记录下这个美好瞬间。

放下手机，吃已是刻不容缓，根据自己口味撒入辣椒面，迅速搅拌均匀，迫不及待地捞上一筷凉粉送入口中，细细咀嚼——酸辣可口，轻弹爽滑，猛烈地冲击着味蕾，旋即从喉咙顺滑而下，即刻征服了我的胃。吃毕，再喝上几口酸酸甜甜的醋汤，胃口顿时大开，尤其是在食欲不振时，选择一碗带着浓香醋味的郎岱凉粉必是上策。

我好奇于这家小店并未打出"传统老店"的招牌，味道却独树一帜，难道有何秘籍？老板大大咧咧地笑着说："我虽不是本地人，但老公家是地地道道的郎岱人，婆婆更是做得一手好凉粉。她会认真选购本地颗粒饱满的黏米作为原料，在泡米的时长、石灰水的调配、熬制凉粉的火候等工序上，婆婆都轻车熟路，从不马虎，因此做出的凉粉劲道十足。再加上我在传统凉粉的味道调制上创新性的想法，购买的是闻名遐迩的郎岱杨家酱和本地醋，辅以盐、鸡精、白糖等调料精心调制成醋汤，经多次调试品尝，最终找到合适的比例。"

"那比例是多少呢？"我不禁疑惑地打断她，问道。老板哈哈一笑，神秘地说："至于比例，这是我的独门绝技，不便多说。"

她接着说："而且在放佐料的先后顺序上也有讲究，先将凉粉用专用小工具拉成长条摆放在素白的大碗中，再浇上醋汤，撒上不同佐料。不光色泽要好看，食材也必须新鲜，才能保证较好的口感。真正做到传统与现代的结合，既不失正宗郎岱凉粉的味道，又迎合现代人的口味。"

老板还告诉我，虽然她的店位于杀猪巷里，位置不如大街上那么显眼，但大家都喜欢来店里吃凉粉。而且除了凉粉，还能吃上卷粉、丝娃娃、冰粉等其他小吃，特别是年轻人，他们不仅来吃，还把这里当成网红打卡地，尤其在周末，店内座无虚席。

其实，这家小店只是众多郎岱凉粉店的一个缩影。在人们生活水平蒸蒸日上的今天，精神上的愉悦，才是越来越多人的追求，郎岱古镇的旅游与美食密不可分，郎岱凉粉已声名远扬，美景搭配美食，才相得益彰。

临行时，我们特意在店门前留影，希望在不久后，有机会带上亲朋好友再次探访郎岱古镇，亲临这条长巷中的小店，既品凉粉，又进行网红打卡，让舌尖上的美味留下美好的回忆。

郎岱凉粉

郎岱凹锅豆腐

☆ 吴建祥

说到六枝特区郎岱镇后街书院路中段周大姐家的凹锅豆腐，我想，是前人没有把"凹"和"凸"分清楚，或者是看锅形状的角度不同。制作豆腐的锅中间突起，周围缓缓地陷落下去，整个锅底形呈弧形，我想应该改叫"凸锅豆腐"恰当些。

凹锅豆腐色泽金黄，豆腐的制作也颇为讲究。周大姐选用制作豆腐的黄豆从不含糊，颗颗饱满，筛子里一放，滑溜溜地滚，有"大珠小珠落玉盘"之势。

磨黄豆的磨使用的是原生态的石磨，只是改成用电来拉，石磨骨碌碌地转，不慢不快，推出来的生豆液粗细也较为均匀。煮生豆液、滤豆渣、点豆腐、榨豆腐，这一系列事情看似简单，实则非常讲究，煮生豆液用猛火，点豆腐煮豆浆用文火，榨豆腐力量要轻重适度。周大姐点豆腐一直用的是酸汤，虽然比较麻烦，但制作出来的豆腐很鲜嫩。每每看着白嫩嫩的豆腐制作成功后，周大姐才会轻轻地舒一口气，脸上露出满意的笑容。

豆腐制作成功后，切成正方形小块，每块长宽约2厘米，厚约5毫米，放在烧得沸腾的卤水里煮，煮的时间也不宜过长，待锅里的豆腐开始溢出卤香味，颜色变得黄爽爽的时候，便把豆腐捞出来滤净卤水，这样豆腐既有了卤豆腐的颜色和味道，又不失豆腐的鲜嫩。卤豆腐用的卤汁是周大姐自制而成的，原料配方均不得而知，卤出的豆腐色泽金黄、香味四溢，让人垂涎欲滴。

好马配好鞍，好豆腐也要配上好的辣椒面才叫地道的凹锅豆腐。辣椒要选好辣椒，起白色斑块的不要，颜色黯黑的不要，只选遵义、关岭断桥和本地的牛场辣椒，要颜色红润、色泽晶莹的才行。

烘干，去蒂，用剪刀剪开干辣椒，把辣椒肉装在筛子里，辣椒籽装在锑盆里。然后，把铁锅放在火上，洗净，擦干，放进少许菜油，文火分别炒辣椒肉和辣椒籽，炒辣椒肉和辣椒籽也最为讲究火候——炒煳了颜色不好看，味道也不行；炒不到位味道干辣，吃起来也不香。炒辣椒肉最好是刚好炒脆，香味溢出来不变色为上，炒辣椒籽炒到香味溢出来、颜色变为金黄色为宜。把炒好的辣椒肉和辣椒籽一起倒进碓窝里，舂成粉尘状的辣椒面，舀出来拌进盐巴、花椒粉等辅料，这样才算给凹锅豆腐配上"好鞍"。

豆腐和辣椒面准备齐全后，周大姐把凹锅架在火炉上，往锅里添上菜油。由于锅底是凸起来的，菜油便向周边锅沿沟里淌下去，周大姐不慌不忙地用小刷子把锅底都刷上菜油，再把准备好的卤豆腐一小块一小块地铺在凸起来的锅底，豆腐便滋滋地冒出响声，周大姐一边用小锅铲从锅沿沟内舀菜油淋在豆腐上，一边逐个翻动着豆腐，等豆腐烙成金黄色，便把豆腐铲起来装进碟子里，撒上辣椒面，这样制作出来的凹锅豆腐闻起来馨香四溢，入口麻辣鲜香，卤味、烙锅味融为一体，让人吃了头一回，还想吃第二回。

当然，吃凹锅豆腐的习惯各有不同，有的人不用辣椒面，周大姐便准备了用白醋泡的萝卜丝，以及用酱油、花椒粉、食盐、辣椒面等佐料兑成的蘸水。吃凹锅豆腐的时候，把豆腐铲进碟子里，在豆腐上放上萝卜丝，淋上蘸水，这又是一种吃法。也有辣椒面和萝卜丝一同拌豆腐的，吃法不一，却都吃出了鲜香，吃出了顾客们幸福满意的笑容。

周大姐家凹锅豆腐的历史源远流长，她做凹锅豆腐的手艺是嫁过来以后婆婆教的，她也不知道自家的凹锅豆腐是何时开始做起来的，她只知道婆婆做了一辈子传承给她后，她自己已经做了30年。她的凹锅豆腐先后参加过在盘州市、钟山区、安顺市等地举办的美食文化节，展台前人潮涌动，大家争先恐后地品尝她做的凹锅豆腐。

小城豆腐传百年，凹锅豆腐正以它独特的香味，飘出郎岱，飘向远方。

郎岱金丝肉饼

☆ 海 月

郎岱古镇有一种特色美食，叫金丝肉饼，色泽金黄，形似猴头菇。每逢端午，这金丝肉饼总是每个家庭不可或缺的桌上餐。

金丝肉饼制作程序烦琐，平时基本买不到，只有在逢年过节或者有宴席订购需求时，店家才会做上一些，而且还要排着长队去买。后来，应广大食客要求，店家除了逢年过节，启动了周日的回馈模式，达成新老客户的美食心愿。

因为工作原因，离开郎岱太久，未及时了解到金丝肉饼的售卖信息，以致五一期间，我和作协的文友们就这样错过了这道古镇美食。女店主告诉我们，要想吃到正宗的金丝肉饼，只有再约下一个周日。

返程后，我感觉心里空空的，总惦记着多年未吃过的金丝肉饼。于是在一个周日，我再次坐上去郎岱的中巴。去之前，为保险起见，我先打电话预约了店主。车到郎岱刚好10点，虽然算不上太晚，但见摆在方盘里的金丝肉饼已不多，心里暗自庆幸有先见之明。

终于见到那让人情有独钟的黄澄澄的金丝肉饼。我迫不及待取了一次性手套，抓起一个咬上一口，感觉未变，还是外酥里嫩。只是那味道，略比多年前吃过的金丝肉饼更胜一筹。女店主告诉我，这是升级版的金丝肉饼，味道已经过多次调和、改良。难怪啊，如今这金丝肉饼如此受人青睐，以致供不应求。这让我想起爱上文字的我们，一篇美文的呈现，往往要经过多次打磨，才能剔除里面不合时宜的语句，再加以润色，才能让刊物编辑眼前一亮。

受好奇心驱使，我问店主金丝肉饼的制作程序。同行的小侄女打趣，问我是不是想偷师学艺。女店主倒是个很洒脱的人，在我面前滔滔不绝地介绍起来，丝毫不担心我们会窃走秘方。

做金丝肉饼，首先需要选择质量上乘的小麦面粉，兑上适量的温水和匀，经过发酵、揉搓、拉伸、平铺、分切、拉丝、包馅、按压和煎炸的过程，才能形成方盘里那金黄金黄的金丝肉饼。

女店主特意嘱咐，若要颜色金黄，煎炸的火候也很考究。火太小面团容易含油，绵软而腻人；火太大容易炸焦，影响肉饼的口感和卖相。

女店主对金丝肉饼制作工艺的热情介绍，听得我一阵眩晕。我想，对于我这种不善厨艺却又对食物有着高要求的人，或许，只能一如既往提前预订店家的金丝肉饼了。更何况，这两元一个的大众消费，谁还愿意去费那些时间？即使舍得，做出来的肉饼怕也是难以下咽，专业的事情终究要专业的人去做。

正是店主夫妻俩这种多年如一日的精心研究，他们的金丝肉饼才有如此好的口碑，声名远扬。女店主说，这金丝肉饼先后获得贵州省商务厅等多部门联合举办的"大美黔菜"活动最受欢迎的菜品，六盘水市商务和粮食局、六盘水市旅游发展委员会、六盘水市文化广电新闻出版局联合举办的"中国凉都·六盘水首届烙锅节暨生态美食嘉年华"评选活动"凉都名小吃"的荣誉称号，并参加过多次特色美食展。

交谈中，有朋友来电约聚，我回复在郎岱品金丝肉饼。朋友托我带点回去，可是当天的肉饼已经售罄。我能做的，就是告诉她可以提前预订，周日去取，店家在郎岱二小往下走约20米处，男店主叫颜华，女店主叫蔡丽琼。

好酒不怕巷子深，美食无惧路途远。或许在不远的将来，郎岱金丝肉饼这道古镇美食，随着人们的口口相传，会走出贵州，成为无数人舌尖上的那一缕醉美乡愁。

郎岱糯米糕

☆李海培

郎岱糯米糕是古镇郎岱的传统特色小吃之一，以软糯香甜、口感清新、味道纯正而著称，是逢年过节馈赠亲友的上好礼品。郎岱糯米糕呈方形，灰白色，有豆沙、引子（紫苏）、花生等口味。

郎岱糯米糕有数百年历史，深受郎岱及六枝人民的追捧与喜爱。2017年，在"寻找六枝最美味道"活动中，被贵州省黔菜文化研究会评为银奖。在2018年7月举办的"中国凉都·六盘水首届烙锅节暨生态美食嘉年华"评选活动中，被六盘水市商务和粮食局、六盘水市旅游发展委员会、六盘水市文化广电新闻出版局授予"凉都特色小吃"称号。

5月2日，我们来到郎岱古镇后街的杨区猛家里。杨区猛给我们介绍了糯米糕的制作过程及工艺。他说，他的爷爷把手艺传给父亲，父亲又把手艺传给了他。

在制作糯米糕时，首道工序是选用郎岱肥沃向阳的稻田里收割的色泽金黄、颗粒饱满的稻谷晒干，在家里放置几天，再拿去打米机上加工，加工出来的糯米雪白晶亮、颗粒均匀。然后用筛子把碎米筛掉，在古井里挑来清澈的井水，把井水倒在锅里烧到70℃左右，倒进洗净的木盆，将糯米浸泡一夜，直到把米粒泡酥，拿在拇指与食指间搓捏就碎，糯米就泡好了。

将泡好的糯米控出，滤干水分，烧上一笼柴火，架上铁锅，把滤干水分的糯米倒进烧热的铁锅里慢慢地炒熟。制作糯米糕炒米最关键，火大容易把糯米炒煳，火小了又炒不到位，掌握好火候十分重要。拿捏好分寸把糯米炒熟，摊在大簸箕晾上半小时左右，再用石磨把晾好的熟糯米磨细。磨米面时，心不能急，磨不能快，要不疾不徐、一板一眼地磨，推两转磨喂进一小勺米，磨缝里吐出的糯米面才不粗，做出的糯米糕才软和。

在防风防雨的黑土上铺放一层干净的白纸，把磨好的糯米面均匀地撒在上面，吸大地之灵气，聚日月之精华，让其充分发酵七天左右。发酵期间，要注意家禽、老鼠及雀鸟偷食。

发酵好的糯米面呈灰白色，把水分晒干后，再一次用石磨磨，磨成更细更粉的糯米粉。用适量的水与红糖熬制成稀糖浆，将面粉与红糖浆按一定的比例混合，搅拌均匀，然后放进糕模里，上面撒上一层炒熟的芝麻粒或花生碎，压成形。

如果是制作豆沙口味的糯米糕，那就要选用上好的红豆，经蒸煮，制成豆沙后，在糯米糕中间放上一层薄薄的豆沙，压成形。制作引子味的糯米糕时，将引子炒熟，在石碓里舂成坨坨，把引子的香味舂出来，然后把红糖糖浆、磨好的糯米面和舂好的引子按一定比例混合搅拌好，舀进糕箱压好，就成了引子味的糯米糕。

压好的糯米糕用糕刀切成方形，一箱软糯好吃的糯米糕就新鲜出炉了。忍不住吃上一片，那滋味哟，糯香微甜，满口生津，余味悠长，放进白色盘子，色泽诱人。

临走时，同行的几位女士纷纷购买了刚制作好的糯米糕，带回去与家人、亲朋分享。

郎岱糯米糕

郎岱油炸粑

☆ 杨亚非

　　粑粑是逢年过节必不可少的餐桌美食。但因地域的不同，风俗的不同，各地的粑粑美食也不尽相同。郎岱油炸粑就是众多粑粑里，被当地人们钟爱的一道特色美食。

　　通过朋友们口口相传，我才知道油炸粑的美味，它是郎岱古城的一道传统美食。但由于时间原因，没有及时将自己对这份美食的"占有"付诸行动。

　　在郎岱古镇的深街小巷里寻觅，寻到了让我垂涎已久的油炸粑。这次，终于能目睹郎岱油炸粑从糯米变成糯米粑，并与不同口味的馅儿相遇，成为一道道美食的全部过程。

　　店主雪姨告诉我，要想做出口感新鲜的油炸粑，要从选择优质的糯米开始。选用的糯米要颗粒饱满、色泽亮丽，要提前5个小时把糯米浸泡在清水里，让糯米充分吸收水分，膨胀到用手轻轻一捻就能碎的状态。这时就可以上火蒸，利用大火把糯米蒸得晶莹剔透，抬下来倒入专用的捣粑粑的容器里擂打搓揉，待其呈现非常黏稠的状态时，用保鲜膜将其覆盖起来，保持水分，等待一场与馅儿的美好相遇。

　　调馅儿是决定油炸粑口感的关键步骤，如果这个步骤敷衍了事，那将会影响粑粑的口感与销量。

　　郎岱油炸粑有猪肉馅、豆沙馅等，这是最地道的两种经典味道。在选择猪肉时，要选择300斤以上的大猪的前腿瘦肉，将瘦肉末、酸辣椒与调料混合在一起，炒熟后装在盘子里放凉待用。豆沙馅则需要用传统种植的懒豆，充分浸泡后捣碎，制作成豆沙馅，放入少部分油渣与调料进行调和炒熟，美味的豆沙馅就做好了。闻着盘子里肉馅与豆沙飘出的香味，忍不住垂涎欲滴。

糯米粑包藏了鲜肉与豆沙独特的醇香，鲜肉与豆沙提升了糯米粑平凡的价值。分别在包好的鲜肉馅与豆沙馅的粑粑上做上标记后，我们一起等待优质菜籽油在蜂窝煤火上慢慢升温。

只有经过一场适温的洗礼，才能让油炸粑香飘小镇，香飘万里。

炸粑粑的火必须是煤火，因煤火升温均匀。待油温60℃左右时放入糯米粑，且一次不能放入太多，让每个糯米粑在油锅里自由自在"游动"。利用长竹筷不停地为糯米粑"翻身"，这样出锅的油炸粑才能达到要求——外酥里嫩。

早上10点，店里的油炸粑已经销售一空，但还不断有人进店询问："还有油炸粑吗？""明儿来早点吧，今天的已经卖完咯！"雪姨笑声朗朗地回答食客。食客看着雪姨特意为我们留在盘子里的金黄油炸粑，眼神里全是不舍与留恋。我连忙拿来袋子，分别装上一个肉馅与豆沙馅的递给他。"谢谢！我也是慕名而来的。"我们相视一笑，挥手道别。在雪姨店门前，看着那位食客远去的背影，我不禁感慨：这就是美食的魅力，能让我们不远千里为它奔赴而来。

谈笑间，我们才知道油炸粑是当天做的当天销售完。若食客有大量需求则需要提前预订才行。正当我们迫不及待对油炸粑"下手"时，雪姨笑盈盈地为我们端上一碗红红的油辣椒。"粑粑是油炸的，再配油辣椒会不会太油了呢？"我发出疑问。"试一下你就知道其中的滋味了，这是独配的辣椒酱，在店外是吃不到的！"雪姨给我们卖了一个小关子。

轻轻拨开外表金黄的油炸粑，里面的肉馅迫不及待地溢出汤汁。舀一勺红红的油辣椒塞进油炸粑里，淋在鲜嫩的肉馅上，咬一口——美味不仅撞进记忆，流出嘴角，还洋溢在眉角弯弯处……

岩脚肉饼香飘古镇

☆ 李海培

有人说，到岩脚古镇游玩，不尝尝岩脚的肉饼，等于没到过岩脚。此话虽然有些夸张的成分，却从另一个角度折射了岩脚肉饼深受市民和游客喜爱的程度。

岩脚肉饼历经百年，代代传承，通过时间陈酿，充满烟火味与鲜香味。

每天清晨，河雾还未散尽，落进回龙溪里的太阳湿漉漉、红彤彤的，晨风抚弄着缭绕在瓦屋上的炊烟袅袅飘散，街头巷尾，肉饼的香味和柴火的烟味弥漫萦绕。吴家肉饼店前，排成长队的食客耐心等待的，就为那一口热气腾腾、溢进骨髓和灵魂深处的鲜香。

岩脚肉饼的食材主要为岩脚周边种植的小麦打成的面粉和新鲜猪肉。猪肉肥瘦的比例为3∶7，将其剁成肉末，撒上适量的盐，与洗净切碎的小葱、姜末、花椒、芝麻香油等多种调料混合，搅拌成馅料。

一大早，吴记百年老字号宗玉肉饼店里，制作肉饼的老两口穿上围腰、戴上袖套，忙着用山泉水和面、醒面，拌、搓、揉、掼、扯等动作娴熟老到，浑然天成。小麦面与山泉水相互成就，完美结合成光滑且柔软的面团。然后让面团充分发酵，直到面团表面呈蜂窝状，说明面团已经发酵好。

老两口先把码放在案板上发酵好的面团搓成长条，再分成大小均匀的面团。在面团上抹些秘制的酱料，看上去油亮亮的，再把面团捏揉成窝状。将预先洗净切好的小葱与肥瘦均匀的肉末混合在一起，加上其他调味食材，制成馅料。老人用筷子熟练地挑起一团团大小适中的肉馅，包成肉饼的雏形，码放好，然后在铁炉子上放上平底铁锅，舀上一团白生生的猪油放在锅底，锅热了起来，融化的猪油也叽叽喳喳地唱起歌来。老人将一个个包好的肉饼均匀地摊放在锅里，经过小火慢烙，肉饼的一面色泽油亮金黄。老人密切地注视着火候，用特制的小铲熟练地将肉饼翻面继续烙。翻了烙，烙了翻，循环往复，肉饼在平底锅里像打滚、翻跟斗一般，在滋滋炸响的猪油里烙熟、烙透、烙焦黄，直到葱肉香味从肉饼中飘溢出来。这样，外表焦黄酥脆、内里软绵喷香的肉饼就新鲜出炉了。

肉饼要趁热吃。一口咬下去，烫烫的，葱肉的香味弥漫在唇齿间，流淌在舌尖上，渗透进灵魂里，回味无穷，让人欲罢不能。

抚心贴胃的岩脚肉饼是妈妈的味道。野人怀土，小草恋山。外出打工的岩脚人春节回乡，往往都要尝上一口家乡的肉饼，忆一忆儿时的乡愁。

岩脚凹锅臭豆腐

☆ 陆先平

　　说到六枝美食，古镇岩脚凹锅臭豆腐，一直是我记忆深处念念不忘的一道美食。想是第一次吃吧，又或是年少无知，味蕾还未被过多浸染的缘故，仅仅是几块臭豆腐，那种和自制辣椒面结合出来的独特的香辣味道带给味蕾的快乐，就让人难以忘怀，以致多年后的今天提笔记之，还感觉唇齿留香，恍如昨天。

　　那时候，哥哥和嫂子还在谈恋爱，春节过后要去嫂子家走亲戚。年少的我和嫂子要好，就被嫂子邀请随他们一同前往。这是我第一次去岩脚，20世纪80年代的小镇还很古朴，几百年前的老街小巷，坑洼不平的青石板路都还在。嫂子家就在当时老街的汽车站旁，即使是在镇中，下车也看得见绿树丛中的青瓦木屋、石头院墙，还有蜿蜒流淌的回龙溪，那种"小桥流水人家"静谧安宁的模样，至今难忘。只是一眼，古镇特有的人文气息，就如老酒的醇厚馨香，一股脑儿涌来。看来，六百年盐商文化的侵染，是深入到小镇的各个角落的，即使是寻常美食，也在历史的长河中，融汇了南来北往的饮食文化，兼容黔地山水之灵气后，就自带属于小镇独有的风味了。

　　我们是吃完晚饭后去的。那时没有美食之说，就是街边小吃，很民间，很烟火。那时也没有路灯，一盏煤油灯昏黄的亮光，就是吸引，就是召唤，倒可让人在辣而欢愉的香味中吃得酣畅淋漓。充满地域特色的烙锅，是弓形青黑色的土砂锅，放在煤炉上，刷上一层菜油，然后铺上一块块钱币大小的臭豆腐，待一面烙焦发黄，翻面继续烙至微微隆起来时，再趁热裹上自制的辣椒面，那个香和辣的极致享受，真是前所未有的。

这样的美味，选料和制作自然是马虎不得的。嫂子说，制作豆腐的豆子就很讲究，必须是本地小颗粒黄豆，这样做出来的豆腐才细致。再把豆腐切成四方小块整齐码放在白布中，包好压实，放在木板上，盖上一层木板，再压上重物压一整夜后，豆腐里的水分差不多就被榨干了。再把榨干水分的豆腐整齐码放在稻草上，按一层稻草一层豆腐的顺序码放好，储存七天左右，待豆腐充分发酵长出白色的绒毛，就是闻着臭、吃着香的地道岩脚臭豆腐。

当然，有了细腻的臭豆腐，与之匹配的辣椒面好吃与否就是关键。岩脚臭豆腐之所以让人流连忘返，一碟上好的烙锅辣椒面的制作就尤为重要，比如辣椒也需是本地又辣又香的牛场辣椒，想要再辣点，就加点小米辣，炒熟的黄豆面是精髓，加上芝麻、盐、味精、木姜子……其实也没有多少复杂，就像变魔术般把它们混合在一起，那股香辣的味道就让人欲罢不能了。

作为六枝八大美食之一，岩脚的凹锅臭豆腐也在旅游大发展中成为古镇的招牌。它俨然已成为古镇人待客的首选，也是来此的外地游人必尝的美食。

每当夜幕降临，岩脚街头巷尾卖臭豆腐的摊主们便忙碌起来。这时候大路宽敞，霓虹灯闪烁，但他们还是用罩着的煤油灯或彩色小灯泡照明，赋予的情调也就不同了。以前是没有灯，现在是刻意营造昏暗的氛围。摊主说，吃臭豆腐的时候，暗淡的光束，朦胧的意境，恰恰能营造出一种浪漫的气氛和醉人的情调，使热恋的情人们雅兴更浓。因此，岩脚臭豆腐也有"恋爱豆腐"之称。是不是很美好啊？有了情调，下锅后经热油热锅一烙，随着吱吱作响的爆烙声起，马上便香味飘逸，使人垂涎三尺。再用竹筷或竹签拈一块已经烙得两面金黄的臭豆腐，往辣椒碟里一蘸，那个香中带辣的极致味道，真是越吃越想吃，越吃越过瘾。

岩脚人个个爱吃臭豆腐，有民谣曰："阿哥使坏逗妹哭，小妹骂哥是条猪。阿哥为了讨妹好，请妹吃顿臭豆腐。"可想而知，臭豆腐在岩脚人心目中的位置。我不是岩脚人，但因了嫂子的缘故，和年少时候与之的第一次情缘，倒觉得亲近了，多次往返其中。

其实，一道美食的流传和推广，与这个地方的历史文化是分不开的，我们对这个地方美食的念念不忘，与其说是美食本身的魅力，不如说是这样的魅力赋予我们对时间的记忆、对文化的认同，以及对岁月沉香中那份温暖和美好的怀念！

郎岱"牛打滚"

☆海　月

"牛打滚"是一道美食名。第一次听到"牛打滚"这个词，是在二十几年前的郎岱。

说这个词的是我的婆婆。

我的先生是郎岱人。那时我与先生还在恋爱中，为增进了解，异地恋的我们也常相互走转。先生知道我爱吃糯食，大概是提前告知了婆婆，于是在一个春寒料峭的午后，我从临时就业的水城抵达郎岱，婆婆便提议以"牛打滚"作为次日的早餐。

我问先生："何为牛打滚？"先生笑而不语，说第二天便知晓。那时的网络信息还很闭塞，不像如今遇见各种"疑难杂症"，皆可通过"度娘"请教一番。好在"牛打滚"这个词的画面感太强，作为农村出身的孩子，都知道牛打滚的场面。我猜，那应该是一道经过二次加工的黄色调美食。

那天晚上，我揣着"牛打滚"这个词，在费解中对婆婆的这份特色早餐充满期待。

也许是见到思念的人过于开心，也许是期待这份从未吃过的早餐，我的大脑无意于休息，一夜浅睡眠。次日一觉醒来，婆婆做的早餐已上桌。

白色的盘子里，一个个大小匀称的黄色汤圆在豆面里安然入睡，仿佛在等那个将它们一一唤醒的食客。我问婆婆："这是'牛打滚'？"见我一脸惊诧，婆婆说起了关于"牛打滚"的民间故事。

相传有一户人家，因为养家糊口，丈夫常常会赶着牛到很远的地方去干临时工，因路途遥远，又心疼妻子徒步送饭太累，于是心生妙计，自带汤圆当午饭。之后连带几天，发现汤圆在水里泡太久会泡烂或粘在一块儿，口感不佳，令人食欲不振。无奈中看到牛在水田里打滚，那一滚一起之后的满身黄泥，给了他某种启示。于是，他欢快地哼着小曲，连忙回家吩咐妻子去买豆面，再把煮好的汤圆往豆面里一倒，左三圈右三圈地摇晃约半分钟，瞬间一个个黄色独立不粘的"牛"便雄赳赳、气昂昂地站起来了。后来，这份干吃汤圆也因此得名"牛打滚"。

婆婆说，别看这只是简单的汤圆裹豆面，其实在食材的选择和工艺制作上还是很讲究的。好的糯米面粉和好的熟豆面做出来的"牛打滚"味道才纯正，加上和面的适宜水温、水量和煮汤圆时的火候控制，成形的"牛打滚"才软糯香甜。

谈话间，我趁机咬了一口已分散入碗的"牛打滚"，确实如婆婆所说，软糯香甜，唇齿生香。如今回想起来，那一口熟豆面的醇香依旧记忆犹新。

和先生成家后，由于住在古镇石板街，每天清晨，贪睡的我还在睡梦中，就会听到楼下的吆喝声："买'牛打滚'吃，买汤圆吃。"而我总会毫不犹豫地选择那碗醇香扑鼻又略带嚼劲的"牛打滚"。

如今，人们的生活水平日益提高，超市的各种小吃也琳琅满目。然而在郎岱古镇，"牛打滚"这道经久不衰的美食，除了在小摊上沿街叫卖，无论你做客谁家，户户都会自制这道美食。如同其他特色菜，这道"牛打滚"也在等待它尊贵的客人。

洗猪过年

☆ 何维江

洗猪过年是盘关老家每年腊月最盛行的风俗。

洗猪是杀年猪的意思，每到年边，村里的大人小孩都要忌口，自家杀猪都说是洗猪，图的就是个吉利。洗猪过年的风俗在老家盘关农村一直保持至今，每年的腊月间，村里每户人家都把洗猪过年这件大事摆上桌面来谈，既要瞧好日子，又要张罗请人，真可谓一家洗猪，全村过年，那热闹场面让人难以忘怀。

我是在乡下农村长大的，自我懂事起，参与并经历过无数次洗猪过年的场面，但最令我难忘的却只有三次。

第一次是1964年腊月二十八，那时，刚刚从三年困难时期挣脱出来，身为大队支书的父亲想做个表率，和母亲商量要把仅有的一头100多斤重的猪洗来过年。

母亲说："猪大小，瘦得很，还是喂到明年再洗吧！"

父亲望了望身子骨都挺瘦弱的一家人，咬了咬牙说："村子里好几年没人家洗猪了，今年我们家带个头，图个吉利，把这猪洗了，请村里人来热闹热闹，明年国家经济形势好了，一定会有许多人家洗猪过年的。"

就这样，父亲请来几个族中叔伯，把这年猪给洗了。这一天，我们家比过年还热闹，村里的远亲近邻几十人把这瘦年猪吃得所剩无几。但父母却非常高兴，这一天家中的欢声笑语是几年来从未有过的，从这些笑脸上，父亲仿佛看到了来年的希望。

第二次是1979年，也就是党的十一届三中全会召开的第二年，年景好了，粮食大丰收，我家破天荒喂了一头300多斤重的年猪。那时政策也活，手边有了一点积蓄的父亲便准备大张旗鼓地洗一回年猪。时间原本是瞧在腊月初二的，但母亲说苞谷还剩得多，建议养到腊月二十六，父亲同意了，他说这猪至少还能长30斤。

到了腊月二十六这天，父母买了许多菜，几乎把全村人都请来了，足足摆了16桌。虽然人多，但并没有吃掉多少肉，那两年村民的生活好，油水足，加之猪肉膘肥，谁能吃几块呀！

时光飞逝，第三次，我是被当成客人从城里请去村上吃洗猪饭的，腊月初八洗年猪的是我堂哥家。我到家时，两头大肥猪已洗得白花花的放在案板上。我问要煮多少斤肉，家人高兴地告诉我，除留下过年的和招待亲戚朋友的，其余全拿到街上卖，只要包里有钱，随时想吃啥就买啥，方便得很。

是的，如今村民早已脱贫致富，正朝着全面小康社会迈进，不但发展经济的意识增强，而且一些陈旧的传统风俗也开始悄悄改变。村民们用科学的饲养方法，每家都能在年底养出好几头大肥猪。洗猪过年只是一个请客吃饭的形式，猪肉多数是拿去销售的，仅这项收入每家就有好几万元，这是个了不起的转变。

在我的记忆中，村子里洗猪过年、相互请客一直是村民很在意的事，也是很隆重的事，他们总以自家请了多少桌客而自豪。可现在，村民们攀比的不是洗年猪时吃了多少桌猪肉，而是谈论谁家今年挣了多少钱，谁家日子过成了什么样。我想，这样的竞争，也是百利而无一害的。

来一碗水城羊肉粉

☆ 陈忠燕

出差一周，在返程时不禁念叨凉都六盘水市的特色小吃水城羊肉粉，那冒着腾腾热气的羊肉汤，浇上鲜亮的红油辣椒，撒满新鲜翠绿的香菜（芫荽），再混合着又麻又香的花椒的味道……一同出差的同事直呼："别再说了，再说口水都要流出来了。"

在六盘水市的大街小巷、犄角旮旯，遍布着大小不同的羊肉粉门店，店名也各有特色：有以地名命名的，如乌蒙羊肉粉、黔西羊肉粉、水城羊肉粉、大河羊肉粉、荷城羊肉粉、金沙羊肉粉等；有以店主名字命名的，如李琴羊肉粉、向佳羊肉粉、何老四羊肉粉等；有以羊肉命名的，如黑山羊羊肉粉、带皮羊肉粉等；也有以个性特点命名的，如瑞丰羊肉粉、鼎香羊肉粉、尝回头羊肉粉、元坤羊肉粉等。名目繁多，让人眼花缭乱。

一方水土养一方人，不同地域的饮食习惯和当地的气候环境有着密切关系。地处云贵高原的六盘水市属于北亚热带山地季风湿润气候区，受低纬度、高海拔的影响，夏季平均气温为19.7℃，2005年8月，被中国气象学会授予"中国凉都·六盘水"证书，由此六盘水市成为国内第一个以气象优势资源命名的城市。湿润的气候环境让六盘水人热爱吃辣，虽不及湖南人、四川人那样吃辣厉害，但对辣椒的热衷却有过之而无不及，家家户户的餐桌上都少不了各种，或当做菜辅料，或直接食用，大人小孩都能吃一些辣椒，对添加了各种香料和花生、芝麻等一起制作的油辣椒和辣椒面，尤其喜爱。

六盘水市最早开的羊肉粉馆是黔西羊肉粉，在20世纪80年代末90年代初，由迁居到本地的黔西人开始开店，后来结合当地养殖的黑山羊和当地人的口味逐步改进，演变成现在享誉贵州乃至全国的"水城羊肉粉"。过去的许多打着"黔西羊肉粉"招牌的门店，也与时俱进改了名称。

随着羊肉粉门店的大量增加，加之种类繁多、品种齐全，不仅提升了大众的品位，也养成了凉都人对羊肉粉独有的"挑剔"。有人爱吃浓汤味重的，有人爱吃清香味淡的，有人爱吃麻辣的，有人爱吃蒜香的，有人爱吃没有辣椒的，有人爱吃油重的，有人爱吃不放油的，说起羊肉粉，各有各喜欢的羊肉粉馆，各有各热衷的口味，都能滔滔不绝地说出自己喜欢的理由。闲暇时，为了满足味蕾所需，不惜驱车到市区、到郊外，奔向自己喜欢的门店，叫上一碗心心念念的羊肉粉，将细软的米粉和油辣椒、香菜拌匀，就着酸菜、泡菜、油炸小辣椒，一边吃着挂满汤汁的米粉，一边喝着香辣扑鼻的羊汤，慢慢地吃，细细地品，直至额头开始微微冒汗，身体开始发热，吃罢站立，顿觉神清气爽、身体通透，此刻觉得人生的幸福莫过于一碗羊肉粉带来的满足感。

平日里吃辣不多的我，每次吃羊肉粉时却会对老板说："老板，我要多点辣椒和花椒。"我觉得吃羊肉粉一定要又烫又辣又麻才过瘾。早已熟悉我的老板会笑着说："已经加了，炖的羊肝，我也给你放了。"如果说羊肉汤是羊肉粉的关键，那么经过精心制作的油辣椒、磨成面的上好的青花椒则是羊肉粉的灵魂，再有香浓的芫荽辅佐，一碗羊肉粉堪称完美。

水城（人们习惯称六盘水市中心城区叫水城）羊肉粉吃着香，制作工序却很复杂，羊肉要选取当地高山上放养的黑山羊，还需要精心配制的香料，在祛除羊肉膻味的同时，让肉质软烂、鲜嫩、入味。如果选材不好、配料不准、火候不够，都会影响口感。说起羊肉粉的制作，在六盘水火车站旁做了二十多年羊肉粉生意的李琴羊肉粉店的老板李琴打开了话匣子。李琴的姨妈是20世纪80年代末从黔西出嫁到六盘水定居的，没有工作，在家带孩子。有着生意头脑的她经过对周边观察，发现水城没有羊肉粉卖，就在人流量大的火车站边上、矿务局医院门口找了间门面，开店卖黔西羊肉粉。小店开张后，由于是独家经营，加之李琴的姨妈为人厚道，羊肉新鲜，羊汤清亮香浓，羊肉粉分量足，生意很红火，天天顾客爆满，很多人慕名从大老远的地方来店里吃粉。李琴家境困难，16岁就到水城跟着姨妈在店里干活。李琴踏实、勤快，能吃苦，深得姨妈疼爱，姨妈毫无保留地手把手教她选材、配料、炖汤，将羊肉粉的制作技艺悉数传授给她。李琴结婚后，就在火车站的另一端开了羊肉粉店，一直到现在。

李琴说，姨妈家的黔西羊肉粉馆开了一年多后，周边开羊肉粉店的就越来越多，但都没有影响姨妈家的生意，因为姨妈始终坚持"材料要优质、卫生要干净、做人要诚信"的原则，几十年的坚守为羊肉粉馆带来了良好的口碑，也为姨妈家积累了财富。姨妈家在六盘水市买了房子，又在老家修了大房子，还把几个孩子都培养成了大学生，个个都有出息。

李琴自己开羊肉粉店以来，始终谨记姨妈的教导，不管是羊肉、香料，还是香菜、酸菜等配料，都挑选优质的和新鲜的。李琴说，要对得起客人付的钱。正因如此，李琴羊肉粉多次在同类评选中获奖，她本人也多次被点名参与重要接待。走进李琴羊肉粉店，不大的店里干净整洁，东西摆放有序，窗明几净，顾客络绎不绝。品尝羊肉粉，恰如朋友所说，羊汤清香爽口，羊肉细腻筋道，酸菜、泡萝卜干净脆甜，吃完意犹未尽。

人间烟火离不开美食，羊肉粉的香味吸引着游客们的脚步，很快，游客们就成为水城羊肉粉的铁杆粉丝。中心城区的许多羊肉粉馆天天爆满，临时的小桌子一张接着一张摆放到人行道上，排队的吃客将桌子包围住，等吃完的顾客站起来，便立刻坐下去把位置先占着，等待羊肉粉端上来。一对来自厦门的老年夫妻在常回头粉馆吃粉，两人各叫了两个小碗，一碗放辣椒，一碗不放辣椒，四碗粉摆在他们面前，引起路人关注并忍俊不禁。恰巧我在旁等候，忍不住说："阿姨，你们可以吃完一碗再要下一碗，万一吃不完也不浪费。"谁知道，阿姨和叔叔异口同声地说："能吃完，能吃完，太好吃了！"叔叔还说，人太多，得等，吃完第一碗，要等好一会儿下一碗才来，端上来的时候已经不想吃了。还有一家老小五口人从四川泸州前来避暑，小孩天天顿顿吃羊肉粉，吃得上火也不罢休，直到被大人严厉训斥后才不再嚷嚷。

作为凉都的特色小吃，水城羊肉粉与凉都一同享誉省内外。云南、四川、湖南的部分城市也陆续有了水城羊肉粉门店，有的门店直接将招牌改为"凉都羊肉粉"。水城羊肉粉的价格从最初的3角钱一碗到现在的11块钱一碗，从开始的几家增加到现在的几百家，可以说，羊肉粉见证着凉都人民生活水平的提高，记录着凉都人民的幸福与美好。

就在我浮想联翩时，列车已经到达六盘水站，我拖着行李率先奔向了自己喜欢的羊肉粉店……

酸菜·豆汤·苞谷饭

☆符　号

在水城广大农村，酸菜、豆汤、苞谷饭是每家每户一年必备的主食。在故乡凉山还流传这样一句俗语："三天不吃酸，走路打蹿蹿。"意即若没有酸菜吃就没精神，走起路来像喝醉酒一样偏偏倒倒的。当然，这只是一种夸张的说法，体现出故乡人对吃酸菜的偏爱。

在水城，农民朋友制作酸菜，叫作扎酸菜。扎酸菜的过程很简单，将青菜放在开水里煮上几分钟捞出，用清水洗两遍，用菜刀切成一节一节的，长三四寸，再放回锅里煮开后，将水和菜一起装进土坛子。若有现成的酸汤（又称为酸本），就舀两小碗倒进土坛子，若没有现成的酸汤，就抓一把细苞谷撒在土坛子里，用筷子搅几下，把土坛子口密封好，放在煤火旁，让其充分发酵。要不了半天，舀出来的菜已变色，清水起黏丝后变成酸汤，青菜就变成了酸菜。制作豆汤比扎酸菜简单多了，把花豆拣好，淘洗干净，放入砂锅煮30~50分钟，待豆子煮到断腰杆，豆皮皲裂，就算煮好豆汤了。

俗话说："豆汤全靠酸菜，婆娘全靠穿戴。"也就是说豆汤和酸菜是绝佳搭配，且搭配比例要恰到好处，才能煨出一锅可口的酸菜豆汤。否则，豆汤多，酸菜少，没有涩味，不好吃；酸菜多，豆汤少，酸味超标，难吃。煮好豆汤后，从土坛子中舀出适量的酸菜，将酸菜浇掉一些酸汤后放入豆汤中，待酸菜和豆汤烧开后，一锅酸菜豆汤就做好了。

做苞谷饭的工序及技术，相对扎酸菜、煮豆汤来说，难度就大多了。做苞谷饭所用的苞谷面，在没有通电之前，是用石磨推出来的，有电后，就用打面机打。那么，怎么做苞谷饭呢？将准备好的苞谷面放在用来做饭的簸箕里，洒上水，用分饭槽搅拌均匀，确保苞谷面湿润即可，称之为"拌面"。拌面时，洒水不可太多。水太多，苞谷面之间没有间隙，水蒸气无法透过木甑子，蒸不熟；水太少，蒸出来的苞谷饭干涩生硬，像火药面一样，收缩性不好。苞谷面加水后一定要搅拌均匀，若拌得不均匀，蒸出来的苞谷饭会有大大小小的饭团，不好吃。拌好面后，将木甑子放在有水的锅里，称为甑脚锅。待甑脚锅里的水烧开，甑子来烟，即甑子冒出热气后，将拌好的苞谷面一饭槽一饭槽地上到木甑子里，称为"上生面"。上好生面后，盖上甑盖。

看到木甑子盖上来烟了（即冒热气），蒸大约20分钟后，木甑子中的苞谷面已经完全黏合在一起，形成了苞谷面团。达到了八分熟的时候，将苞谷面团倒在做饭的簸箕中，把木甑子放回甑脚锅盖上甑盖，加一瓢水在甑脚锅里后，就用分饭槽将苞谷面团捣散，再洒一次水搅拌，这次水要比拌面时稍微多点，一定要搅拌均匀，不留饭疙瘩，称之为"分饭"。分好饭，等个七八分钟的样子，甑脚锅里的水已经烧开了，甑子也来烟了，又将分好的饭重新放入甑子，盖上甑盖，约蒸20分钟后，美味可口的苞谷饭就做好了。蒸好的苞谷饭软软的，极有弹性。

酸菜、豆汤、苞谷饭、豆豉辣椒蘸水，若再加上一盘腊肉，那个味道胜过山珍海味，是故乡凉山人绝佳的美味。现在与我年龄相仿的人一说到苞谷饭，就会说从小吃怕了，到现在都还怕吃苞谷饭。而我却对他们说，也许是我从小吃苞谷饭吃习惯了，改不了了，现在还特别喜欢吃苞谷饭。特别是和朋友们到小餐馆去吃饭时，我问餐馆老板的第一句话就是："老板，有没有苞谷饭？"若老板说有，我就很高兴；若老板说没有，说真的，我还会有点失望。

在我居住的六盘水市市中心城区的大街小巷里，一年四季，随时都会看到用小三轮车拉着酸菜、豆汤、苞谷饭叫卖的小商贩，他们会在车上配一个小喇叭，小喇叭里时不时地传出拖声的"酸——菜、豆——汤、苞谷——饭""酸——菜、豆——汤、苞谷——饭"的吆喝叫卖声。在中午、下午下班回家途中，遇到卖酸菜、豆汤、苞谷饭的，有时是买好就在现场吃，有时是买好后带回家吃。父母和我同住一栋楼，我经常去父母的住处混酸菜、豆汤、苞谷饭吃呢！

酒席桌上的礼仪

☆ 高积俊

这里说的酒席是指诸如婚丧嫁娶之类的酬宾酒席。

改革开放前，物资匮乏，酒席桌上的菜肴不是很丰盛，但是，一旦操办红白喜事，主人家不管怎样困难，脸面都是要撑起的，至少都要凑足八道菜。农村人去赴酒席，叫作去吃酒，也有人很形象幽默地说是"吃八大碗"。八大碗中有三道主菜，是家家办酒都必不可少的，就是墩子肉、酥肉和油炸豆腐。

酒席桌上的礼仪，从一入座就开始了。一张八仙桌，四张条凳，八个人，两人坐一张，即便一桌人来自三川四码头，互不相识，入座的时候都要你推我让地谦让着，将年长者让到上座，以示尊老。尊老是我们的传统美德，是有典故的，但今天的人大多只知其然，不知其所以然。《孟子·公孙丑下》云："天下达尊三：爵一，齿一，德一。朝廷莫如爵，乡党莫如齿，辅世长民莫如德。"旧时蒙童即熟读《四书》，也是知其所以然的。吃酒压席的场合，以往不像现在，那是以"齿"为尊的，有"爵"者都是不敢僭越的。所以，乡间酒席上就是有爵的，也是要把上座让给年长者的。哪个位置为上座？《史记·项羽本纪》中，项羽设"鸿门宴"，其座次是"项王、项伯东向坐，亚父南向坐，亚父者范增也，沛公北向坐，张良西向侍"。由此可见，"东向"最尊。东向就是背西向东。其实，满屋满院坝的酒桌，所谓的上座，不讲究什么"东向""南向"的，不过就是一个相对说来背后少有人过往，少受干扰的位置。每桌要坐满八个人才上菜。一桌同时坐满八个人的时候很少，于是就要等人坐足，人不坐足是不会上菜的，除非是到最后，没有多余的客人，确实坐不满了。因为厨房里每桌菜都是按八个人来上的，少一个人，主人家就白费了一份菜。倘若后入座者身份较尊或是年龄较长，首先你谦我让，排下的座次就要打乱，得再谦让一番，重新排定。谦让的结果自然是最好的座位归最年长者。

虽然说是"吃酒"，但不一定都是有酒的。"无酒不成席"，道理大家都懂的。但是，以前酒是稀缺物，奢侈品，一是有钱无市，二是对有的人家来说，即便有市，却无钱。所以，很多时候，说是去"吃酒"，却并没有吃酒。

菜上满桌了，酒斟好了，没有酒的情况下，每人面前的饭也是添好了的——有管桌的人来添，不用自己动手。按说，这个时候就可以开吃了，但是，望着满桌子的菜肴，虽然有人已经急不可待地想动筷了，却还须忍，做出很气定神闲的样子，互相闲话着，不动手。不是不想动，是不能动，不敢动。那须是要等座中最尊长者双手拿起筷子朝四座发话说"请请请，各位请"，一桌人才端碗举筷的。

举筷的时候，一桌的菜肴，其他菜可以随便动筷子，而墩子肉、酥肉和油炸豆腐这三道大菜，是不能随便就伸筷子去拈的，须是座中最尊长者把筷子伸到菜碗中，发出号召，说："来来来，大家莫客气，拈菜吃了。"其他人才敢下筷拈一坨的。这三道菜是定量供应的，一碗十六坨，一人两坨，不多不少。每号召一次，每人拈一坨，三道菜一道两次，共计号召六次。赴席的人都是懂规矩的，不用谁来监督，不会多吃多占，很自律。实际上也没有谁来监督。来的都是客，谁都没有监督谁的资格。十六坨中，做得不可能一样均匀，都是有大有小，大家不仅不会多吃多占，而且先伸筷子的，总是如孔融让梨那样往小的拈，大的往往留在最后。尽管除了吃酒压席和过年，平素享受不到那样的口福，但是，也没有哪个会跌志去占那点小便宜的。

办酒席，有请双客和请单客之分，双客就是一家赴席的是两人，单客就是只一人赴席。请双客的，只有结婚酒，而且只是男方家。结婚酒也不是都请双客，也有请单客的。尽管主人家都不会设专人来清查每家来客的人数，但是除了隔不开的小孩，绝不会多去一个人的，就是那带到饭桌上的小孩，也不会占一个座位的——或是抱在怀里，或是站在一旁吃点"豁皮"，那三道菜却是没有份的，只有自家大人的那一份分一点给他们。也有善淑长者有慈爱心，会把属于自己的一份分一点给那些和自己不相干的吃"豁皮"的小孩。一年的荒年，十年的话柄，谁都不会为了混一顿嘴、多拈一坨主菜而落人话柄。

一桌当中，有先吃完的人，按礼数，是不会放下碗就走了的，而是要双手捧着碗筷，在空中绕一个圈，朝一桌的人说一句"各位慢请"之类的客套语，然后把碗放到桌上，筷子置于碗上候着，要等一桌人都吃完了才一起离席。除非有长者发话让你先走，并将你的筷子从碗上拿下来放在桌上，否则你是不能起身走人的，不然就是不懂礼数。

　　吃完饭，是要抹抹嘴才行的，那也是不可或缺的一个礼数。现在的酒桌上放有餐巾纸，要抹嘴，抽一张就是，过去是没有的，要自带手巾。手巾是析言，是雅的说法，我们乡下人统言帕子。吃酒压席，其他的都可以不带，但是，帕子是一定要带的。家乡人责备人做事没有带必需的家什，就说："吃酒么也要带块帕子嘛！"可见，赴酒席带帕子是多要紧的事。

　　在过去，酒席桌上的礼仪规矩是很繁缛的，尽管去吃台酒是难得的口福，但许多人因为讨厌那些烦琐礼节的拘束，总是会把这个吃酒的任务推给家庭中的其他成员。而在今天，已没有那么多的讲究，很随便了。现在，大家都富裕了，物产也丰富了，酒席场中满桌的菜肴，随吃不定量，特别是农村办酒席，不管什么菜，吃完了再添就是。酒桌上，不必有谁号召，想拈哪碗就拈哪碗，想拈多少就拈多少，不会有人说谁没有家教、不讲规矩的，最多也就是腹诽罢了。如果是放在过去，则不然。我身边有一个真实的故事。20世纪70年代初，一个年轻小伙，准老丈人家修房子，他去帮忙兼吃酒，酒席桌上，那碗墩子肉，他一筷下去，一支筷子戳了两坨起来，娴熟地放进嘴里，就这么一个动作，被人传到准老丈人的耳朵里了，发了"二八字"的媳妇，就这样"戳脱"了。旧时的小年轻倘若要去吃酒压席，去之前老人家总是要左扎服右扎服的，生怕孩子失了酒桌上的礼数，坏了家风名声，被人戳脊梁骨骂没有家教。家风，大家都是很重视的；名声，大家都是很珍惜的。

　　现在，尤其是农村，讲"老古礼"的人也还有。虽然这些讲"老古礼"的人嘴上说着"现在不讲那些了"，但是他们自己却是讲的。前些天回老家吃结婚酒，和几位长者坐一桌，我吃完后把筷子置于碗上等着还在吃的人，最后吃完的那位放下碗后，欠身双手把我置于碗上的筷子拿起，朝我拱了拱后，放到了桌子上。这个动作，在外面已是多年不曾见过的了。我禁不住暗自赞叹：好周全的礼数！

后 记

2022年12月，由政协六盘水市委员会文化文史与学习委员会组织编辑的《风物凉都》公开出版发行后，受到许多读者朋友的关注和肯定。为此，2023年政协六盘水市委员会文化文史与学习委员会，拟在《风物凉都》的基础上，进一步搜集、挖掘、整理凉都地域特色文化，编辑出版《风物凉都》（第二辑）。

2023年4月，以政协六盘水市委员会文化文史与学习委员会的名义，向辖区内的4个区（特区、市）政协下发了《风物凉都》（第二辑）的征稿通知文件后，得到4个区（特区、市）政协的积极响应和鼎力支持，在4个区（特区、市）政协有力有效的组织下，《风物凉都》的征稿得到市内广大文史文艺工作者和政协工作者的积极响应和支持，共组文字稿件50余万字、搜集图片100余张。但因篇幅有限，最终采用了约25万字文字作品和50余张摄影作品。

《风物凉都》（第二辑）的编排构架与《风物凉都》一样，主要包括"胜景凉都""记忆凉都""人文凉都""饮食凉都"四辑。其中，"胜景凉都"主要介绍了六盘水境内山川湖泊、风景名胜、文物古迹等，展示了凉都丰富的旅游资源和悠久的历史文化；"人文凉都"主要介绍了境内各民族的人物掌故、民风民俗、民间传说等，彰显了凉都人民多彩的民族文化和人文情怀；"记忆凉都"主要介绍了流传于凉都的民间逸闻、民间故事、民歌民谣等，再现了凉都人民勤劳勇敢、善良质朴的生活理念；

"饮食凉都"主要介绍了凉都民间美食、特色小吃，展现了凉都大地的物华天宝。

《风物凉都》（第二辑）所收录文章的作者，大多来自长期工作、生活和居住在六盘水的当地人。他们出于对凉都风物的深厚感情，对文化和文字的执着热爱，认真搜集、记录、整理，并形成一篇篇作品诚献给读者。希望他们笔下的文字能成为一道独特的风景，不仅感动自己，也能感动更多的读者。

《风物凉都》（第二辑）的编辑出版工作，得到了领导们的高度重视，政协六盘水市委员会主席王立担任本书的编委会主任，并为本书作序，六盘水市文联原主席徐永俊先生为本书题写书名，贵州省青年版画家、六盘水市美术馆馆长、六盘水市美术家协会主席杨智麟为本书设计封面，贵州夜郎风文化有限公司提供了水城农民画画家徐成波的作品《盛世笙歌》作为封面图片。

历经半年多的时间，现《风物凉都》（第二辑）终于脱稿成书。值此书付梓之际，感谢政协六盘水市委员会的领导，感谢每一位六盘水市的文史文艺工作者、政协工作者对编委会工作的支持！感谢黄河出版传媒集团阳光出版社对《风物凉都》（第二辑）的厚爱！因篇幅限制，加之我们编辑水平有限，本书还有很多不足之处，敬望读者批评指正，我们将感激不尽！

编　者

2023年11月

后记